# DER ATEM DES TODES

## EIN FESSELNDER KRIMINALROMAN

DS TOMEK BOWEN KRIMI-THRILLER-SERIE
BUCH 8

## JACK PROBYN

CLIFF EDGE PRESS

eBook ISBN: 978-1-80520-118-2
ISBN: 978-1-80520-121-2
Erste Auflage
Besuchen Sie Jack Probyns Website unter www.jackprobynbooks.com.

# ÜBER DAS BUCH

Mersea Island. Über 2.500 Hektar Ackerland, Marschland und mehrere Wohnwagenparks. Normalerweise ist es die Heimat von 7.000 Menschen. Aber für das Feiertagswochenende im August beherbergt es zwei weitere Bewohner: DS Tomek Bowen und seine Tochter Kasia, die versuchen, das Ende der Schulferien, das Ende des Sommers und das Ende von Tomeks verlängerter Auszeit von der Arbeit bestmöglich zu nutzen.

Doch als eines Morgens eine Leiche entdeckt wird, die an einer Boje festgebunden ist, wird Tomek früher als erwartet in die düstere Welt von Mord und Tod hineingezogen. Abgeschnitten von seinem Team und dem Rest der Polizei ist Tomek gezwungen, seine jahrelange Erfahrung in die Praxis umzusetzen. Aber während die Flut näher kommt und die Verbindung zur Außenwelt kappt, stellt sich die Frage: Kann er den Mörder fangen, bevor dieser erneut zuschlägt?

# TRETEN SIE DEM VIP-CLUB BEI

Ihr KOSTENLOSES Buch wartet auf Sie

Verfügbar, sobald Sie dem Club beitreten
Holen Sie sich jetzt Ihr KOSTENLOSES Exemplar der Prequel-Novelle
zur DS Tomek Bowen-Reihe auf jackprobynbooks.com, wenn Sie
meinem VIP-E-Mail-Club beitreten.

# KAPITEL
## EINS

Arschlöcher. Arschlöcher, überall. Arschlöcher, die *angeblich* ihre Freunde waren. Arschlöcher, von denen sie glaubte, dass sie ein Mindestmaß an Respekt für sie und ihre Kneipe hatten. Arschlöcher, die, soweit sie es einschätzen konnte, ihre harte Arbeit und Mühen zu schätzen wussten. Aber wenn das Chaos vor ihr ein Hinweis auf ihren Respekt, ihre Loyalität, ihre *Freundschaft* war, dann wusste sie, dass sie ihnen nur so weit trauen konnte, wie sie sie stoßen konnte – direkt in die Tiefen des trüben Wassers, nur wenige Dutzend Meter entfernt.

Leere Chipstüten lagen überall auf Tischen und Stühlen verstreut, und noch mehr Krümel waren über den Boden verteilt. Es sah aus und fühlte sich an, als wären sie absichtlich geöffnet und ausgeleert worden. Entweder das, oder ihre Freunde hatten sich auf eine Art Kissenschlacht eingelassen und Chips ohne Rücksicht auf den armen Teufel, der hinterher alles aufräumen musste, durch die Luft gewirbelt. Das waren die einzigen beiden Erklärungen, die sie für diese unhöfliche Barbarei hatte.

»Ist schon in Ordnung«, hatten sie wahrscheinlich gesagt. »Charlene wird das sauber machen. Sie hat nichts Besseres zu tun, als sich den ganzen Tag den Arsch aufzureißen, um uns zu füttern und Bier einzuschenken, während sie die einzige freie Zeit, die sie hat, mit der Planung ihrer Gemeindeveranstaltungen verbringt. Dafür lebt sie. Das ist alles, was sie je tut.«

Ja, sie würde nach ihnen aufräumen. Und ja, sie würde weiterhin für die Gemeinschaft sorgen, auch wenn sie bewiesen, dass sie manchmal das Gegenteil verdienten. Aber das bedeutete nicht, dass sie sich von ihnen auf der Nase herumtanzen lassen musste.

Manchmal dachte sie einfach nur: Scheiß auf sie, scheiß auf sie alle, die undankbaren Bastarde. Sie verdienten ihre Wohltätigkeit nicht, sie verdienten ihre Zeit, Mühe und Energie nicht. Zeit, Mühe und Energie, die sie nie zurückbekommen würde. Aber dann erinnerte sie sich an die aufgeregten, verrückten Lächeln auf den Gesichtern der Kinder, während sie über die Insel schlenderten, an den Armen ihrer Eltern in verschiedene Richtungen zogen und sie zu den Marktständen schleppten und auf der Suche nach den Dracheneiern zerrten, die sie zu Ostern überall verteilt hatte. Das machte alles lohnenswert. Sie genoss es, andere glücklich zu sehen. Sie genoss es, Erinnerungen für Menschen zu schaffen. Es wäre vulgär zu sagen, dass sie sich als eine moderne, weibliche Version von Robin Hood sah, aber genau so fühlte sie sich. Ihre Zeit, Energie und Mühe im Austausch für Erinnerungen, die ein Leben lang halten würden.

Nur waren die einzigen *Erinnerungen*, die sie gerade hatte, das Schrubben von Tischen und das Abwischen der Bar alle zwanzig Sekunden, weil es schien, jedes Mal, wenn sie vorbeiging, hatte sich ein neuer Klecks oder Tropfen Bier an Stelle eines anderen gebildet. Ganz zu schweigen von den Erinnerungen daran, auf allen Vieren mit den Fingernägeln Chips aufzusammeln.

Als sie ihren Lappen auf das Biertablett fallen ließ, das vor ihrer Abreise für die Nacht noch ausgeleert werden musste, pfiff eine Windböe durch einen Riss in einem der Fenster und ließ den Fensterladen gegen die Wand klappern. Das Geräusch erschreckte sie für den Bruchteil einer Sekunde, bevor es von Frustration abgelöst wurde. Damien hatte ihr versprochen, es früher in dieser Woche zu reparieren. Er hatte ihr gesagt, dass es Priorität habe, dass er es bis zum Ende des Tages erledigen würde. Das Ende des Tages war gekommen, und offensichtlich war die Priorität durch den Riss im Fenster geflogen.

Was würden Besucher davon halten? Dass es ein Loch, eine heruntergekommene, armselige Entschuldigung für eine Kneipe war. Und da es die *einzige* Kneipe auf der Insel war, hatte sie einen Ruf zu wahren, Standards einzuhalten. Sie wollte nicht in schlechte Gewohnheiten verfallen und den Ort so verkommen lassen wie der vorherige Besitzer. Nur weil es die einzige Kneipe auf der Insel war, garantierte das nicht, dass die Leute kommen würden. Da draußen herrschte ein harter Wettbewerb, und man konnte darauf wetten, dass, so sicher wie die Flut zweimal am Tag kam und ging, die Löcher im Fenster bald so groß wie das Schuldenloch werden würden, in das sie gefallen war.

Charlene nahm ein leeres Bierglas von der Seite, inspizierte es und stellte es dann unter die Theke. Sie sah sich den Boden noch einmal an, bevor sie nach unten ging. Die Kneipe musste für den nächsten Tag makellos sein. Gäste, neue und alte, würden durch diese Türen strömen, wo sie trinken, essen, lachen und möglicherweise sogar weinen würden. Und mit etwas Glück würden die neuen Gäste zurückkehren und zu alten werden. Und so würde sich der Kreislauf wiederholen und dem Etablissement neues Leben einhauchen.

Als sie sich zum Keller drehte, drang ein Geräusch, wie ein tiefes Knurren, die Treppe hoch. Sie pausierte, wartete, lauschte.

Ihre Herzfrequenz stieg.

Das Knurren wurde intensiver.

Und dann wurde es durch das ohrenbetäubende, herzstillstehende Geräusch von zerbrechendem Glas ersetzt.

Charlene erstarrte, starrte auf die Türöffnung, ihr Herz raste jetzt durch ihre Brust und versuchte zu entkommen. Sie wollte rennen, aber sie war wie angewurzelt, ihre Füße durch eine unsichtbare Kraft festgeklemmt. Ihr Herz sprang ihr in den Hals und sie hielt den Atem an.

Sie griff nach einer leeren Peroni-Flasche und schwang sie am Hals wie einen Baseballschläger. Es gab nur einen Weg hinein und einen Weg hinaus, und sie wollte nicht unbewaffnet hinuntergehen.

Draußen hörte der Wind plötzlich auf und alles, was sie hören konnte, war der heisere Klang ihres stockenden und panischen Atems.

»Ist da jemand unten?«, rief sie.

Stille. Obwohl sie eigentlich nicht wirklich erwartet hatte, dass jemand antworten würde.

»Wenn jemand da ist, möchte ich, dass Sie jetzt herauskommen und mein Grundstück verlassen. Wenn Sie ruhig gehen, werde ich keine Anzeige erstatten.«

Immer noch keine Antwort. Sie hatte immer noch keine Ahnung, warum sie erwartete, dass es funktionieren würde. Vielleicht war es der Trost, ihre eigene Stimme zu hören. Als ob jemand auf ihrer Seite mit ihr im Raum wäre, sie halten würde, sie unterstützen würde, während ihre Knie vor blanker Angst schwach wurden.

»Das ist nicht lustig!«, rief sie erneut. »Ich gebe Ihnen bis drei, bevor ich da runterkomme und... und Ihnen *weh tue!*«

*Mit meiner leeren Bierflasche.*

»Eins...«

Nichts.

»Zwei...«

Würde sie das wirklich tun? Ins Ungewisse treten?

»Drei.«

Auf der ersten Stufe gaben ihre Beine nach und sie knickte ein. Bei der dritten und vierten hatte sie ihre Fassung wiedererlangt und hielt sich zur Unterstützung an der Wand fest. Bei der siebten und achten Stufe durchströmten Adrenalin und Wut ihr Blut, während der Keller besser sichtbar wurde.

Der Raum war pechschwarz, abgesehen vom Umgebungslicht hinter ihr, das sich auf dem Boden verteilte. Sie griff nach dem Lichtschalter und schaltete ihn ein. Ein volleres, helleres Gelb überflutete die Umgebung und beleuchtete ihre Peiniger.

Nur gab es keine.

Dort auf dem Boden, auf der linken Seite des Raumes, lag das zerbrochene Bierglas, das den Lärm verursacht hatte, hunderte Scherben über die Oberfläche verstreut. Der Täter: ein weiteres Fenster, das ersetzt werden musste. Ein Luftzug war hindurchgeweht und hatte das Glas zu Boden geworfen.

*Fick dich, Damien.*

Oh Mann, würde sie ihm morgen die Meinung geigen. Er würde nicht wissen, wie ihm geschieht. Er würde so sehr bereuen, dass er sich wünschte, er hätte die Fenster repariert, *bevor* sie zum Problem wurden.

Seufzend ging Charlene nach oben, um eine Kehrschaufel und einen Handfeger zu holen. Sie bewahrte sie unter der Theke für die ärgerlich häufigen Brüche auf, die passierten. Als sie die oberste Stufe erreichte, waren ihr Puls und ihre Herzfrequenz drastisch gesunken und fast wieder auf ein normales Niveau zurückgekehrt. Sie goss sich einen kräftigen Schluck Whisky ein, um den Prozess abzuschließen, und kippte ihn in einem Zug hinunter.

Als sie das Glas von ihren Lippen nahm, kehrte der Wind zurück, und mit ihm das Schlaggeräusch, das gegen die Wand hämmerte. *Bum, bum, bum.* Unter ihrem Atem fluchend stürmte Charlene zum Rollladen und schlug ihn zu.

Gleichzeitig platzte ein Fenster auf der anderen Seite des Pubs auf, Glas regnete auf die Teppiche. Charlene schrie und ließ ihr Whiskyglas fallen. Es zersprang beim Aufprall in Scherben. Aber das interessierte sie nicht. Alles, was sie interessierte, war der Ziegelstein, der gerade durchs Fenster geflogen kam.

Sie bückte sich, um ihn aufzuheben. Erkannte ihn sofort: In einer der Ecken prangte DW Bricks.

Damien Westwood Ziegel.

Und dann sah sie es. Die Inschrift auf der anderen Seite, in die Seite des Ziegels geritzt.

Darauf stand: *BUH!*

Halloween war erst in ein paar Monaten, und doch hatte sie gerade den Schreck ihres Lebens bekommen.

# KAPITEL ZWEI

## FREITAG

Musik erfüllte das Auto. Kasias Musik, zugegebenermaßen. Allerdings hatte nicht sie sie ausgewählt; Tomek hatte diese Entscheidung für sie getroffen. Er hatte angenommen, dass sie während der Fahrt ihren Lieblingskünstler hören wollte, dass es ihr vielleicht besser gehen würde. Dass es sie aufheitern könnte. Obwohl es kaum Wirkung zeigte. Und das schon seit längerer Zeit nicht mehr. Tomek hatte versucht, ein Gespräch zu führen, hatte versucht, mit seiner Tochter in Kontakt zu kommen, aber es war schwierig gewesen. Das gelegentliche Drei-bis-Vier-Silben-Wort, gefolgt von einem vereinzelten längeren Satz, war alles, was er bekommen hatte. Manche Tage waren gut, andere schlecht. Ihre Stimmung schwankte wie die Gezeiten. Das war von einem Teenager zu erwarten, klar. Aber noch mehr nach dem, was sie zu Beginn der Sommerferien durchgemacht hatte. Auf einer Skala von eins bis zehn – wobei eins bedeutete, dass sie unglücklich und deprimiert war und nichts anderes wollte, als in ihrem Zimmer zu bleiben, und zehn, dass sie so glücklich war wie ein dickes Kind, das einen Cupcake sieht – stufte Tomek sie fest auf Nummer vier ein.

Deutlich Raum für Verbesserung.

»Hab ich dir jemals erzählt, dass ich deine Mutter einmal hierher gebracht habe?«, fragte er. Dies war wahrscheinlich nicht der beste Zeitpunkt, um über ihre Mutter zu sprechen, aber wann war er das schon?

»Ja. Dreimal.«

»Ich habe sie nie dreimal hergebracht. Nur einmal.«

Sie runzelte die Stirn und verdrehte die Augen, während sie sich langsam zu ihm umdrehte, mit einem Gesicht, das vor Verachtung explodierte. »Nein, ich meinte, du hast es mir dreimal *erzählt*.«

»Ah. Richtig.«

Er hatte schon so lange am Boden des Gesprächsfasses gekratzt, dass er begann, einiges vom Sägemehl zurückzulegen.

»Und habe ich gesagt, dass sie es wirklich genossen hat?«

»Du hast gesagt, dass sie am Strand gequiekt hat, weil sie den Sand nicht mochte, auf dem Boot geschrien hat und dann die ganze Nacht gejammert hat, weil die Betten so unbequem waren.«

Tomek kicherte. »Ich habe viel angenehmere Erinnerungen. Der Sand ist wie an jedem anderen Strand der Welt, du musst ihn nur durch deine Zehen rieseln lassen. Ein Boot ist ein Boot; du kannst das Schaukeln nicht vermeiden, egal wie sehr du es versuchst. Und, nun ja, das Schlafen... davon gab es nicht viel, aber —«

»Igitt!« Kasia schlug sich die Hände über die Ohren und schüttelte angewidert den Kopf.

»Ich habe es nicht so gemeint«, sagte er und versuchte, sich zu rehabilitieren. »Du wirst froh sein zu erfahren, dass du dort nicht gezeugt wurdest, falls du das gedacht hast.«

Das Kopfschütteln hörte auf, und Kasia nahm die Hände herunter und drehte sich langsam zu ihm, wobei sich ihr Gesichtsausdruck von Ekel zu Angst wandelte.

»Ich habe *nicht* an *das* gedacht. Aber jetzt tue ich es!« Ihr Körper erschauderte bei dem Gedanken an Tomek und ihre Mutter beim Geschlechtsverkehr, etwas, das kein Kind, ungeachtet seines Alters, sich jemals vorstellen sollte.

Bevor Tomek sich für die verstörenden Bilder entschuldigen konnte, die zweifellos in ihrem Kopf herumschwirrten, ließ der Verkehr nach. Er verließ die Hauptstraße für eine Reihe von schmalen, gewundenen Gassen mit scharfen Kurven und Hecken, die dringend einen Schnitt benötigten. Tomek kannte die Landstraßen wie seine

Westentasche. Jahre des Fahrens zu und von den Häusern der Leute in Essex hatten ihn wie einen Taxifahrer fühlen lassen, der für The Knowledge übt.

An diesem Morgen schien die Sonne brillant, und bereits konnte er spüren, wie sein Unterarm zu brennen begann, als er aus dem Fenster baumelte. Es war das Wochenende zum Bank Holiday im August, eine Zeit, die das Ende der Schulferien und das Ende des Sommers signalisierte. Bald würden die Nächte länger werden und die überschwänglichen Lächeln und freudigen Gesichter würden sich mit dem Tageslicht zurückziehen. Die kurzen Hosen, T-Shirts und Flip-Flops würden bald wasserfesten Schuhen und langen Wintermänteln, begleitet von gelegentlichen Wollmützen und Handschuhen, weichen. Die kollektive Fröhlichkeit eines Landes, das so vernarrt in Gespräche über das Wetter ist, würde so stark sinken wie die Temperatur.

Außer an diesem Wochenende.

Dieses Wochenende war vom jährlichen Mersea Island Regatta belegt, einem Wochenende mit Boot- und Wasseraktivitäten, gekrönt von Abenden des geselligen Beisammenseins und Trinkens.

Es war Tomeks zehntes, Kasias erstes.

Und es war klar zu erkennen, wer von den beiden aufgeregter war.

Nach fast einer Stunde Fahrt kamen sie endlich an der Strood an, einer langen, schmalen Straße, die Mersea Island mit dem britischen Festland verband. Sie lag unter dem Meeresspiegel und wurde zweimal am Tag überflutet, wenn die Flut an der Küste heraufkam. Für mehrere Stunden am Tag war Mersea Island von der übrigen Zivilisation abgeschnitten und nur mit Boot oder Wasserfahrzeugen zugänglich. Einige, mit mehr Geld als gesundem Menschenverstand, hatten versucht, die Strood zu überqueren, und waren gescheitert, was Anwohner und andere Besucher zwang, gestrandete Passagiere zu Fuß zu retten. Sie schafften es schließlich in einem Stück auf die andere Seite; die Fahrzeuge hatten jedoch nicht immer so viel Glück.

Als Tomek und Kasia ankamen, war die Flut auf dem Weg herein, und die Straße war bereits ein paar Zentimeter tief mit Wasser bedeckt.

In der nahen Ferne konnten sie die flache, unscheinbare Landschaft der Insel Mersea sehen, die sich einige Fuß über dem Meeresspiegel erstreckte. Über ihnen verstreuten sich Schwärme von Möwen am

Himmel, und rechts ragten eine Reihe von Bootsmasten wie kleine Wolkenkratzer aus dem Horizont hervor.

»Was passiert mit der Straße?«, fragte Kasia und warf dann schnell einen Blick auf das Straßenschild neben ihr. »Was bedeutet *Überflutung*?«

»Wenn die Flut kommt, wird die Straße überschwemmt, so dass niemand von oder auf die Insel gelangen kann.«

»Oh mein Gott! Und sie wird jetzt überflutet?«

»Sieht so aus.«

»Was machst du denn da? Wir sollten umkehren. Wir sollten später wiederkommen. Was, wenn wir ertrinken?«

Tomek trat leicht auf das Gaspedal und sie begannen, die Strood zu überqueren. Kasia fing an, schwer zu keuchen.

»Uns wird nichts passieren«, sagte er und legte eine beruhigende Hand auf ihren Unterarm. »Das passiert jeden Tag, und bisher ist niemand daran gestorben.«

Seine Erklärung trug wenig dazu bei, ihre Ängste zu zerstreuen. Es war nur natürlich, dass ihre Paranoia und ihre Sinne geschärft waren. Nach allem, was sie durchgemacht hatte, wäre er besorgter gewesen, wenn die Ereignisse jener Nacht sie überhaupt nicht beeinflusst hätten. Er hatte gehofft, dass die vergangenen sechs Wochen, in denen sie Zeit miteinander verbracht, das Land erkundet und einige der Orte besucht hatten, die sie sehen wollte, weg von Essex und den Erinnerungen an Zeus und Die Harpyien, ihr unendlich gut getan hätten. Aber er war sich nicht so sicher. Es gab keine Möglichkeit zu wissen, wie viel des Einflusses oberflächlich war und wie viel sich unter die Oberfläche gearbeitet hatte. Er bezweifelte, dass einer von ihnen es mit Sicherheit wissen würde, bis sie wieder zur Schule ging, zurück ins Klassenzimmer. Zurück ins alltägliche *Leben*, wo die Blase, die Tomek um sie herum geschaffen hatte, bald platzen würde und sie plötzlich anfällig für Spott und Mobbing sein würde. Sicher, die Schule hatte die Lehrer vorbereitet und den Eltern einen sorgfältig formulierten Brief über den Vorfall geschickt (ohne Details preiszugeben oder zu viel zu verraten), aber Kinder konnten richtige Arschlöcher sein, selbst wenn sie es nicht beabsichtigten, und noch schlimmer, wenn sie es taten.

Der Kokon der Überbehütung würde sich bald öffnen, und er

hoffte, dass ein schöner, selbstbewussterer und stärkerer Schmetterling daraus hervorgehen würde.

Nur die Zeit würde es zeigen.

Kurze Zeit später hatten sie den Strood überquert und fuhren auf die Insel. Von dort war es eine kurze Fahrt nach West Mersea, dem lebendigen und geschäftigen Herzen der Insel. Sie würden das lange Wochenende im Rosebank Caravan Park verbringen. Der Park war nur einen kurzen Fußweg von den Sümpfen entfernt und nur zu Fuß erreichbar. Tomek parkte auf dem nahegelegenen Parkplatz und atmete tief ein, füllte seine Lungen mit Luft.

»Was machst du da?«, fragte Kasia.

»Das ist eine der reinsten Luftarten, die du jemals atmen wirst.«

Sie verdrehte die Augen. Bevor Tomek etwas sagen konnte, wurde er von einem Gähnen überfallen, und er streckte seine Arme in die Luft, griff nach dem Himmel.

»Wir sind nur eine Stunde gefahren«, bemerkte Kasia.

»In meinem Alter fühlt sich eine Stunde wie zehn an.«

»Erzähl mir davon!«

Die Stimme kam von hinter Tomek. Von einem großen Mann in seinen späten Fünfzigern mit breiten Schultern, einem großen Bauch, großen Händen und einem passenden großen Kopf voller Haare. Er sah aus, als wäre er irgendwann in seinem Leben Gewichtheber gewesen. Entweder das, oder er hatte eine besondere Kombination von Eigenschaften aus dem Genpool erhalten. Auf seinem Gesicht saß eine Brille, die seine Augen aufgebläht aussehen ließ, und er trug eine Cordhose und ein Jackett mit Ellbogenflicken, das aussah, als wäre es seit den Siebzigern nicht mehr gewaschen worden.

Kasia spannte sich sofort an.

»Kein Grund, so alarmiert auszusehen«, sagte der Mann und kam auf sie zu. »Mein Name ist Montgomery Fletcher. Ich besitze diesen Ort. Seid ihr Gäste?«

Tomek streckte eine Hand aus. Sie verschwand förmlich in Montgomerys Hand.

»Wir sind für das Wochenende hier.«

»Die Regatta? Willkommen! Es ist großartig, euch hier zu haben. Es ist fantastisch, so viele Leute von außerhalb der Insel bei der Veranstaltung zu sehen. Darum geht es bei der Regatta. Ein wahres Spektakel. Wollt ihr jetzt einchecken oder zuerst etwas von der Insel erkunden?«

»Einchecken, wenn wir nicht zu früh dran sind?«

Montgomery winkte den Kommentar weg. »Das ist in Ordnung. Ich habe nur den späten Nachmittag auf der Website angegeben, falls es Notfälle gibt. Die Reinigungskräfte sind normalerweise bis elf fertig.«

Nachdem sie das Auto ausgeladen hatten, folgten Tomek und Kasia Montgomery zu ihrem Mobilheim. Je ein kleiner Koffer. Nichts zu Extravagantes. Gerade genug für ein paar Tage leichtes Sightseeing und Erkunden der winzigen Insel.

Ihr Zuhause für die nächsten Nächte befand sich eine Reihe vom Rand des Geländes entfernt, nur wenige Meter von einem kleinen Pfad, der entlang der Wasserlinie führte. Zwei Betten. Dusche und Toilette. Küche. Wohnzimmer. Alles in einem. Alles, was sie brauchten. Ein Ort, an dem Kasia sich entspannen und mental erholen konnte, falls es für sie zu viel wurde. Ein Ort, an dem Tomek schlafen und scheißen konnte, die beiden Dinge, die er von jedem Aufenthalt am meisten brauchte. Es musste nicht extravagant sein, es musste nicht teuer sein, es musste nicht einmal sauber sein. Solange es diese beiden Grundbedürfnisse erfüllte, war er zufrieden. Schließlich war er mit unbequemen Betten nicht unvertraut; in der Vergangenheit hatte er mehrere Wochen auf einem Schlafsofa im Haus eines Freundes verbracht, und nichts sagte weniger Entspannung als der Metallrahmen eines IKEA-Schlafsofas, der sich in deinen Rücken bohrte.

Die Temperatur im Wohnwagen war kühl. Über ihnen blies eine Klimaanlage kalte Luft durch die Lüftungsschlitze. Tomek überprüfte das Wetter draußen; eine leichte Unstimmigkeit, aber wenn man der Vorhersage trauen konnte, dann würde sie im Laufe des Wochenendes nützlich sein. Draußen flog eine Schar Möwen kreischend am Fenster vorbei.

»Was denkst du?«, fragte Montgomery und riss Tomek aus seinen Gedanken.

»Es ist perfekt. Mehr als ausreichend für unsere Bedürfnisse, findest du nicht, Kasia?«

Die Teenagerin zuckte mit den Schultern.

»Es ist ihr Lieblingswohnwagen«, antwortete Tomek für sie.

»Ausgezeichnet. Alles, was ihr braucht, sollte hier drin sein, aber wenn ihr noch etwas anderes braucht, bin ich gleich um die Ecke auf dem Gelände und helfe euch gerne. Vierundzwanzig Stunden am Tag, sieben Tage die Woche.«

»Wann findest du Zeit zum Schlafen?«, fragte Tomek.

Der Mann lachte, sein großer Bauch hüpfte auf und ab. »Gute Frage. Ich kann mich ehrlich gesagt nicht erinnern, wann ich das letzte Mal durchgeschlafen habe, aber das ist der Preis, den man zahlt, wenn man sein eigenes Geschäft führt. Möchtet ihr eine Tour über das Gelände, oder vielleicht über die Insel?«, fragte Montgomery und gab sein Bestes, um die Gesprächspause zu überbrücken.

Tomek schüttelte den Kopf. »Wir kommen schon klar. Ich war schon viele Male hier. Ich kann mir nicht vorstellen, dass sich seit meinem letzten Besuch allzu viel verändert hat.«

# KAPITEL
## DREI

Tomek stellte den Eimer so hart auf den Ponton, dass Wasser auf die Oberfläche schwappte. Die Vormittagssonne begann, den Ponton aufzuheizen, und Tomek konnte die Wärme an seinen Fußsohlen spüren. Darunter schwoll die Flut an, und mit jeder Wellenbewegung bebte der Ponton. In seiner Hand hielt er eine Packung Schinken und ein Stück Nylonschnur. Sie waren dabei, ein Bowen-Initiationsritual zu begehen.

»Was machen wir hier, Papa?«, fragte Kasia, die im Schneidersitz auf dem Ponton saß und ihr Handy auf ihren Schoß legte.

»Krabben fangen!«, antwortete er mit der Aufregung eines Kindes, das über das neueste Videospiel spricht. »Hast du das schon mal gemacht?«

Sie schüttelte ihren Kopf. »Was ist das?«

Das Lächeln auf Tomeks Gesicht wurde noch breiter. »Ich zeig's dir.«

Er ließ sich an den Rand der Plattform sinken, baumelte mit den Zehen im Wasser, wickelte die Angelschnur ab, schob ein Stück Schinken in den Beutel am Ende der Schnur und ließ sie vorsichtig ins Wasser hinab.

Aufgeregt drehte er sich zu ihr um, in der Hoffnung, die gleiche Reaktion auf ihrem Gesicht zu sehen. Stattdessen sah er das Gegenteil:

das Gesicht eines Teenagers, dem gerade gesagt wurde, dass er eine Woche lang jeden Abend sein Zimmer aufräumen muss.

»Und jetzt?«, fragte sie.

»Was meinst du mit 'und jetzt'? Du legst den Köder ins Wasser, wartest und erntest dann die Belohnung.«

»Wie lange?«

Der Seufzer, der über Tomeks Lippen kam, war absichtlich hörbar. »Kannst du deine Welt der sofortigen Befriedigung mal für einen Moment aussetzen? Diese Dinge brauchen Zeit. Man muss Geduld haben. Es ist wie beim Angeln.«

»Ich mag Angeln nicht.«

»Woher weißt du das? Hast du es je gemacht?«

Sie beantwortete die Frage nicht, vermied einfach den Augenkontakt.

»Wie kannst du also sagen, dass du es nicht magst? Das ist, als würdest du sagen, dass du es nicht magst, eine Million Pfund im Lotto zu gewinnen, weil du es noch nie getan hast. Ich glaube nicht, dass es jemanden auf der Welt gibt, der nicht gerne eine Million Pfund gewinnen würde.«

»Ein Milliardär wahrscheinlich nicht...«

Tomek öffnete den Mund, um zu antworten, aber ihm fiel nichts ein, was er sagen könnte. Die Logik eines Teenagers hatte ihn völlig sprachlos gemacht. Also antwortete er: »Nimm deine Schnur, tu etwas Schinken rein und wirf sie ins Wasser. Das ist nicht schwer.«

Mit einem Schnaufen und Grunzen tat Kasia wie angewiesen. Sie kam bis zur Packung Schinken, bevor sie aufhörte.

»Was machst du?«, fragte Tomek und sah sie leicht ungläubig an.

»Kannst du das für mich machen?«

»Warum?«

»Ich mag keinen Schinken.«

»Doch, tust du. Du isst ihn ständig in deinen Sandwiches.«

Zumindest hatte sie ihn in letzter Zeit mehr gegessen.

»Ich mag nicht, wie er sich anfühlt. Er fühlt sich eklig an meinen Fingern an.«

»Es ist Schinken...«

»Es ist widerlich.«

Tomek zögerte. Würde er wirklich mit ihr darüber streiten, ein Stück Schinken in einen kleinen Beutel zum Krabbenfangen zu stecken? Nein. Es gab größere Dinge auf der Welt, über die man sich Sorgen machen musste, und nach allem, was sie durchgemacht hatte, fand er es unbedeutend. Schließlich nahm er ihr den Schinken ab, riss ein Stück ab und stopfte es in den Beutel.

Als er ihn ihr zurückgab, dankte sie ihm und ließ den Beutel ins Wasser fallen. Dabei löste sich der Schinken, und innerhalb einer Sekunde blitzte eine Krabbe an der Oberfläche auf, schnappte sich den Schinken und verschwand wieder. Tomek griff nach seiner eigenen Schnur, die nun schon einige Zeit dort gelegen hatte, nur um festzustellen, dass auch sein Schinken verschwunden war. Eine Krabbe war gekommen und gegangen, ohne dass er es bemerkt hatte.

Einige verärgerte Momente später lagen beide Schnüre wieder unter der Wasseroberfläche, gefüllt mit neuen köstlichen Mahlzeiten. Kasia war für ihre eigene Schnur verantwortlich, während Tomek seine aufmerksam beobachtete, auf die weichsten, schwächsten Vibrationen in seinen Fingern achtete und zum Handeln bereit war.

Er genoss Tage wie diesen. Die Sonne, die auf seinem Rücken brannte und seinen Nacken röstete. Das Geräusch der Wellen, die in der Ferne gegen das Ufer schlugen. Die kühle Sommerluft, die gegen die Härchen auf seinen Armen strich. Und das Gefühl der Krabbenschnur, die durch seine Hand glitt.

Als Kind hatte sein Vater ihn und seine Brüder an manchen Wochenenden für ein oder zwei Stunden zum Krabbenfangen nach Mersea Island mitgenommen, wo sie am Rand des Pontons hockten und darauf warteten, dass die kleinen Krustentiere am Köder knabberten. Während seine Brüder vielleicht mehr Erfolg hatten, minderte das seinen Spaß an der Erfahrung nicht. Es war eine seiner Kernerinnerungen. Allerdings hatte es nur bis zum Alter von zehn Jahren gedauert. Nach Michałs Tod hatten er und seine Familie aufgehört zu kommen. Sie hatten aufgehört, die Insel zu besuchen. Sie hatten aufgehört, als Familie an den Strand zu gehen. Ihr ganzes Leben hatte aufgehört.

Tomek wollte, dass für Kasia das Gegenteil wahr war. Nach den Ereignissen des Sommers wollte er mehr mit ihr unternehmen, er wollte ihr zeigen, dass das Leben weitergeht, dass das Leben unabhängig von dem, was in der Vergangenheit passiert ist, weitergeht. Alles, was man tun konnte, war vorwärts zu gehen. Er wusste nicht, ob die Botschaft bereits ankam; vielleicht war er zu passiv, zu vage damit, aber er hoffte, dass es irgendwann so weit sein würde.

Zwei Minuten später begann Kasias Schnur zu kräuseln. Tomek bemerkte es als Erster. Er stupste sie an der Schulter an, riss sie aus ihren tiefen Gedanken und sagte ihr, sie solle die Schnur hochziehen. Schnell ließ Kasia die Schnur durch ihre Finger gleiten, bis sie das Ende erreichte. Dort, am unteren Ende des Beutels, hing eine Krabbe von der Größe ihrer Faust, deren Schere im Beutel gefangen war.

Beim Anblick schrie Kasia auf, heulte wie ein verängstigtes Kind. Tomek griff nach der Schnur, bevor sie sie fallen lassen konnte, und tauchte die Krabbe in den Eimer. Nachdem sie sich gefasst hatte, reichte Tomek ihr den Eimer.

»Willst du mal schauen?«

»Das ist ekelhaft!«

»Schmeckt aber köstlich.«

»Igitt, du kannst die nicht essen.«

»Warum nicht?«

»Weil sie so...« Schließlich senkte sie ihr angewidertes Gesicht zum Wasser. »Sie ist so klein. Sie hat wahrscheinlich eine Frau und Kinder.«

»Ich glaube nicht, dass das so funktioniert, Kash«, sagte Tomek. »Ja, er wird Kinder haben... Aber nicht wie wir.«

»Das ist egal. Du kannst ihn nicht essen!«

»Werden wir auch nicht. Es geht darum, sie zu fangen und wieder zurückzuwerfen.«

Kasia starrte noch einen Moment auf die Krabbe, während diese verzweifelt am Boden des Eimers herumkrabbelte. »Ich will keinen Fisch mehr essen.«

*Oh, super. Sie hat eine Gewissenskrise.*

»Nur Fisch? Was ist mit Huhn? Rindfleisch? Rentier?«

»Rentier? Essen Leute *sowas*?«

Tomek nickte.

»Oh mein Gott, dann nein, auf keinen Fall. Ich will überhaupt kein Fleisch oder irgendetwas anderes mehr essen. Ich werde Vegetarierin.«

Großartig, dachte Tomek bei sich. Nicht nur, dass sie hochallergisch gegen Erdnüsse war, jetzt entschied sie sich auch noch, bei gemeinsamen Mahlzeiten oder Restaurantbesuchen noch schwieriger zu werden.

Er schaute auf die Krabbe hinunter, dann auf die Packung Schinken. »Scheint so, als ob nur du und ich das gute Zeug essen werden, Kumpel.«

# KAPITEL
## VIER

omeks Bewegungen waren geschmeidig, gleichmäßig, kontrolliert. Kasias hingegen waren nicht vorhanden.

Er drehte sich im Zweier-Kajak um und sah sie dort sitzen, vollkommen regungslos, mit einer Mischung aus Müdigkeit und Angst im Gesicht, während sie über den Rand spähte und ins Wasser starrte. In den letzten zehn Minuten hatte er für sie beide gepaddelt und ihr Gewicht umsonst mitgeschleppt.

»Was ist los?«, fragte er.

»Nichts.«

»Magst du es nicht? Ist das wieder so eine Sache, von der du sagst, dass du sie nicht magst, aber noch nie ausprobiert hast?«

»Nun, ich probiere es jetzt und ich glaube, ich mag es nicht. Es ist unheimlich hier draußen. Das Wasser... das Meer... Was, wenn es hier Haie gibt?«

»Es gibt keine Haie in West Mersea, Kasia. Du hast mehr Chancen, in diesem Gewässer das Monster von Loch Ness zu finden als einen Hai, meine Liebe.«

Sie schien nicht überzeugt zu sein.

»Es ist so tief«, sagte sie.

»Du könntest wahrscheinlich darin stehen«, erklärte er ihr.

Sie griff nach den Schultergurten ihrer Schwimmweste und umklammerte sie fest, bis ihre Knöchel weiß wurden. Tomek drehte sich noch weiter in seinem Sitz, aber als er das tat, neigte sich das Kajak von einer Seite zur anderen. Kasia ließ ihren Griff an den Schultergurten los, packte die Seiten des Kajaks und schrie, bis ihre Lungen kurz vorm Bersten waren. Der Klang rollte über die weite Fläche des Salzmarschlandes, über die Grasränder und über das Wasser.

»Das ist nicht lustig! Machst du das mit Absicht?«

Tomek drehte sich, bis er zum Bug schaute. Er ließ das Paddel auf seinen Schoß fallen und hob die Hände in einer Kapitulationsgeste.

»Ich mache gar nichts«, erklärte er, während der Schrei weiter über die flache Landschaft hallte. »Ich wollte nur sehen, ob es dir gut geht.«

»Geht es nicht. Ich mag es nicht. Es ist... ich habe Angst. Ich will nicht... ich möchte zurück.«

»Warum?«, fragte Tomek unwillkürlich. Er wusste, dass er ihre Wünsche respektieren sollte. Schließlich ging es an diesem Wochenende darum, ihr bei der mentalen Genesung zu helfen und ihren Geburtstag zu feiern, aber es war eine Reflexantwort, ein Muskel, der in den letzten zwanzig Jahren bei der Polizei so trainiert worden war, dass er beim kleinsten Anzeichen von Widerstand zuckte.

»Ich mag es nicht«, wiederholte sie, diesmal mit tieferem Tonfall. »Ich könnte ertrinken.«

»Du wirst nicht *ertrinken*«, erklärte er und versuchte, die Situation mit einem sanfteren Ton zu verbessern. »Du hast deine Schwimmweste an, du kannst schwimmen und du bist mit-«

»Ich kann nicht schwimmen!«

Die Worte schienen eine Ewigkeit lang über die Marschen zu hallen und hallten noch dreißig Sekunden nach, nachdem sie sie ausgesprochen hatte.

Dann wurden aus dreißig Sekunden sechzig, und Tomek sagte immer noch nichts. Er saß vorne im Kajak und starrte ins Wasser, ohne den Haubentaucher zu bemerken, der über den Bug schwamm, während die frühe Nachmittagssonne auf seine Oberschenkel und Unterarme herabbrannte. Bis schließlich die Synapsen in seinem Gehirn sich von dem plötzlichen Schock dieser Enthüllung erholten.

»Was meinst du damit, du kannst nicht schwimmen?«

Er wollte sich umdrehen und sie ansehen, entschied sich aber dagegen. Stattdessen drehte er seinen Hals fünfzig Grad nach links und erhaschte aus dem Augenwinkel eine niedergeschlagene und verlegene Kasia.

»Ich...«, begann sie, ein Kloß bildete sich in ihrem Hals. »Ich habe es nie gelernt. Mama hat mich nie mitgenommen, als ich jünger war, und in der Schule habe ich es auch nicht gemacht. Ich habe immer Atteste bekommen. Sie... Jedes Mal, wenn meine Freunde an den Strand gehen wollten, habe ich mich immer zurückgezogen, aus Angst, dass sie schwimmen gehen wollten.«

Tomek dachte einen Moment nach, bevor er antwortete. Es war nicht ihre Schuld, dass sie nicht schwimmen konnte; diese Schuld lag ganz bei ihrer Mutter, der Frau, mit der er das Pech hatte, mehr Zeit in seinem Leben verbracht zu haben, als ihm lieb gewesen wäre. Verdarb es einige seiner Pläne für das Wochenende? Ja, aber er konnte nicht wütend auf seine Tochter sein, und es hatte auch keinen Sinn, die nächsten Tage dadurch verderben zu lassen.

»Warum hast du nicht früher etwas gesagt? Der Typ im Laden hat sogar gefragt, ob du dich im Wasser wohlfühlst.«

Kasia senkte den Kopf. »Ich wollte dich nicht enttäuschen. Ich weiß, dass du viel Gedanken und Zeit in die Organisation dieses Wochenendes gesteckt hast. Ich weiß, wie aufgeregt du bist. Ich wollte einfach...«

Ein Lächeln explodierte auf Tomeks Gesicht, und all die Dunkelheit und das Grau, das seine Erfahrung des Tages getrübt hatte, lichtete sich plötzlich und wurde wieder sonnenhell.

»Vergiss es«, sagte er ihr. »Das Schöne an diesem Ort ist, dass es massig zu tun gibt. Und wenn du lieber zurück zum Wohnwagen gehen und zwölf Stunden darin bleiben willst, dann ist das genauso in Ordnung. Es ist dein Wochenende, okay?«

Sie schaute langsam zu ihm auf. »Okay...«, sagte sie, obwohl der Zweifel in ihrer Stimme darauf hindeutete, dass sie es nicht glaubte.

»Komm schon«, sagte er, während er sein Paddel nahm. »Bringen wir dich zurück an Land.«

Tomek tauchte das Paddel ins Wasser und grub tief, wodurch das Kajak eine Hundertachtzig-Grad-Wende machte. Dann zog er los, links, rechts, links, rechts. Geschmeidige, fließende Züge über das Wasser. Nur diesmal fühlte sich das Kajak schwerer an. Vielleicht fühlte es sich beschwert an, weil er *wusste*, dass Kasia nicht mithalf.

Oder vielleicht lag es an den Schuldgefühlen, die er verspürte, weil er Kasias Sicherheit möglicherweise gefährdet hatte, indem er sie aufs Wasser mitnahm.

Nach einer kurzen Strecke, in der er gleichmäßige Linien durch das Wasser zog, erregte etwas Tomeks Aufmerksamkeit. Eine dicke, schwarze Masse auf einem Grasstreifen, umgeben von einem Schwarm Raben, die darauf herumhüpften.

Sein Interesse geweckt, manövrierte Tomek das Kajak in Richtung des Objekts am Ufer. Kasia rief ihm zu und hinterfragte ihre Bewegungen wie ein panischer Passagier in einem Flugzeug, aber er bemerkte es nicht.

Als das Objekt näher kam, erkannte er endlich, was seine Aufmerksamkeit aus solcher Entfernung auf sich gezogen hatte: ein toter Hund, ein schwarzer Labrador. Er hatte in seinem Leben viele Leichen gesehen, von grausig verstümmelten bis zu friedlich und gelassen wirkenden, aber wenn es um tote Tiere ging, konnte er die Anzahl der Opfer an einer Hand abzählen.

Jetzt hatte er gerade seinen sechsten gesehen.

Tomek brachte das Kajak etwa zehn Meter vom Ufer entfernt zum Stehen, indem er das Paddel ins Wasser steckte. Es gab keine sichtbare Todesursache. Keine Kopfverletzung, keine Schnittwunden am Körper. Kein Blut, das das Fell verklebte, und dennoch hatten die Vögel begonnen, an seinem Kadaver zu fressen, verschlangen ihn von hinten, und ein beißender Geruch von Tod und Verwesung trieb zu ihnen herüber und erfüllte seine Nasenlöcher. Das einzige Anzeichen dafür, dass der Hund irgendeine Art von Verletzung oder Leid erfahren hatte – abgesehen von der offensichtlichen Tatsache, dass er tot war – war ein stark gebrochenes und zermalmtes Paar Hinterbeine.

»Papa, was ist los?«, fragte Kasia.

Tomek konnte seinen Blick nicht von dem wunderschönen Tier abwenden. Wieder erinnerte er sich daran, für Kasia einen Hund zu besorgen, um sie zu unterstützen, ein Haustier für die Familie. Er hatte den Gedanken so schnell verworfen, wie er aufgetaucht war. Er war immer bei der Arbeit und Kasia in der Schule. Hunde waren so eine Bindung, und er hatte Angst, dass er dem Tier nicht die nötige Fürsorge und Aufmerksamkeit schenken könnte. Er war gerade erst in der Lage, Kasia in dieser Hinsicht zu unterstützen, geschweige denn ein bedürftiges und abhängiges Tier. Außerdem war dieser hier, der zermalmt und zusammengebrochen am Boden lag, nur ein weiterer Grund, es nicht zu tun. Er hatte in der Vergangenheit mit dem Tod von geliebten Menschen umgehen müssen, aber er konnte sich das Ableben eines Haustieres nicht vorstellen.

»Papa, warum haben wir-«

Sie hielt inne, sobald sie das Tier erblickte. Ein kleiner Seufzer entwich ihren Lippen, und sie schlug die Hand vor den Mund.

»Schau nicht hin«, sagte er zu ihr und begann, das Kajak zu drehen.

»Was ist mit ihm passiert?«

»Ich weiß nicht«, antwortete er.

Als er einen der unzähligen Wasserarme hinunterfuhr, hörte er ein Boot näherkommen. Die Kabine erschien zuerst über einer Grasbank, ragte hervor wie ein Requisit in einer Puppenshow, und bald folgte der Rest des Bootes. Auf der Seite prangte der Name MT MERSEA TOURS. Am Steuer stand ein Mann in seinen frühen Sechzigern, gekleidet in ein T-Shirt und eine Shorts, die aussahen, als wären sie durch jahrelange Sonneneinstrahlung und Salz ausgebleicht worden. Sein langes, fettiges Haar lichtete sich, während sein Bart voll und dicht war, als hätte jemand alles von seinem Kopf nach unten zu seinem Kinn gezogen. Der Mann erinnerte Tomek sofort an Onkel Albert aus *Only Fools and Horses*.

»Morgen!«, rief der Mann mit starkem Essex-Akzent, während er das Boot herumschwenkte und auf sie zuschaukelte.

»Morgen«, erwiderte Tomek, als der Mann neben ihnen zum Stehen kam.

Der Kapitän senkte einen Hebel am Armaturenbrett und lehnte sich über die Seite.

»Habt ihr euch verirrt?«, fragte er, seine Sprache leicht verwaschen. »Schöner Tag dafür.«

»Schöner Tag, um sich zu verirren, oder schöner Tag im Allgemeinen?«

»Beides«, antwortete der Mann. »Wenn du dich schon verirren musst, kannst du es genauso gut mit der Sonne tun, die auf deinen Rücken scheint und deine Haut schön färbt.«

Tomek betrachtete die Arme und das Gesicht des Mannes. Sein ganzer Körper hatte die Farbe von Leder, fast mediterran.

»Gut, dass wir uns nicht verirrt haben«, sagte er.

»Ihr seid nicht von hier, oder? Kann nicht behaupten, dass ich euer Gesicht wiedererkenne.«

Tomek erklärte, dass sie für die Regatta hier waren.

»Dachte ich mir. Der Ort ist so klein, dass man mit der Zeit jedes Gesicht wiedererkennt.«

Der Mann ließ sich auf die Kante seines Bootes nieder und ließ die Beine über die Seite baumeln. Als er näher kam, nahm Tomek einen Hauch von Alkohol in seinem Atem wahr.

»Wart ihr schon mal bei der Regatta?«, fragte der Mann.

»Es ist das erste Mal für meine Tochter.«

»Ausgezeichnet. Nun, willkommen. Die Regatta ist nicht mehr das, was sie mal war, aber es ist immer noch eine verdammt gute Zeit. Ich bin sicher, ihr werdet es lieben.«

»Was machst du so weit draußen?«, fragte Tomek.

»Potenzielle Kunden aufsammeln.« Der Mann zeigte auf die Logo-Aufkleber an der Seite des Bootes. »Mein Name ist Mick Thorne. Ich führe mein eigenes Tourunternehmen und bringe Touristen und andere Besucher rund um die Insel. Ja, es ist nicht mehr das, was es mal war, wo jetzt jeder seine eigenen Kajaks und dergleichen bekommen kann – besonders nachdem mein letztes verdammtes Boot ein blödes Loch bekommen hat – aber die Hauptsaison ist immer die beste Zeit, immer dann, wenn ich gerade genug verdiene, um mich für ein weiteres Jahr über Wasser zu halten. Nun, früher jedenfalls...«

Tomek ließ den letzten Satz in der Luft hängen. Er spürte, dass Mick Thorne näher darauf eingehen wollte, dies aber nur tun würde, wenn Tomek ihn in die richtige Richtung stieß. Am Ende entschied er sich, das Gespräch weiterzuführen.

»Weißt du zufällig etwas über das da drüben?«, fragte Tomek stattdessen.

»Was wo drüben?«

Bevor Tomek überhaupt zeigen konnte, schien Mick zu wissen, worauf Tomek sich bezog.

»Da liegt ein toter Hund«, erklärte Tomek. »Die Beine sind gebrochen. Sieht so aus, als wäre er von einem Auto angefahren worden.

Das arme Ding scheint noch nicht lange dort zu liegen, aber die Vögel sind schon dabei.«

Micks Augen weiteten sich. Er öffnete und schloss seinen Mund mehrmals, bevor er antwortete. »Ja... die Bastarde machen das. Wobei ich mir vorstellen kann, dass die Hitze auch nicht gerade geholfen hat.« Er zischte durch die Zähne und schüttelte den Kopf, während er sich die Unterseite seiner Nase abwischte. »Schrecklich. Absolut schrecklich. Ein Hund, sagst du? Noch schlimmer. Des Menschen bester Freund, einfach... einfach so zurückgelassen, um dort zu verrotten. Manche Leute auf dieser Welt, Mann. Das macht mich krank.« Ein weiteres Zischen, ein weiteres Kopfschütteln. Eine lange Pause. »Überlass das mir, ich werde sicherstellen, dass sich jemand darum kümmert. Wir können das nicht einfach rumliegen lassen, wenn morgen die Show beginnt. Was würden die Besucher und Teilnehmer vom Ort denken?«

Eine Menge besser, als ich derzeit von dir denke, dachte sich Tomek, während er sich von Mick Thorne verabschiedete und zurück zum Kajak-Verleih auf der Insel paddelte.

# KAPITEL
# FÜNF

Tomek dachte noch über eine Stunde später an das tote Tier, als sie Fowler's Café an der Küstenstraße betraten. Nachdem sie das Kajak abgegeben hatten, waren sie zum Mobilheim zurückgekehrt, um zu duschen und sich frisch zu machen, und dann für einen späten Mittagsimbiss ausgegangen.

Tomek hatte schöne Erinnerungen an Fowler's. Als einziges Café auf der Westseite der Insel war es der Ort, den er und seine Familie am häufigsten besuchten, wenn sie nach einem Frühstück, Mittagessen oder einem frühen Abendsnack suchten. Als drei ausgehungerte Jungen hielten sie ihren Vater ständig in Geldnöten und sorgten immer dafür, dass ihre Mägen gefüllt waren.

Es war unmöglich, Fowler's zu besuchen, ohne ihr Spezialitäten-sandwich mit Austern zu probieren. Tomek erklärte das Kasia, während sie sich an einen Tisch setzten, der gerade von einem älteren Paar verlassen worden war, das ihn ordentlich hinterlassen hatte, mit Tellern und Besteck sauber aufeinander gestapelt.

Es war nicht ungewöhnlich, dass es in Fowler's voll war, aber das hier war etwas anderes. Grüppchen von Menschen, manche fünf oder sechs Personen stark, standen zusammengedrängt und diskutierten lautstark, wie es die Leute aus Essex eben tun, verschlangen ihr Essen, schlürften ungeniert an ihren Softdrinks und Kaffee ohne Rücksicht auf andere. Die Kundschaft war eine Mischung aus Jung und Alt,

Dünn und Breit, Laut und Leise – und Tomek liebte es. Fowler's erinnerte ihn an das Café, das er früher in Hadleigh besucht hatte: Monika's. Auch das war Heimat für denselben Schmelztiegel an Essex-Stereotypen gewesen und hatte ebenfalls großartiges Essen serviert.

»Wirst du das Austern-Sandwich probieren?«, fragte Tomek.

Kasia legte die Speisekarte hin und schaute zu ihm hoch, sichtlich unbeeindruckt. »Erinnerst du dich nicht an das Gespräch, das wir buchstäblich vor zwei Stunden geführt haben? Ich bin jetzt Vegetarierin, schon vergessen?«

Tomek dachte, das Gespräch war etwas mehr als drei Stunden her, beschloss aber, sie nicht auf den Gebrauch von *buchstäblich* hinzuweisen.

»Oh, richtig. Tut mir leid. Vergessen. Du bleibst also dabei?«

»Ja!«

Tomek griff nach einer sauberen Serviette, zog einen imaginären Stift aus seiner Tasche und tat so, als würde er kritzeln. »Zwei Stunden... Abgehakt! Als Nächstes auf der Aufgabenliste steht, es auf fünf Stunden zu bringen. Mal sehen, wie lange du durchhältst, bevor du jemandem erzählst, dass du jetzt Vegetarierin bist. Das ist der *eigentliche* Test.«

Kasia verdrehte die Augen und begann wieder, die Speisekarte anzuschauen. Unter ihrem Atem murmelte sie *Arsch*. Tomek hörte es, entschied sich aber, nicht zu kontern; es war berechtigt, wie alle anderen Worte, mit denen sie ihn hätte beschreiben können. Tatsächlich war er dankbar, dass sie nichts Stärkeres gewählt hatte. Er wollte sie nicht in einer so öffentlichen Umgebung zurechtweisen müssen.

Ein paar Augenblicke später kam ein gutaussehender junger Mann in den frühen Dreißigern auf sie zu. Er trug eine beigefarbene Chinohose mit mehreren Fettflecken, ein locker sitzendes Ralph-Lauren-Polo und eine Schürze. Seine Gesichtszüge waren markant und ansprechend, mit einem dichten schwarzen Bart und noch dunkleren Augen. Unter ihnen sah Tomek ein Paar Koffer, die aussahen, als wären sie um die halbe Welt geschleppt worden. Trotz des offensichtlichen Schlafmangels und der erheblichen Menge an Stress, die er gerade durchmachte, grinste er sie aufgeregt an und behandelte sie, als wären sie seine allerersten Kunden.

»Entschuldigung für die Wartezeit«, begann er, bemerkte dann den

Turm aus Tellern auf dem Tisch. Er nahm sie, brachte sie in die Küche im hinteren Teil des Cafés und kehrte eine Sekunde später zurück. »Willkommen bei Fowler's. Mein Name ist Bradley und ich bin heute Ihr Gastgeber. Kann ich Ihnen etwas zu trinken bringen?«

Tomek drehte sich zu Kasia und wartete darauf, dass sie wählte. Sie überlegte kurz, während sie die laminierte Speisekarte durchsah, bevor sie schließlich eine heiße Schokolade bestellte. Standard für eine Dreizehnjährige, obwohl er ihr zu ihrem vierzehnten Geburtstag vielleicht vorschlagen sollte, etwas Stärkeres zu probieren.

»Und für Sie?«

Es dauerte ein paar Momente, bis Tomek bemerkte, dass er angesprochen wurde. »Flat White, bitte.«

»Etwas zu essen?«

»Zwei Minuten«, antwortete Tomek. »Bis Sie die Getränke fertig haben, sollten wir wissen, was wir wollen.«

——————

Es dauerte allerdings zwanzig Minuten, bis sie ihre Getränke bekamen, und zu diesem Zeitpunkt überlegte Tomek bereits zu gehen; etwas, das er in der Zwischenzeit mehrere andere potenzielle Kunden hatte tun sehen.

»Gut, dass wir nicht hungrig sind«, flüsterte er Kasia zu, bevor Bradley ankam und die Getränke auf den Tisch stellte.

»Entschuldigung für die Wartezeit«, sagte der Mann.

»Sie scheinen auf den Beinen zu sein.«

Bradley pfiff durch die Zähne und stemmte die Hände in die Hüften, während er sich umschaute. In diesem Moment schien er innezuhalten, nachzudenken und zum ersten Mal seit Wochen eine Pause einzulegen.

»Es wird an diesem Wochenende nur noch voller«, antwortete er.

»Wenn es einfacher ist, bestellen wir jedes Mal das Gleiche, wenn wir herkommen.«

»Bezweifle, dass das einen Unterschied macht. Im Moment bin ich nur mit einer weiteren Person hier. Ich brauche mindestens zwei mehr.«

Tomek zeigte auf Kasia und sagte scherzhaft: »Nun, wenn Sie eine

Tellerwäscherin oder Läuferin brauchen, habe ich eine Dreizehnjährige, fast Vierzehnjährige, die mehr als fähig ist.«

Tomek wurde nur kurz bewusst, dass es klang, als würde er seine Tochter anbieten, etwas, das ihm angesichts der jüngsten Ereignisse schmerzlich klar hätte sein müssen. Glücklicherweise ersparte Bradley ihm die Peinlichkeit und lehnte das Angebot ab.

Nachdem er ihre Essensbestellung aufgenommen hatte, hielt Tomek ihn zurück, um zu fragen: »Wie lange haben Sie diesen Laden schon? Als ich das letzte Mal hier war, wurde er von anderen Besitzern geführt.«

*Und deutlich reibungsloser geführt.*

»Maureen und Rob?«

»Die sind es.«

Ein leerer Ausdruck huschte über Bradleys Gesicht. »Das waren meine Eltern. Sie sind letztes Jahr verstorben; Mum ging zuerst, und es stellte sich heraus, dass Dad den Ort nicht alleine bewirtschaften konnte, also folgte er kurz darauf, und ich habe ihn von ihnen geerbt. Kümmere mich seitdem alleine darum.« Bradley wandte sich zu dem Teenager-Mädchen im hinteren Teil, das gerade mit der Kaffeemaschine kämpfte. »Na ja, ich und Naomi kümmern uns um den Ort.«

Tomek schenkte dem Mann ein mitfühlendes Lächeln. »Du machst das gut. Kann nicht einfach sein, angesichts der Umstände.«

»Das kannst du laut sagen«, erwiderte Bradley mit einem verhaltenen Lachen, der Art, die andeutete, dass er noch viel mehr zu sagen hätte. »Es könnte ein bisschen dauern mit dem Essen«, fügte er hinzu.

»Das ist schon in Ordnung«, antwortete Tomek. »Wir haben es nicht eilig. Lass dir Zeit.«

# KAPITEL
## SECHS

Das Erste, was ihnen auffiel, als sie sich dem Strand von West Mersea näherten, war das laute Geplauder und Gelächter. Das Zweite war der Geruch: brennendes Holz, stark genug, um die Nasenflügel aus ein paar hundert Metern Entfernung zu kitzeln. Das Letzte, was sie bemerkten, war das weiche, gelbe Leuchten, das den Sand erhellte.

In der Mitte des Strandes, weit genug von den berühmten Strandhütten der Insel Mersea entfernt, um diese nicht zu versengen, und nah genug an der Wasserlinie für den Notfall, loderte ein großes Feuer. Flammen, zwei Meter hoch, leckten und tanzten vor dem schwarzen Hintergrund von Himmel und Marschland. Der Rauch stieg noch höher, und der beißende Gestank von verkohltem Holz wurde intensiver. Beim Anblick des Feuers verkrampfte sich Kasia und ihre Muskeln spannten sich an. Ihr Schritt verlangsamte sich, bis sie schließlich stehen blieb.

»Hey«, begann Tomek und legte eine Hand auf ihren Rücken. »Es ist okay, okay? Alles ist in Ordnung. Du bist sicher. Ich bin bei dir. Es wird nichts passieren.«

Als er mit der Hand an ihrem Rücken auf und ab strich, durchzuckte die Stichwunde auf seinem Handrücken ein Schmerz. Ein Schmerz, den er seit dem Vorfall nicht mehr gespürt hatte. Ein Schmerz, der als eindringliche Erinnerung an das diente, was in jener

Nacht geschehen war. Aber er war bei weitem nicht so schmerzhaft wie die emotionalen Narben, die Kasia weiterhin quälten. Einen langen Moment standen beide da und starrten in die Flammen. Tief in ihnen sah Tomek die Spiegelung des Mannes, der ihnen so viel Leid und Schmerz zugefügt hatte: Zachary Godson. Er stellte sich vor, dass Kasia denselben Mann sah, nur dass ihre Visionen des Mannes völlig unterschiedlich sein würden, denn er sah den Mann, wie er völlig reglos dalag, eingefroren in einer Momentaufnahme aus Reue und qualvoller Agonie, seine verkohlte Haut auf die stromführende Bahnschiene gepresst, die ihn getötet hatte.

Tomek vermutete, dass Kasias Bild von dem Mann etwas weniger brutal war.

Erst als Tomek seinen Namen rufen hörte, kehrten seine Gedanken zum Strand zurück. Auf sie zu kam, gekleidet in einen leichten cremefarbenen Pullover und eine beige Shorts, Montgomery. In diesem Moment nahmen Tomeks Augen auch die anderen Menschen am Strand wahr. Viele von ihnen. Dutzende tatsächlich. Männer, Frauen, Kinder. Sie unterhielten sich, plauderten, tranken und spielten rund um das Feuer.

Montgomery kam eine Sekunde später an.

»Guten Abend, ihr beiden«, sagte er. »Habt ihr es gut gefunden?«

Kasia hatte die Einladung in der Wohnwagentür eingeklemmt gefunden, nachdem sie vom Abendessen bei Fowler's zurückgekehrt waren. (Die Wartezeit auf das Essen war so lang gewesen, dass sie beschlossen hatten, die Mahlzeiten zu einer zusammenzufassen.)

»Glücklicherweise ist es nur eine kleine Insel«, antwortete Tomek.

»In der Tat. Man lernt den Ort und die Menschen in so kurzer Zeit wirklich kennen.« Montgomery deutete auf die Ansammlung von Menschen am Feuer. »Möchtet ihr, dass ich euch vorstelle, oder...?«

Tomek drehte sich zu Kasia, die weiterhin wie gebannt in die Flammen starrte. Er stupste sie am Arm an, aber es machte keinen Unterschied.

»Kash...«

Nichts.

Noch ein Stupser. Immer noch nichts.

Tomek schaute Montgomery verlegen an. Gerade als er den Mund öffnen wollte, durchschnitt eine schrille Stimme die Luft.

»Papa!«

Montgomery drehte sich auf der Stelle. Zwanzig Meter entfernt tauchte ein kleiner Junge hinter dem Schein des Feuers auf und sprintete auf sie zu. Montgomery ging auf die Knie, bereitete sich darauf vor, das Kind zu umarmen, das sich mit voller Geschwindigkeit auf seinen Vater stürzte. Montgomery stieß einen Schrei aus und als er den Jungen auf den Boden absetzte, tat er so, als hielte er seinen Bauch, als ob ihm die Luft weggeblieben wäre.

»Tomek, Kasia, das ist mein Sohn, Jacob.«

Tomek winkte dem Jungen höflich zu. Er konnte nicht älter als neun oder zehn Jahre sein. Seine Züge waren kindlich, und doch gab es einen Ausdruck in seinem Gesicht – eine Miene, ein Glitzern in den Augen –, der vermuten ließ, dass er älter, weltgewandter war. Als ob er ein alter Mensch wäre, der in einem Kinderkörper geboren wurde.

»Schön, dich kennenzulernen, Jacob. Ich heiße Tomek und das ist Kasia.«

Diesmal wirkte der Stupser am Arm; Kasia blinzelte zurück in die Gegenwart und winkte dem Jungen fieberhaft zu.

»Freut mich, euch beide kennenzulernen«, antwortete Jacob. Seine Höflichkeit und Eloquenz überraschten Tomek. »Seid ihr hier für die Regatta?«

»Ja«, antwortete Tomek, verblüfft.

»Mein Papa war einer der Leute, die bei der Organisation geholfen haben. Darf ich fragen, ob ihr teilnehmen werdet?«

»Darfst du. Ich habe überlegt, vielleicht bei der Gleitstange mitzumachen. Was meinst du?«

»Nicht viele Leute schaffen die Gleitstange«, sagte der kleine Junge. »Das könnte schwierig für dich werden.«

»Wird dein Papa mitmachen?«

Alle Augen richteten sich auf Montgomery. Der Wohnwagenplatzbesitzer wurde plötzlich schüchtern. »Veranstaltern ist es nicht erlaubt teilzunehmen, nur für den Fall, dass wir gewinnen! Dann könnten alle denken, es sei abgekartet. Nein, ich bin völlig zufrieden damit, von meinem Boot aus zuzusehen, vielen Dank.«

Das Gespräch geriet in eine natürliche Pause, bis Jacob über den Sand rutschte und an Kasias Arm zog. Die Bewegung war nicht fordernd oder grob, aber nach allem, was Kasia durchgemacht hatte, war sie wenig empfänglich für unerwartete Berührungen, und sie riss ihren Arm weg und sprang zurück.

»Jacob, du kannst nicht einfach Leute so anfassen«, sagte Montgomery, während er genau dasselbe bei seinem Sohn tat und ihn wegzog. Seine riesigen Hände und Unterarme verschlangen den Jungen komplett.

»Ich wollte nur fragen, ob sie mit mir und ein paar meiner Freunde spielen kommen möchte.«

»Ja, aber mit deinen Worten. Nicht mit deinen Händen.« Montgomery blickte zu Tomek, dann zu Kasia, die abwesend geworden war und in den Sand starrte, als würde sie noch einmal durchleben, was ihr auf dem Schloss passiert war. »Es tut mir so leid deswegen, er-«

»Schon gut«, sagte Tomek und wandte sich dann Kasia zu. »Möchtest du mitgehen? Es könnte gut für dich sein, mit Leuten in deinem Alter Zeit zu verbringen. Ich wette, du hast meinen Anblick langsam satt.«

Kasia drehte sich langsam zu ihm um, Bestürzung in jede Pore ihres Gesichts gemeißelt. Langsam nickte sie, obwohl Tomek spürte, dass sie nur zustimmte, weil er sie vor anderen darum gebeten hatte und sie das Gefühl hatte, keine andere Wahl zu haben.

»Ausgezeichnet«, platzte Jacob heraus und eilte an ihre Seite. Er hielt ihr die Hand hin wie ein Hotelpage, der erwartungsvoll auf ein Trinkgeld wartet, und sagte: »Fräulein, darf ich Ihre Hand nehmen? Ich kenne alle coolsten Orte auf der Insel, perfekt für Neuankömmlinge, und ich verspreche, Sie werden sicher sein.«

Kasia musterte die Hand einen langen Moment, versteifte ihre Schultern, holte tief Luft und wagte dann den Sprung, indem sie ihre Hand in seine legte.

»Ich werde gut auf sie aufpassen«, versicherte Jacob Tomek.

»Da bin ich mir sicher. Ruft mich an, wenn ihr etwas braucht, ihr beiden.«

Kasia nickte und folgte Jacob mit einem kaum merklichen Ausdruck blanker Angst zum anderen Ende des Strandes, denselben Weg entlang, den sie und Tomek gerade gekommen waren. Einen Moment später waren sie aus dem Blickfeld verschwunden, und da wurde ihm bewusst, dass er sie gerade mit einem völlig Fremden in die Dunkelheit geschickt hatte.

»Sie werden völlig sicher sein«, begann Montgomery, als würde er Tomeks Sorge spüren. »Auf dieser Insel ist seit Jahrzehnten nichts passiert. Und wenn doch, dann ist es gewöhnlich ein Boot- oder austernbezogener Vorfall. Ich bin lange genug hier, um mich an den Vorfall zu erinnern, als Murph seine Hand durch einen Propeller verloren hat.« Der Mann würgte. »So viel Blut... Ich habe seitdem nie wieder so etwas gesehen. Zum Glück. Ach! Warum verderbe ich die Stimmung, indem ich über Blut rede?«

»Sie haben einen sehr höflichen Sohn.« Tomek entschied, dass es besser war, das Gespräch selbst weiterzuführen, anstatt es dem anderen Mann zu überlassen.

»Oh, Jacob? Danke. Sehr freundlich von dir. Es war nicht leicht, nicht seit seine Mutter gegangen ist, aber er gewöhnt sich langsam daran. Und ich auch.«

Tomek warf einen Blick auf die Hand des Mannes; er trug immer noch seinen Ehering, als würde er an der schwachen Hoffnung festhalten, dass seine Frau eines Tages zurückkehren könnte.

»Wir haben ihn dazu erzogen, höflich und respektvoll zu sein, aber manchmal... wie du gesehen hast, vergisst er seine Manieren.«

Tomek winkte ab. »Kinder sind eben Kinder«, fügte er hinzu, obwohl er keine Ahnung hatte, wie sich Kinder in diesem Alter wirklich verhielten. »Ich hoffe, er nimmt Kasias Reaktion nicht zu ernst. Sie macht gerade einiges durch.«

»Wer nicht!«

Tomek lachte. Das Gespräch war zu einem natürlichen Ende gekommen, und beide Männer standen schweigend da. Aber genau dasselbe passierte ein Stück weiter. Die Gespräche, die noch Momente zuvor vor Lebhaftigkeit sprudelten, waren jetzt verstummt, und die Anwesenden nippten unbehaglich an ihren Getränken, nachdem ihnen der Smalltalk ausgegangen war. Kurz darauf schlenderte ein Quintett von etwa Zwanzigjährigen auf den Strand, die Gitarrenkoffer und andere Musikinstrumente über den Sand trugen.

»Endlich! Sie sind da«, rief Montgomery. »Die heutige Unterhaltung, und keine Minute zu früh. Der Ort wurde langsam wie eine Geisterstadt. Wenn du mich entschuldigst?«

Tomek winkte dem Mann zu. Als Montgomery davoneilte, näherte sich ihm ein anderer Mann aus der entgegengesetzten Richtung. Sie unterhielten sich ein paar Momente, bevor der neue Mann schließlich auf Tomek zukam. Dicke, gut gerundete Schultern ragten aus seiner oberen Hälfte hervor, und unten hatte er ein Paar Beine von der Größe von Baumstämmen – eine Größe, von der Tomek nur träumen konnte. Tomek schätzte ihn auf ein ähnliches Alter wie er selbst, vielleicht jünger, Ende dreißig. Sein Haar war strähnig, und seine Augen lagen tief in seinem Gesicht. Der Mann streckte seine Hand aus.

»Flynn. Wie geht's?«

»Tomek. Gut, aber ich könnte eins von denen gebrauchen.«

In seiner anderen Hand hielt Flynn eine Flasche Bier. Er bat Tomek zu warten, lief zurück zum Feuer und kehrte dann im Laufschritt mit dem Bier in der Hand zurück. Bevor er es Tomek reichte, legte er die Kappe in seinen Mund und öffnete sie mit den Zähnen. Tomek erschauderte.

»Eines Tages wird das richtig schiefgehen«, sagte er.

»Ist es schon«, sagte Flynn, während er Tomek eine zolllange Narbe an seinem Kinn zeigte. »Kriegswunde aus meinen rebellischen Jahren, als ich dachte, es wäre cool, so einen dummen Scheiß zu machen.«

»Schön zu sehen, dass du deine Lektion gelernt hast.«

»Manche Dinge ändern sich nie, also warum dagegen ankämpfen? Wie meine Mutter immer sagte.«

»Kluge Frau.«

»Das war sie.«

»Oh, das tut mir leid.«

»Nein, nicht so. Sie lebt noch – *gerade noch*. Sie ist in einem Heim, aber die alte Dame hält sich noch.«

Tomek wusste nicht, wie er darauf antworten sollte.

»Ich nehme an, du bist hier für morgen?«, fragte Flynn.

Tomek nickte.

»Zum ersten Mal?«

Tomek schilderte seine Geschichte mit der Regatta.

»Willkommen zurück«, sagte Flynn. »Immer gut zu sehen, dass Leute immer wieder kommen.«

»Wirst du teilnehmen?«

Flynn nahm einen langen Schluck Bier. »Vielleicht. Kommt darauf an, ob ich die Zeit finde. Ich wurde angeheuert, um den Tag zu fotografieren. Sie nennen mich den offiziellen Veranstaltungsfotografen.«

»Ein Spitzname, den du dir selbst gegeben hast, oder...?«

Noch ein Schluck. Flynn schüttelte den Kopf. Dann, während er sprach, begann er leicht zu lallen, als wären ihm die letzten beiden Schlucke Bier plötzlich zu Kopf gestiegen.

»Die Organisatoren – Montgomery, Derry, Charlene – sie sind alle Teil des Komitees, das es zusammenstellt. Früher habe ich die Fotos immer auf eigene Faust kostenlos gemacht. Aber jetzt wollen sie es offizieller aussehen lassen, 'die Anziehungskraft vergrößern'.« Er setzte die letzten Worte in Luftanführungszeichen.

»Immerhin wirst du bezahlt.«

»Pah! Keine verdammte Chance. Charlene würde dich nicht einmal bezahlen, wenn du obdachlos wärst und sie gerade zwanzig Pfund auf dem Boden gefunden hätte.«

»Charlene?«, fragte Tomek, bedacht darauf, Flynn nicht in einen Wutanfall zu treiben.

»Sie ist die Besitzerin der Victory Inn Kneipe. Aber sie ist auch die Vorsitzende des Komitees. Sie ist weniger als ein Jahr im Amt und hat schon so viel verändert, in beidem. Und die meisten Leute, mit denen du sprichst, würden behaupten, dass nichts davon zum Besseren ist. Kannst du das glauben, *all das* war ihre Idee. Das Feuer, die Versammlung, die Band, alles. Und sie ist nicht mal hier, um es zu sehen. Es soll alle zusammenbringen, die Leute motivieren, mehr aus dem Regatta-Wochenende zu machen, anstatt nur für den Samstag zu kommen, und sie kann sich nicht mal die Mühe machen aufzutauchen. Also, die ganze Arbeit, die da reingesteckt wurde, und es ist ihr scheißegal.«

Tomek schaute zum Strand hinaus und nahm sich einen Moment Zeit, um die »Arbeit« zu würdigen, auf die Flynn sich bezog: ein Holzhaufen, ein paar Anzünder, ein paar Fässer und ein paar Kisten Bier (die vermutlich von Charlene selbst zur Verfügung gestellt wurden). Ganz zu schweigen von der Band, die gerade dabei war, sich einzurichten. Tomek dachte nicht, dass da viel Arbeit drinsteckte.

»Hat irgendjemand bei ihr nachgefragt, ob es ihr gut geht?«, fragte er. »Vielleicht ist ihr etwas zugestoßen.«

»Bezweifle ich. Sie ist die lauteste Person im Raum und denkt gerne, sie sei auch die wichtigste. Aber sie kommt immer zu spät zu allem. Egal worum es geht.«

Das beantwortete nicht wirklich die Frage, aber Tomek beschloss, nicht weiter nachzuhaken. Flynn kannte Charlene besser, als er es je vorgeben könnte.

Flynn nahm noch einen Schluck von seinem Getränk, leerte es und blickte dann tief unbeeindruckt auf den Becher, als hätte er nie erwartet, dass er leer werden würde.

»Noch einen?«, fragte er Tomek.

Tomek schaute auf sein eigenes Getränk und lehnte das Angebot ab. Seins war noch fast voll. Der enttäuschte Blick auf Flynns Gesicht vertiefte sich.

»Was machst du beruflich?«

Tomek hatte sich gefragt, wie lange es dauern würde, bis dieses bestimmte Gesprächsthema aufkommen würde. Eigentlich hatte er es gefürchtet. Er wollte nicht, dass die Leute wussten, dass er Detektiv war. Nicht weil er sich dafür schämte oder weil er schüchtern war, wegen der Tatsache, dass er suspendiert war, bis die Untersuchung abgeschlossen war; vielmehr mochte er die Blicke nicht, die ihm die Leute zuwarfen, wenn er es verkündete. Es war typischerweise eine gemischte Reaktion: Einige behandelten ihn mit Verachtung, als wäre er allein für alle Probleme mit der heutigen Polizeiarbeit verantwortlich; während andere begeistert waren, seinen Beruf zu hören. Sie fühlten sich sicher, irgendwie beschützt, als wäre er ein Superheld, der jeden Angreifer oder jede Bedrohung mit einem einzigen Blick entwaffnen könnte.

Leider überwogen die Ersteren, und so hatte er beschlossen, es für sich zu behalten. Zumindest so lange wie möglich.

»Ich arbeite in der Verwaltung«, bot er an. Keine komplette Lüge – es gab viel zu viel unnötigen Verwaltungskram in seinem Job.

»Schön«, antwortete Flynn, obwohl seine Betonung seine Wortwahl Lügen strafte. Er sah aus, als würde er Tomek nicht glauben, dann hob er neugierig eine Augenbraue. »Läufst du?«

»*Ob ich laufe?*«

»Ja. Du weißt schon. Ein Fuß vor den anderen, nur schneller.«

»Ja, ich laufe. Nicht mehr so viel wie früher, aber ich laufe immer noch.«

»Nennst du es dann *schnelles Joggen*?«

»So in der Art.«

»Lust, morgen laufen zu gehen?«, fragte Flynn. »Ich drehe normalerweise morgens eine Runde um die Insel, aber manchmal kann es einsam werden.«

»Also brauchst du einen Freund?«

Flynn zuckte mit den Schultern. »So in der Art.«

Ein Grinsen breitete sich auf Tomeks Gesicht aus. »Damit kann ich leben. Abgemacht. Treffen vor Sonnenaufgang vor dem Rosebank Wohnwagenplatz?«

# KAPITEL
# SIEBEN

Eine für die Jahreszeit untypische herbstliche Kälte fegte über den Strand und durch die Straßen, als sie sich auf den Weg zurück zum Wohnwagen machten. Es war kurz vor Mitternacht. Die Straßen waren in ein mondweißes Leuchten getaucht, und über ihnen sah Tomek einen der besten Nachthimmel, den er je gesehen hatte: Hunderte kleiner weißer Lichter übersäten die schwarze Leinwand und zwinkerten ihm zu. Neue erschienen jedes Mal, wenn er in einen leeren Bereich des dunklen Raums blickte, während andere an Intensität zu gewinnen schienen. Und er war fast sicher, dass er in einem Gebiet mit geringer Lichtverschmutzung die schwachen Umrisse der Milchstraße sehen konnte, das größte und prächtigste Spektakel am Nachthimmel.

Er hielt an, um einen weiteren Blick zu werfen, um den Anblick zu genießen, doch Kasia setzte ihren zügigen Gang fort.

»Komm schon!«, bestand sie darauf, ihre Stimme ein scharfes Flüstern. »Ich will ins Bett.«

*Vor Mitternacht schlafen? Was für ein Teenager bist du denn?*

Tomek vergaß schnell den Nachthimmel und eilte ihr nach.

»Was habt ihr und Jacob so gemacht?«, fragte er.

»Er hat mir sein kleines Versteck gezeigt.«

»Ach ja?«

»Ja, und... alle seine Freunde sind nicht... na ja, sie sind nicht echt.

Sie sind eingebildet. Auf dem Weg zum Versteck hat er mir von Stanley erzählt, von Archie, von Henley. Über ihr Leben, wie sie aussahen, was sie gerne machten. Aber als wir dort ankamen, war niemand da.«

»Wie süß.«

»Dann hat er mir den Bunker am anderen Ende der Insel gezeigt. Stellt sich heraus, dass er dort gerne Verstecken mit ihnen spielt. Und manchmal üben sie für ihre Team-Buchstabierwettbewerbe und tun so, als wären sie bei *University Challenge*.«

Tomek wusste nicht, was er sagen sollte. Er dachte, ein zweites »Wie süß« wäre ein bisschen zu viel.

»Er ist wirklich niedlich«, fuhr Kasia fort. »Und er will, dass ich morgen zu ihm nach Hause komme.«

»Das ist nett.«

»Er hat mir erzählt, dass er noch viele andere Freunde hat, die ich dort treffen kann. Wette, die sind auch alle eingebildet.«

Tomek schnalzte missbilligend mit der Zunge. Ihm gefiel der spöttische Ton in ihrer Stimme nicht. »Sei nett. Manche Menschen gehen anders damit um, ein Einzelkind zu sein. Und manche Menschen finden es schwierig, Freunde zu finden.«

»Das werde ich, wenn ich wieder in die Schule gehe«, murmelte Kasia leise.

Sie kamen an eine Biegung in der Straße, die zum Ponton führte, wo sie den Morgen mit Krabbenfischen verbracht hatten. Eine Handvoll Straßenlaternen, die über die gesamte Länge der Straße verteilt waren, beleuchteten den Ponton und eine Austernbude am Straßenrand. Daneben, zu ihrer Linken, befand sich eine Reihe von Segelbooten, die dicht aneinandergedrängt auf dem Beton standen, und ein kleiner Steg, der ins Wasser führte. Unmittelbar rechts von ihnen war Fowler's Café. Daneben das Victory Inn. Zwei benachbarte Geschäfte mit einem dritten gegenüber, ein Stückchen die Straße hinunter. Der Geruch von salzigem Meerwasser, feuchtem Seetang und der unverkennbare Gestank von frischem Fisch hing schwer in der Luft, dick und klebrig, als ob er in den Beton, die Telefonmasten, die Ziegelwände eingebettet wäre. Dutzende weiße Linien, wie Haare im Gesicht eines Achtzigjährigen, ragten hinter dem Ponton hervor und schwankten und wippten sanft mit der Strömung. Das weiche

Geräusch des Wassers, das sanft gegen das Ufer schwappte, war das einzige hörbare Geräusch, abgesehen vom fernen Dröhnen eines Düsenflugzeugs, das auf dem Weg in ein noch wärmeres Klima war.

Tomek fühlte sich dort in Frieden. Alles war so ruhig, so entspannt, so idyllisch. Der perfekte Zufluchtsort für sie beide.

Sie gingen die Straße weiter entlang, bis etwas Tomeks Aufmerksamkeit erregte. Vor dem Victory Inn, mit Blick aufs Wasser, befand sich ein Biergarten. Holzbänke und -tische waren über den Platz verstreut, mit kleinen, isolierten, zylindrischen Pods wie Furunkel auf der linken Seite. Zwischen den Bänken bemerkte Tomek ein helloranges Glühen und roch den Gestank von Tabak, der in ihre Richtung wehte. Die Zigarette haltend sah er die Silhouette einer Frau, die sich gegen die Bank lehnte, ihre Gesichtszüge im Dunkeln verborgen.

»Guten Abend, Leute«, sagte sie. Tomek und Kasia blieben stehen; Kasia griff nach seiner Hand und umklammerte sie fest. »Tut mir leid, wenn ich euch erschreckt habe«, fuhr sie fort. Zuerst klang ihre Stimme barsch, tief, fast jungenhaft. Doch dann hustete sie den Teer aus ihren Lungen und sprach sanft. »Ich werde euch nichts tun, das stelle ich gleich von Anfang an klar. Obwohl, hier würde euch niemand etwas antun. Dieser Ort ist so sicher wie Fort Knox, wie man so schön sagt. Was hält euch Leute so spät draußen?«

Kasias Griff lockerte sich ein wenig.

»Wir waren bei der Party am Strand«, erklärte Tomek.

»Die Party! Wie war sie?«

»Genießbar.«

»Und die Band?«

»Besser als ich erwartet hatte.«

»Das freut mich zu hören. Schön zu wissen, wenn sich die harte Arbeit gelohnt hat.«

In Tomeks Kopf ging ein Licht auf. »Sie müssen Charlene sein?«

Charlene hob ihre Hände, als würde sie sich ergeben. »Schuldig im Sinne der Anklage. Woher kennst du meinen Namen?«

»Einige der Leute haben erklärt, dass Sie das alles organisiert haben. Warum haben Sie sich nicht blicken lassen?«

Sie nahm einen weiteren Zug von der Zigarette. »Weil es nicht für meinen Genuss ist. Es ist dafür da, dass alle anderen Spaß haben.

Außerdem hätte ich mich die ganze Zeit nur aufgeregt, wenn ich dort gewesen wäre.«

»Aber Sie werden morgen bei der Regatta sein?«

»Natürlich werde ich das. Diese Gelegenheit würde ich um nichts in der Welt verpassen. Werde ich euch dort sehen?«

»Auf jeden Fall.« Tomek gab Kasia einen weiteren Stupser auf den Arm. »Wir freuen uns wirklich darauf. Sollte gut werden.«

Charlene beugte sich nach vorne und stützte ihre Ellbogen auf ihren Knien ab. »Wenn ihr meinen Rat wollt, kommt früh. Es wird absolut voll sein, und stellt sicher, dass ihr an der Spitze der Rennlinien steht. Wenn ihr in der Menge verschwindet, dann habt ihr keine Chance, es sei denn, ihr seid natürlich wirklich gut im Schwimmen oder Rudern.«

Tomek war in keiner dieser Sachen besonders gut. Er war mittelmäßig in der einen und ein kompletter Amateur in der anderen.

»Ich will euch nicht aufhalten«, sagte Charlene und scheuchte sie mit einem Wink ihrer Hände weg. »Ihr müsst gut schlafen, wenn ihr eine Chance haben wollt, zu gewinnen.«

»Irgendwelche Tipps für den Greasy Pole?«

Charlene kicherte. »Abgesehen vom Tragen von Schuhen mit Grip? Ich würde sagen, am besten nicht reinfallen.«

# KAPITEL
# ACHT

Tomek erwachte schlagartig. Er warf die Decke ab, schob sich durch den schmalen Spalt zwischen Bett und Wand und sprintete in Kasias Schlafzimmer. Die Wände waren so dünn, dass der Schrei, der ihn geweckt hatte, fast so klang, als wäre er direkt neben ihm gewesen. Er fand sie kerzengerade im Bett sitzend, die Haare zerzaust, verfilzt und schweißnass, ihr Gesicht so verzerrt, als wäre sie besessen.

Als er die Hand ausstreckte, um sie zu berühren, geriet sie in Panik und schlug sie weg, bevor sie ihn körperlich angriff. Sie schlug auf ihn ein. Boxte ihn. Kratzte ihn. Schrie ihn an, er solle weggehen. Als ob er der Grund dafür wäre, dass der Albtraum für eine zweite Runde zurückkam.

Um die Sache zu Ende zu bringen.

Erst als er beide Arme um sie legte und sie fest umarmte, wurde sie allmählich ruhiger, und ihre Muskeln entspannten sich. Kurz darauf zitterte ihr Körper unkontrollierbar, während sie an seiner nackten Brust zu schluchzen begann. Er hielt sie weiter fest und ließ sie wissen, dass er für sie da war, dass er nirgendwo hingehen würde und dass sie sicher war, solange er bei ihr war.

»Es ist okay«, flüsterte er, während er begann, ihr Haar zu streicheln. »Es ist okay. Er ist weg. Er kommt nicht zurück. Dafür habe ich gesorgt, erinnerst du dich?«

Das Zittern wurde schwächer, aber sie sagte nichts.

Die Albträume hatten fast unmittelbar nach dem Tod von Zachary Godson begonnen, dem Mann, der Kasia manipuliert und einer Weltuntergangssekte beitreten lassen hatte. Und sie hielten seitdem an. Manchmal kamen sie häufig: vier, fünf Nächte hintereinander. Andere Male gab es Pausen, ein paar Tage ohne auch nur ein Murmeln im Schlaf. Soweit Tomek feststellen konnte, gab es keinen Auslöser, keinen emotionalen Vorfall oder Hinweis, der sie hervorrief. Sie waren in vielerlei Hinsicht ähnlich wie seine eigenen Albträume.

»Es ist okay«, wiederholte er und wiegte sie sanft hin und her. »Alles wird gut. Soll ich das Licht anmachen?«

Sie nickte. Tomek ließ sie los und schaltete das Licht ein, wobei er einen Muskelkrampf in seinen Rippen spürte, als er sich nach dem Schalter streckte.

»Willst du darüber reden?«

Kasia saß auf dem Bett, ihr Schlaf-T-Shirt hing schief über ihrer Schulter, und spielte mit ihren Händen. Sie konnte ihm nicht in die Augen sehen. »Wir waren wieder in seinem Zimmer.«

»Richtig.«

»Und er gab die Massage.«

Tomek wusste, worauf das hinauslief: Zachary Godson, der von seiner Tochter herunterklettert, um eine Schwanenmaske zu holen, sich darauf vorbereitend, in sie einzudringen, nur um von jemand anderem unterbrochen zu werden, der den Raum betritt. Obwohl Tomek wusste, dass nichts Sexuelles zwischen Kasia und Zachary passiert war – Kasia hatte diese Tatsache in den letzten Wochen wiederholt betont – hielt es Tomek nicht davon ab, bei dem Gedanken daran vor Wut zu kochen.

»Und dann bin ich aufgewacht«, beendete sie.

Tomek rieb ihr behutsam über den Rücken. »Möchtest du etwas? Wasser? Einen Mitternachtssnack? Solange du keinen Käse isst.«

»Käse?«

»Angeblich verursacht er...«

Er erkannte seinen Fehler zu spät.

»Verursacht er was?«

»Verursacht... verursacht... Albträume.«

Sie war alles andere als beeindruckt.

»Es sei denn natürlich, du hast Lust auf Käse, dann gehört er ganz dir.«

Sie zögerte einen Moment mit ihrer Antwort. »Ich... ich möchte keinen Käse.«

»Nein? Einen Mitternachtssnack?«

»Ich will dich.«

»Ich bin hier, Liebes.«

Dann zeigte sie auf das Einzelbett neben ihr.

»Ich möchte, dass du heute Nacht hier bei mir schläfst«, flüsterte sie, kaum hörbar. »Ich mag die Geräusche draußen nicht. Den Wind. Das Wasser. Es klingt wie Schritte, alle zwei Sekunden. Ich... Würde es dir etwas ausmachen?«

Tomek entfernte die Koffer, die darauf lagen, dann warf er die Decken vom anderen Bett und sprang direkt hinein. »Überhaupt nicht. Solange es *dir* nichts ausmacht, dass ich schnarche. Wer weiß, vielleicht findest du, dass es dich wieder in den Schlaf wiegt, als würde ich ein Schlaflied singen. Nur dass ich ein Grizzlybär bin und die Wände vibrieren.«

# KAPITEL
# NEUN



Der Blick entlang des Strandes war wie von einer Postkarte. Nuancen von Lila, Orange, Rot, Rosa und Gelb vermischten sich zu einer Luftspiegelung am Himmel, nur gestört von dünnen, fast durchsichtigen Wolkenstreifen. Im Hintergrund, ein paar Grad südlich, lugte die obere Hälfte der Sonne über dem Horizont hervor und explodierte in einem gelben Ball, der eine wohltuende Wärme und die Verheißung eines schönen Tages mit sich brachte. Im Mittelgrund bot sich Tomek ein Blick auf Braun- und Grüntöne, die ineinander verwoben waren. Die Ebbe hatte die tiefen Schluchten der Bäche freigelegt, die wie Rinnen schrumpeliger Haut aussahen. In ihnen steckte eine Masse von Booten, die zur Seite geneigt im Schlamm feststeckten. Bald würde die schiere Kraft der Flut die Schiffe anheben und tragen, und Hunderten, Tausenden von Seglern und Seefahrern die Chance geben, die monumentale Kraft des Ozeans zu erleben. Im unmittelbaren Vordergrund funkelte und glitzerte der Strand, während die Sonne ihn mit einem prickelnden Leuchten überzog.

Es war ein neuer Tag. Ein perfekter Tagesbeginn.

Kein Regen, kein Wind, und die Aussicht war spektakulär.

Der einzige Teil, der allerdings nicht perfekt war, waren die

Schmerzen, die derzeit Tomeks Füße, Oberschenkel, Bauch, Brust und Lunge durchdrangen. Sein gesamter Körper schrie ihn an und beschimpfte seine idiotische Entscheidung, nach Wochen der Untätigkeit so weit und so schnell zu laufen. Bisher hatten sie über sieben Meilen zurückgelegt und waren im Uhrzeigersinn um die Küste der Insel gelaufen, wobei sie der Route des Round the Island Race folgten, die sie über verschiedene Landschaften wie Asphalt, Kies, Gras und freiliegende Baumwurzeln geführt hatte. Aber nichts war so hart wie das Trampeln durch Sand. Eigentlich sollte Tomek daran gewöhnt sein, da er an der Südküste von Essex lebte, aber die vergangenen Monate ohne Training hatten sich bemerkbar gemacht. Und so blieb er ständig zurück und musste häufig anhalten, um Luft zu holen. Flynn hingegen lief ohne Probleme weiter, obwohl er zu Beginn über einen leichten Kater geklagt hatte. Dieser Mistkerl absolvierte den Lauf, als wäre er so trivial wie ein Gang zum Ende der Straße. Er trug sogar einen Rucksack bei sich, der noch größere Mistkerl.

Tomeks Atem ging rasselnd und seine Beine fühlten sich wie Wackelpudding an, als Flynn sie gnädigerweise bei der bunten Reihe von Strandhütten auf Mersea Island zum Anhalten brachte. Tomek warf einen schnellen Blick auf sie und erinnerte sich an die Zeit, als er Anfang des Jahres eine Leiche zwischen den Strandhütten von Thorpe Bay eingeklemmt gesehen hatte. Nicht weit von ihm entfernt stand der Metallmülleimer, der in der Nacht zuvor für das Strandfeuer genutzt worden war. Der Geruch von Rauch und verkohlter Asche lag noch in der Luft.

Flynn nahm seinen Rucksack ab, stellte ihn vorsichtig auf den Sand und holte dann, noch behutsamer, eine DSLR-Kamera heraus. Eine Nikon D780.

»Meine Güte, ist die groß«, sagte Tomek und starrte auf die schiere Größe des Geräts.

»Das sagt sie auch immer«, erwiderte Flynn, während er das Gerät in seiner Hand begutachtete. »Man sagt ja, dass Größe nicht immer zählt, aber glaub mir, wenn es um dieses Baby geht, ist sie wirklich entscheidend.«

Tomek kicherte, überlegte, etwas zu sagen, ließ es aber bleiben. Dann, in einer amüsierten Stille zwischen den beiden, begann Flynn, Bilder vom Sonnenaufgang zu machen. Er nahm Aufnahmen aus verschiedenen Winkeln. Hoch. Tief. Horizontal. Vertikal. Für eine davon legte er sich in den Sand und schoss ein paar Bilder mit dem Auge an der Linse, als wäre er ein zweitklassiger Modefotograf aus den Neunzigern.

Leg dich ins Zeug, Baby!

Gib mir mehr!

Oh ja, das ist der Schuss, der sich auszahlt!

Zeig mir mehr Bein, Süße!

Zumindest war das, was Tomek von den Halbprofis erwartete. Als der Fotograf fertig war, hatte Tomek fast wieder zu Atem gefunden.

»Entschuldige das.«

»Überhaupt kein Problem. Ich vergesse oft anzuhalten und die Aussicht zu bewundern«, log er. »Danke, dass du mir die Schönheit in der Einfachheit gezeigt hast.«

Während Flynn die Kamera in seinen Rucksack packte, sagte er: »Ich werde sie heute Abend in Lightroom bearbeiten und mit dir teilen. Wenn du lange genug bleibst, kann ich vielleicht ein Bild ausdrucken und für dich einrahmen, bevor du gehst.«

»Das wäre schön, aber bitte mach dir keine Umstände.«

»Unsinn.« Flynn schwang den Rucksack über seine Schulter. Er klatschte gegen seinen Rücken. »Ich schenke dir das Bild, wenn du mich auf der letzten Etappe schlägst.«

»Und wenn ich verliere? Verdoppelt sich dann der Preis?«

»Verdreifacht.«

Tomek suchte im Gesicht des Mannes nach einem Anzeichen von Unaufrichtigkeit, fand aber keines.

»Auf die Plätze...«, begann Flynn. »Fertig...«

Aber Tomek war bereits losgesprintet. Da er sich eine Gelegenheit, etwas umsonst zu bekommen, nicht entgehen lassen wollte, rannte er über den Sand in Richtung des anderen Strandendes wie das Pferd aus der Lloyds TSB-Werbung. Er schaffte nur zehn Meter, bevor das Puddinggefühl in seine Beine zurückkehrte und seine Knie einknickten, was dazu führte, dass er mit dem Kopf voran fiel. Er bekam eine Mundvoll Sand und hustete ihn auf den Strand.

Flynn zeigte kein Mitleid und rannte voraus, wobei er laut kicherte und ein selbstgefälliges Grinsen im Gesicht trug, als er vorbeilief.

Der Mistkerl zeigte sogar an, indem er rückwärts lief.

———

Tomek holte ihn schließlich ein paar hundert Meter später ein. Nicht weil er gesprintet war oder sich besonders angestrengt hatte, um ihn einzuholen, sondern weil Flynn sein Tempo zu einem Spaziergang verlangsamt hatte.

»Ich werde dir nicht den dreifachen Preis berechnen. Für die Art, wie du da hinten gestolpert bist, überlege ich sogar, *dir* Geld zu geben«, sagte er hinter dem selbstgefälligen Lächeln, das in der Zeit, die Tomek gebraucht hatte, um aufzuholen, fast doppelt so breit geworden war. »Wie bei diesen lustigen Heimvideos damals.«

Tomek hätte die 250 Pfund Preisgeld gerne genommen. Solange er nicht die Peinlichkeit ertragen müsste, im Fernsehen aufzutreten, die damit einherging. Leider, so wurde ihm klar, konnte man das eine nicht ohne das andere haben.

»Wie wäre es, wenn wir nie wieder darüber sprechen, dann muss niemand davon erfahren?«

Flynns Mundwinkel zuckten. »Ich verspreche nichts.«

Tomek verdrehte die Augen und sagte: »Doppelt oder nichts. Du und ich heute Nachmittag am Gleitmasten. Wenn ich gewinne, bekomme ich den Druck umsonst und du hältst den Mund über meinen kleinen Ausrutscher. Wenn du gewinnst, zahle ich den doppelten Preis für den Druck, und du kannst der ganzen Welt erzählen, was passiert ist.«

Flynn dachte eine Weile über den Vorschlag nach. »Ziemlich selbstbewusst, was?«

»Nein, ich habe nur eine schwere und lähmende Spielsucht«, sagte Tomek.

»Wirklich?«

»Nein«, antwortete er, »das war ein Witz.«

»Nun, es gibt da draußen tatsächlich Menschen, die *wirklich* ein Spielproblem haben«, murmelte Flynn, wobei sein Blick von Tomek abwich. »Aber ich gehöre nicht dazu, also nehme ich dein Angebot an.«

Es war alles vereinbart. Ein fairer Deal. Die Männer schüttelten sich die Hände und setzten den Rest des Weges in gemächlichem Jogtempo fort. Als sie an Gärten vorbeischlurften, die auf die Uferpromenade hinausgingen, fiel Tomeks Blick auf etwas. Er hielt Flynn an und zeigte auf eine Gestalt im Schlamm. Sie bewegte sich, trug eine Fischerhose und gab Tiergeräusche von sich – zwischen einer beiläufigen Unterhaltung mit sich selbst.

»Das ist Derry«, erklärte Flynn.

»Derry?«

»Wasserarbeiter. Besitzt den Packschuppen. Ist seit Jahren im Familienunternehmen.«

Flynn zeigte auf einen kleinen Holzschuppen, der sauber auf Stelzen auf einem kleinen Erdhügel etwa hundert Meter südöstlich stand. Er hob sich ruhig vor dem rosa-violetten Hintergrund des Sonnenaufgangs ab. Tomek kannte ihn gut. Er war 1890 erbaut worden und war nach wie vor eines der bekanntesten Wahrzeichen von Mersea. Während des frühen 19. Jahrhunderts hatte die Austernindustrie floriert, und das Gebäude war errichtet worden, um den Einwohnern zu helfen, die Austern für die Lieferung nach London zu reinigen, zu sortieren und zu verpacken. Im Laufe der Jahre war es verfallen, aber dank eines Restaurierungsprojekts in den frühen Neunzigern blieb die historische Stätte erhalten.

»Er versucht seit Jahren, den Austernhandel auf der Insel am Leben zu erhalten«, fuhr Flynn fort. »Der Ort ist kaum funktionsfähig und hat selten geöffnet, aber manchmal macht er im Sommer Tage der offenen Tür für Kinder und so. Er musste die Sache am Laufen halten, indem er jeden Morgen hierher kommt, um den Tagesfang einzusammeln. Das ist alles, was er hat.« Flynn schlenderte zum Wasser und winkte. »Morgen, Dezza!«

Sie fanden das, was von Derry sichtbar war, etwas mehr als zehn Meter entfernt. Seine untere Hälfte war vom Schlamm verschluckt worden. Um ihn herum standen ein paar Eimer, eine Wasserflasche und ein Fischmesser, das in der Sonne glitzerte. Aber das war nicht das, was Tomek aufgefallen war. Seine Augen, wie auch die von Flynn, waren fest auf den schwarzen Labrador gerichtet, der neben ihm lag, bedeckt mit Schlamm.

»Was zum Teufel ist hier passiert?«, fragte Flynn und bewegte sich näher zum Rand des Schlamms. »Ist das... ist das Micks Hund?«

»Ich denke schon.« Derry, ein Mann in den späten Fünfzigern mit schlaffen Wangen und noch schlafferen Ohrläppchen, nickte feierlich. Seine Augen waren voller Trauer. »Der arme Kerl ist erst vor ein paar Tagen verschwunden.«

»Ist das derselbe Mick, der die Touren leitet?«, fragte Tomek.

»Ja. Der ist es«, antwortete Flynn. »Kennst du ihn?«

Tomek nickte. »Habe ihn gestern getroffen, als meine Tochter und ich am Marschland Kajak gefahren sind. Wir haben den Hund am Ufer eines der Bäche gesehen.«

»War er am Leben?«

»Tot.«

»Wenn er es vorher nicht war, dann ist er es jetzt sicher.« Derry streichelte das Tier vorsichtig, mit einem nachdenklichen Blick. Dann richtete er seine Aufmerksamkeit wieder auf Flynn und Tomek. »Haben Sie gesagt, dass er bei Ihnen war, als Sie den Hund gesehen haben?«

»Er kam ein paar Augenblicke später.«

»Wie hat er gewirkt?«

Tomek hielt einen Moment inne, um nachzudenken. »Jetzt, wo ich darüber nachdenke, hat sich seine Reaktion tatsächlich verändert, als er das Tier gesehen hat. Als hätte er es *erkannt*...«

»Armer Kerl«, erwiderte Derry. Dann wandte er sich an Flynn, und die beiden tauschten einen Blick aus. »Sie glauben doch nicht...« Er blickte sich um und senkte dann die Stimme. »Sie glauben doch nicht, dass er etwas damit zu tun hat, oder?«

»Womit?«, antwortete Flynn und kommunizierte mit Derry, als wäre Tomek nicht mehr da. »Sein Hund war weggelaufen. Ich erinnere mich, dass er das gesagt hat. Er muss einfach schwimmen gegangen sein, gestrandet sein und ist dann gestorben.«

»Aber was ist mit gestern, als er ihn gefunden hat? Warum hat er ihn nicht begraben?«

Flynn zuckte mit den Schultern. »Vielleicht hat er es versucht, war aber zu überwältigt, um es richtig zu machen.«

»Oder er hat versucht, ihm eine Seemannsbestattung zu geben«, sagte Derry, als ob er sich selbst davon überzeugen wollte, dass es so gewesen war.

»Ja. Da haben Sie es«, sagte Tomek. »Ich bin sicher, es gibt eine völlig vernünftige Erklärung dafür. Sie müssen ihn fragen, wenn Sie ihn sehen.«

Aber Tomek wollte dabei sein. Er wollte Mick Thornes Rechtfertigung dafür hören, warum er sein totes Haustier mitten im Marschland von Mersea zurückgelassen hatte.

# KAPITEL
# ZEHN

Die West Mersea Town Regatta war in drei Veranstaltungen aufgeteilt, die sich über den Tag verteilten. Die erste war der Cobmarsh-Marathon und die Dingi-Rennen, eine Reihe von Einzel- und Teamwettbewerben, bei denen Ehemänner und Ehefrauen, Freunde und Teamkollegen sowie Veteranen über sechzig in verschiedenen Booten um die Cobmarsh-Insel herum fuhren.

Die zweite Veranstaltung des Tages waren die Segelrennen, die aus sechs verschiedenen Klassen bestanden, von Fischerbooten bis zu Kreuzern, die um die Küste der Insel segelten und eine ähnliche Route nahmen wie Tomek und Flynn am frühen Morgen.

Die dritte und wichtigste Veranstaltung war der Wassersport. Mehrere Stunden mit verschiedensten Ruder- und Schwimmwettbewerben sowie einem Wettbewerb für das am besten geschmückte Boot. Dieser Teil des Tages lockte die größten und lautesten Menschenmengen an. Doch zum ersten Mal in der über hundertjährigen Geschichte sollte die Tradition durchbrochen werden, denn es gab einen neuen Wettbewerb. Einer, der, so hoffte man, eine Generation jüngerer Fans begeistern würde: Boat Soapbox, eine nautische Variante des beliebten Red Bull Seifenkistenrennens, bei dem Teilnehmer in dekorativen und kostümierten Schwimmkörpern einen Slalomkurs absolvieren mussten. Anstatt ihre Autos wie Del Boys Reliant Robin oder Scooby-Doos Mystery Machine aussehen zu lassen, mussten sie ihre Holzboote entsprechend umgestalten und einen Hindernisparcours auf dem Wasser absolvieren. Aber nichts davon kam auch nur annähernd an das Hauptereignis heran: Das Laufen über den Glitschepfosten.

Tomeks Wettbewerb.

Er hatte die Nummer sechsundfünfzig auf der Liste. Seine Nummer war stolz an sein T-Shirt geheftet. Es schien, dass in der Sommerhitze kurze Hosen Pflicht waren, jedoch war für viele der Teilnehmer T-Shirts und andere Kleidung an den oberen Körperhälften optional. Kasia betrachtete die Menge halbnackter Teilnehmer aller Formen und Größen, die sich am Steg entlang anstellten, mit Verachtung.

»Bist du sicher, dass es dir gut geht, hier zu stehen?«, fragte Tomek sie.

Sie blickte auf das Wasser hinunter und verlor sich eine Weile in ihrem eigenen Spiegelbild. »Mir geht's gut.«

»Möchtest du auf eines der Boote gehen?«

»Mir geht's gut.«

Auf dem Wasser hatten Dutzende von Booten in einer langen Reihe parallel zur Küste und am Hafen geankert und schaukelten nun im Einklang, sodass es aussah wie in Monaco während des Formel-1-Rennwochenendes. Der große Unterschied war, dass die Zuschauer keine Multimillionäre waren. An Bord der Boote befanden sich frühere Teilnehmer, die sich jetzt in der Nachmittagssonne trockneten, zusammen mit einer Handvoll Gästen und Zuschauern. Tomek scannte die Masse von Gesichtern nach Flynn ab, konnte ihn aber nicht finden.

Dann hörte er seine Nummer.

»Sechsundfünfzig. Herr Tomek Bowen!«

Ein lautes Gebrüll brach aus der Menge hervor. Tomek spürte, wie sich kurzzeitig ein Knoten der Angst in seinem Magen zusammenzog. Er drehte sich zu Kasia um.

»Wünsch mir Glück«, sagte er.

»Hals- und Beinbruch«, antwortete sie mit der Aufrichtigkeit von jemandem, der keine Ahnung hatte, was er da sagte.

»Hals- und Bein-? Ich trete nicht in einer Bühnenversion von *Fluch der Karibik* auf!«

»Nein? Ich dachte, du hättest deinen Jack-Sparrow-Gang geübt.«

Ja, hatte er. Aber das tat nichts zur Sache.

Er warf ihr einen missbilligenden Blick zu und schlenderte dann zum Wasser. Als er hineinwatete, begannen Nerven seinen Körper zu durchfluten. Das Wasser war kalt, Adrenalin strömte durch ihn hindurch, und plötzlich wurde ihm bewusst, dass Tausende von Augen ihn beobachteten, wie er zum großen Boot paddelte, wo der Wettbewerb stattfand. Er wurde sich seines Schwimmmusters, seiner Züge und der Art, wie er sich aus dem Wasser zog, sehr bewusst. Das Letzte, was er brauchte, war, dass seine Badehose vor Tausenden von Zuschauern an seinem Hintern herunterrutschte.

Der Glitschepfosten-Wettbewerb fand auf einem Schiff namens Thames Barge Committee Boat statt. Das Deck bestand aus Holz, das bei jeder Welle der Gezeiten knarrte. Die Steuerbordseite war mit einem Seil verankert, das aussah, als wäre es mehrere hundert Jahre alt, und das Boot roch nach Politur und Holzreiniger.

Am Steuerbordrand, ein paar Meter vom Glitschepfosten entfernt, standen Charlene und Derry, der Mann, der durch den Schlamm gewatet war, um den Hund zu retten.

»Das habe ich ihm auch gesagt«, sagte Derry.

»Ich habe ihm gesagt, er soll es nicht so machen, aber er hat nicht zugehört«, antwortete Charlene.

»Du denkst immer, du bist so verdammt schlau, nicht wahr? Ehrlich.«

Sie sprachen mit gedämpfter Stimme, und ihr Gespräch hörte sofort auf, als Derry Tomek auf dem Deck entdeckte. Er lächelte Tomek verlegen an und deutete dann an, dass er zum Glitschepfosten rutschen sollte. Als Tomek an Charlene vorbeiging, packte Derry seine Hand und hob sie in die Luft, als wäre er ein Sieger. Diese Geste löste ein weiteres Brüllen aus der Menge aus.

»Hier ist er, alle zusammen«, sagte Charlene und sprach wieder in ihr Mikrofon. Sie konsultierte ihr Klemmbrett. »Tomek Bowen. Woher kommst du, Tomek, und traust du dir zu, es bis zum Ende zu schaffen?«

Charlene hielt ihm das Mikrofon ins Gesicht.

Stotternd antwortete er: »Ich bin aus Leigh-on-Sea, und nein, ich habe absolut keine Ambitionen, es bis zum Ende zu schaffen.«

Er meinte, ein leichtes Kichern aus der Menge über das Wasser rollen zu hören.

»Richtig, Tomek«, begann Derry und klopfte ihm auf den Rücken. »Ziel ist es, die Flagge am Ende des Pfostens zu erobern. Bisher ist nur ein Teilnehmer nahe dran gekommen, und wenn er seine Haftschuhe getragen hätte, hätte er es vielleicht geschafft. Wann immer du bereit bist, Junge. Der Pfosten gehört ganz dir.«

Der Pfosten gehört ganz mir, sagte sich Tomek. Immer wieder.

Und dann schien die Welt zu verblassen, von außen nach innen, bis nichts mehr übrig war außer dem Pfahl. Keine Menschenmenge am Strand. Keine Boote, die auf dem Wasser hin und her schaukelten. Keine Kasia. Kein Flynn. Keine Charlene.

Nur er und der Pfahl. Er und die Chance, seine wochenlange Übung anzuwenden.

In den vergangenen Jahren hatte er immer dieselbe alte Taktik versucht: den Pfahl hochsprinten, ausrutschen und fallen. Am weitesten war er etwas über die Hälfte gekommen, bevor das Fett ihn schließlich ins Wasser geworfen hatte. Aber dieses Jahr hatte er eine andere Taktik geübt, etwas, das von einem früheren Gewinner inspiriert war.

Der Jack-Sparrow-Gang.

Das größte Problem beim Erklimmen des Fettmasts war der außermittige Schwerpunkt. Um dem entgegenzuwirken, plante Tomek, zu gehen, als wäre er betrunken, von einer Seite zur anderen taumelnd, während sein Körper versuchte, sich auf der Schräge zu stabilisieren. In den letzten Wochen hatte er im Wohnzimmer und im Garten geübt, und seine Technik hatte besser funktioniert als erwartet. Aber jetzt war es ernst, und entweder würde es außergewöhnlich gut klappen, oder er würde sich den Rücken brechen und kopfüber ins Wasser fallen.

Es gab nur einen Weg, das herauszufinden.

Aber zuerst brauchte er eine Zugabe. Bevor er loslegte, begann er ein langsames Klatschen, wobei er den Abstand zwischen jedem Klatschen allmählich verringerte. Sofort machte die Menge mit, bis er sie ohne ihn weitermachen ließ. Als der Lärm zu einem Crescendo anschwoll, verengte er seine Augen auf die rote Fahne, die am Ende des Pfahls träge wehte.

Fünf Meter Holz standen zwischen Tomek und ihr.

Fünf Meter Holz standen ihm im Weg zu lokalem Ruhm.

Mit angehaltenem Atem, angespanntem Rumpf und entspannten Beinmuskeln wagte er es. Der erste Schritt überraschte ihn, und er wäre fast abgerutscht. Die Menge an Fett war weit über dem, was er bisher erlebt hatte. Aber er überstand es. Und den zweiten und den dritten Schritt auch.

Bei seinem vierten Schritt begann die Schwerkraft, ihn aus dem Gleichgewicht zu bringen. Sie wollte ihn auf beiden Seiten des Pfahls nach unten ziehen, aber seine lockeren Beine und seine eigenwillige Haltung hielten ihn wie durch ein Wunder aufrecht, und er kletterte weiter den Pfahl hinauf.

Aus fünf Metern wurden vier.

Aus vier wurden drei.

Beim zweiten Meter blitzten Bilder all seiner früheren Versuche in seinem Kopf auf, gefolgt von all den erfolglosen Versuchen, die er an diesem Tag bereits gesehen hatte.

Er verbannte sie und konzentrierte sich auf die Aufgabe, die vor ihm lag. Noch ein paar Schritte, und er war da.

Er spielte mit dem Gedanken zu springen, sich nach vorne zu werfen, um die Fahne als seine zu beanspruchen, aber wo wäre der Spaß darin? Es war viel besser für ihn, sie zu greifen und selbstbewusst zu beanspruchen, als blind in einem Glaubenssprung danach zu schnappen.

Aus zwei Metern wurde einer.

An diesem Punkt bemerkte er, dass die Fettigkeit des Pfahls nachließ und sein Griff um den Pfahl fester wurde. Und dann, als er seine Zehen und Fußsohlen um die Rundung des Pfahls wickelte, als wäre er eine Ballerina, die gleich in einen Wirbelwind eines Finales springen würde, streckte er sich nach der Fahne aus und riss sie aus ihrer Halterung.

Für einen kurzen Moment, für den Bruchteil einer Sekunde, konnte er völlig still stehen und den tosenden Jubel aufsaugen, der durch die Menge hallte, bevor er schließlich ins Wasser stürzte. Als er wieder auftauchte, hielt er die Fahne noch fest in seinen Händen und hob sie siegreich über seinen Kopf. Der Jubel der Menge wurde lauter. Er saugte den Anblick und die Atmosphäre auf, als sie seinen Namen skandierten.

Tomek! Tomek! Tomek!

Er hatte es geschafft. Der erste Teilnehmer, der in diesem Jahr den Fettmast bezwungen hatte. Er würde bis zum Ende des Tages ein Held sein. Ein gewöhnlicher Mann, der zu fast stratosphärischen Höhen erhoben wurde. Er war sicher, dass sie eine Statue in seinem Namen errichten und ihn von diesem Tag an verehren würden. Es war das einzig Logische, was zu tun war.

# KAPITEL
## ELF

Leider würde es keine Statue mit seinem Namen geben. Charlene hatte das bestätigt. Aber das dämpfte sein Ego nicht. Eher das Gegenteil. Jedes Jahr fand außerhalb des Victory Inn und Fowler's, entlang der Küstenstraße, der Mersea-Markt statt. Dort wurde alles verkauft, von handgefertigten, umgestalteten Dekorationen und Ornamenten bis hin zu jemandes angebräunten und abgegriffenen Büchern, die man auf dem Dachboden gefunden hatte, von offizieller Merchandise der West Mersea Town Regatta bis hin zu gebrauchten Partykleidern. Der Markt erstreckte sich über fast hundert Meter, mit lokalen unabhängigen Geschäften, die beide Seiten säumten, und er war immer gut besucht. Wenn die Wasserevents nicht dein Ding waren, dann war es der Markt fast sicherlich. Der Duft von Street-Food-Verkäufern, die köstliche Angebote zubereiteten, wehte durch die Luft. Auf dem Menü: Paella und Falafel. Ein Meer von Menschen floss durch den Markt, schlenderte in seinem eigenen Tempo, sanft hin- und herschlängelnd. In Tomeks Hand hielt er die Flagge. Über seinem Kopf, damit jeder sie sah.

Und sie sahen sie tatsächlich. Dutzende von Fremden jubelten ihm zu. Gratulierten ihm. Schüttelten seine Hand. Klopften ihm auf den Rücken. Befeuerten sein Ego zu beispiellosen Höhen der Einbildung, so sehr, dass er sicher war, die Menge hätte eine Allee gebildet, durch die er gehen konnte, als wäre er eine Art Königshaus.

Nach einem wohlverdienten späten Siegesessen schlenderten Tomek und Kasia durch den Markt, hielten an verschiedenen Ständen, durchstöberten die Tische und Kleiderständer, bewunderten die Handwerkskunst, die in die Herstellung der Gegenstände geflossen war, bevor sie schließlich zum nächsten weitergingen.

Als sie sich mit dem Rest der Menge vorwärtsschoben, spürte Tomek ein Tippen auf seiner Schulter. Er hielt inne, drehte sich um und nahm die Statur des kleinen Mannes vor ihm wahr. Der Mann erinnerte Tomek in jeder Hinsicht an DCI Nick Cleaves. Die Haare, oder der Mangel daran. Der fette, runde Hals. Der hervorstehende Bauch. Und die Augen... Da war etwas in ihnen. Eine seltsame Mischung aus Hoffnung und Verzweiflung.

»Glückwunsch, Kumpel«, sagte der Mann, schüttelte ihm die Hand und ließ nicht los. »Bin überrascht, dass du nicht draußen bist und zuschaust, ob jemand anderes nahe dran kommt, deinen Thron zu beanspruchen.«

Tomek blickte auf die Flagge hinunter. »Ich werde trotzdem der *Erste* sein, der es heute geschafft hat.«

»Und das zu Recht. Ich habe noch nie jemanden gesehen, der es so eindrucksvoll hingekriegt hat wie du. Super beeindruckend.«

»Nun, danke...«, Tomek bot dem Mann ein höfliches Lächeln an, das besagte, dass er mit dem Gespräch fertig war und weitergehen wollte.

Aber bevor er ihm den Rücken zukehren konnte, murmelte der Mann. »Ich... ich bin Stuart. Stuart Simms. Aber die meisten Leute nennen mich Stu.«

»Hoffentlich nennen sie dich nicht SS.«

Stuart lachte unbeholfen. Tomek hatte den Eindruck, dass er die Anspielung nicht verstand.

»Ja. Guter Witz. Jedenfalls wollte ich mich nur vorstellen. Ich bin dafür verantwortlich, dass all das hier zusammenkommt.«

»Ach ja?«

»Ich betreibe den wöchentlichen Markt auf der Ostseite der Insel. Wir haben am Bankfeiertag am Montag noch eine Veranstaltung, falls ihr da seid? Ich habe von Montgomery gehört, dass ihr das ganze Wochenende hier seid. Wäre gut, ein paar neue Gesichter auf dem

Markt zu sehen. Es wird ziemlich langweilig, die gleichen alten Leute Woche für Woche zu sehen.«

Und auch die gleichen alten, abgenutzten Produkte, stellte sich Tomek vor.

»Ich bin sicher, wir können vorbeischauen«, sagte er.

Stuart stieß einen schweren Seufzer der Erleichterung durch seine Nasenlöcher aus, was Tomeks Eindruck von Nick weiter verstärkte.

»Das wäre toll. Nichts geht über einen Gewinner, der mehr Leute anzieht.«

Stuart verabschiedete sich dann, ging weg und verschwand mit einem leichten Hinken im linken Bein langsam in der Menge.

»Papa, schau!«

Das nächste, was Tomek spürte, war ein kleines Ziehen an seinem Arm, das ihn in die entgegengesetzte Richtung zog. Kasia führte ihn wie ein Mädchen mit einer Mission durch das Meer von Menschen, drängte sich an den Entgegenkommenden vorbei zur anderen Seite des Marktes. Sie hielten vor einem grünen Stand an. Ein Tisch, gefüllt mit Zimmerpflanzen, nahm den Raum ein. Aber was sofort Tomeks Aufmerksamkeit auf sich zog, war der Bonsai-Baum, der in der Mitte stand und eine zentrale Rolle einnahm. Eine chinesische Ulme. Fast fünfzig Zentimeter groß. Gepflanzt in einem wunderschönen rot-goldenen Keramiktopf mit passender Schale. Tomeks Augen leuchteten auf.

»Ich habe ihn gesehen und an dich gedacht, Papa«, begann Kasia. »Ich dachte, wir könnten ihn als Ersatz besorgen... na ja, du weißt schon... als Ersatz für die alten. Und ich dachte... ich dachte, vielleicht könnte ich ihn für dich besorgen. Weißt du... um mich zu entschuldigen.«

Tomeks Herz erwärmte sich. Es war süß von ihr, anzubieten, den zu ersetzen, den sie zerstört hatte, und ein Teil von ihm dachte, dass sie ihm das schuldig war, aber dann sah er den Preis.

»Du kannst ihn dir nicht leisten, Schätzchen«, antwortete er. Er legte seinen Arm um ihre Schulter und zog sie zu sich heran.

»Ich werde massenhaft Hausarbeiten erledigen. Ich wasche das Auto. Ich mache sechs Monate lang die Wäsche. Ich wasche und spüle ab, und ich bügele sogar deine Hemden.«

»Meine Güte«, sagte die Frau, die auf einem Gartenstuhl hinter den

Pflanzen saß. »Ich wünschte, du wärst *meine* Tochter. Meine bietet mir nie an, irgendwas davon für mich zu tun.«

Tomek massierte Kasias Schulter. »Ich habe die beste Tochter der Welt«, sagte er. Dann fügte er hinzu: »Danke für das Angebot, Kash. Aber vielleicht ein andermal. Ich werde darüber nachdenken.« Er schaute zu der Frau hinauf. »Werden Sie am Montag hier sein?«

Sie bestätigte, dass sie da sein würde.

»Da hast du's«, sagte er, diesmal zu Kasia. »Wenn er dann noch da ist, werden wir uns ihn ansehen. Und das gibt dir zumindest etwas Zeit, zweihundert Pfund aufzutreiben.«

# KAPITEL
# ZWÖLF

An diesem Abend konnte Tomek im Biergarten draußen kaum seine eigenen Gedanken hören, geschweige denn verstehen, was Kasia ihm sagte. Die Luft war erfüllt von zerreißenden Gitarrenriffs und wuchtigen Schlagzeugrhythmen. Dieselbe Band vom Vorabend, bestehend aus einem Leadsänger, zwei Gitarristen, einem Bassisten und einem Schlagzeuger, coverte gerade »I Bet You Look Good on the Dancefloor« von den Arctic Monkeys. Eine seltsame Wahl, wenn man bedenkt, dass es keine Tanzfläche gab und das Publikum nicht jung genug aussah, um den Song zu kennen. Irgendwo gab es eine Diskrepanz, und Tomek glaubte nicht, dass es die Schuld der Band war. Obwohl er dankbar war, dass er sich nicht den ganzen Popmusik-Müll anhören musste, der heutzutage existierte. Mumble-Rap über Geschlechtsverkehr mit so vielen Frauen wie möglich und den Konsum von so vielen Drogen wie möglich. Oder die nach Schema F produzierten Lieder, die absolut niemandem etwas bedeuteten.

Er war ein Musiksnob und bewunderte nur das Gute. Ende der Achtziger, Anfang der Neunziger Rock. Gib ihm an jedem Tag der Woche The Stone Roses, Oasis und Nirvana anstelle des Schrotts, der heutzutage existierte. Alles war Brei, darauf ausgelegt, so viele Platten wie möglich zu verkaufen.

»Findest du, dass sie gut sind, Papa?«, fragte Kasia ihn zum zweiten Mal, nachdem ihr offensichtlich der Smalltalk ausgegangen war.

»Sie sind nicht schlecht, wenn man bedenkt, dass sie... was sein müssen? Fünfzehn?«

»Hör auf. Sie sind nicht in meinem Alter.« Kasia machte eine Pause, um die Bandmitglieder zu betrachten. Ihre Augen schienen besonders auf einem zu verweilen: dem Leadsänger.

»Du stehst auf ihn?«

»Was? Nein! Warum solltest du...?« Sie senkte den Kopf und vermied seinen Blick. »Ich steh nicht auf ihn. Gott, du bist so peinlich.«

Lachend sagte Tomek: »Es ist okay, wenn du zugibst, dass du ihn magst. Ich werde nicht wütend sein. Es ist dir *erlaubt*, ihn zu mögen. Ich werde erst ein Problem haben, wenn du ihn mit nach Hause bringst.«

»Aber jeder Musiker wäre besser, als Zeus mit nach Hause zu bringen, oder?«, antwortete Kasia, ihr Gesicht weitete sich zu einem leichten Lächeln.

Tomek war überrascht. Mit dieser Antwort hatte er überhaupt nicht gerechnet. Aber er freute sich, dass sie es gesagt hatte. Es zeigte, dass sie wuchs, dass sie heilte, dass sie Humor und schwarzen Witz benutzte, um über die Situation zu lachen und weiterzumachen.

»Wenn du irgendjemanden wie Zeus mit nach Hause bringst, werde ich sicherstellen, dass dasselbe passiert wie beim letzten Mal. Das gilt auch für jeden Mann, der dir Unrecht tut.«

Und dann fiel Kasias Gesicht in sich zusammen. Der Moment der Leichtigkeit war vorbei.

Bevor Tomek etwas sagen konnte, um die Stimmung zu heben, näherte sich ihnen ein Fremder. Er kündigte seine Anwesenheit mit einem Winken an und legte dann die andere Hand auf Tomeks Schulter.

»Herzlichen Glückwunsch zum Sieg heute«, sagte der Mann. »Du musst nächstes Jahr wiederkommen. Schauen, ob du deinen Titel verteidigen kannst.«

Tomek dankte dem Fremden und winkte ihn dann weg. Er war an diesem Abend bereits der fünfte, der ihm zu seiner Leistung am Fettmast gratulierte. Sie behandelten ihn wie einen Helden, und er liebte es. Sein Ego war noch nie so aufgeblasen gewesen.

Als der Mann zum Pub watschelte, wurde er schnell von einer bekannteren Gestalt ersetzt.

Seit Tomek ihn zuletzt gesehen hatte, hatte Flynn seine Haare zurückgekämmt und seinen Bart ein wenig gestutzt. Tomek erhob sich von seinem Platz und schüttelte ihm die Hand.

»Kommst du, um dich vor mir zu verbeugen?«

»Ich wollte eigentlich meine Anerkennung aussprechen, aber wenn du dich wie ein Arsch aufführst, könnte ich es mir noch mal überlegen, und vielleicht erzähle ich allen von deinem kleinen Sturz von vorhin.« Flynn wandte sich an Kasia. »War dein Vater schon immer so von sich selbst eingenommen?«

Das Lächeln kehrte auf ihr Gesicht zurück. »Leider ja.«

»Ich kann mir nur vorstellen, wie es sein muss, mit ihm zusammenzuleben«, sagte Flynn und klopfte Tomek spielerisch auf die Schulter. Er blickte auf die leeren Essensteller auf der Bank. »Ich hoffe, ich störe nicht.«

»Wir sind fertig«, erwiderte Tomek. »Obwohl Kasia und ich gerade diskutierten, auf welches Bandmitglied sie am meisten steht.«

»Papa!«

»Die Bandmitglieder, hm?«, sagte Flynn. »Und welch-«

»Ich habe überhaupt nichts Derartiges gesagt! Er erfindet das!«, protestierte Kasia.

Bevor Tomek oder Flynn antworten konnten, kam Jacob, Montgomerys Sohn, von der anderen Seite des Biergartens herbeigelaufen, einen Spielzeugdinosaurier in der Hand.

»Guten Abend!«, rief der kleine Junge. Sein Gesicht und sein Ausdruck strahlten vor Unschuld. Er stellte den Velociraptor auf den Tisch und sah erwartungsvoll zu Kasia auf.

»Wo ist dein Vater?«, fragte Tomek, nachdem er kurz nach dem Besitzer des Wohnwagenplatzes Ausschau gehalten hatte.

»Im Büro. Wir haben neue Gäste bekommen.«

»Weiß er, dass du hier bist?«

Der Junge nickte und starrte immer noch sehnsüchtig in Kasias Augen.

Tomek öffnete den Mund, um zu sprechen, aber Jacob unterbrach ihn. »Möchtest du mitkommen und spielen?«, fragte er Kasia. »Du bist heute Nachmittag nicht vorbeigekommen. Ich habe den ganzen Tag auf dich gewartet.«

Kasias Augen schossen zwischen Tomek, Jacob und Flynn hin und her. Ein gemischter Blick huschte über ihr Gesicht. Einerseits wollte sie der Peinlichkeit entfliehen, in diesem Moment mit ihrem Vater zusammen zu sein, andererseits wollte sie aus irgendeiner Teenager-Rechtfertigung heraus keine Zeit mit Jacob verbringen.

Am Ende antwortete Tomek für sie. »Wir haben mehr Zeit bei der Regatta verbracht als geplant. Ihr beide könnt gehen. Aber seid vorsichtig. Und halte mich auf dem Laufenden, wo du bist.«

Daraufhin zwängte sich Kasia widerwillig unter dem Tisch hervor und folgte dicht hinter Jacob, als sie sich durch die Menge zum Ende des Biergartens und durch den Ausgang schlängelten.

»Ein Getränk?«, fragte Flynn, als Kasia weg war. »Geht auf mich. Muss dem Helden des Tages ein Gratulationsbier ausgeben.«

Tomek schaute auf sein leeres Pepsi-Glas und dann wieder zu Flynn.

»Das nehme ich gerne an.«

Als die beiden zur Bar gingen und Tomek bereitwillig den Tisch einer vierköpfigen Familie überließ, begann die Band, eine Version von Linkin Parks »In The End« zu spielen. Trotz der harten Gitarren und der schreienden Texte, die die Stimmung sofort herunterzogen, genoss es Tomek.

Im Inneren befand sich die Bar am hinteren Ende des Pubs und wurde derzeit allein von Charlene betrieben, die gleichzeitig ein halbes Dutzend Biere zapfte, sie durch die Kasse buchte und nebenbei Essensbestellungen aufnahm. Sie war wie eine Maschine, die hinter der Theke herumwirbelte. Es war ihre Burg, und sie hatte die vollständige Kontrolle darüber. An der Theke saß Mick Thorne, der Tourbootbetreiber, gefährlich auf einem Hocker balancierend, vornübergebeugt, seine Finger umklammerten das Pintglas, als hätte er Angst, dass jemand es ihm wegnehmen würde. Der dicke, klebrige Gestank von Alkohol strömte aus seinen Kleidern und wehte in Tomeks Nase. Als er neben dem Mann stehen blieb, verspürte er den plötzlichen Drang, ihn anzustupsen, um sicherzustellen, dass es ihm gut ging, dass er noch am Leben war.

Bevor er es tun konnte, kam ihm der Mann zuvor.

»Alles klar, Jungs«, lallte Mick und drehte sich langsam zu Tomek und Flynn um, sein Körper noch immer wie der Glöckner von Notre Dame gebeugt. »Kommt ihr, um was zu trinken?«

»Das hier ist die Bar? Ich dachte, es wäre die Herrentoilette«, antwortete Tomek sarkastisch.

Mick schnaubte. »Du hast mehr Glück, etwas auf dem Klo zu bekommen als hier.« Mick machte eine Pause, um einen winzigen Schluck von seinem Bier zu nehmen. »Alles, was ich euch zu sagen habe, ist viel Glück. Gibt keine Garantie, dass die da es euch gibt.«

Tomek erkannte schnell, dass mit "die da" Charlene gemeint war, die, als würden ihre Ohren glühen, auf sie zukam.

»Beachtet ihn nicht, Jungs«, sagte Charlene mit einer Hand am nächsten Zapfhahn. »Er ist nur sauer, weil ich ihm für heute den Hahn abgedreht habe.«

»Ist das der Grund, warum er sein Bier trinkt, als wären es Rationen während eines Luftangriffs?«, fragte Flynn.

»Ganz zu schweigen davon, dass er es wie ein Kind im Arm hält«, fügte Charlene hinzu.

»Haltet die Klappe, alle miteinander!«, zischte Mick. »Ich hab meinen Hund verloren. Wusstet ihr das nicht? Dieser arme Kerl hier hat ihn gestern für mich gefunden, und jetzt wollt ihr euch alle darüber lustig machen? Jerry ist weg... und jetzt hab ich nichts mehr. Er war mein bester Freund, der kleine Köter. Er liebte sein Fressen, das tat er. Und ich scheue mich nicht zu sagen, dass er auch kein Problem damit hatte, ab und zu ein paar Bier zu trinken.« Mick starrte feierlich in das Glas und verlor sich in den unzähligen Blasen, die an die Oberfläche stiegen. »Das war sein Lieblingsbier, wisst ihr. Ein schönes kaltes Amstel. Könntest du mir nicht noch eins geben, Charlene? Nur noch eins. Könntest du? Mach's für Jerry.«

Charlene überlegte einen Moment und lockerte ihren Griff am Zapfhahn.

»Geht nicht, Mick«, sagte sie streng. »Du bist weit über dem Limit, und wenn ich dir noch mehr gebe, wirst du morgen nicht in der Lage sein, das Boot zu fahren.«

Mick schnaubte. »Ich hab eh keinen für 'ne Fahrt. Niemand will fünfzig Pfund für eine Tour um die Insel bezahlen, die sie auf Google fucking Maps oder einer dieser scheiß Social-Media-Seiten sehen können. Seit du mich gezwungen hast, meine Preise zu erhöhen, werde ich absolut abgezockt.« Ein bisschen Spucke spritzte aus Micks Lippen, als er das letzte Wort zischte. »Verdammt *abgezockt*.«

Charlene zügelte ihren Widerwillen. Sie lehnte sich näher zu Mick und flüsterte: »Jetzt ist nicht die Zeit oder der Ort, um eine Szene zu machen. Trink aus und dann geh.«

»Ja, ich werde mein Getränk austrinken. Und es wird so lange dauern, wie es eben dauert. Du wirst es nicht wagen, mich anzufassen, sonst bringe ich dich dazu, es zu bereuen.«

Besorgte Köpfe anderer Kunden im Pub wandten langsam ihre Aufmerksamkeit dem beginnenden Streit zu, Missbilligung lag in ihren Gesichtern. Charlene schoss Mick Blicke wie Dolche zu und wandte ihre Aufmerksamkeit dann schnell Tomek und Flynn zu. Im Nu war ihr Kundenlächeln zurück, das diesmal eine Reihe tabakbe-fleckter Zähne enthüllte. »Was darf's sein, Jungs?«

Flynn gab die Bestellung auf, und während Charlene damit beschäftigt war, ihre Biere zu zapfen, schob sich Tomek auf die andere Seite von Mick und lehnte mit dem Rücken an die Bar. Etwas nagte an ihm, bohrte sich in sein Inneres. Etwas, das der Detektiv in ihm unbe-dingt klären wollte.

»Es tut mir leid wegen deines Hundes«, begann er. »Was ist mit ihm passiert?«

»Was meinst du mit was ist mit ihm passiert? Er ist verdammt noch mal weggelaufen und gestorben, oder nicht!«

»Hast du ihn als deinen Hund erkannt, als ich ihn dir gestern gezeigt habe?«

»Natürlich hab ich das. Hattest du jemals ein Haustier? Die sind wie ein Kind. Man vergisst sie nicht so leicht. Besonders Hunde nicht. Sie werden aus gutem Grund des Menschen bester Freund genannt.«

»Was hast du mit ihm gemacht, nachdem wir gegangen sind? Ich frage nur, weil Derry Waterman ihn heute Morgen im Schlamm gefunden hat.«

»Dieser Mistkerl? Was mischt der sich ein? Ich hab den Köter über die Seite des Boots geworfen. Hab ihm einen ordentlichen Abschied bereitet. Er war ein Seehund und verdiente es, im Meer zu ruhen. Was gibt diesem Arschloch das Recht, an meinem toten Hund rumzu-fummeln?«

Fast wie auf Stichwort erschien Derry Waterman von der anderen Seite der Bar.

»Hat jemand meinen Namen gesagt?«

»Da ist er ja, das wieselige kleine *Arschloch*.«

»Was hast du gesagt?«

Tomek schritt ein, bevor es richtig losgehen konnte. Er legte eine Hand auf Derrys Brust und hielt ihn zurück. An der Bar hatte sich ein Publikum gebildet, und Tomek konnte dutzende Augenpaare spüren, die sie anstarrten. Er hatte keine Szene verursachen wollen, und genau das war passiert. Selbst der Klang der Band von draußen schien leiser zu werden, als würde sie innehalten, um zu lauschen.

»Gut, tut mir leid, Mick, aber du hast genug. Du bist fertig für heute Abend. Raus mit dir«, fauchte Charlene.

Mick öffnete den Mund, um zu erwidern, dachte aber angesichts der plötzlich angespannten Atmosphäre besser davon, rutschte vom Stuhl und schlurfte mit dem Bierglas noch in der Hand durch die Menge, mit der Haltung eines Mannes, der nichts mehr zu verlieren hatte.

Sobald er weg war, nahmen die Musik und das müßige Geplauder wieder zu, als hätte Charlene einen Schalter umgelegt.

»Tut mir leid wegen dem, Jungs«, sagte sie, als sie die Getränke über die Theke reichte.

Tomek hatte keine Lust mehr auf ein Getränk, nahm es aber trotzdem. Er dankte Flynn und richtete dann seine Aufmerksamkeit auf Derry.

»Ist er immer so?«

Derry grunzte. »Er hat seine Momente.« Er nahm eine Brille mit dickem Rand von seiner Nase und reinigte die Gläser mit seinem Hemd. »Ich bin inzwischen an ihn gewöhnt. Das hindert ihn aber nicht daran, mich ab und zu aufzuregen.« Er legte eine feste Hand auf Tomeks Schulter, so hart, dass es fast ein Schlag war, als wäre es persönlich. »Wie auch immer, genug von ihm. Erzähl mir von dir, Held der glitschigen Stange.«

Tomek verzog das Gesicht. »Niemand sollte jemals so genannt werden«, sagte er. »Es sei denn, du bist ein männlicher Pornostar. In dem Fall, okay.«

»Ich nehme an, du bist dann kein männlicher Pornostar?«

»Er arbeitet in der *Verwaltung*«, warf Flynn ein. »Was ich für Schwachsinn halte, denn welche Art von Kerl, der in der Verwaltung arbeitet, kann eine glitschige Stange so bearbeiten?«

»Die Art, die die Flagge und Trophäe gerade in seinem Wohnwagen stehen hat«, antwortete Tomek. Der Schlagabtausch zwischen ihnen war gut, obwohl Tomek sich durch Flynns Kommentar leicht unwohl fühlte. Er hatte gehofft, der Mann hätte ihn nicht verdächtigt, über seinen Job zu lügen.

»Stell sicher, dass du das Ding gut wegschließt«, fügte Derry hinzu. »Viele haben um diesen Titel gekämpft und sind dafür gestorben.«

Tomek hob eine Augenbraue.

»Ich mache nur Spaß. Aber sein Prestige darf nicht unterschätzt werden. Männer werden zu verrückten Taten getrieben, wenn ihr Verstand sich auf etwas fixiert.« Eine kurze Stille flackerte zwischen ihnen auf, während die drei Männer über das nachdachten, was Derry gesagt hatte, wobei Tomeks unmittelbare Reaktion ganz anders war als die der anderen. »Und Frauen natürlich auch«, beeilte sich Derry hinzuzufügen.

Tomek trank aus seinem Glas. Die kühle Flüssigkeit berührte seine Lippen und kühlte seinen Körper, während sie seine Kehle hinunterlief. Es war ein extrem heißer Tag gewesen, und die Luft im Pub fühlte sich schwül und dick an. Die Klimaanlage kämpfte auf verlorenem Posten.

In den nächsten zwei Stunden diskutierten Tomek, Flynn und Derry über das Wetter, die Regatta, die Aufregung der Show, ihre Geschichte und was sie vom Rest des Wochenendes noch erwarten konnten. Tomek nutzte die Zeit, um Derry besser kennenzulernen. Der Mann besaß den Packing Shed seit dreißig Jahren und arbeitete dort, nachdem er ihn von seinem Vater geerbt hatte, der ihn wiederum von *seinem* Vater geerbt hatte. Er war seit über neunzig Jahren im Besitz der Familie Waterman, von Generation zu Generation weitergegeben. Obwohl es danach aussah, als würde das für Derry bald enden: Er war Single, hatte nie geheiratet und hatte keine Kinder oder Enkelkinder, denen er das Geschäft und Erbe überlassen könnte. Jetzt musste er jemanden finden, dem er das Geschäft übergeben konnte, wenn die Zeit kam, sonst würde eines der berühmtesten Wahrzeichen Merseas dort ungenutzt stehen, den Elementen zum Opfer fallen und zweifellos vom Meer verschluckt und zerstört werden. Derry liebte seinen Job. Er liebte es, jeden Morgen aufzuwachen, aufs Wasser hinauszufahren und Austern zu fischen. Es war alles, was er je gekannt hatte, seit er zehn Jahre alt war, und er konnte sich nichts anderes vorstellen. Es gab jedoch Tage, an denen er sich einsam fühlte und darüber nachdachte, aufzuhören. Aber dann erinnerte er sich daran, dass er die Insel genauso brauchte wie die Insel ihn. Das Geschäft war nicht mehr das, was es einmal war. Tatsächlich zerfiel es, war fast nicht mehr existent, aber es war sein ganzes Leben gewesen.

Nach drei Bier mehr als ursprünglich geplant, beendete Tomek den Abend schließlich um elf Uhr. Er winkte seinen neuen Freunden zum Abschied und ging zum Ausgang. Als er ging, hatte sich die Menge bereits drastisch gelichtet. Die meisten Besucher und Familien hatten die Kinder ins Bett gebracht, und nur die Einheimischen waren noch da. Die Band, die ihr Repertoire erschöpft hatte und nun erneut die Setliste durchspielte, hatte kurz aufgehört zu spielen.

Als er die Pub-Tür hinter sich schloss, hielt Tomek inne, um zu lauschen. Es war vollkommen still. Keine Autos auf der Straße, kein Hupgeräusch von unberechenbaren Fahrern, kein piependes Geräusch von Zebrastreifen oder Sirenen. Die Flut war draußen, sodass nicht einmal das Geräusch von Wellen zu hören war, die sanft gegen das Ufer schlugen, und der Wind hatte nachgelassen. Alles war vollkommen bewegungslos, still.

Bis er eine Störung hinter dem Pub hörte.

Eine hitzige Diskussion. Mann und Frau.

»Du kannst nicht von mir verlangen, das zu tun«, sagte der Mann.

»Ich kann und ich tue es. Ich bin deine Chefin.«

Tomek schlich näher an die Rückseite des Pubs heran, fand eine kleine Lücke im Zaun und spähte hindurch. Charlene stand auf einer Stufe. Ein paar Meter von ihr entfernt stand der Koch, ein Mann Anfang dreißig in seiner weißen Uniform. Rauch stieg vom Ende seiner Zigarette auf, zog langsam in den Himmel.

»Ich habe ein Leben außerhalb dieses Ortes. Ich habe Dinge zu erledigen.« Er nahm einen langen, langen, langen Zug an seiner Zigarette und hielt ihn noch länger, als würde er alle Giftstoffe und Teer in sich aufsaugen, um seine Frustration zu lösen, bevor er ihn durch seine Nasenlöcher ausblies.

»Es ist ganz einfach, Leon«, sagte sie. »Entweder du machst es, oder ich finde einen anderen Koch, der diesen Laden führt. Du und die anderen sind leicht zu ersetzen.«

Tomek beschloss, dass er nicht mehr hören wollte. Es war nicht sein Streit. Also verließ er den Pub und ging zurück zum Wohnwagen. Als er dort ankam, fand er Kasia vor der Tür wartend, ihr Gesicht vom sanften blauen Schein des Bildschirms ihres Handys beleuchtet.

»Was machst du da?«, fragte er sie. »Wie lange sitzt du schon hier?«

»Ungefähr eine Stunde.«

»Warum hast du mir keine Nachricht geschickt?«

»Hab ich doch. Du hast nicht geantwortet.«

Tomek überprüfte schnell sein Handy. Ein verpasster Anruf und mehrere WhatsApp-Nachrichten, die ihm genau mitteilten, wo sie war.

»Das ist mein Fehler«, sagte er. »Warum bist du nicht in den Pub gekommen, um mich zu suchen?«

Sie zuckte mit den Schultern. »Ich wollte mit niemandem reden.«

Tomek beschloss, nicht weiter nachzuhaken. »Wo ist dein neuer Freund hingegangen?«

»Ins Bett. Er ist erst zehn, erinnerst du dich?«

»Stimmt«, antwortete Tomek, während er die Stufen hinaufstieg und die Tür aufschloss.

»Ich habe zugestimmt, ihn morgen zu treffen, wenn das in Ordnung ist?«

»Das ist okay«, sagte Tomek.

Als sie drinnen waren, schaltete Tomek die Lichter ein, die das Innere des Wohnwagens in ein warmes, orangefarbenes Leuchten tauchten. Als er die Tür hinter Kasia schloss, starrte er in die Schwärze des Marschlandes dahinter und dachte daran, wie still und perfekt alles war.

# KAPITEL
# DREIZEHN

Arschlöcher, überall. Alle miteinander. Inkompetent und arrogant. Hinterfragten alles, worum man sie bat. Machten einen Riesenaufstand, sobald das Leben für sie ein bisschen zu schwierig wurde. Warum konnten sie nicht einfach tun, was man ihnen sagte? Wie schwer konnte es sein, einer einfachen Anweisung zu folgen, noch dazu von einer Gastwirtin?

Charlenes Blut kochte immer noch, mehr als zwei Stunden später, als sie den Barhocker zurechtrückte, auf dem Mick Thorne noch vor ein paar Stunden gesessen hatte. Sie konnte es nicht mit Sicherheit sagen, aber sie war sich sicher, dass sie Urin aus den Fasern des Kissens riechen konnte. Wenn sich herausstellte, dass der Bastard sich in ihrem Pub in die Hose gemacht hatte, dann würde er am nächsten Tag eine Standpauke bekommen. So etwas konnte sie nicht tolerieren. Genausowenig wie die Art, wie er von oben herab mit ihr gesprochen hatte. Und das mitten im Pub, an seinem geschäftigsten Abend. Das ging zu weit. Sie wünschte, sie könnte sagen, dass es untypisch für ihn war, aber das wäre eine Lüge.

Seit sie vorgeschlagen hatte, dass er die Preise für seine Boots-touren erhöhen sollte, hatte Mick Thorne es auf sie abgesehen. Er hatte ihr die Schuld für die mangelnde Kundschaft in den letzten Wochen gegeben, anstatt die Schuld bei seiner schlechten persönlichen Hygiene, dem Alkoholgestank aus seinem Mund und seinen schlechten Manieren zu suchen. Der Mann war ein Schwein, der keinen Respekt vor Frauen hatte. Er konnte es nicht ertragen, dass eine erfolgreiche Frau, eine *Unternehmerin*, einen Vorschlag gemacht hatte, der seinem Geschäft helfen würde. Und so hatte er sich in einen monumentalen Fall von Selbstsabotage gestürzt und alles für sich vermasselt.

Er hatte nur sich selbst die Schuld zu geben.

Und den Alkohol.

Fühlte sich Charlene schuldig, weil sie ihm das Laster geliefert hatte, das seine Identität rapide zerstörte? Nicht besonders. Nicht nach dem, was er getan hatte. Wenn überhaupt, war es das Mindeste, was er verdiente.

Charlene beugte sich hinunter und roch am Stoff des Sitzes. Der Gestank von Urin stieg ihr in die Nase.

Der Bastard *hatte* sich tatsächlich in die Hose gemacht. Vielleicht war das der Grund, warum er so mucksmäuschenstill gesessen hatte: damit er darin baden konnte wie das Tier, das er war. Oder vielleicht wollte er sich nicht bewegen, um die Partikel nicht zu stören und keinen Alarm auszulösen wegen dem, was er getan hatte. Wie auch immer, er hatte sich auf ihrem Eigentum erleichtert.

Schwer seufzend hob Charlene den Hocker neben der Bar hoch und trug ihn nach unten. Als sie die unterste Stufe erreichte, schrie ihr Bizeps vor Schmerz, und ihr Unterarm schmerzte von der Stelle, wo sich der Hocker in ihr Fleisch gegraben hatte. Als Nächstes schnappte sie sich eine kleine Plastikputzkiste und stellte sie auf den Boden. Darin war alles, was sie für eine Grundreinigung brauchte: antibakterielles Spray, verschiedenfarbige Tücher, Bleichmittel, eine hölzerne Pferdehaar-Bürste und ein kleines Döschen T-Cut (um die Kratzer zu beseitigen, die ihre Gäste hinterließen). Aber dafür, für den mit Pisse befleckten Barhocker, würde sie etwas Stärkeres brauchen, und nicht nur im chemischen Bereich.

Hinten im Keller stand eine Flasche mit einer industriestarken, nicht im Einzelhandel erhältlichen Lösung, die sie sich von einem Freund geliehen und völlig vergessen hatte zurückzugeben. Sobald sie den Deckel öffnete, explodierte ein Gemisch aus Chemikalien in ihrer Nase und ließ sie zusammenzucken. Der Geruch war so überwältigend, dass sie kaum die Augen offen halten konnte, und sie spürte, wie er direkt in ihr Gehirn ging und die Neuronen in ihrem Schädel kribbeln ließ.

»Fick mich auf einem Fahrrad«, zischte sie, als die Chemikalien ihre Kehle hinabseilten.

Sie hatte absolut keine Ahnung, was darin war oder wofür es verwendet wurde. Alles, was sie wusste, war, dass es gut dafür war, Flecken aus Stoff zu entfernen. Sie nahm ein fluoreszierendes rosa Tuch aus der Kiste und legte es über die Oberseite der Flasche. Als sie die Lösung auf das Tuch kippte, wünschte sie sich sofort, sie hätte es nicht getan. Die Chemikalien sickerten durch den Stoff und versengten ihre Haut. Schnell ließ sie das Tuch auf den Hocker fallen und inspizierte ihre Hand. Eine kleine rote Schwellung entzündeter Haut hatte sich in ihrer Handfläche gebildet und fühlte sich an, als würde sie brennen.

Sich selbst verfluchend für einen so dummen Fehler – einen Fehler, für den sie Mick Thorne die Schuld gab – suchte sie nach einem Paar extradicken Gummihandschuhen, um ihre Haut zu schützen, und rieb dann die Lösung in das Tuch. Die Chemikalien blubberten und schäumten, als sie mit dem Material in Kontakt kamen und schnell alles entfernten, was auch immer darauf gewesen war. Aber dann erkannte sie ihren zweiten Fehler, bevor es zu spät war. Die Lösung war so stark, dass sie den Stoff durchbrannte und ihn auflöste. Sie fluchte leise vor sich hin und verfluchte Mick Thorne. Es war alles die Schuld dieses Bastards. Als sie den Stuhl und die Reinigungsausrüstung in die Ecke des Raums stellte, hörte sie ein Geräusch von oben.

Noch einer. Der zweite innerhalb von zwei Wochen.

Charlene seufzte. »Wenn mir noch ein verdammter Ziegelstein durch mein Fenster fliegt, werden sie es mit mir zu tun bekommen.«

Sie warf die Handschuhe in die Kiste und stürmte die Treppe hinauf. Sie blieb in der Bar stehen. Wartete. Lauschte. Das Geräusch hatte aufgehört. Vorerst. Es war niemand im Pub; die Tische und Stühle standen genau so, wie sie sie verlassen hatte, ebenso wie die Ausrüstung der Band, die eine Aufgabe für den nächsten Tag war.

Sie wollte sich gerade umdrehen und wieder nach unten gehen, als sie ein weiteres Geräusch hörte. Es kam von draußen. Von der Rückseite des Pubs. Bei den Mülltonnen. Das Geräusch von zerbrechendem Glas. Charlene hielt den Atem an. Ihr Puls beschleunigte sich, und sie spürte das Brennen in ihrer Hand nicht mehr. Bevor sie in Richtung Küche ging, griff sie nach dem nächstbesten, was sie finden konnte – einer Gabel, die weggeworfen werden musste.

Das kleine Metallding wie eine Waffe schwingend, als wüsste sie, was sie damit tun sollte, schlich sie auf Zehenspitzen zur Küche. Der Bereich war makellos. Alles in Sichtweite glänzte unter dem künstlichen Licht von oben, und der duftende Geruch von Bleichmittel hing in der Luft. Leon hatte gute Arbeit geleistet, trotz allem. Aber daran konnte sie jetzt nicht denken.

Sie konnte nur noch an das stumpfe orangefarbene Glühen denken, das von außerhalb der Küchentür kam. Und an das, was sich auf der anderen Seite davon befand.

Auf ihrem Weg kam sie an einer Reihe von Küchenmessern aus Edelstahl vorbei. Sie waren scharf wie Skalpelle, konnten mit Leichtigkeit einen Körper durchbohren und würden erheblich mehr Schaden anrichten als die improvisierte Waffe, die sie für sich in der Bar aufgehoben hatte, aber ihr Geist war so auf die Mülltonnen fixiert, so konzentriert auf das, was sie dort draußen finden könnte, dass sie die Messer gar nicht wahrnahm.

Zehn, vorsichtig auf Zehenspitzen gesetzte Schritte später, kam sie zur Tür. Die Sicht von innen erlaubte ihr fast neunzig Prozent der Außenfläche zu überblicken. Und in diesen neunzig Prozent war nichts: nur die Mülltonnen auf Rädern und der Holzzaun. Aber es waren die restlichen zehn Prozent, die sie beunruhigten. Das Unbekannte. Der Gedanke, dass jemand dort stand mit einem weiteren Ziegelstein in der Hand und darauf wartete, ihn diesmal in ihr Gesicht zu werfen statt durch ihr Fenster.

»Ist da jemand?«, fragte sie, wobei ihre Stimme mittendrin brach. »Denn falls ja, gebe ich Ihnen die Gelegenheit, jetzt zu verschwinden, bevor ich da rauskomme und dafür sorge, dass Sie für den Rest Ihres Lebens durch einen Strohhalm essen müssen.«

Mit meiner verdammten nutzlosen Gabel... dachte sie.

»Ich zähle bis fünf, damit Sie von hier verschwinden können.«

Nichts. Stille. Nicht einmal der Wind oder das Meer regten sich.

»Fünf...«, begann sie.

»Vier...«

Keine Bewegung.

»Drei...«

»Zwei...«

»*Eins.*«

Nur war es nicht ihre Stimme, die das letzte Wort ausgesprochen hatte. Es kam von hinter ihr. Tief, bedrohlich. Und mit einer gewissen Endgültigkeit, die ihr die Nackenhaare zu Berge stehen ließ.

Mit einem Herzen, das ihr fast aus der Brust sprang, wirbelte Charlene auf der Stelle herum und drehte sich zur Küche, wobei sie trotzig die Gabel schwang.

Der Mann vor ihr schaute darauf und lachte dann.

»Legen Sie sie weg, Charlene. Sie haben dieser Stadt und mir bereits genug Schaden zugefügt. Ich werde nicht zulassen, dass Sie noch mehr anrichten.«

# KAPITEL
# VIERZEHN



Tomeks Beinmuskeln schmerzten fast genauso sehr wie sein Kopf. Er wusste, dass es die falsche Entscheidung gewesen war, zu bleiben und so viel zu trinken – vier Bier, was nach seinen eigenen Maßstäben viel war –, aber er hatte die Gesellschaft genossen und war davon mitgerissen worden. Zu mitgerissen, um zu merken, dass er leicht angetrunken war und dass sich der Raum später drehen würde, als er seinen Kopf aufs Kissen legte.

Jetzt bereute er seine Entscheidungen.

Glücklicherweise war er jedoch nicht der Einzige, der zu kämpfen hatte. Der Unterschied war, dass Flynn noch einen weiteren Grund hatte, in einem viel langsameren Tempo zu laufen: Irgendwie hatte er es auf dem Heimweg vom Pub geschafft, vom Bordstein zu rutschen und seinen Knöchel zu verstauchen. Nicht zu schlimm, hatte er betont, bevor sie mit dem Lauf begonnen hatten. Doch nach seinem ruckartigen Gang und der Neigung zur Seite zu urteilen, als er ein Bein vor das andere setzte, hatte er zu kämpfen. Als sie sich demselben Strandabschnitt wie am Tag zuvor näherten, bremste Flynn sie bis zum Stillstand ab.

An diesem Sonntagmorgen war die Luft viel kühler und weniger schwül, mit einer sanften Brise, die sie daran erinnerte, dass der Wind noch da war. Als er anhielt, spürte Tomek ein Kribbeln in seinen Armen und blickte auf seine Unterarme. Sie waren von der Sonne des Vortages knallrot verbrannt. Trotz Kasias ständigem Genörgel, dass er Sonnencreme auftragen sollte, hatte es wenig Wirkung gezeigt. Sein blasser polnischer Teint erinnerte ihn daran, dass er die Sonne nicht so genießen konnte wie andere.

»Ein herrlicher Morgen dafür«, sagte Flynn und wiederholte damit seine Aussage von vierundzwanzig Stunden zuvor.

Tomek musste zugeben, dass es so war. Bänder aus Gold und Rot, diesmal durchzogen mit Nuancen von Orange und Grün, zogen sich über den Himmel, bevor sie in einem Gemälde aus hellblau schmolzen. Im Mittelgrund schien die Sonne brillant einige Zentimeter über dem Horizont. Leider hatten sie den Sonnenaufgang verpasst, da sie eine halbe Stunde verschlafen hatten. Direkt vor ihnen wurden sie mit denselben Grün- und Brauntönen wie am Tag zuvor verwöhnt. Mit dem saftigen Gras, das auf der reichen Erde gedieh. Mit dem nassen Schlamm, der sich noch an die letzten Reste des Meeres klammerte und in der frühen Morgensonne schimmerte. Jeder Tag war dort gleich. Und jeder Tag war eine Bildpostkarte.

Flynn ließ seine Tasche auf den Strand fallen und begann, Fotos von der Landschaft zu machen. Diesmal fühlte sich Tomek inspiriert, dasselbe zu tun, und machte ein paar Schnappschüsse mit seiner iPhone-Kamera. Die Qualität würde zweifellos weit unter der von Flynns Bildern liegen, aber zumindest hätte er die Erinnerungen auf seinem eigenen Gerät und nicht auf dem eines anderen.

»Einfach wunderschön«, sagte Flynn, während er begann, seine Sachen wieder einzupacken.

»Das ist eine Aussicht, deren man nie überdrüssig werden kann«, sagte Tomek, mehr für sich selbst als für Flynn.

»Es sind zwar nicht die Dolomiten, auch nicht die Alpen oder die Malediven, aber es ist unsere eigene, einzigartige Landschaft«, sagte Flynn. »Es gibt Schönheit in allem, was du ansiehst. Dieser Baum da drüben. Diese Kante. Dieses Stück Holz, das aus dem Boden ragt«, erklärte Flynn und zeigte auf die verschiedenen Wahrzeichen entlang der Küste. »Schönheit liegt im Auge des Betrachters, wie man so schön sagt.«

Tomek stimmte zu. Obwohl er nicht viel Schönheit im Anblick des

Mannes fand, der derzeit auf allen vieren durch den Schlamm watete und auf sie zukam.

»Da kommt er«, sagte Tomek und blickte auf seine Uhr. »Pünktlich wie immer.«

»Schnell!«, rief Derry und wedelte heftig mit einem Arm in der Luft. »Beeilt euch! Ihr müsst schnell kommen!«

Tomek und Flynn näherten sich der Wasserlinie.

»Schnell! Ich brauche eure Hilfe! Da ist... da ist... Etwas ist passiert...«

»Was ist los?«, fragte Flynn an der Stelle, wo der Sand dem Schlamm wich.

Derry war nur wenige Meter entfernt, doch er sprach weiterhin laut. Er trug die gleiche Kleidung wie am Tag zuvor und war von Kopf bis Fuß mit Schlamm bedeckt.

»Es ist Charlene«, sagte er atemlos. »Ich habe sie da draußen gefunden.« Er schaute beiden in die Augen, bevor er vollendete. »Sie ist tot.«

---

Der Schlamm war tiefer, als Tomek erwartet hatte. Oder er wog mehr, als er dachte. Jetzt verstand er, warum Derry so außer Atem gewesen war, als er sich ihnen genähert hatte.

In den letzten fünf Minuten hatten Tomek und Flynn erfolglos versucht, durch den Schlamm zu waten, um Charlene Harris zu Hilfe zu kommen. Tomek dachte zynisch, dass es ein Glück war, dass sie nicht gerade im Sterben lag, denn es hätte keine Rettung für sie gegeben. Das Schleppen durch den Schlamm war mühsam und langwierig. Bei jedem Schritt versank er mindestens dreißig Zentimeter tief und brauchte enorme Anstrengung, um sich wieder herauszuziehen. Und als jemand, der bereits dehydriert und erschöpft war, keuchte Tomek, als er die Leiche erreichte.

Es war zweifellos Charlene. Daran bestand kein Zweifel. Sie lag völlig regungslos auf dem Rücken und ruhte ordentlich auf der Oberfläche, als ob die Verteilung ihres Körpergewichts sie davon abhielt, tiefer in den Treibsand zu sinken. Ihr Haar war verschmutzt und verfilzt. Die Sonne war noch nicht lange genug aufgegangen, um es zu trocknen, und ihr Haar und ihre Kleidung klebten an ihrem

Körper. Ihre Haut unter der dicken Schlammschicht hatte die Farbe mehrerer nahegelegener Boote – perlweiß. Ihre Augen und ihr Mund waren offen, als ob sie versuchte, etwas zu sagen, ihnen etwas zuzuschreien. Der Name ihres Mörders war ein Flüstern auf ihren Lippen. Zunächst konnte Tomek nicht erkennen, was sie getötet hatte (abgesehen von der offensichtlichen Möglichkeit, dass sie ertrunken war). Aber dann, als er sich an ihrer Seite niederbeugte, darauf achtend, sie nicht zu berühren oder irgendeinen Teil von ihr zu verschieben, bemerkte er die Kette, die sich um ihren Hals schlängelte. Seine Augen verfolgten sie bis zu einer leuchtend orangefarbenen Boje ein paar Meter entfernt.

Ohne nachzudenken griff Tomek nach ihrem Handgelenk und fühlte nach einem Puls. Er blendete seine Umgebung aus – den Wind, die kreischenden Vögel, die auf die Aufregung aufmerksam geworden waren, das Geräusch des einströmenden Wassers, das sich mit der Flut schnell näherte – und fühlte nach etwas. Irgendetwas.

Er fand nichts.

»Was ist mit ihr passiert?«, Flynn brach neben ihr auf die Knie und fuhr sich mit seinen schlammigen Händen durch die Haare. »Hat ihr jemand das angetan?«

Bevor Tomek antworten konnte, streckte Flynn die Hand nach ihr aus. Tomek schlug sie weg und bellte den Mann an.

»Nein! Fass sie nicht an!«

Sein Gebrüll hallte bis zum oberen Rand des Bachbetts, in dem sie eingekeilt waren. Flynn zog plötzlich seine Hand zurück und presste sie an seine Brust, als hätte Tomek ihn tatsächlich angegriffen. Er wirkte gleichzeitig ängstlich und beleidigt.

»Wir müssen ihren Körper so gut wie möglich erhalten«, erklärte Tomek in einem Versuch, sich zu rechtfertigen.

»Warum?«, fragte Derry. »Sie ist tot…«

Tomek musterte den Mann, bevor er antwortete. »Ja, aber sie ist nicht einfach in den Bach spaziert und hat sich das selbst angetan, oder?«

»Hat sie nicht?«, fragte Flynn hysterisch, während er sich immer noch den Kopf hielt.

Achselzuckend sagte Tomek: »Ihr kennt sie besser als ich. Scheint das wie etwas, das sie getan hätte?«

Die beiden Männer sahen einander an, schüttelten den Kopf und wandten sich dann aschfahl zu Tomek.

»Nun gut. Wenn ihr jemand das angetan hat, müssen wir herausfinden, wer. Und unsere beste Chance dafür ist, ihren Körper so weit wie möglich zu erhalten.«

»Wie denn?«, fragte Derry zögernd. »Sie war unter Wasser. Wäre nicht alles... wäre nicht alles längst abgewaschen?«

Daran hatte Tomek nicht gedacht. Er war so damit beschäftigt gewesen, den Tatort zu sichern, dass er nicht einmal die Möglichkeit in Betracht gezogen hatte, dass keine Beweise mehr an ihr zu finden sein könnten. Er war auch so abgelenkt gewesen, dass er nicht bemerkt hatte, wie der Wasserspiegel deutlich angestiegen war. In der Zeit, in der sie im Bach eingekeilt gewesen waren, hatte sich Wasser von einigen Zentimetern Tiefe angesammelt und umgab sie nun rasch.

Ihnen lief die Zeit davon, sie waren mitten im Nirgendwo, ohne unmittelbare Polizeipräsenz, und sie hatten keine Möglichkeit, den Körper sicher ans Ufer zu transportieren.

Tomek musste schnell denken, wenn er so viele Beweise wie möglich schützen wollte.

Er schnippte mit den Fingern in Flynns Richtung. Der Fotograf brauchte einen Moment, um zu reagieren.

»Gib mir deine Kamera«, bellte er.

»Aber... aber das Wasser. Sie wird nass werden.«

»Das ist mir egal. Wir brauchen sie.«

Tomek stieg über die Leiche, rang Flynn den Rucksack ab und warf ihn dann ins Wasser. Als er geöffnet war, fischte er die Profikamera heraus und richtete sie auf den Körper. Das einzige Problem war, dass er absolut keine verdammte Ahnung hatte, wie man sie benutzte. Der Versuch, durch das Funktionsmenü zu navigieren, war wie der Versuch, die Internationale Raumstation zu bedienen. Er erinnerte sich an die Zeiten, als man einfach nur zielte, einen Knopf drückte und einige Wochen später auf das Beste hoffte, wenn die Fotos eintrafen. Seit wann waren sie so kompliziert geworden?

»Gib sie mir«, schnappte Flynn, als er das Gerät Tomek aus der Hand riss und seine Zauberei daran vollführte.

Als er es Tomek zurückreichte, war das Funktionsmenü verschwunden. Jetzt musste er nur noch zielen und einen Knopf drücken. Zum Glück erschienen die Aufnahmen auf einem digitalen Display, sodass er nicht auf gut Glück hoffen musste. Er begann mit Charlene Harris' Kopf, näherte sich ihrem Gesicht, den Augen, der Nase, dem Haar und dem Hals aus allen Winkeln. Dann bewegte er sich über die obere Hälfte ihres Körpers. Ihr Polohemd, das mit Schlamm befleckt war. Ihre Hände, einschließlich einer großen roten Stelle auf ihrer rechten Handfläche und einem schmutzigen grünen Ring an derselben Hand. Den ganzen Weg hinunter zu ihrer Hose und ihren Schuhen.

Als er mit der Kamera fertig war, reichte er sie Flynn zurück. Dann wandte er sich an Derry und sagte: »Du musst die Polizei rufen. Sie müssen so schnell wie möglich herkommen. Sag ihnen genau, was passiert ist und wo wir sind. Wenn du die Antworten auf ihre Fragen nicht kennst, frag mich.«

»Warum?«, fragte Derry und erstarrte mit den Händen in den Manteltaschen.

»Weil ich Kriminalkommissar bin«, sagte er ihnen.

Tomek richtete seine Aufmerksamkeit auf Charlenes Körper. Aber als er begann, den besten Weg zu berechnen, um ihn zu transportieren, bemerkte er die Stille. Es gab keine Bewegung. Kein Geräusch von Füßen, die im Schlamm platschten. Kein Geräusch von Derry, der hastig in ein Telefon sprach.

Langsam drehte er sich um, um beiden Männern ins Gesicht zu sehen. Ihre Gesichtsausdrücke waren identisch. Eine Mischung aus Überraschung und Sorge. Aus Unglaube und Angst.

Das war der Blick, den Tomek gefürchtet hatte. Dass sie ihm jetzt aus welchem Grund auch immer nicht mehr vertrauten. Dass sie nicht mehr auf seiner Seite waren. Dass er in einem Satz plötzlich zum Feind geworden war.

»Du bist ein Bulle?«, sagte Flynn vorsichtig, als wäre er auf jedes seiner Worte vor Tomek bedacht.

»Ja.«

»Bei der Essex Police?«, fragte Derry.

»Ja.«

Flynn schwang seinen Rucksack über die Schulter. »Ich wusste verdammt nochmal, dass dieses 'Oh, ich arbeite in der Verwaltung und mein Job ist wirklich geheim' kompletter Schwachsinn war. Warum hast du nichts gesagt?«

»Weil ich wusste, dass ich genau diese Reaktion bekommen würde«, erwiderte Tomek. »Und ich wollte den Ärger nicht haben, der damit verbunden ist. Ich bin im Urlaub und feiere den Geburtstag meiner Tochter. Nur für dieses Wochenende wollte ich kein Ermittler sein. Aber jetzt sieht es so aus, als hätte ich keine Wahl.«

Was ihn daran erinnerte.

»Warum rufst du nicht an?«, fragte er Derry.

Der Austernfischer starrte ihn ausdruckslos an, seine Augen weit aufgerissen vor Angst. Aber nicht die Angst, die ihn daran hinderte, sich zu bewegen oder Zugang zu seinen Muskeln zu haben. Es war die Art von Angst, die ihn davon überzeugte, dass dies keine gute Idee war, wie das Betreten eines Spukhauses.

»Verdammt nochmal«, zischte Tomek. »Ich mach's selbst.«

# KAPITEL
# FÜNFZEHN

Tomek ließ sich keuchend und atemlos auf den Sand fallen. Seine Lungen brannten vor Qual, und seine Bizeps und Schultermuskeln schmerzten, als stünden sie in Flammen. Er lag einige Momente da und starrte in den makellosen blauen Himmel, um wieder zu Atem zu kommen. Wegen der auflaufenden Flut waren er und Flynn, die Jüngeren der drei, gezwungen gewesen, Charlene Harris über die Sümpfe zum Strand zu tragen. Anfangs hatte Tomek versucht, sie im Feuerwehrgriff zu tragen, gab aber bald auf, nachdem er im Schlamm stecken geblieben war. Dann hatten sie sich abgewechselt, ihren leblosen Körper über die Oberfläche zu ziehen, bis sie schließlich den steigenden Wasserstand und das, was von ihrem natürlichen Auftrieb übrig war, nutzten, um sie an Land zu bringen. Es war weder einfach noch schön gewesen, aber sie hatten es geschafft. Sie hatten Charlene Harris' Leiche so gut wie möglich geborgen, angesichts der Umstände.

Nachdem er endlich wieder zu Atem gekommen war, stützte sich Tomek auf die Ellbogen. Eine Windböe blies Sand auf seine Beine und Arme, streifte sanft seine Haut. Inzwischen standen Flynn und Derry bereits auf den Beinen, starrten zum Horizont, die Hände in die Hüften gestemmt oder an den Kopf gelegt, niedergeschlagen, als wären sie gerade auf einer einsamen Insel ausgesetzt worden. Dann fiel Tomeks Blick auf Charlene Harris, und ihm wurde schmerzlich bewusst, dass mitten auf einem belebten und stark frequentierten Strand eine Leiche lag.

Bevor er reagieren konnte, lenkte ihn ein Geräusch ab. Einen Moment später tauchte ein Golden Retriever auf, der über den Sand sprang, Muscheln hinter sich aufwirbelte und auf Charlene zuraste.

»Mabel!«, rief der Besitzer. »Mabel, komm her!«

Aber der Hund schenkte seinem Besitzer keine Beachtung. Er war zu sehr an den Gerüchen interessiert, die von dem Kadaver vor ihm ausgingen. Tomek sprang in Aktion, packte den Hund am Halsband und zog ihn vorsichtig weg. Der Hund wehrte sich nicht, als sei er es gewohnt, diese Behandlung ständig zu erleben. Die Besitzer, ein Paar in den Mittfünfzigern, kamen eilig herüber und entschuldigten sich schon von Weitem für das Verhalten ihres Hundes.

Sie blieben stehen, sobald sie erkannten, was Mabels Aufmerksamkeit erregt hatte.

»Oh mein Gott, ist das Charlene?«, fragte die Frau und schlug die Hände vors Gesicht.

Bevor jemand antworten konnte, schrie sie. Der Laut hallte den Strand auf und ab. Ihr Mann packte sie und lenkte ihre Aufmerksamkeit von der Leiche weg. Er tröstete sie einen Moment, bevor er zu Tomek eilte, um seinen Hund zurückzuholen.

»Das ist ein Tatort«, erklärte Tomek. »Bitte, kann ich Sie bitten, sich fernzuhalten.«

»Charlene!«, schrie die Frau in einem Anfall von Hysterie. Zum Glück wurde ihre Stimme von einer weiteren Windböe übertönt.

Die Atmosphäre am Strand schien zu kippen. Der Luftdruck war drastisch gefallen, und einige Wolken hatten ihre Arme über die Sonne gestreckt und verdeckten sie teilweise. Selbst der Hund schien beim Anblick verstört, mit aufgestellten Ohren und zur Seite geneigtem Kopf.

Tomek musste die Situation in den Griff bekommen. Und zwar schnell.

Er zeigte auf Flynn und Derry und sagte: »Wir müssen die Menschen so weit wie möglich vom Strand fernhalten. Ich brauche euch, verteilt euch auf beide Seiten und haltet jeden davon ab, in diese Richtung zu kommen.«

»Und was ist mit dort oben?«, Derry zeigte auf eine Straße, die aufs Festland führte.

»Darum kümmere ich mich«, sagte Tomek. »Die Polizei wird bald hier sein.«

Dann, fast wie auf Stichwort, hallte das Geräusch einer Polizeisirene in der Ferne. Ein Streifenwagen traf einige Minuten später ein, genau als Flynn und Derry die beiden Enden des Strandes erreichten.

Ein junger Polizist, nicht älter als zwanzig, mit kurzen, pechschwarzen Haaren, die zu einer Seite gegelt waren, stieg aus dem Auto und trottete auf Tomek zu. Seine gesamte Erscheinung und die Art, wie er lief, verrieten seinen Erfahrungsgrad: Er war frisch im Dienst. Tomek hoffte, dass die Leitstelle nicht die jüngste Person im Team zu einer möglichen Mordermittlung geschickt hatte.

»Hallo«, sagte er, erstaunlich fröhlich angesichts der Situation. »Ich bin wegen eines möglichen Mordes hier.«

Tomek schaute den jungen Mann ungläubig an. Sein Babygesicht ließ vermuten, dass er immer noch überall nach seinem Ausweis gefragt wurde und dass seine Mutter ihm noch immer die Unterwäsche kaufte.

»Da ist nichts 'möglich' dran«, sagte Tomek und erklärte dem Polizisten die Situation. »Ihr Name ist Charlene Harris.«

»Alles in Ordnung, Charlene?«, fragte der Polizist, als hätte er für einen Moment alles vergessen, was Tomek ihm gerade erzählt hatte.

»Du kannst mit ihr reden, so viel du willst, Kumpel. Sie wird nicht antworten.« Tomek kauerte sich neben sie. »Ich vermute, sie starb irgendwann in den frühen Morgenstunden, und entweder hat die Kette sie getötet oder das Wasser. Nun, viele DNA-Spuren und Beweise werden durch das Wasser und dadurch, dass wir sie ans Ufer ziehen mussten, weggespült worden sein...«

Aber der junge Mann hörte nicht zu. Er war zu beschäftigt damit, in die leeren Augen der toten Frau zu starren und sich unwiederbringlich in ihnen zu verlieren. Tomek umrundete die Leiche und packte den Mann an den Schultern.

»Hey! Hör mir zu! Bist du da drin?«

Der Polizist kam allmählich zu sich.

»Bist du bei mir?«

»Ja.«

»Sicher?«

»Ja.«

»Ist das deine erste Leiche?«, fragte Tomek offen.

»Ja.«

»Nun, nimm es auf. Du wirst in deiner Karriere noch viel mehr sehen. Ich erinnere mich an meine erste. Bleibt eine Weile bei dir, bis es traurigerweise zur Norm wird und du dagegen abstumpfst.«

»Sie sind von der Polizei?«, fragte der Polizist und drehte sich langsam zu Tomek.

»Kriminalhauptkommissar.« Dann stellte sich Tomek vor. »Und wie darf ich Sie nennen?«

»Polizeimeister Murray. Aidan Murray.«

»Aidan, da bist du ja. Darf ich dich kurz Aide nennen?«

Ein wenig Wärme kehrte ins Gesicht des Mannes zurück. »Die meisten meiner Freunde tun das.«

»Aide also.« Tomek wechselte sofort zurück in seinen hyperfokussierten Arbeitsmodus. »Ich weiß, dass das dein erstes Mal ist, Kumpel, und es gibt viel, woran man sich gewöhnen muss, aber ich brauche jetzt, dass du mir zuhörst und tust, was ich dir sage.«

Der Polizist stand kurz vor einer Feuertaufe, und er wusste es nicht einmal.

»Erstens, kommt noch jemand anders?«

Aidans Augen weiteten sich. Er schüttelte den Kopf. »Ich war am nächsten stationiert. Ich war gestern für die Regatta auf der Insel, und mein Gebiet ist hauptsächlich Maldon, also haben sie mich per Funk herbeordert.«

»Aber sie schicken niemanden sonst rüber?«

»Nicht dass ich wüsste. Ich glaube, sie wollten, dass ich den Todesfall bestätige, bevor sie das MIT einschalten.«

»Todesfall? Verdammter Todesfall...? Ich habe ihnen ausdrücklich gesagt, dass ich eine verdammte Leiche in meinen Armen hatte.«

Tomek drehte sich zum Wasser um. Inzwischen war die Flut erheblich angestiegen und zeigte keine Anzeichen einer Verlangsamung. Bald würde der Strood abgeschnitten sein, und sie wären ohne erfahrene Unterstützung isoliert.

»*Kurwa mać*«, flüsterte Tomek.

»Entschuldigung.«

»Es ist nicht deine Schuld, dass alle inkompetent sind, Kumpel. Es bedeutet nur, dass wir die Dinge vorerst alleine erledigen müssen. Aber zuerst musst du anrufen. Sag ihnen, dass wir so schnell wie möglich alle hier unten brauchen. Und sie sollen sich nicht herumdrücken. Wenn sie dich in Frage stellen oder zögern, notiere dir ihren Namen. Ich werde mich mit ihnen in Verbindung setzen, wenn ich zurück auf der Wache bin.«

Aidan, der sichtlich Angst vor Tomek hatte, nickte und eilte zum Auto zurück, wo er den Anruf tätigte. Er kam wenige Augenblicke später zurück.

»Sie sind unterwegs«, sagte er.

»Wie lange?«

»Sie hat nichts gesagt. So schnell sie herkommen können.«

»Hast du ihnen eine Kontaktnummer gegeben?«

Aidan schüttelte den Kopf.

Tomek wurde klar, dass er selbst den Anruf hätte tätigen sollen. Der arme Kerl konnte nicht klar denken. Er war sicher, dass Aidan eigentlich ein ziemlich aufgeweckter Typ war – er hatte gerade erst seine Ausbildung beendet, also war all das Wissen noch frisch in seinem Kopf – aber gerade jetzt verhielt er sich, als ob er glaubte, die Erde sei eine Scheibe.

»Gut. Und woher sollen sie dann wissen, *wo* sie uns finden, *wie* sie uns finden?«

Aidan zuckte mit den Schultern.

»Komm schon, Kumpel. Arbeite mit mir zusammen. Mach es mir leicht, bitte. Ruf sie noch mal an.«

Aidan musste nicht zweimal gebeten werden. Diesmal tätigte er den Anruf vor Tomek und sammelte alle Informationen, die sie brauchten: Ein Mitglied des Colchester-Ermittlungsteams für schwere Straftaten würde so schnell wie möglich kommen, aber aufgrund von Straßenarbeiten und Verkehr infolge eines früheren Unfalls konnte die Einsatzleitstelle nicht genau sagen, wann. Tomek gefiel das nicht, aber er hatte keine Kontrolle über die Situation. Es gab nichts, was er tun konnte.

Als er sein Telefon einsteckte, schaute Aidan niedergeschlagen zu Tomek und sagte: »Also, was machen wir jetzt?«

Für einen langen Moment sagte Tomek gar nichts. Die Wahrheit war, er wusste es nicht. Er hatte keine Antwort. Dies war anders als alles, was er je erlebt hatte. Normalerweise hätte er die volle Unterstützung der Essex Police hinter sich und könnte SOCO-Teams, Tatortmanager und uniformierte Polizeibeamte anfordern, in dem sicheren Wissen, dass sie umgehend eintreffen würden, wenn sie nicht bereits vor seiner Ankunft da wären. Aber jetzt hatte er nur zwei Hauptzeugen und einen Polizeibeamten, der so jung war, dass er kaum aus den Windeln heraus war. Weniger als ideal.

So viele Gedanken und Handlungen schossen durch seinen Kopf. Eine Prioritätenliste von Aufgaben, die leider willkürlich erschien. Er konnte keinen Sinn darin erkennen.

Die erste Aufgabe, wie bei jedem Tatort eines Mordes, war es, die Beweise zu sichern, einen Kordon zu errichten, um so viel Raum wie möglich zu schützen. Aber da sie Charlene durch den Schlamm gezogen hatten – in diesem Fall buchstäblich – hielt Tomek das für weniger vorrangig.

Die zweite wäre, Zeugen festzuhalten und relevante Aussagen aufzunehmen. Die dritte wäre, so viele Informationen wie möglich vom Tatort zu sammeln.

Allerdings wollte Tomek in seinem Kopf keine dieser Dinge tun, weil es ein anderes, dringenderes Problem gab, das gelöst werden musste.

Charlene würde vorerst nirgendwohin gehen. Auch Flynn oder Derry nicht. Und Tomek musste sicherstellen, dass dasselbe für den Rest der Insel galt.

»Ich möchte, dass du zum Strood fährst und die Straße blockierst. Niemand verlässt diese Insel ohne meine Genehmigung.«

# KAPITEL SECHZEHN

Das war aufregend. Furchtbar aufregend. Aber gleichzeitig auch furchtbar erschreckend. Jemand war gestorben. Also, tatsächlich gestorben. Tot. Kaputt. Nicht mehr da. Fort aus diesem Leben und dem nächsten.

Er hatte absolut keine Ahnung, was er tat, keine Ahnung, was als Nächstes passieren würde. Aber er war dankbar, dass Tomek da war. Der Mann wirkte, als wüsste er, wovon er sprach. Als hätte er Erfahrung im Umgang mit solchen Situationen. Das Einzige, was ihm fehlte, dachte Aidan, war Geduld. Aidan konnte bereits in seinem Gesicht erkennen, dass er angespannt war, dass ihm die Vorstellung nicht gefiel, alles haarklein erklären zu müssen.

Er konnte sich nur vorstellen, wie es gewesen wäre, wenn er die Leiche am Strand gefunden hätte und Tomek nicht da gewesen wäre: Er hätte herumgezappelt und wäre in Panik geraten wie eine Schildkröte auf dem Rücken. Er wäre völlig überfordert gewesen. Eigentlich war er das immer noch. Aber zumindest gab es Hoffnung. Zeit, sich zu beweisen und den schlechten Eindruck, den er vor dem Kriminalkommissar gemacht hatte, etwas wiedergutzumachen.

Seine nächste Aufgabe war einfach. Schmerzlich einfach. Eigentlich ganz simpel. Vor dem Strood parken und die Leute daran hindern, die Insel zu verlassen.

Aber wenn es so einfach sein sollte, warum fühlte er sich dann, als müsste er den Mount Everest erklimmen, mit einem Kamel auf dem Rücken?

Als er am Strood ankam, war vom Asphalt nichts mehr zu sehen. Das Wasser, mehr als dreißig Zentimeter tief, hatte ihn für den Nachmittag in Beschlag genommen, bis es ihn in etwas mehr als sechs Stunden wieder freigeben würde, wie ein Teenager, der widerwillig die Kontrolle über den Videospiel-Controller abgibt, wenn es Zeit für die Hausaufgaben ist. Aber das würde die Leute nicht davon abhalten, die Insel verlassen zu wollen. Als er am Strood ankam, standen drei Autos vor ihm, alle in verschiedenen Stadien der Überquerung.

Ohne nachzudenken stieg Adrian aus dem Auto. Sofort bereute er es. Das Wasser reichte ihm bis zu den Knöcheln, und im Nu war sein Fuß durchnässt. Kurz darauf folgte der andere Fuß, und seine Stimmung sank mit ihm.

Das Auto, das ihm am nächsten stand, stand still. Der Fahrer saß hinter dem Steuer, schätzte die Tiefe ab, wog die Möglichkeiten ab, überlegte, ob seine Ungeduld den überfluteten Motor und die saftige Werkstattrechnung danach wert war.

Aidan watete auf ihn zu. Er klopfte an die Scheibe und erschreckte den Fahrer.

»Sie können diese Straße nicht überqueren«, sagte er. »Sie müssen auf der Insel bleiben.«

Der Mann ließ das Fenster herunter. »Warum?«

»Weil es einen Mord gegeben hat. Wir müssen alle bitten, zu Ihrer eigenen Sicherheit auf der Insel zu bleiben.«

»Einen Mord! Sie meinen, jemand wurde getötet?«

Aidan dachte, dass das selbstverständlich wäre, nickte aber zur Antwort.

»Jemand wurde auf der Insel getötet, und Sie wollen, dass ich dort bleibe? Scheiß drauf!«

Bevor Aidan protestieren konnte, legte der Mann den ersten Gang ein und trat das Gaspedal durch. Der Motor heulte auf, und das Auto ruckte nach vorne, wobei es eine große Bugwelle bildete, als es durch die Flut schnitt.

Das Auto schaffte es bis zur Mitte des Strood, bevor es schließlich zum Stillstand kam. Dort war das Wasser viel tiefer und hatte die

Motorhaube des Autos erreicht. Der Motor lief schnell voll und Rauch begann unter der Motorhaube hervorzuquellen.

»Hab's Ihnen ja gesagt«, kicherte Aidan für sich.

Als er gerade ins Wasser waten wollte, um den Mann zu holen (und ihm zu sagen, dass er ein verdammter Idiot sei), lenkte ihn das Geräusch eines weiteren aufheulenden Motors ab. Ein Audi parkte nur Zentimeter hinter seinem Dienstwagen und versuchte verzweifelt, auszuparken.

Aidan sprang vor die Motorhaube und legte seine Hände darauf.

»Was glauben Sie, was Sie da tun?«, brüllte der Besitzer.

»Ich verhindere, dass Sie Ihr Auto schrotten!«

»Ich will runter.«

»Pech gehabt. Es ist Ihnen nicht erlaubt. Polizeiliche Anordnung. Zwingen Sie mich nicht, da rüberzukommen und Sie zu verhaften.«

Plötzlich fühlte er sich angespornt. Als könnte er es mit diesem Arschloch aufnehmen und gewinnen.

Und dann fiel es ihm ein. Das weiß-blaue Polizeiabsperrband im Kofferraum. Er eilte zur Rückseite des Autos, holte das Band heraus und begann, es zwischen den beiden Zäunen zu spannen, die auf beiden Seiten des Strood entlangliefen. Das würde funktionieren, dachte er. Wenn sie den Strand nicht absperren konnten, dann müssten sie eben die ganze Insel absperren.

---

Kurz nachdem Tomek sie weggeschickt hatte, begannen sich Menschenmengen um Flynn und Derry zu bilden. Beide Männer waren schnell von Zivilisten umgeben, die um sie herumschwirrten und imaginäre Schutzlinien bildeten, als würden sie von einer unsichtbaren Kraft zurückgehalten. Tomek konnte die Fragen von weitem hören.

»Was ist passiert?«

»Wer ist es?«

»Ist ihr etwas Schlimmes zugestoßen?«

Schreie und schrille Rufe durchschnitten die Luft, rollten die Länge des Strandes auf und ab. Es herrschte ein Durcheinander. Tomek hatte keinem von beiden aufgetragen, die Informationen für sich zu behalten, also hatte er keinen Grund, wütend auf sie zu sein, als sie ausplauderten, dass Charlene am Strand lag. Das hinderte ihn jedoch nicht daran, frustriert zu sein. Er musste die Situation kontrollieren, einen provisorischen Sicherheitsbereich schaffen, alle hinter die Linie zurückdrängen. Und vor allem musste er die Leiche abschirmen. Sie irgendwie vor neugierigen Blicken schützen. Ihre *Würde* schützen.

Das einzige Problem war, dass der Strand öde war, und wenn er sie nicht in eine der vielen Strandhütten entlang des Sandstreifens schleifen wollte, hatte er nichts, um sie zu schützen. Er wünschte, Aidan hätte ihm etwas Material dagelassen. Eine Rolle Polizeiabsperrband, einen Mantel oder so. Irgendetwas.

Und dann kam ihm der Gedanke. Wenn er keine Plane finden oder ein Zelt aufstellen konnte, um sie vor den Elementen zu schützen, dann müsste er irgendwie selbst etwas improvisieren.

Inzwischen erwärmten sich Sand und Luft rasch, und schon hatte eine Handvoll Fliegen begonnen, über Charlenes Hals zu schweben, die immer näher kamen, während sie an Selbstvertrauen und Hunger zunahmen. Bald würden sie beginnen, an ihrem Fleisch zu fressen, und der üble Geruch, der bereits in Tomeks Nase hing, würde sich verschlimmern. Bald würde es unerträglich werden.

Tomek ließ sich auf die Knie fallen, grub seine Hände in den Sand und begann, einen Hügel zu formen. Er fing bei ihren Füßen an und arbeitete sich dann wie bei einer Burganlage mit Haupt- und Vorburg um ihren Körper herum. Es war nicht viel, aber es war das Beste, was er hatte. Nach ein paar Minuten hielt er inne, um eine Pause zu machen und sein Werk zu betrachten.

Es war mittelmäßig. Nur ein paar Zentimeter hoch. Nicht genug, um sie vollständig vor Blicken zu schützen, und es sah aus wie etwas, das ein Kind nach einem langen, energiegeladenen Tag am Strand zustande bringen könnte. Und da war er, völlig außer Atem, erschöpft und kämpfte darum, wieder zu Luft zu kommen.

Es war weniger als nutzlos.

Er brauchte eine andere Option.

Er griff in seine Tasche, holte sein Handy heraus und rief Kasia an. Sie antwortete einige Augenblicke später, müde und verschlafen.

»Tut mir leid, dich zu wecken«, begann er. »Aber es gibt eine Situation.«

»Was?«, fragte sie, plötzlich klang Alarm in ihrer Stimme mit.

»Es ist... ein arbeitsbezogenes Problem.«

»Arbeitsbezogen? Aber du erwartest doch erst am Dienstag eine Rückmeldung?«

»Nicht *diese* Art von Problem«, sagte er. »Anders. Es gab... es gab einen Vorfall mit jemandem auf der Insel.«

»Einen *Vorfall*?«, wiederholte sie. Das war alles, was er zu diesem Thema sagen musste. Sie verstand perfekt.

»Ich brauche deine Hilfe. Ich muss, dass du zum Strood gehst und etwas Absperrband und alles andere, was nützlich sein könnte, von dem Polizisten holst, der dort ist.«

»Wie?«

»Ich brauche, dass du rennst, so schnell du kannst. Kannst du das für mich tun, Kasia? Ich würde nicht fragen, wenn es nicht absolut notwendig wäre.«

Eine Pause.

»Ja. Ich denke schon.«

---

Manchmal hasste Tomek die menschliche Natur. Insbesondere hasste er die Gier des menschlichen Gehirns nach grausamen Details.

In den zwanzig Minuten nach Tomeks Gespräch mit Kasia waren die Menschenmengen am Strand, die auf beiden Seiten nur eine kleine Anzahl von fünf bis zehn Personen gewesen waren, auf fast das Dreifache angeschwollen. Die ursprünglichen Schaulustigen hatten zweifellos die Postfächer ihrer Freunde mit Nachrichten geflutet, die sie herbeiriefen oder sie über das Geschehene informierten. Und so hatte sich die Zahl schnell erhöht. Und natürlich hatte es unschuldige Passanten gegeben, Hundeausführer, Jogger, Spaziergänger, die, ihren Begierden nachgebend, von der Hysterie mitgerissen wurden.

Bevor Tomek über einen Weg nachdenken konnte, mit den Menschenmengen umzugehen, lenkte ihn ein Schrei ab.

Er drehte sich auf der Stelle um und sah Kasia auf ihn zustürmen, ihr blondes Haar wippte unordentlich auf und ab. In ihrer Hand hielt sie eine Rolle Polizeiabsperrband.

»Papa!«

Zwanzig Fuß trennten sie. Tomek bewegte sich auf sie zu, aber es war zu spät. Sobald sie einen Fuß auf den Sand setzte, bemerkte sie die Leiche und kam schlitternd zum Stehen. Ihre Hand flog zu ihrem Mund und erstickte einen Schrei. Tomek eilte zu ihr und umarmte sie, drehte sie von dem Anblick weg.

»Ich habe dir gesagt, du sollst auf dem Parkplatz auf mich warten«, sagte er und strich ihr über das Haar.

»Ich weiß, ich weiß. Es tut mir leid.«

Tomek drückte sie fest an seine Brust und hielt sie dort, presste ihr Gesicht an seine Brust, um alle Anblicke und Gefühle zu blockieren, die jetzt auf sie einstürmen würden.

»Ist sie... ist sie tot?«, fragte Kasia.

»Ja«, sagte er ihr. »Aber ich will nicht, dass du das siehst. Gib mir, was du hast, und dann möchte ich, dass du direkt zurück zum Wohnwagen gehst und dort bleibst, bis ich nach Hause komme, okay?«

Er lockerte seinen Druck auf sie, sah auf ihr Gesicht hinab. Tränen glitzerten in ihren Augenwinkeln, und ihre Wangen waren rot überlaufen. Er hatte nicht gespürt, dass sie an seiner Brust weinte. Sie hatte es gut verborgen. Er fragte sich, wie oft sie das noch getan hatte, ohne dass er es bemerkt hatte.

»Alles wird gut«, sagte er ihr.

»Hat jemand ihr das angetan?«, fragte sie.

»Ich bin mir im Moment nicht sicher, Kleine. Ich werde es untersuchen müssen.«

»Du? Warum du? Warum kann das nicht jemand anders machen?«

Tomek biss die Zähne zusammen. »Weil gerade niemand anders hier ist. Die Flut hat die Insel abgeschnitten, also bin ich das Beste, was Charlene hat. Mir gefällt das genauso wenig wie dir, aber es ist mein Job.«

Der Blick auf ihrem Gesicht sagte ihm, was sie davon hielt. Dass es immer sein Job war. Dass es nie aufhörte. Dass der Job wichtiger war als sie, als alles andere.

Sie löste sich von ihm und blickte zu Boden. Dann drehte sie sich langsam zu der toten Person am Strand um. »Manchmal denke ich, Zeus hatte recht. Die Welt geht wirklich zu Ende.«

———

Tomek hatte Kasia zurück zum Wohnwagen geschickt, bevor er sagte, was er wirklich über ihre letzte Aussage dachte.

Er war wütend auf sie. Die Aufrichtigkeit, mit der sie es gesagt hatte, deutete darauf hin, dass sie immer noch an ihn dachte, dass seine Tentakel sich noch immer an die Stimmungen in ihrem Gehirn klammerten. Um sich zu beruhigen, scrollte Tomek durch sein Adressbuch, bis er Montgomerys Handynummer gefunden hatte.

Montgomery antwortete nach fast einer Minute.

»Rosebank Vermietung, hier spricht Montgomery.«

»Hier ist Tomek. Aus Nummer neunundsechzig.«

Ein Moment, damit der Name und die Nummer registriert wurden.

»Ah, Herr Bowen. Wie kann ich Ihnen helfen? Stimmt etwas nicht mit Ihrem Wohnwagen?«, fragte der Mann fröhlich.

»Nicht ganz«, sagte Tomek, während er einen halben Blick zurück auf den toten Körper warf. »Es gibt ein anderes dringendes Problem, bei dem Sie mir vielleicht helfen können.«

»Oh?«

Tomek erklärte die Situation und ließ kein Detail ungesagt. Er schloss mit der Bitte um ein Betttuch oder etwas, das groß genug war, um Charlene zu bedecken und sie vor Blicken zu schützen, bis die Polizei eintraf. Wer wäre besser dafür geeignet als der Besitzer eines Wohnwagenplatzes? Glücklicherweise hatte Montgomery reichlich davon herumliegen.

Er kam zehn Minuten später. In dieser Zeit hatte Tomek auf beiden Seiten des Strandes eine Absperrung errichtet, indem er das Band zwischen den Strandhütten und behelfsmäßigen Pfosten gespannt hatte, die er aus zwei großen Stöcken geformt hatte, die er am Ufer angeschwemmt gefunden hatte.

Montgomery näherte sich Tomek vorsichtig, mit der Beunruhigung von jemandem, der fürchtete, worauf er zuging. Als ob Tomek ein wildes Tier wäre und allein für Charlenes Mord verantwortlich sei.

Während er auf Tomek zustapfte, war er unfähig, auf die Leiche zu schauen, die nur wenige Meter von ihm entfernt lag.

»Ist sie es... ist sie es wirklich?«, fragte er.

Tomek nickte.

Montgomery bewegte seinen Kopf ein wenig, fing sich wieder. »Wer könnte so etwas getan haben?«

»Ich weiß es nicht«, sagte Tomek. »Aber ich habe vor, es herauszufinden.«

Montgomery zögerte einen Moment, neigte diesmal seinen Kopf zur Seite. »Was meinen Sie damit?«

»Ich bin Polizist. Kriminalhauptkommissar bei der Polizei von Essex, Abteilung Southend. Bisher sind nur ich und ein Polizeikonstabel in der Lage, mit diesem Vorfall umzugehen.«

»Wirklich? Gott sei Dank dafür. Wir haben Glück, dass Sie hier sind.« Montgomery hob das Bettlaken in die Luft, als ob er sich gerade daran erinnerte, dass er es hatte. »Und Sie haben Glück, mich zu haben«, sagte er und reichte es Tomek.

Tomek riss es Montgomery aus der Hand und ging auf die Leiche zu. Als er sich näherte, traf ihn der beißende Gestank der Verwesung wie ein Schlag ins Gesicht und drang direkt in sein Gehirn. Der faulige Geruch machte ihn krank, und er kämpfte hart, um das Abendessen vom Vortag dort zu behalten, wo es war. Er drängte die aufkommende Übelkeit in den hintersten Winkel seines Bewusstseins und platzierte behutsam das Laken über Charlenes Körper, wobei er es in den vier Ecken mit Sandhaufen beschwerte. Es war nicht perfekt – es war weit entfernt von perfekt und nicht das professionelle Vorgehen – aber es war das Beste, was er mit den vorhandenen Mitteln tun konnte.

Als er von der Leiche wegtrat, stieß er einen langen, tiefen Seufzer aus. Eine Last war von seinen Schultern gefallen. Er hatte die erste Aufgabe auf seiner Liste erledigt. Er hatte den Leichnam geschützt. Jetzt konnte er sich auf die nächste Aufgabe konzentrieren: herauszufinden, wer Charlene Harris getötet hatte.

# KAPITEL
# SIEBZEHN

»Erklären Sie mir, was passiert ist«, begann Tomek. »So viel Sie sich erinnern können und mit so vielen Details wie möglich.«

Derry Waterman verlagerte sein Gewicht unbeholfen, während er den Strand hinauf und hinunter blickte und auf das dünne weiße Laken schaute, das im Wind flatterte.

Nach erschreckend großer Anstrengung hatte Tomek es schließlich geschafft, den Strand zu räumen. Alles, was übrig blieb, war die polizeiliche Absperrung, Charlenes Leiche und ein paar Freiwillige, die sich bereit erklärt hatten zu bleiben, um sicherzustellen, dass niemand sonst den Strand betrat. In der Zwischenzeit hatte Tomek Derry zurückgehalten.

Er hatte ein paar Fragen, auf die er Antworten wollte.

»Na ja«, begann Derry, »ich war im Wasser. Habe meine Austern gesammelt. Wie jeden Morgen. Es war nicht anders als gestern und vorgestern. Sie wissen schon, wie das ist; Sie haben mich gestern gesehen.«

»Das stimmt. Aber wir reden nicht über gestern. Wir reden über heute. Wann sind Sie heute Morgen aufgewacht?«

Derrys Gesicht verzog sich. »Was hat das denn mit irgendwas zu tun?«

»Beantworten Sie die Frage.«

Die Verzerrung nahm zu und wurde durch eine leichte Neigung

des Kopfes noch verstärkt. »Warum nehmen Sie diesen Ton mir gegenüber an?«

»Warum verhalten Sie sich so defensiv?«

»Weil ich noch nie so etwas machen musste, in Ordnung? Es mag Sie überraschen, aber ich habe noch nie zuvor eine Leiche gesehen. Ich war ein Kind, als meine Eltern starben, also habe ich sie nie gesehen. Und alle anderen Menschen in meinem Leben, die gestorben sind, waren entfernte Verwandte. Ich stehe unter Schock. Ich habe keine Ahnung, was passiert sein könnte, und ich habe keine Ahnung, warum Sie mir diese Fragen stellen.«

»Weil Sie diejenige gefunden haben. Nun, ich muss wissen, wann Sie heute Morgen aufgewacht sind.«

Derry überlegte zu lange für Tomeks Geschmack. Zu lange für jemanden, der seit dreißig Jahren dieselbe Morgenroutine hatte.

»Fünf«, sagte er schließlich.

»Punkt fünf?«

»Ich habe einen Wecker auf meinem Handy, wenn Sie ihn sehen möchten?«

»Das wird nicht nötig sein«, sagte Tomek, während er eine Notiz auf seinem eigenen Handy machte, in Ermangelung eines Stifts und Papiers. »Wann haben Sie das Haus verlassen?«

»Halb sechs.«

»Wie war die Insel? Beschreiben Sie es mir.«

»Schreibe ich hier ein Buch oder was?«

Tomek ignorierte den Kommentar. »Haben Sie etwas Seltsames gehört, etwas Seltsames gesehen? Etwas Ungewöhnliches. Irgendetwas überhaupt.«

Derry überlegte wieder und schaute dabei zu Boden. »Hören Sie, ich weiß nicht, was ich Ihnen sagen soll. Ich bin aufgestanden. Habe meine Ausrüstung angezogen. Das Haus verlassen. Bin runter zum Wasser gegangen und habe angefangen, Austern zu fischen. Es ist dasselbe, was ich seit-«

»Den letzten dreißig Jahren tue«, beendete Tomek. »Ja, ich weiß. Sie sagen also, Sie haben nichts Ungewöhnliches bemerkt?«

Derry verschränkte die Arme vor der Brust. »Abgesehen von Charlene, meinen Sie?«

Tomek seufzte innerlich und beschloss, die Taktik zu ändern. »Wann haben Sie sie bemerkt? Beschreiben Sie es mir.«

Diesmal war Derry an der Reihe zu seufzen. Lauter. Härter. Wie ein trotziges Kind. »Ich war im Schlamm. Auf allen Vieren. Nach etwa einer Stunde, falls Sie fragen wollen, und da sah ich etwas aus dem Augenwinkel, das hinter der Boje hervorragte. Zuerst dachte ich, es könnte ein weiterer Hund sein - jetzt wünschte ich mir fast, es wäre einer gewesen - aber als ich die Schuhe sah, wurde mir klar, dass ich falsch lag.«

»Sie haben sich der Leiche genähert?«

»Habe sie erst angerufen, ja. Aber als keine Antwort kam, wusste ich, dass etwas nicht stimmte. Also bin ich vorsichtig zu ihr gegangen. Ich habe versucht, sie ein paar Mal zu schütteln, aber sie lag mit dem Gesicht nach unten im Dreck. Ich wusste, dass sie nicht atmete.«

Tomek erinnerte sich an Charlenes Körperhaltung, als er und Flynn hindurchgewatet waren. Sie hatte auf dem Rücken gelegen, die Augen geöffnet, in den Himmel starrend. Und es war sehr wenig Schlamm in ihrem Gesicht gewesen. Nicht genug, um darauf hinzudeuten, dass sie mit dem Gesicht nach unten im Dreck gelegen hatte.

»Sie haben sie bewegt?«, fragte Tomek.

»Versucht, ja. Aber sie wog verdammt noch mal eine Tonne. Wie wenn man versucht, einen Baumstamm zu bewegen, so war das. Versank jedes Mal im Schlamm.«

»Und Sie haben ihr Gesicht gesäubert?«

»Nicht absichtlich. Meine Hände waren nass, und... und ich habe sie vielleicht ein paarmal mit meinen Füßen bespritzt. War aber nicht meine Absicht.«

Tomek brummte, während er sich eine Notiz machte. »Erinnern Sie sich, überhaupt jemanden gesehen zu haben?«

Derry verschränkte die Arme fester vor der Brust und steckte seine Hände tiefer in seine Achselhöhlen. »Schon wieder diese Leier?«

»Es ist wichtig.«

»Nein, ich habe niemanden gesehen.«

»Vielleicht jemanden auf einem Boot?«

»Davon gab es jede Menge, aber ich habe niemanden auf ihnen gesehen, nein. Ich müsste schon Ferngläser als Augen haben, um das sehen zu können.«

»Die Boote nicht erkannt?«

Derry schüttelte den Kopf. »Meine Augen sind nicht mehr das, was sie mal waren.«

Ein Windstoß fegte durch die Lücke zwischen ihnen und blies vom Ufer in Richtung Festland. Tomek drehte sich dem Wind zu und sah, wie Charlenes Bettlaken wogte und schwankte, als ob sie sich darunter bewegen würde. Wie durch ein Wunder hielt der Sand es an Ort und Stelle, obwohl Tomek nicht gerne darüber nachdachte, wie lange das noch so bleiben würde.

»Sind wir hier fertig?«, fragte Derry hastig.

»Noch nicht«, erwiderte Tomek mit einer gewissen Härte in der Stimme. Er hatte die Kontrolle über das Gespräch, und er wollte sicherstellen, dass Derry das wusste. »Halte ich Sie von etwas ab?«

»Nein«, kam die knappe Antwort. »Ich frage mich nur, was Sie noch wissen müssen.«

»Wenn dies eine gewöhnliche Zeugenaussage wäre«, begann Tomek, »würde ich wahrscheinlich etwa eine Stunde, vielleicht zwei, mit Ihnen verbringen. Und bisher...« Er schaute auf seine Uhr. »Haben wir etwa fünfzehn Minuten, vielleicht zwanzig, miteinander gesprochen.«

Die Farbe wich aus Derrys Gesicht.

»Was könnte es da noch zu besprechen geben?«

»Charlene«, antwortete er knapp, als ob das die Frage beantworten sollte.

»Was ist mit ihr?«

»Erzählen Sie mir alles, was Sie über sie wissen. War es üblich für sie, nachts unterwegs zu sein? Hat sie ein Boot, mit dem sie vielleicht unterwegs war und das jetzt verschwunden sein könnte? Fällt Ihnen jemand ein, der ihr das angetan haben könnte? Hatte sie Feinde?«

»Oh, Feinde hatte sie mehr als genug«, sagte Derry, ohne weitere Erklärungen.

»Einschließlich Ihnen?«

Derry lachte leise, sagte aber nichts. Tomek würde dieser Spur später nachgehen.

»Wer noch?«

»Jeder auf der Insel«, sagte er offen. »Niemand mochte sie. Klar, es war alles ein Schauspiel. Wir alle haben freundliche Gesichter aufgesetzt, wenn sie dabei war, manche besser als andere, aber im Großen und Ganzen war sie die unbeliebteste Frau, die ich je getroffen habe.«

»Warum?«

»Weil sie alles verändert. Sie treibt die Preise in die Höhe. Ruiniert Leute geschäftlich. Verändert das Leben aller zum Schlechteren. Es gibt eine Gruppe von uns, die zur Mersea Island Association gehören. Wir sind wie eine Nachbarschaftswache und ein Mini-Gemeinderat in einem. Wir kümmern uns um die Gemeinschaft, und wenn es Probleme gibt – mit Mülltonnen, lauten Nachbarn, Leuten, die ihren Hundekot nicht aufsammeln – dann teilt man uns das mit, und wir sprechen mit ihnen. Früher war es kostenlos, eine kostenlose Ressource für alle Gemeindemitglieder. Jetzt, als Leiterin des Ausschusses, hat Charlene es nur für zahlende Mitglieder zugänglich gemacht. Wenn Sie also ein zahlendes Mitglied sind und ein Schlagloch vor Ihrem Haus haben, können Sie es reparieren lassen. Kein Problem. Und zwar schnell. Während Sie, wenn Sie kein Mitglied sind, sich im Grunde verpissen können. Das ist ihre Botschaft.« Derry stemmte die Hände in die Hüften und schüttelte den Kopf. »Keiner von uns wollte das. Aber seit sie da ist, hat sie es von einer Demokratie – womit sie überhaupt erst an die Macht kam – zu einer Diktatur verwandelt. Und nicht zu einer guten.«

Tomek konnte sich keine gute Diktatur vorstellen.

»Wer gehört noch zu dieser Gruppe?«, fragte er.

Derry zählte eine Handvoll Namen auf, und Tomek notierte sie in seinem Handy: Ian Kidd, der Besitzer des Weinguts der Insel; Bradley Fowler, Inhaber des kleinen Cafés, das Tomek und Kasia am Freitag besucht hatten; Mick Thorne, den Tomek bereits kannte; Montgomery, ebenso. Und Stuart Simms, der Mann, der Tomek am Tag zuvor mitten auf dem Markt angesprochen hatte.

Tomek setzte das Häkchen-Emoji neben Derrys Namen, um anzuzeigen, dass er mit ihm gesprochen und eine Zeugenaussage aufgenommen hatte. Er hoffte, die gesamte Liste bis zum Ende des Tages abgearbeitet zu haben.

»Hatte sie noch andere Feinde?«, fragte er.

»Einige«, antwortete Derry unverblümt. »Da ist der kleine Jimmy in Haus Nummer dreizehn; sie hat ihm einmal seinen Ball weggenommen, weil er fast durch ihr Pub-Fenster geflogen wäre. Oder Deontae, der sich einmal weigerte, sein Auto wegzufahren, also hat sie es mit einer Kralle blockiert und nicht freigegeben, bis er die Strafe bezahlt hatte. Oder-«

»Ich verstehe schon«, unterbrach Tomek. »Sie war bei vielen Menschen unbeliebt. Gab es irgendjemanden, der sie tatsächlich mochte?«

»Sie schienen sie zu mögen«, bemerkte Derry.

Tomek zuckte mit den Schultern. »Sie wirkte völlig angenehm, wann immer ich mit ihr sprach.«

Derry tippte sich mit einem stark vernarbten Finger an die Schläfe. »Man kann nicht jeden nach seinem Äußeren beurteilen«, sagte er.

Es war nicht das erste Mal, dass er den Charakter einer Person falsch eingeschätzt hatte. Und es würde nicht das letzte Mal sein.

»Noch eine Sache, bevor ich Sie gehen lasse«, begann Tomek.

»Endlich!«

»Wissen Sie, was sie gestern Abend gemacht hat, nachdem ich das Pub verlassen hatte?«

Derry schüttelte den Kopf. »Ich bin kurz nach Ihnen gegangen, also habe ich leider keine Ahnung. Die Band hat mich völlig verrückt gemacht, und ich brauchte eine Pause. Aber ich weiß, dass sie kurz nach Ihrem Weggang einen Streit mit Leon hinten hatte. Jeder konnte es hören.«

»Leon?«

»Ja. Leon Holland. Ihr Küchenchef.«

# KAPITEL
# ACHTZEHN

Tomek fand Leon in der Küche des Victory Inn. Es war kurz nach zehn Uhr morgens, und er war gerade dabei, eine Vielzahl von Zutaten auf einem Teller zu platzieren. Er war umgeben von einer Entourage aus Souschefs und Hilfspersonal in makellosen weißen Uniformen. Der Rest der Küche war genauso makellos wie ihre Outfits. Sobald er durch die Vordertür des Pubs getreten war, schlug ihm der Geruch von Speck und Eiern und anderen fettigen, typisch britischen Frühstückszutaten ins Gesicht.

Tomek rief Leons Namen.

Der Mann, dem er gehörte, war der Einzige, der den Kopf gesenkt hielt. Tomek rief ihn erneut.

»Ich bin beschäftigt«, sagte er und eilte an seiner Kochstation umher. »Kann ich zwei Scheiben Weißbrot, vier Rühreier und eine extra Scheibe Speck bekommen, bitte?«

»Chef!«, kam die synchrone Antwort.

Die Küche brach in ein weiteres Gewimmel von Aktivitäten aus, während Speck sofort in eine Pfanne geworfen wurde und zu brutzeln begann und Eier ihre Reise antraten, um zu Rührei zu werden.

»Leon! Ich muss mit Ihnen reden«, brüllte Tomek, seine Stimme nur knapp lauter als der Lärm der Küche. »Es ist dringend.«

Diesmal war Leon der Einzige, der Tomeks Ruf zur Kenntnis nahm, während alle anderen Mitarbeiter sich unbehaglich abwandten.

Leon warf seine Utensilien auf den Tisch und rief dann einen anderen Koch herbei, um seine Vorbereitungsarbeit zu beenden, bevor er zu Tomek stürmte. Als er um die Küchentheke bog, kam die volle Größe des Mannes zum Vorschein. Er war etwas über 1,80 Meter groß, kräftig gebaut und hatte einen Bauch, der darauf hindeutete, dass er gerne ein oder zwei Portionen von dem aß, was er kochte. Er war kahlköpfig, hatte tiefe Linien auf der Stirn und in den Augenwinkeln, und sein Bart war grau meliert. Tomek schätzte ihn auf Anfang vierzig, wusste aber, dass er weit daneben liegen könnte; er war sich sicher, dass der Stress, in einem geschäftigen Küchenumfeld zu arbeiten, wenig dazu beitrug, den Alterungsprozess zu verlangsamen.

»Was ist los und wer sind Sie?«, schnappte Leon. »Ich habe eine Küche zu führen.«

»Ja«, sagte Tomek und erwiderte Leons Verachtung in gleichem Maße. »Es geht um Ihre Chefin.«

»Oh gut. Wissen *Sie*, wo sie ist?«

»Ja. Sie liegt derzeit flach auf dem Rücken, umgeben von einem Haufen Sand, mit nichts als einem Bettlaken, das sie bedeckt, tot.«

Es dauerte einen Moment, bis das letzte Wort in Leons Gesicht registriert wurde.

»Tot?«

»Deshalb bin ich hier. Um es Ihnen zu sagen und Ihnen auch einige Fragen zu stellen.«

»Fragen? Warum? Was habe ich getan?«

»Das muss ich feststellen.«

Leon schnaubte. »Was sind Sie, eine Art Bulle?«

Tomek richtete eine Fingerpistole auf den Koch. »Bingo.«

Leon, unbeeindruckt, starrte Tomek finster an. »Sie machen Witze, oder?«

»Ich mache keine Witze über solche Dinge. Sie können mich gerne Sergeant Bowen nennen. Oder, da Sie an Ihre kleine Brigade-Sache gewöhnt sind, können Sie mich Sir nennen. Sie sind ein Mann mit Autorität, nehme ich an.«

Leon wand sich unbehaglich, rollte ein paar Mal mit der Schulter, als würde er einen Juckreiz kratzen, der nicht da war. »Was meinen Sie damit, sie ist tot?«

»Auf die gleiche Weise, wie die Hoffnungen der neuen Generation auf eine bezahlbare Hypothek tot sind. Und ich habe vor herauszufinden, wie. Und warum.« Tomek holte sein Handy heraus und öffnete die Notizen-App auf einer neuen Seite. »Gibt es vielleicht einen etwas privateren Ort, an den wir gehen könnten?«

Leon zögerte nicht. Er bedeutete Tomek, zur Seite zu treten, dann schob er sich an ihm vorbei und sprintete eine nahe gelegene Treppe hinauf, wobei er jeweils zwei Stufen auf einmal nahm. Tomek folgte in seinem eigenen Tempo. An der Spitze der Treppe befanden sich zwei Türen: eine zur Linken, an der ein Schild mit der Aufschrift »Gäste« hing, und eine zur Rechten, mit einem weiteren Schild, auf dem »Büro« stand. Als er das Büro betrat, dachte Tomek, dass der Begriff nur lose mit dem zusammenhing, was er drinnen fand: einen Esstisch, der als Schreibtisch genutzt wurde; eine Reihe von Bücherregalen mit Aktenordnern und Kochbüchern; einen Kleiderschrank, halb offen, der ein Sortiment von professioneller und persönlicher Kleidung enthielt; ein Schlafsofa, bedeckt mit Papieren, Quittungen und Kartons mit nagelneuen Biergläsern; und schließlich eine Waschmaschine. In allen Belangen sah es aus wie ein Büro, aber Tomek hatte den Eindruck, dass vielleicht Charlene oder jemand anderes im Team es häufig als Schlafzimmer nutzte.

Leon tauchte hinter der Tür auf und schloss sie hinter Tomek.

»Werde ich das Restaurant schließen müssen?«, fragte Leon.

Tomek war überrascht, dass dies seine Hauptsorge war.

»Das ist wahrscheinlich eine gute Idee.« Er hielt inne. Ihm kam eine Idee. »Ich könnte es jedoch für meine Ermittlungen nutzen müssen. Ich würde gerne Leute hierher bringen, um sie zu befragen, da es keine Polizeistation in der Nähe gibt. Wie lange brauchen Sie, um das Personal loszuwerden?«

»Ach, verdammt. Ich werde es ihnen sagen müssen, oder?«

Tomek zuckte mit den Schultern. »Irgendwann. Es sei denn, Sie wollen, dass ich es tue.«

Mit den Händen in die Hüften gestützt, begann Leon, auf dem wenigen freien Platz im Büro auf und ab zu gehen, wobei sein Blick Löcher in den Teppich brannte. »Nein, sie sollten es von mir hören. Ich werde es ihnen sagen. Aber was ist mit dem Mittag- und Abendservice? Wir hatten mit vielen Gästen von der Regatta gerechnet.«

Auf der Liste der Prioritäten des Mannes war Tomek neugierig zu sehen, wo Charlene stand.

Er fand es ein paar Sekunden später heraus, nachdem Leon fertig damit war, sich Sorgen zu machen, wie er das Personal für den Tag bezahlen sollte und wie viel Essen verderben und weggeworfen werden müsste.

»Charlene...«, sagte er, als ob er sich plötzlich an den Grund erinnerte, warum sie hier waren.

»Charlene...«, wiederholte Tomek. »Wie lange arbeiten Sie schon mit ihr zusammen?«

»Etwa sechs Jahre jetzt.«

»Lange Zeit«, bemerkte Tomek. »Und waren Sie immer ihr Chefkoch, oder haben Sie sich von ganz unten hochgearbeitet?«

»Ich kannte sie, bevor sie diesen Laden übernommen hat. Wir haben zusammen im Café am Weinberg gearbeitet. So haben wir uns kennengelernt. Dann, als sie diesen Ort übernahm, hat sie mich mitgenommen.«

»Das ist sicher gut angekommen«, sagte Tomek, als der Gedanke versehentlich über seine Lippen kam.

»So könnte man es ausdrücken. Jedenfalls bin ich seitdem hier und bin glücklich gewesen.«

»Sind Sie sich da sicher?«

»Was soll das heißen?«

»Nur, dass ich Sie beide gestern Nacht draußen bei den Mülltonnen streiten gehört habe.«

Leon wurde plötzlich zurückhaltend und steckte seine Hände in die Taschen. »Wann? Um welche Zeit?«

»Gab es mehr als einen Vorfall?«

Er schloss die Augen und schüttelte schnell den Kopf. »Nein, das meinte ich überhaupt nicht. Versuchen Sie nicht, mir Worte in den Mund zu legen. Ich wollte nur... ich fragte mich nur, um welche Zeit das war, weil... weil ich es vergessen hatte.«

Tomek glaubte kein Wort davon. »Es war kurz nach elf Uhr. Direkt bevor die Band wieder anfing zu spielen.«

»Ah. Jetzt erinnere ich mich. Und was ist damit?«

Tomek tippte mit dem Finger auf den Bildschirm, um ihn aufzuwecken. »Worüber haben Sie gestritten? Es klang wichtig.«

»Charlene wollte, dass die Jungs heute Morgen ab sechs Uhr da sind, obwohl sie erst nach Mitternacht fertig geworden wären. Ich sagte ihr, dass es illegal sei, sie nach nur sechs Stunden Pause hereinzubestellen, wenn sie eigentlich noch zwei Stunden mehr haben sollten, aber sie wollte nicht hören.«

»Warum wollte sie, dass sie so früh kommen?«

»Für die Vorbereitung. Um für mehr Kunden bereit zu sein, die wegen unseres neuen Frühstücksangebots kommen. Wir haben erst vor Kurzem damit angefangen, und es läuft wirklich gut – die Gewinne sind um etwa fünfzig Prozent gestiegen – aber die Jungs gewöhnen sich noch an den Zeitplan. Es bringt sie völlig durcheinander. Mich manchmal auch. Es ist zu viel. Und wir werden für diese zusätzlichen Schichten nicht besser bezahlt. Keiner der Jungs wird es. Also habe ich gestern Nacht für sie gekämpft, mich für sie eingesetzt.«

»Was war das Ergebnis?«

»Ich habe das Restaurant geöffnet und alle Vorbereitungen erledigt, bevor sie zur normalen Zeit kamen.«

»Sie wussten nichts von Charlenes Anfrage?«

Leon schüttelte den Kopf.

»Ganz schön der Märtyrer, nicht wahr?«

»Ich weiß nicht, was das bedeutet. Ich weiß nur, dass ich nicht will, dass mein Personal ausgebeutet wird. So einfach ist das. Da steckt nicht viel mehr dahinter, ehrlich gesagt. Ich war da, habe das gemacht. Ich habe erfahren, wie es auf der anderen Seite der Küchenarbeit ist. Ich versuche, die Jungs so gut wie möglich davor zu schützen. Klar, sie müssen lernen, aber es gibt bessere, andere Wege, das zu tun.«

Tomek beendete das Tippen einer Notiz in sein Handy. »Wann haben *Sie* gestern Abend Schluss gemacht? Es muss doch eine Weile dauern, alles aufzuräumen?«

»Etwa eine Stunde. Ich bin kurz nach Mitternacht gegangen.«

»Und wo war Charlene?«

»Sie putzte noch.«

»War sie noch hier, als Sie gingen?«, fragte Tomek.

»Im Keller, beim Austauschen eines der Fässer.«

Tomek machte sich eine weitere Notiz über die Zeit, die Leon gerade erwähnt hatte. Langsam grenzte er das Zeitfenster ein, in dem sie getötet worden sein könnte. Bisher gab es sechs Stunden, für die er keine Informationen hatte. Zwischen Mitternacht, als Leon ging, und sechs, als Derry sie entdeckte.

»Und das war das letzte Mal, dass Sie Charlene gesehen haben?«, fragte er.

»Ich... ich denke schon, ja«, antwortete Leon mit plötzlicher Erkenntnis.

»Was haben Sie gemacht, nachdem Sie gegangen sind?

»Ich bin... ich bin nach Hause gegangen. Ich wohne etwa fünf Gehminuten entfernt. Kam rein, ging direkt ins Bett.« Er hielt inne, überlegte. »Ich war am Verhungern und dachte daran, mir einen Käse-toast oder eine Schüssel Müsli zu machen, aber ich war so fertig, dass es sich nicht mal lohnte.«

»Hat Sie jemand gesehen?«

»Nicht dass ich wüsste.«

»Haben Sie auf Ihrem Weg niemanden gesehen?«

Leon schüttelte den Kopf.

»Würden Sie sagen, dass Sie die letzte Person waren, die sie lebend gesehen hat?«

Leon zögerte, bevor er antwortete, als er die Andeutung hinter Tomeks Frage erkannte.

»Abgesehen von der Person, die sie getötet hat, ja.«

»Sie hatten also nichts damit zu tun?«

»Nein! Ja, ich war wahrscheinlich der Letzte, der sie gesehen hat, aber es hat nichts mit mir zu tun.«

Leon wurde aufgebracht. Seine Hände waren jetzt aus seinen Taschen, eine seiner Fäuste geballt.

»Was ist mit heute Morgen, als Sie hereinkamen? Ist Ihnen etwas Seltsames aufgefallen? Irgendwelche Anzeichen eines Kampfes?«

Leon schnippte lebhaft mit den Fingern. »Jetzt, wo Sie es erwähnen – da lag eine Gabel auf dem Küchenboden.«

»Eine Gabel?«

»Ja. Weiß nicht, woher sie kam oder warum sie da lag.«

»Fanden Sie das nicht seltsam?«

Leon zuckte mit den Schultern. »Ich nahm einfach an, dass Char-lene sie versehentlich angestoßen hatte und zu faul war, sie aufzuhe-ben. Sie war wahrscheinlich bis spät hier.«

»Haben Sie noch etwas anderes bemerkt, das fehl am Platz schien?«

»Die Hintertür war unverschlossen, aber ich habe nachgesehen, und es sah nicht so aus, als wäre etwas von dort verschwunden. Auch von drinnen wurde nichts mitgenommen. Wir haben hier nicht viel Ärger.«

*So höre ich immer wieder. Bis jetzt.*

»Ich nehme an, Sie haben hier Überwachungskameras?«, fragte er.

Leon sah besorgt aus. »Die haben wir, aber... aber keine davon funktioniert.«

»Was?«

»Sie sind mehr eine Abschreckung als alles andere. Sie hat die Kameras da oben, und wenn jemand Ärger macht, zeigt sie auf sie an der Decke, und sie hören plötzlich auf.«

»Warum benutzt sie sie nicht?«

»Kosten. Geld sparen. Sie sind teuer im Betrieb, so wurde mir gesagt.«

»Wer hat sie als Letztes vor Ihnen gesehen?«

Bevor Leon antworten konnte, ertönte ein Geräusch von außerhalb der Tür. Beide Männer drehten sich zur Quelle der Störung. Es kam von oben an der Treppe.

Leon zuckte zusammen und bewegte sich in Richtung Tür, aber Tomek hielt ihn zurück, eine instinktive Reaktion, um alle außer sich selbst vor möglicher Gefahr zu schützen. Er wartete, wartete, wartete. Hörte schweigend zu.

Er hörte drei, vielleicht vier Paar Schritte, die übereinander fielen und schnell die Treppe hinunter eilten.

Sobald sie unten angekommen waren, folgte Tomek ihnen. Draußen im Treppenhaus gingen die Geräusche weiter. Es klang, als würde der Ort geplündert.

Tomek eilte die Stufen hinunter, bis er unten ankam. Dort, um die provisorische Bühne auf der anderen Seite des Pubs versammelt, ihre Ausrüstung handhabend und manövrierend, war die Band von der vergangenen Nacht.

»Da haben Sie es, Detektiv«, sagte Leon hinter Tomeks rechter Schulter. »Die sind es, nach denen Sie suchen. Die letzten Leute, die Charlene lebend gesehen haben. Vor mir, heißt das.«

# KAPITEL
# NEUNZEHN

Die Band hieß BLADE. Ein Akronym ihrer Anfangsbuchstaben: Ben, Liam, Andrew, Drew und Ethan. Sie waren seit fünf Jahren zusammen und hatten sich nach ihrem Abschluss an der University of East Anglia gegründet. Davor waren die jungen Männer gemeinsam auf der Insel aufgewachsen und hatten zusammen die Schule und später das College besucht.

»Wir sind alle beste Kumpels«, erklärte Andrew, der Leadsänger. »Wir würden füreinander sterben.«

Tomek fand das aufschlussreich, obwohl der Zyniker in ihm sich fragte, wie lange das anhalten würde. Wenn man die Geschichte von Rockbands als Maßstab nahm, würde ihre gegenseitige Liebe und Bewunderung zweifellos ein Verfallsdatum haben, wenn/falls der Ruhm und die Bekanntheit kämen.

»Ich muss zugeben, Sie waren sehr gut«, log er. »Ihr Auftritt gestern Abend war besser als ich erwartet hatte.«

Die Jungs stießen ihre Fäuste aneinander. Als Tomek beobachtete, wie sie sich gegenseitig auf den Rücken klopften, wurde ihm unter dem Licht des Pubs klar, dass sie alle gleich waren. Fast identische Kopien voneinander. Die kurzen Haare an den Seiten mit einem Schopf unordentlicher, welliger Haare oben, die bis zu den Augen herunterhingen. Die gleichen gemeißelten Kieferlinien und ausgeprägten Wangenknochen. Das gleiche hübsche Aussehen, das sofort dafür sorgte, dass ihr Ego von Mädchen, die zehn Jahre jünger waren als sie, aufgebläht wurde. Die gleichen weiten T-Shirts mit japanischen Anime-Drucken, die von ihren drahtig wirkenden Schultern herabhingen und zwei Nummern zu groß für sie aussahen. Und die extra-weiten Hosen, die an den Knöcheln ausgestellt waren. Sie alle sahen aus, als hätte man sie in einem Urban Outfitters-Laden losgelassen und sie wären ohne Wechselgeld herausgekommen.

»Danke, Mann«, sagte Andrew. »Wir schätzen das wirklich. Wir haben so lange an unserer Musik gearbeitet. Es ist schön, für einen solchen Auftritt in unsere Heimatstadt zurückzukommen. Und es bedeutet uns noch mehr, so ein Feedback zu hören.«

»Ist das Ihr erster Auftritt?«

»Nicht generell«, antwortete Drew, bevor Andrew dazukommen konnte. Beide Jungs schauten einander an.

»Wir haben schon *massenweise* Auftritte gehabt«, fuhr Andrew fort. »Massenweise im Norden, in Norfolk, in Leicester. Wir haben ein paar Gigs in Manchester und Solihull gespielt. Die meisten waren in kleinen Kneipen, aber wir kommen voran. Wir bauen langsam auf. Verstehen Sie?«

Tomek hatte keine Zeit, ihre Egos zu streicheln. Er mochte sie bereits nicht, weil sie ihn zu sehr an die Sons of Zeus erinnerten. Hin und wieder, wenn er schnell in der Gruppe umherblickte, verwandelten sich einige ihrer Gesichter in die Erinnerung, die er an den Musiker hatte, der Kasia so viel Schmerz und Aufruhr verursacht hatte.

»War dies das erste Mal, dass Sie hier einen Auftritt hatten?«

Andrew nickte. »Ich glaube, das erste Mal, dass dieser Ort je eine lokale Band hatte. Das nehmen wir mit. Kommt auf den Lebenslauf.« Der junge Mann überprüfte die Uhrzeit auf seinem Handy. »Wird das noch lange dauern? Wir wollten eigentlich gehen.«

»Haben Sie noch etwas vor?«

Die Jungs schauten einander verlegen an. Es war offensichtlich, dass sie etwas zu verbergen hatten. Tomek wollte herausfinden, was.

»Nur weg von der Insel.«

»Warum?«

Andrew lehnte sich vor, stützte seine Ellbogen auf seine Knie.

»Worum geht es hier eigentlich, Kumpel? Sind Sie wirklich ein Polizist?«

»Falls ich die letzten zwanzig Jahre das Falsche getan habe, bin ich ziemlich sicher, dass ich ein Polizeibeamter bin, ja. Ich wollte Ihnen einige Fragen über Charlene stellen.«

»Was ist mit dieser *Schlampe*?«, sagte Andrew. Dann schlug er seine Hand vor den Mund, als er merkte, wie laut er das gesagt hatte. »Tut mir leid, ich meinte nicht-«

»Der Schuss ist da schon aus der Pistole, Kumpel«, entgegnete Tomek. »Was soll das heißen? Hatten Sie und Charlene gestern einen Zusammenstoß?«

»So in der Art.«

»Können Sie das erklären?«

Andrew blähte plötzlich seine schmächtige Brust auf, aber es trug wenig dazu bei, ihn größer oder einschüchternder erscheinen zu lassen. »Nicht, bevor Sie uns sagen, worum es hier geht.«

Tomek lachte kurz auf und antwortete: »So funktioniert das nicht. Ich stelle die Fragen. Sie geben mir die Antworten. Und dann, wenn ich zufrieden bin, lasse ich Sie dorthin gehen, wo Sie hinmüssen.«

Die Jungs kommunizierten telepathisch miteinander und tauschten Botschaften über den Tisch aus. Alle fünf waren in der kleinsten Nische eingepfercht, die Tomek finden konnte.

»Wenn es uns schneller hier rausbringt«, sagte Andrew. »Hat sie eine Beschwerde gegen uns eingereicht oder so?«

»Warum sollte sie das tun?«

»Weil *wir* diejenigen sein sollten, die eine Beschwerde gegen *sie* einreichen. Nicht umgekehrt.«

»Warum?«

»Weil sie versucht, uns abzuzocken.«

Tomek sagte nichts. Er wartete darauf, dass der Leadsänger mehr erzählte.

»Als sie uns gebucht hat, sagte sie, dass sie uns eintausendfünfhundert Pfund für die zwei Nächte zahlen würde. Das sind dreihundert Pfund pro Person...«

»Ich kann rechnen, aber danke, dass Sie das überprüfen.« Tomek notierte den Betrag auf seinem Handy.

»Und sie sagte auch, dass wir für die zwei Nächte, die wir hier sind, in den Zimmern oben übernachten könnten. Aber was sie nicht sagte, war, dass sie uns dafür berechnen würde und dass es von den eintausendfünfhundert Pfund abgezogen wird.«

Tomek bestätigte sein Verständnis mit einem Nicken.

»Und sie hat uns auch nicht gesagt, dass unser Essen und Trinken ebenfalls von der Bezahlung abgezogen würden. Also haben wir einfach getrunken und getrunken – ich weiß nicht einmal, wie viele Biere wir zusammen hatten – aber wir waren ziemlich voll am Ende der Nacht.«

Das hätte man ihnen nicht angesehen. Sicher, sie sahen blass und müde aus – welcher unterernährte Mittzwanziger nicht? – aber er hatte nicht bemerkt, dass sie einen Kater hatten. Er beneidete die jungen Körper und ihre Fähigkeit, mit Alkohol umzugehen.

»Am Ende sagte sie, wir schuldeten ihr etwa zweihundert Pfund. Können Sie das glauben? *Wir* schuldeten *ihr* etwas. Das ließ ich mir nicht gefallen, also ging ich zu ihr, um ein Wort mit ihr zu reden. Sagte ihr, dass sie sich wie ein Arschloch verhielt und dass das völlig daneben war. Aber sie wollte nichts davon hören. Sagte, dass es ihr egal sei, ob wir es uns leisten könnten oder nicht. Dass wir die Rechnung trotzdem begleichen müssten und andere Wege finden müssten, das zu tun.«

»Wir wollten eigentlich früher aufstehen, damit wir ohne zu bezahlen abhauen konnten«, sagte Liam, der Bassist. »Aber wir haben verschlafen.«

Die Jungs drehten sich sofort zu Liam um, der hinten in der Sitzecke saß, und fingen an, ihn in den Arm zu schnipsen.

»Warum zum Teufel sagst du das, du Vollidiot?«

»Super gemacht, Schwachkopf. Jetzt hast du uns verpfiffen!«

Die Jungs setzten ihre verbalen Attacken gegen Liam fort, einer nach dem anderen, bis Tomek sagte: »Sie wollten mit der ganzen Ausrüstung abhauen?«

Andrew drehte sich zur Ecke des Raumes, die in eine provisorische Bühne verwandelt worden war, vermutlich für den Fall, dass das Wetter am Tag zuvor schlechter geworden wäre. Sie war vollgestellt mit Teilen eines Schlagzeugs, Lautsprechern, Gitarren und Unmengen von Kabeln. Es gab keine Möglichkeit, dass sie alles rechtzeitig hätten aufräumen und verpacken können, ohne dass es jemand bemerkt hätte.

»Niemand hat behauptet, dass es ein gut durchdachter Plan war«, antwortete Andrew, als ob er Tomeks Gesichtsausdruck lesen könnte. »Wir dachten nur, es wäre nicht richtig, die Rechnung zu bezahlen.«

Tomek gab keine Meinung zu der Angelegenheit ab. Einerseits konnte er den Frust der Jungs verstehen. Sie waren gebeten worden, das Wochenende in ihrer Heimatstadt aufzutreten. Es war ein großer Schritt für sie in ihrer musikalischen Karriere. Aber andererseits verstand er auch Charlenes Standpunkt. Sie hatte ein Geschäft zu führen, und wenn die Jungs ihre Vorräte leer tranken, dann war sie seiner Meinung nach durchaus berechtigt, sie zu bitten, ihre Schulden zu begleichen.

»Wie endete der Streit?«, fragte er.

»Na ja, wir sind ins Bett gegangen, oder?«

»Um wie viel Uhr war das?«

Sie schauten sich gegenseitig an.

Ethan, der Junge, der Tomek am nächsten saß, antwortete. »Etwa halb eins. Nicht lange nachdem die Kneipe geschlossen hatte und das Feuerwerk losgegangen war.«

Das Kichern, das aus Tomeks Nase kam, entfuhr ihm versehentlich. »Was, keine Drogen, kein Kokain, keine Stripperinnen? Entspricht das kaum dem Rock-and-Roll-Lebensstil, oder?«

»Die Zeiten haben sich geändert, Mann. Wir wollen unsere Körper nicht mit solchem Zeug vergiften.«

Aber Alkohol, und zwar reichlich, war in Ordnung? Diesmal gelang es Tomek, das Lachen zu unterdrücken.

»Lassen Sie mich das klarstellen. Sie sind etwa um zwölf, halb eins ins Bett gegangen. Und dann sind Sie vor etwa zwanzig Minuten aufgewacht? Und Sie haben seitdem niemanden gesehen oder gesprochen.«

»Ja, das stimmt.«

»Weil Sie hofften, mit Ihrer gesamten Ausrüstung von der Insel zu kommen, um die Rechnung nicht bezahlen zu müssen?«

»Ja.«

»Ist das alles, was Sie von uns brauchen?«, fragte Ethan und warf einen Blick auf seine Uhr. »Oder können wir jetzt gehen?«

»Wohin wollen Sie denn gehen?«, antwortete Tomek. »Die Flut ist da. Sie müssten mit Ihrer ganzen Ausrüstung über den Strood schwimmen.«

Die Jungs stöhnten kollektiv auf. Plötzlich kam Tomek eine Idee. Er hob einen Finger in die Luft und verließ dann den Raum. Einen Moment später kehrte er mit Leon im Schlepptau zurück.

»Jungs«, begann er. »Ich möchte euch diesen Mann vorstellen. Er ist hier der Küchenchef, und er sagt, ihr habt noch eine Rechnung zu begleichen. Da ihr in nächster Zeit nirgendwohin geht, bin ich sicher, dass ihr zu sechst eine Einigung finden könntet.«

# KAPITEL
# ZWANZIG

Kasia schleifte ihre Schuhe über den Kies und kickte Steine über die unebene Oberfläche. Sie zog ihren Pullover aus und hängte ihn über ihre Schulter. Es war so heiß draußen. Sie hatte noch nie so viel in ihrem Leben geschwitzt. Es war, als würde man in eine Sauna treten. Ihr unterer Rücken war mit einem dünnen Schweißfilm bedeckt, ebenso ihre Unterarme und Achselhöhlen, und um die Sache noch schlimmer zu machen, war alles so still. Es gab keine Luftbewegung, keine sanfte Brise, die sie abkühlte. Sie war sich sicher, dass sie ihren Körpergeruch langsam in ihre Nasenlöcher kriechen riechen konnte. Sie überprüfte schnell ihre Achselhöhlen, aber da war nichts. Nur ihre paranoide und überaktive Fantasie, die ihr einen Streich spielte.

Sie hatte gerade den Wohnwagenplatz betreten und schlängelte sich durch die stehenden Wohnwagen. Es gab so viele, eingekeilt auf dem kleinen Stück Land, dass es sich anfühlte, als würden alle aufeinander leben. Sie konnte in die Wohnzimmer der Leute schauen, während sie vorbeiging, sah die Besitzer auf dem Sofa sitzen, wie sie fernsahen oder etwas in der Küche machten. Warum waren sie nicht draußen auf ihren Balkonplätzen und genossen die Sonne? Sie dachte fast daran, jemandem diese Frage zu stellen, überlegte es sich dann aber anders. Sie war nicht in der Stimmung für ein Gespräch. Sie verarbeitete immer noch, was sie am Strand gesehen hatte, und versuchte zu begreifen, dass jemand vor ein paar Stunden getötet worden war.

Leider war ihr der Tod nicht fremd. Sie hatte ihn fast miterlebt, ihn fast direkt vor sich geschehen sehen. Und sie selbst wäre fast gestorben. Bilder von dieser Nacht, an das Bett gefesselt, als ihr polnischer Nachhilfelehrer Erdnüsse und Nüsse auf ihren allergischen Körper gestreut hatte, blitzten von Zeit zu Zeit in ihrem Kopf auf. In letzter Zeit hatten die Albträume von Zeus und dem, was er ihr anzutun versucht hatte, an Heftigkeit und Häufigkeit zugenommen, und sie hatte Mühe, damit umzugehen. Es war schwer zu erklären, aber sie fühlte sich, als würde sie ertrinken und könnte gerade so den Kopf über Wasser halten. Und niemand kam zu ihrer Rettung.

Bedeutete das, dass sie lernen musste, sich selbst über Wasser zu halten? Sie wusste es nicht. Alles, was sie wusste, war, dass sie wollte, dass die Albträume aufhörten, verschwanden, für immer.

Sie bog links zwischen zwei Wohnwagen ein. Ihr Wochenendheim war ein paar Dutzend Meter entfernt, am anderen Ende der Reihe. Während sie gemächlich dahinschlenderte und auf den Boden blickte, trat sie gegen einen weiteren Stein. Er flog in die Ferne und prallte hoch. Als er durch die Luft sauste, hielt Kasia den Atem an und ihr Herz sprang ihr in den Hals; er flog direkt auf jemandes Wohnwagen zu.

»Nein, nein! Triff nicht-«

Glücklicherweise landete der kleine Stein knapp vor der Seite des Wohnwagens und rollte darunter zum Stillstand. Kasia ließ endlich die gesamte Luft aus ihren Lungen.

»Das war knapp.«

Die Stimme war irgendwo zu ihrer Rechten erklungen. Kasia musterte die Wohnwagen, auf der Suche nach dem Ursprung.

Sie fand die Besitzerin wenige Augenblicke später. Eine ältere westindische Frau in einer leichten Strickjacke, die aus ihrem Wohnzimmerfenster hing und rauchte. Sie winkte Kasia zu.

»Sie haben das gesehen?«, fragte Kasia.

»Keine Sorge, Liebes«, antwortete die Frau. »Ich werde es ihm nicht sagen. Barry kann manchmal ein bisschen ein Arsch sein.«

Kasia kicherte innerlich, bemühte sich jedoch, es nicht auf ihrem Gesicht zu zeigen. Vorsichtig ging sie näher an den Wohnwagen heran.

»Danke«, sagte sie. »Sie werden es auch meinem Vater nicht sagen, oder?«

Die Frau deutete mit der Zigarette auf ihren und Tomeks Wohnwagen. »Ihr seid die Leute aus Nummer neunundsechzig?«

Kasia nickte langsam.

»Dachte, ich erkenne dich. Ihr seid fürs Wochenende hier?«

Ein weiteres Nicken, diesmal noch langsamer.

»Tolles Event, nicht wahr? Hat es dir gefallen?«

Noch ein Nicken.

»Wie heißt du?«

Kasia zögerte. Seit ihrer Erfahrung mit Zeus war sie allen gegenüber misstrauischer geworden - den Menschen, die sie kannte, ihren Lehrern, ihren Freunden - und noch mehr gegenüber Fremden. Sie dachte, dass sie alle böse und zynisch waren und es auf sie abgesehen hatten. Aber nicht diese Frau. Sie spürte Güte in ihr. Eine Freundlichkeit, eine Süße, die nur in den reinsten Seelen zu finden war. Sie spürte, dass es keinen einzigen schlechten Knochen im Körper der Frau gab und dass sie nur so viele Fragen stellte, weil sie einsam war und etwas Gesellschaft brauchte. Genauso wie der kleine Jacob. Er war so neugierig und gesprächig, weil er niemand anderen zum Reden hatte, niemand anderen, den er seinen Freund nennen konnte.

Seinen *echten* Freund, wohlgemerkt.

»Kasia«, sagte sie schließlich.

»Kasia. Das ist ein ungewöhnlicher Name. Meiner ist Dayana. Möchtest du für ein Getränk reinkommen, dieser Hitze entkommen? Ich habe eine Dose Cola im Kühlschrank, wenn du magst?«

Ihre unmittelbare Reaktion war, nein zu sagen. Vor der Fremden wegzulaufen. In die entgegengesetzte Richtung zu gehen und Tomek zu finden, ihm zu erzählen, was passiert war. Aber dann erinnerte sie sich daran, dass Dayana versprochen hatte, ihrem Vater nichts von dem Stein zu erzählen, und dass sie die Frau vielleicht ein bisschen umschmeicheln musste, um sicherzustellen, dass das auch so blieb.

»Haben Sie Light?«, fragte Kasia.

»Ein dünnes kleines Mädchen wie du achtet auf deine Taille? So einen Unsinn habe ich noch nie gehört. Alles, was ich habe, ist vollfett, und das ist leider alles, was du bekommen wirst. Wenn dir das nicht gefällt, habe ich noch ein bisschen Leitungswasser aus der Küchenspüle.« Sie legte eine Hand über ihren Mund und sprach im Flüsterton. »Aber sag es nicht Barry, er weiß nicht, dass ich es aus seinem Vorrat stehle.«

Kasia kicherte und machte sich auf den Weg in den Wohnwagen. Der Grundriss des Zuhauses war fast identisch mit dem, in dem sie und Tomek übernachteten. Der einzige Unterschied war, dass die Einrichtung und Möblierung in Dayanas Wohnwagen viel wohnlicher und persönlicher waren. Während ihrer wie eine Kopie aus einem Katalog wirkte, enthielt Dayanas Familienfotos und Erinnerungsstücke, die sie im Laufe ihres Lebens gesammelt hatte, gemusterte Teppiche und Tapeten, die nur von jemandem mit eklektischem Geschmack ausgewählt worden sein konnten.

Kasia fand einen Platz am Ende des Sofas und legte ihre Hände in den Schoß. Ein paar Meter entfernt kämpfte ein Ventilator vergeblich gegen die Hitze an und blies sanft warme Luft in ihre Richtung. Einen Moment später brachte Dayana das Getränk herüber und stellte dann einen Teller mit Keksen neben sie auf das Sofa. Zwischen ihnen stand ein Couchtisch, auf dem die Beweise für Dayanas Rauchgewohnheit lagen, abgesehen von dem Tabakgeruch, der in den Stoff der Möbel eingesickert war.

»Keine Sorge, ich habe sie nicht vergiftet«, sagte Dayana und deutete auf die Kekse.

»Genau das würde jemand sagen, der sie vergiftet hat«, antwortete Kasia.

Dayana ließ ein raues Kichern hören. »Sehr schlau«, sagte sie. »Du bist ziemlich aufgeweckt, oder?«

Kasia zuckte mit den Schultern. »Meine Lehrer denken das. Zumindest in einigen meiner Fächer. Aber nicht in Mathe. Ich mag Mathe nicht.«

Dayana lehnte sich über das Sofa und flüsterte: »Ich verrate dir ein kleines Geheimnis: ich auch nicht. Konnte damit nie etwas anfangen. Obwohl ich einen wirklich gutaussehenden Lehrer hatte, was half. Hast du jemanden, der so aussieht und dich unterrichtet?«

Kasia dachte an Herrn Hendry, schauderte und schüttelte dann den Kopf.

»Naja. In deinem Alter konzentriert ihr euch wahrscheinlich alle auf Jungs, Freunde und darauf, eine gute Zeit zu haben, oder?«

Kasia zuckte unbehaglich mit den Schultern. In dem Bemühen, das Gespräch von sich abzulenken, fragte sie: »Wie lange lebst du schon hier?«

»Ich? Fast vierzig Jahre jetzt. Habe diesen Ort gefunden, als ich auf der Insel gearbeitet habe. Konnte ihn günstig bekommen. Der vorherige Besitzer des Grundstücks, bevor Montgomery übernommen hat, gab mir einen Black-Friday-Deal dafür. Wusste damals nicht einmal, was das bedeutete. Ein Teil von mir dachte sogar, es sei eine Art Betrug. Aber ich bin am Ende froh, dass ich es gemacht habe. Also ja, lebe seitdem hier. Und plane auch nicht, so bald zu gehen. Es hat alles, was ich brauche. Ich bin nah am Strand. Ich wache zum Klang des Wassers in der Ferne und der Vögel auf. Und es gibt einen fast endlosen Vorrat an Fisch.«

»Macht dich der Geruch nicht krank?« Kasia würgte bei dem Gedanken an den Geruch in der Nähe des Ponton.

Dayana kicherte. »Anfangs. Aber ich habe mich mit der Zeit daran gewöhnt. Es sind eher die Menschen, die mich kränker machen als alles andere!«

»Oh?« fragte Kasia und konnte die Neugier in ihrer Stimme nicht verbergen.

»Lass es mich so ausdrücken: Was auch immer du tust, schau *nicht*, und ich meine *schau nicht*, unter keinen Umständen, morgens in Herrn McGowans Wohnwagen Nummer neunundvierzig. Er läuft immer in seiner Unterhose herum, mit allen Vorhängen weit geöffnet, unabhängig vom Wetter.«

»Igitt!«

»Ein paar Mal habe ich mehr gesehen, als ich erwartet hatte, und musste ihn zurechtweisen. Aber weißt du, was er gemacht hat? Er hat es noch öfter getan. Ich versuchte, es Montgomery zu sagen, aber er hat nichts dagegen unternommen. Ich glaube, er hatte Angst vor Herrn McGowan.«

Dayana griff nach einem der Kekse und steckte ihn vorsichtig in ihren Mund. Sie biss hinein und legte ihn dann auf ihr Knie. Kasia tat es ihr gleich. Nur dass sie ausgehungert war und den Keks in einem Mundvoll verschlang. Dann wandte sie sich dem Getränk zu und trank die Hälfte davon auf einmal aus.

»Ernährt dich dein Vater dort drüben nicht?«

Kasia lachte unbeholfen. »Natürlich tut er das. Ich habe nur noch nichts gefrühstückt. Er war beschäftigt.«

»Beschäftigt? Im Urlaub? Hat ihm niemand gesagt, dass man sich im Urlaub entspannen soll?«

»Er... er hat sich mit etwas Wichtigem beschäftigt. Etwas am Strand...«

Kasia richtete ihren Blick auf den Teppich und starrte darauf, bis sie sich darin verlor. Langsam verwandelten sich die cremefarbenen Fasern in Sand, und der Körper von Charlene Harris begann, in dem Raum zu erscheinen. Ihre Herzfrequenz erhöhte sich.

»Alles in Ordnung, Liebes?«

»Ja.«

»Was ist los? Normalerweise weiß ich alles, was hier passiert.«

Kasia wandte sich langsam Dayana zu. »Kennst du Charlene?«

»Charlene? Ja, ich bin gut mit ihr befreundet.«

Kasia schluckte schwer und erklärte, dass Charlenes Leiche am Strand gefunden worden sei, und dass Tomek ihren möglichen Mord untersuche. Dayana reagierte so, wie Kasia es erwartet hatte: mit der Hand vor dem Mund und einem hörbaren Keuchen.

»Nein«, sagte sie, »das kann nicht sein. Ich glaube das nicht. So etwas würde hier nie passieren. Niemals. Es muss ein Fehler sein, ein Missverständnis.«

Gerade als Kasia antworten wollte, fiel ihr etwas draußen vor dem Wohnzimmerfenster auf. Ein Polizeiboot in Dienstfarben raste am Fenster vorbei, mit blinkenden blau-weißen Lichtern, sprang über das Wasser und hinterließ eine große Heckwelle.

»Oh mein Gott«, sagte Dayana, während sie sich vom Sofa erhob und so schnell wie möglich zum Fenster eilte. »Ich glaube es nicht. Arme Charlene.«

# KAPITEL
# EINUNDZWANZIG

Tomek beobachtete, wie das Boot am Ponton anlegte. Er hatte kurz zuvor den Anruf von der Leitstelle erhalten, die ihn darüber informierte, dass ein Kriminalhauptkommissar und ein Team aus zwei Kriminaltechnikern sowie ein Tatortmanager eintreffen würden. Einer der Kriminaltechniker sprang auf den Ponton, fing ein Seil vom Kapitän und band das Boot am Beton fest. Kurz darauf stieg das Team aus Colchester, wo sich das Hauptquartier der Essex Police befand, vorsichtig auf die Plattform. Tomek stellte sich vor und streckte seine Hand aus.

»Ich bin KHK Rick Lawson«, sagte der Kriminalhauptkommissar. Er hatte einen dichten Schopf blonder Haare, dazu einen ebenso dichten Bart und einen Blick, der vermuten ließ, dass er sich allen Menschen, die er traf, überlegen fühlte. Besonders Tomek gegenüber, was sich daran zeigte, dass er ihm nicht in die Augen schaute und ihm auch nicht lange die Hand schüttelte. Er entzog sie ihm schnell und begann sofort, seine Umgebung zu begutachten, während er sich in Richtung der Insel aufmachte.

»Jane Evers«, sagte die Tatortmanagerin. Sie sprach leise, höflich und mit einem leichten Akzent aus Devonshire. »Und das sind meine Kolleginnen, Karina und Farrah. Wir werden die Leiche mit dem Boot zur Obduktion mitnehmen.«

»Verstanden«, sagte Tomek mit einem Nicken. »Würden Sie-«

»Wo ist denn nun diese Leiche?«, rief Rick vom Gehweg, Ungeduld schwang in seinem Ton mit. Er schaute auf seine Uhr. »Könntest du uns zeigen, wo sie ist?«

Jane schaute Tomek entschuldigend an. »Er steht unter Stress«, sagte sie zu seiner Verteidigung.

»Er ist nicht derjenige, der heute Morgen eine Leiche gefunden und auf den Strand schleppen musste, während er versuchte sicherzustellen, dass nicht die ganze Insel einen Blick drauf werfen konnte.«

»Kommst du nun oder nicht?«, rief Rick.

Tomek ignorierte den Mann und begann, dem Kriminaltechnikteam beim Entladen ihrer Ausrüstung aus dem Boot zu helfen. Wenn es etwas gab, was er nicht mochte oder schätzte, dann war es, zur Eile getrieben zu werden. Das Arschloch hatte Tomek über zwei Stunden auf ihre Ankunft warten lassen; er war mehr als glücklich, sich etwas mehr Zeit zu nehmen als nötig.

Ein paar Minuten später waren sie bereit. Tomek trug mit Hilfe des Kriminaltechnikteams den Großteil der Ausrüstung durch die Straßen zum Strand. Dort zogen sie ihre weißen Papieranzüge für die Spurensicherung an und schlurften zu Charlenes Leiche. Zu seiner Überraschung erfüllte das weiße Bettlaken immer noch seine Funktion, ebenso wie der Sandhaufen, der sie umgab.

»Hast du das gemacht?«, fragte Rick mit anklagendem Ton.

»Es war das Beste, was ich mit den begrenzten Mitteln, die ich hatte, tun konnte.«

Die Frauen vom Kriminaltechnikteam nickten ihm anerkennend zu. Sie verstanden, dass die Bedingungen alles andere als ideal gewesen waren und dass Tomek schnell und effizient handeln musste, wenn sie überhaupt eine Chance haben wollten, Beweise von Charlene zu sichern. Er hatte seine jahrelange Erfahrung eingesetzt, und das konnten sie erkennen.

Rick hingegen warf Tomek einen verächtlichen Blick zu, als er sich hinunterbeugte und das Laken von Charlenes Körper hob. Als er das tat, flog eine Flut von Sand in die Luft und schlug Tomek ins Gesicht, schürfte seine Haut auf und flog in seine Augen. Der Mann bot keine Entschuldigung an, noch gab er irgendein Anzeichen dafür, dass er etwas Falsches getan hatte.

*Schwanzgesicht.*

Eine Weile sagte Tomek nichts, während das Team aus Colchester begann, die Leiche zu untersuchen. Eine der Kriminaltechnikerinnen, Farrah, holte eine Kamera heraus und begann, die Leiche zu fotografieren. Tomek erklärte ihr, dass er die Leiche bereits fotografiert hatte und die Bilder bei Bedarf teilen könnte. Am Kopfende der Leiche zogen Jane und Rick Charlenes Haare aus ihrem Gesicht und untersuchten die rote Schramme, die sich an ihrem Hals gebildet hatte. Eine Windböe wehte den ranzigen Gestank in Tomeks Nasenlöcher. Dieser, kombiniert mit dem Geruch von trocknendem Seetang, brachte ihn zum Würgen.

»Noch nie eine Leiche gesehen?«, rief Rick, als Tomek sich wegschlurfte. »Oder müsst ihr euch mit so etwas in Southend nicht rumschlagen? Bei euch gibt's doch nur Messerstechereien und drogenbedingte Todesfälle, nich' wahr?«

»Ist das der Grund, warum ihr so lange gebraucht habt, um herzukommen?«, erwiderte Tomek, nachdem er die Galle wieder hinuntergeschluckt hatte. »Hattet ihr einen kleinen Panikmoment, weil ihr Jungs tatsächlich mal *richtige* Arbeit zu erledigen hattet?«

Darauf hatte Rick keinen Kommentar.

Falls es irgendeine Art von Streit oder unausgesprochenem Zwist zwischen den Regionen Southend und Colchester der Essex Police gab, war Tomek sich dessen nicht bewusst, aber nach der Art, wie Rick mit ihm gesprochen hatte, schien es, als hätte er etwas Persönliches gegen Tomek. Als hätte Tomek irgendwann auf die Türschwelle seiner Mutter gepinkelt und ihr Blumenbeet ruiniert. Wenn Rick das Spiel jedoch so spielen wollte, war Tomek mehr als bereit, mitzumachen. Er hatte nach Zeus und seiner Suspendierung noch aufgestauten Frust, den er loswerden musste. Und Rick schien das perfekte Ziel zu sein.

»Wie hast du sie gefunden?«, fragte Rick.

»Etwa dreißig Meter draußen im Wasser, mitten in der Bucht.« Er zeigte auf die Wunde an ihrem Hals. »Das stammt von einer Metallkette. Sie war an einer Boje festgebunden.«

Rick sah aus, als würde er nicht zuhören. »Wann wurde die Leiche gefunden?«

Tomek konsultierte die Notizen auf seinem Handy und teilte es ihm mit.

»Von wem?«

»Von einem Mann namens Derry Waterman. Er arbeitet in der Packstation draußen auf dem Wasser. Er sammelte zu dem Zeitpunkt Austern. Er macht das jeden Morgen.«

Rick warf ihm einen Seitenblick zu. »Du weißt das alles?«

»Ich war fleißig. Wollte nicht einfach nur rumhängen und nichts tun, während ich auf euch gewartet habe, oder? Zum Glück weiß ich, was ich tue.«

»Das werden wir sehen«, flüsterte Rick, als er seine Aufmerksamkeit auf Charlenes Arme und Hände richtete. Ein Schwarm Schmeißfliegen summte und zappelte in alle Richtungen um ihren Körper herum. Rick verscheuchte einige, aber es war sinnlos; sie kamen immer wieder zurück. Währenddessen ließen sie Tomek in Ruhe. Vielleicht hatten auch sie gespürt, dass Rick ein Arschloch war, und beschlossen, sich auf Tomeks Seite zu stellen.

»Was ist das?«, Rick zeigte auf die rote Schwellung an Charlenes Hand.

»Ich hatte keine Zeit, mir das anzusehen«, antwortete er. »Ich hatte gehofft, unser Pathologe könnte uns beraten. Oder in der Zwischenzeit unser Kriminaltechnikteam?«

Jane, die Leiterin der Spurensicherung, unterbrach ihre Arbeit und beugte sich hinunter, um die Hand zu untersuchen. Ihr Anzug raschelte bei der Bewegung.

»Sieht nach einer Art chemischer Verbrennung aus. Die Haut ist stark entzündet. Sie könnte mit etwas in Kontakt gekommen sein, oder jemand hat es ihr angetan. Ich kann mir nicht vorstellen, dass das Salzwasser dabei geholfen hat.«

»Was könnte das verursacht haben?«

»Chemikalien, Kumpel«, warf Rick ein, bevor er aufstand und davonschlenderte, um zu telefonieren.

»Brillant«, erwiderte Tomek, als der Mann außer Hörweite war. »Darauf wäre ich nie gekommen. Das muss ich unbedingt in die Ruhmeshalle des Brillanten Denkens aufnehmen, gleich neben dem Erfinder des Toastbrots und der Kernspaltung.«

Als er sich wieder zu Jane umdrehte, lächelte sie ihn an.

»Ups, habe ich das laut gesagt?«

»Laut genug, dass ich es hören konnte.« Sie kicherte. »Ignorier ihn einfach. Er steht momentan nur unter Stress. Seine Frau kann jeden Moment entbinden.«

»Oh, du meinst, er ist nicht einfach nur ein Arschloch?«

»Leider ist er das auch. Nur ist er jetzt *extra* arschlochmäßig. Steht unter großem Stress.«

»Kann mir nicht vorstellen, wie sich seine arme Frau fühlt: schwanger *und* dann muss sie auch noch mit ihm klarkommen?«

»Sie hat früher viel gekifft, das weiß ich. Hat damit aufgehört, als sie zusammenkamen. Wahrscheinlich versetzt sie sich einfach in diesen Geisteszustand zurück, wenn sie sich beruhigen und sein Gejammer ausblenden muss.«

»Gras? Weiß er davon?«

Jane schüttelte den Kopf. Tomek spürte, wie sich seine Mundwinkel unwillkürlich hoben. Es war keine besonders nützliche Information, die er gegen Rick hatte. Es brachte ihm keinen Vorteil, dass er es wusste. Dennoch fühlte es sich wie ein Sieg an, als hätte er etwas gegen den Mann in der Hand, wovon dieser nichts ahnte. Als hätte Tomek ein winzig kleines bisschen höheres Podest bestiegen.

»Du darfst es ihm nicht erzählen«, fügte Jane hinzu. »Das würde sein Ego wirklich zerstören. Ganz zu schweigen von der Ehe.«

Tomek legte die Hand aufs Herz und schwor, zu sterben, falls er es täte. Er würde nichts sagen. Sofern er nicht anderweitig provoziert würde.

Einen Moment später kehrte Rick zurück und steckte sein Handy in die Tasche.

»Das war das Büro«, begann er. »Jane, sie wollen die Leiche so schnell wie möglich. Kommt ihr drei damit klar, sie einzutüten und zum Boot zu bringen? Es sollte noch da sein.«

Jane betrachtete die Leiche vor ihr. Sie wirkte nicht wohl dabei.

»Ich helfe dir«, bot Tomek an.

»Nein, wirst du nicht. Du und ich müssen mit Derry Waterman sprechen.«

»Nicht sofort. Er läuft nicht weg. Wie wir alle ist er auf der Insel gefangen. Und soweit ich weiß, stehen Sergeants nicht über anderen Sergeants.«

»Doch, wenn Colchester die Ermittlung leitet.«

Tomek ignorierte den Mann und wandte sich Jane zu. Karina und

Farrah hatten bereits begonnen, den schwarzen Leichensack aus ihrer Tasche zu holen und neben Charlene auszubreiten.

»Lass mich dir dabei helfen«, sagte Tomek, während er sich zum Kopf bewegte und eine Hand unter Charlenes Schädel und die andere am oberen Rücken platzierte.

# KAPITEL
# ZWEIUNDZWANZIG

Sie fanden Derry auf einer Parkbank ein paar hundert Meter vom Strand entfernt. Er trug noch seine Fischerkleidung und starrte mit leerem Blick in die Ferne, beobachtete die Boote und Vögel. Depression und Verzweiflung hatten sich tief in die Linien seiner Stirn und Wangen eingegraben, und seine Augen wirkten glasig, verloren in tiefen Gedanken. Eine Zigarette baumelte in seiner Hand, und nach dem glühenden Ende zu urteilen, brannte sie schon eine ganze Weile.

Tomek rief zweimal seinen Namen, aber es kam keine Reaktion. Erst als er direkt vor dem Mann stand, bemerkte Derry seine Anwesenheit.

»Tut mir leid«, sagte er, klopfte die Asche von der Zigarette und steckte sie sich in den Mund. »War meilenweit weg.«

»Irgendwo Schönes?«, fragte Tomek.

Er schüttelte den Kopf. »Wüsste nicht, wohin ich gehen sollte. Hab mein ganzes verdammtes Leben auf der Insel verbracht. War nie im Ausland, hab nie was von der Welt gesehen außer dem, was im Fernsehen läuft. Ziemlich trauriges Dasein, oder?«

»Ja, wirklich traurig«, schnauzte Rick. »Aber wenn es dir nichts ausmacht, wir haben ein paar Fragen an dich.«

Derrys Rücken versteifte sich, als er sich zu Tomek drehte. »Wer ist das?«

»Mein Pendant. Von der Polizei in Colchester.«

»Rick Lawson«, sagte der Mann und hielt Derry seinen Dienstausweis vors Gesicht. »Ich bin der leitende Ermittlungsbeamte dieser Untersuchung.«

»Was bedeutet das?«

»Das bedeutet, ich habe das Sagen.«

Rick sagte es mit solcher Autorität, dass Tomek wusste, dass diese Aussage an ihn gerichtet war. Rick hatte es ausgesprochen, in die Welt gesetzt, die Rolle des leitenden Ermittlers für sich beansprucht, bevor Tomek es konnte. Und da die Polizei von Colchester die Ermittlung von ihren Büros aus leiten würde, ganz zu schweigen davon, dass Tomek noch suspendiert war, ergab es durchaus Sinn, dass Rick die Kontrolle hatte. Tomek hätte nur lieber gesehen, wenn die Rolle an jemanden gegangen wäre, der etwas weniger ein Arschloch war.

»Kann er dir nicht einfach erzählen, was ich ihm schon gesagt habe?«, fragte Derry Rick und wedelte mit dem Finger zwischen beiden Männern hin und her. »Würde uns allen viel Zeit sparen.«

»Ich würde es lieber von dir selbst hören, wenn es dir recht ist.«

Derry verdrehte die Augen und machte keine Anstalten, seine Unzufriedenheit über die Unannehmlichkeit zu verbergen. »Was willst du wissen?«

»Wie du Charlene Harris' Leiche gefunden hast.«

Derry seufzte laut. »Ich bin morgens aufgestanden. Wie immer. Bin raus in die Marschen gegangen, wie immer. Hab angefangen, nach Austern zu suchen, wie ich es jeden Tag mache. Dann hab ich ihre Leiche im Schlamm gesehen, was eine Steigerung zu dem toten Hund war, den ich gestern gesehen habe, falls du so viele Details wissen willst.«

»War der Hund an derselben Stelle?«

»Nein. Ein paar Meter von der Stelle entfernt, wo ich Charlene gefunden habe.«

»Stehen sie in irgendeinem Zusammenhang?«

»Wer? Der Hund und Charlene? Ich glaub nicht, dass sie auf solche Beziehungen zu Tieren stand.«

»Nein, du Idiot«, blaffte Rick. »Ich meine, ob der Hund Charlene gehörte.«

»Er gehörte Mick«, antwortete Tomek.

»Mick?«

»Typ, der ein Bootstourunternehmen auf der Insel besitzt.«

»Schon gut.« Rick wandte sich wieder Derry zu, scheinbar uninteressiert an weiteren Informationen über Mick. »Und du hattest nichts mit Charlenes Tod zu tun, oder?«

»Nein. Warum sollte ich?«

»Das sag du mir. Du warst derjenige, der sie gefunden hat.«

»Heißt nicht, dass ich sie umgebracht habe.«

»Hast du sie gestern Abend gesehen?«

»Wir waren mit ihr im Pub.«

»Wann bist du nach Hause gegangen?«

Derry zuckte mit den Schultern. »So gegen Mitternacht. Nach dem Feuerwerk.«

»Was hast du danach gemacht?«

»Bin nach Hause gegangen, wie du gerade gesagt hast.«

»Bist du sicher?«

Derrys Gesicht verzog sich, als hätte er Schmerzen. Dann drehte er sich zu Tomek. »Ist der taub?«

»Beantworte bitte die Frage«, unterbrach Rick, bevor Tomek antworten konnte.

»Ja, ich bin sicher, dass ich nach Hause gegangen bin. Ich war nicht so betrunken. Ich hatte noch alle meine Sinne beisammen.«

»Genug, um sie zu töten?«

»Um Gottes willen«, sagte Derry und schüttelte langsam den Kopf. »Was bringt dich auf die Idee, dass ich es getan habe?«

Tomek kannte die Antwort darauf. Es war die einfachste, schnellste Lösung. Den Mann verhaften, der sie gefunden hatte. Derry die Schuld geben, damit er rechtzeitig zur Nachmittagssendung von *Pointless* mit einer Packung Hobnob-Keksen und einer Tasse Tee zu Hause sein konnte und, wenn er Glück hatte, bei der Geburt seines Kindes. Tomek durchschaute das sofort.

»Ich mache nur meinen Job«, antwortete Rick.

»Ja, und *er* hat seinen Job vorhin gemacht, und er hat mich nicht beschuldigt, irgendetwas damit zu tun zu haben«, erwiderte Derry.

Rick sprach zu Derry, sah aber Tomek an. »Nun, vielleicht hätte er das tun sollen.«

Tomek hielt dem Blick des Mannes für einen langen Moment stand. Hielt ihn, bis Rick schließlich nachgab und wegschaute.

Nimm das, Arschgesicht, dachte Tomek. »Es ist nichts falsch an der Art und Weise, wie ich gehandelt und meinen Job gemacht habe«, sagte er. »Wie kannst du es wagen. Wenn du ein Problem damit hast, würde ich dir raten, mir eine E-Mail zu schicken. Ich schaue sie mir an, wenn ich zurück bin. Bis dahin würde ich es begrüßen, wenn du unseren Hauptzeugen mit etwas mehr Respekt behandeln würdest. Er hatte einen traumatischen Morgen.«

»Du bist weich geworden«, war die Antwort.

»Du hast mich noch nie zuvor getroffen. Wie kannst du so eine Aussage machen?«

Rick öffnete seinen Mund, aber Tomek brachte ihn mit einer Handbewegung zum Schweigen. Er würde das nicht vor Derry austragen. Er würde keine ausgewachsene, unprofessionelle Auseinandersetzung mit einem Kollegen vor einem Hauptzeugen führen. Dafür gab es eine Zeit und einen Ort.

»Hast du dir weitere Gedanken darüber gemacht, wer ihr das angetan haben könnte, Derry?«, fragte Tomek.

»Jetzt, wo du es erwähnst«, sagte Derry lebhaft, als würde er plötzlich aufleben, wenn er mit Tomek sprach. »Sie hatte neulich einen Streit mit einem Typen namens Damien Westwood. Er arbeitet auf der anderen Seite der Insel, in der Nähe des Weinguts. Besitzt seine eigene Maurerfirma. Baut Häuser und so. Und macht auch ein paar Gelegenheitsjobs hier auf der Insel für Leute.«

»Worum ging es bei dem Streit?«

»Nun, vor ein paar Wochen sollte er einen Riss in einem Fenster reparieren, aber er hat's nicht gemacht. Und dann hat jemand einen Ziegelstein durch eines der Fenster in der Kneipe geworfen, und darauf waren die Initialen seiner Maurerfirma, also dachte sie natürlich, dass er vielleicht etwas damit zu tun hatte.«

# KAPITEL
# DREIUNDZWANZIG

Tomek genoss die Stille. Er liebte sie sogar. Er saß auf dem Fahrersitz, hatte die Kontrolle über das Auto, während Rick neben ihm saß und zweifellos an seinem Fahrstil herummäkelte. Rick hatte sich entschieden, das Radio auszuschalten. Anfangs hatte Tomek dagegen protestiert, da er etwas haben wollte, um die Leere zu füllen, aber dann hatte er schnell begonnen, das Geräusch von Ricks schwerem, frustriertem Atmen zu genießen. Er hatte überlegt, höfliche Konversation zu machen – ihn nach seiner Karriere, seinen Zielen zu fragen; ihn nach seiner hochschwangeren Frau zu fragen – aber dann entschied er, dass es ihm egal war. Der Mann hatte ihm einen so frostigen Empfang bereitet, dass er Tomeks halbherzige Höflichkeitsfloskeln nicht verdiente.

Ian Kidds Weingut „Wine by the Mer-Sea" lag auf der Ostseite der Insel, etwa zehn Minuten Fahrt entfernt. Bevor sie es erreichten, kamen sie an Damien Westwoods Maurerbetrieb vorbei, einem kleinen Lagerhaus, das ironischerweise aus Stahl und Wellblech bestand. Auf dem Vorplatz waren Paletten mit Ziegeln verschiedener Farben und Größen aufeinandergestapelt.

Tomek verlangsamte sein Auto bis zum Stillstand auf dem Kiesplatz und ließ den Motor laufen. Musik, die durch Lautsprecher dröhnte, drang ins Auto ein. Durch die offenen Lagerhallentüren sah

Tomek einen durchtrainierten Mann, der über einer Betonmischmaschine stand und vorsichtig Mischung einfüllte.

»Ist er das?«, fragte Rick.

»Woher soll ich das wissen? Ich habe kein Foto von ihm in meiner Brieftasche«, entgegnete Tomek. »Ich weiß genauso viel über diese Leute wie Sie.«

Rick legte seine Hand auf den Türgriff. »Hätte mich täuschen können. Die reden mit Ihnen, als wären Sie ein Einheimischer.«

Er schlug die Tür zu, nachdem er ausgestiegen war. Tomek öffnete den Mund, um zu protestieren, aber der Mann war bereits auf halbem Weg über den Vorhof. Tomek beobachtete, wie Lawson sich dem Bauarbeiter vorsichtig näherte und seine Ankunft aus der Ferne ankündigte, um zu vermeiden, dass ihm überraschend ein Ziegelstein ins Gesicht flog.

Als es ihm langweilig wurde, legte Tomek den ersten Gang ein und überließ Lawson sich selbst. Sie hatten beschlossen, sich zu trennen, um zu teilen und zu erobern. Teilweise, weil sie nicht in der Gesellschaft des anderen sein wollten, und teilweise, weil beide dachten, sie wüssten es besser: Tomek bestand darauf, zuerst mit dem Weingutbesitzer zu sprechen, und Lawson bestand darauf, den Aufenthaltsort des Maurers zu erfahren. Sie waren wie zwei gleich schwere Bowlingkugeln, die aufeinander zurasten, und nachdem sie kollidierten, hatten sie vereinbart, in verschiedene Richtungen zu rollen.

Tomek kam kurz darauf am Weingut an. Der Eingang wurde durch ein kleines Holzschild gekennzeichnet. So klein tatsächlich, dass er es übersehen hätte, wenn er nicht gewusst hätte, wonach er suchte. Zu seiner Linken erstreckte sich das weitläufige Weingut, Reihe um Reihe von Rebstöcken, die in gleichem Abstand voneinander standen. Die Sonne schien brillant auf sie herab und ließ ihr gesundes, lebendiges Grün leuchten. Zu seiner Rechten stand ein kleines Haus mit einem großen Boot, das in der Sonne glitzerte. Am Ende der Einfahrt befand sich ein kleiner Empfangsbereich mit Souvenirladen. Daneben, hinter einem dichten Busch versteckt, war das Schild für das Log Cabin Café, das – auch ironischerweise – überhaupt nicht aus Baumstämmen gebaut war; stattdessen bestand es aus Ziegeln und schwarzem Stahl. In der Ferne stieg eine dicke Dampfsäule von einem Gebäude irgendwo nach oben, stieg hoch in den Himmel, bevor sie schließlich aus dem Blickfeld verschwand. Tomek parkte auf dem Platz, der dem Ausgang am nächsten lag, und schlenderte in Richtung Empfangsbereich. Familien wanderten umher, kleine Kinder liefen am Weingut auf und ab, ihre fröhlichen Rufe hallten durch den Raum. Als er sich dem Empfangsbereich näherte, trat ein Mann aus dem Gebäude.

»Ian Kidd?«, fragte Tomek.

»Nein. Tut mir leid, Kumpel«, sagte der Mann und ging weiter.

Tomek fing die Tür ab, bevor sie sich schloss, und schlüpfte hinein. Drinnen stand ein kleiner Schreibtisch, hinter dem niemand saß, auf dem ein Computerbildschirm stand. Flyer von lokalen Unternehmen hingen an einer Pinnwand hinter dem Schreibtisch. Tomek inspizierte sie: Selbstständige Tischler und Mechaniker warben um Aufträge, ebenso wie Fowler's Café und das Victory Inn.

»Hallo?«, rief Tomek. »Ist jemand hier?«

Aber es war niemand sonst da.

Als Nächstes versuchte er es im Log Cabin Café. Es wimmelte von Kunden. Familien und ältere Paare, die zum Mittagessen kamen, besetzten die Tische und Stühle. Der Raum war mit umgenutzten und aufgewerteten Gegenständen ausgestattet, die von den Wänden hingen. Tomek hatte in seinem Leben noch nie so viele Hufeisen und Bootsketten gesehen.

»Guten Tag, mein Herr«, begann der Teenager hinter dem Tresen. »Was kann ich Ihnen bringen?«

»Ian Kidd, wenn er verfügbar ist.«

Der Teenager presste die Lippen zusammen und schüttelte den Kopf. »Ich habe ihn heute nicht gesehen.«

»Hat ihn jemand gesehen?«

Sie zog ihre Vorgesetzte von einer nahe gelegenen Kaffeemaschine weg. Der Name auf ihrem Namensschild lautete: Ariana.

»Ian?«, begann sie. »Ich habe ihn heute Morgen gesehen. Aber ich weiß nicht, wo er hingegangen ist. Brauchen Sie ihn für etwas? Ich kann ihn anrufen.«

Tomek lächelte die beiden Frauen höflich an. »Wenn es Ihnen nichts ausmacht.«

Das Letzte, was er wollte, war, dass Ian Kidd abgehauen war.

»Geht es hierbei um das, was mit Charlene passiert ist?«, fragte Ariana und hielt ihre Hand über das Mikrofon des Handys.

Nachrichten verbreiteten sich schnell auf der Insel.

»Was lässt Sie das denken?«

Plötzlich wurde die Frau schüchtern. Sie beantwortete die Frage nicht, und eine Sekunde später legte sie das Telefon auf. »Er geht nicht ran. Ich bin sicher, er ist nicht weit gegangen. Sie können gerne bleiben und auf ihn warten, wenn Sie möchten. Ich werde es in der Zwischenzeit weiter versuchen.«

»Danke.«

»Kann ich Ihnen etwas zu trinken bringen, während Sie warten?«

Tomek überflog die Speisekarte und die Preise, schreckte vor den Kosten für einen einfachen schwarzen Filterkaffee zurück, nichts allzu Extravagantes, entschied dann, dass er nicht durstig war und dass Ian Kidd entweder ein kluger Geschäftsmann oder ein Dieb war.

Tomek fand einen Stuhl nahe dem Eingang und zog ihn unter dem Tisch hervor. Als er sich auf die Kante setzte, nahm er sein Handy heraus und scrollte durch die letzten Anrufe. Ganz oben fand er Aidan Murrays Namen und tippte auf die Nummer. Der Polizeibeamte hatte gerade den Anruf angenommen, als etwas Tomeks Aufmerksamkeit auf sich zog.

»Ian!«, schrie Ariana, lief dann um die Theke herum und eilte zu dem Mann draußen.

Die Tür flog auf und einen Moment später kehrte sie zurück, Ian Kidd hinter sich herziehend, als wäre sie seine Mutter, die ihn zum Lehrer bringt, um sich für ein früheres Fehlverhalten zu entschuldigen. Sobald Tomek ihn erblickte, konnte er die unheimliche Ähnlichkeit zwischen Ian Kidd und dem *Life on Mars*-Schauspieler Philip Glenister nicht abschütteln. Die beiden sahen fast identisch aus. Gleiche Haare, gleiche Gesichtsstruktur, gleiche strenge und kraftvolle Augen. Der einzige Unterschied war glücklicherweise die Stimme. Ian sprach mit einer tiefen Bassstimme, die dieselbe Frequenz wie ein Presslufthammer hatte.

»Haben Sie einen privaten Ort, wo wir reden könnten? Der Empfang war leer, als ich gerade dort war.«

Ian drehte sich zur Cafémanagerin und warf ihr einen Blick zu. Ariana sprang in Aktion, lief um die Theke und warf ihm einen Schlüsselbund zu.

»Folgen Sie mir«, sagte Ian. »Ich weiß genau, wohin.«

Tomek hatte sich gefragt, ob er zu seinem Tod geführt wurde. Die Realität war viel weniger furchteinflößend: Ian hatte ihn zu dem Boot, *The Vineyard*, geführt, an dem er auf dem Weg hierher vorbeigefahren war. Es war überraschend geräumig innen, mit einer Kabine und einem Unterdeck, groß genug für vier bis fünf Personen. Der Geruch von Salz und Seetang durchdrang die Luft, und Tomek konnte das Gefühl von getrocknetem Salz auf den Oberflächen und Möbeln spüren.

»Ganz schön beeindruckend«, sagte er, während er die nautische Einrichtung bewunderte.

»Ich nutze es kaum«, antwortete Ian. »Das Leben ist so geschäftig, dass ich nicht dazu komme, sie so oft zu nutzen, wie ich möchte. Hat sich aber gut angefühlt, sie gestern für die Regatta aufs Wasser zu bringen.« Ein Lächeln schlich sich auf sein Gesicht, als er das Innere des Bootes betrachtete. Als sein Blick auf Tomek fiel, starrte er ihn einen langen Moment an. Dann schnipste er mit den Fingern und sagte: »Ich dachte, ich erkenne Sie. Sie waren der Typ, der die Fettrutsche bezwungen hat!«

»Ich habe auch andere Dinge in meinem Leben getan.«

»Aber nichts kann mit dem Adrenalinstoß und dem Stolzgefühl verglichen werden, das Sie gestern hatten, oder?«

Ian Kidd legte eine feste Hand auf Tomeks Schulter und begann, seine Arme zu tätscheln. Als wären sie Kumpel. Als wären sie Brüder. Tomek hatte diese Art von Taktik schon früher erlebt. Er erwartete, dass Ian Kidd ihn innerhalb weniger Minuten in einer brüderlichen Umarmung umarmen wollte.

Ein Schritt zu weit.

»Sie sollten stolz auf sich sein«, fuhr Ian fort. »Das ist alles, was ich sage, okay. Sie haben das gut gemacht.«

»Apropos«, sagte Tomek, »ich habe einen anderen Job zu erledigen. Ich bin Kriminalkommissar bei der Essex Police.«

Daraufhin verschwand die brüderliche Zuneigung, die aus jeder Pore in Ians Gesicht explodiert war, schnell.

»Ein Kriminalkommissar? Oh je. Das kann nicht gut sein. Bin ich in Schwierigkeiten?« Ein weiterer Schlag, diesmal schwächer, als ob Ian plötzlich bewusst war, dass ein härterer Schlag dazu führen könnte, dass Tomek ihn wegen Körperverletzung verhaften würde.

Ian bewegte sich sehr vorsichtig auf dünnem Eis. Und Tomek wollte da sein, um ihn aufzufangen, wenn er fiel.

»Wie lange besitzen Sie diesen Ort schon?«, fragte er.

»Ich verstehe«, antwortete Ian und verschränkte die Arme vor der Brust. »Klassische Ablenkungsfrage. Sie spielen hartes Spiel, ja? Ich verstehe, wie es läuft. Welchen Ort meinen Sie: das Café oder das Weingut?«

»Das-«

»Fangfrage. Ich besitze beide seit der gleichen Zeit. Fast fünfzehn Jahre. Ich komme ursprünglich aus Peterborough, hatte aber immer Familie hier. Und als mein Vater starb, kam ich zu etwas Geld und dachte, ich würde es gut nutzen, also kaufte ich diesen Ort - damals, als Land billiger war und die Lebenshaltungskosten wie in Osteuropa waren.«

Tomek grunzte und dachte weniger von dem Mann wegen des Vergleichs.

»Das Geschäft lief nicht immer glatt, wenn Sie den Wortwitz verzeihen, aber es hielt mich über Wasser - wenn Sie auch diesen verzeihen!«

Verdammt noch mal, der Mann war unerträglich. Aber wenn Tomek Informationen wollte, musste er durchhalten.

»Wo verkaufen Sie Ihren Wein?«

»Wir sind landesweit vertreten. Im ganzen Land.«

»Ich kenne den Begriff. Wie lange haben Sie mit Charlene Harris zusammengearbeitet?«

»Charlene?« Ian kratzte sich am Kinn. »Ich glaube, sie war etwa drei Jahre hier. Gute Arbeiterin. Nette Frau. Bestimmt für Größeres, was sie jetzt auch tut. Sie hat gute Fortschritte dort im Victory Inn gemacht.«

Tomek stimmte mit einem subtilen Nicken zu.

»Hatten Sie beide jemals Auseinandersetzungen oder Streit?«

»Auseinandersetzungen? Absolut nicht. Zumindest nicht, während sie für mich arbeitete. Seit sie Leiterin der Mersea Island Association wurde, haben wir nicht immer einer Meinung gestimmt, aber das ist bei fast allen anderen Mitgliedern auch der Fall.«

Tomek machte sich eine geistige Notiz. »Worüber waren Sie sich nicht einig?«

Ian zuckte mit den Schultern. »Dies und das. Geschäftliche Dinge. Nichts Wichtiges im großen Ganzen. Sie ging mir auf die Nerven und ich ihr. So funktionierte unsere Beziehung eben.«

»In dem Maße, dass Sie sie töten wollten?«

»*Töten*?« Ian spuckte das Wort fast aus. »Wovon zum Teufel reden Sie?«

»Sie wurde heute Morgen tot aufgefunden.«

»Tot?«

»Ja. Kennen Sie den Begriff?«

Ian beantwortete die Frage nicht. Er fuhr mit den Fingern durch sein Haar und setzte sich auf das Sofa, wippte vor und zurück und starrte auf den Tisch, der in dem beengten Raum eingeklemmt war.

»Tot? Wann ist das passiert?«

»In den frühen Morgenstunden. Ich schätze zwischen ein und sechs Uhr.«

»Mitten in der Nacht. Wer könnte ihr das angetan haben?«

»Deshalb bin ich hier.«

Ian riss seinen Kopf zu Tomek. »Sie denken, ich war es?«

»Waren Sie es?«

»Nein. Verdammt, ich war es nicht. Und Sie haben nichts, worauf Sie diesen Vorwurf stützen können. Ich finde das abscheulich.«

Ians Tonfall änderte sich sofort. Er war nicht mehr der selbstironische, freundliche, bescheidene Typ. Er war der entschlossene Geschäftsmann, der in seiner Zeit auf einen oder zwei knifflige Geschäftsabschlüsse gestoßen war und wusste, wie er bekam, was er wollte.

Tomek tippte auf den Bildschirm, um ihn aufzuwecken. »Ich habe nichts unterstellt. Ich habe nur eine Frage gestellt. Vielleicht ist es Ihr Gewissen, das Sie paranoid macht.«

»Paranoid? Ich bin nicht paranoid!«

Genau das würde eine paranoide Person sagen, dachte Tomek.

»Wo waren Sie heute Morgen zwischen ein und sechs Uhr?«

»Im Bett«, erwiderte Ian. »Wie ein normaler Mensch.«

»Sind Sie gar nicht nachts mit *The Vineyard* unterwegs gewesen?«

Tomek war kurz nach Rick Lawsons Ankunft klar geworden, dass sie nach jemandem suchen müssten, der Zugang zu einem Boot hatte oder zumindest wusste, wie man eines bedient. Die Flut wäre während Charlenes Todesstunden eingetreten, also wäre ein Boot oder Kajak oder ein anderes Schwimmgerät entscheidend gewesen, um sie aufs Wasser hinauszubringen. Von dort aus hatte der Mörder seiner Vorstellung nach die Kette um ihren Hals gewickelt und sie über Bord geworfen.

»Nein. Das Boot war die ganze Nacht draußen. Ich habe es erst heute Morgen reingeholt.«

»Kann das jemand bestätigen?«

»Wie zum Beispiel wer?«, schnauzte Ian, der immer aufgebrachter wurde. »Meinen Sie die Bootspolizei, die kommt, um sicherzustellen, dass ich nicht auf einem Halteverbot parke? Pff. Bitte.«

»Waren Sie gestern Abend mit jemandem zusammen?«

»Nein.«

»Waren Sie in der Kneipe?«

»Ja.«

Tomek konnte sich nicht erinnern, ihn gesehen zu haben.

»Haben Sie etwas getrunken?«

»Ja.«

»Hat jemand gesehen, wie Sie gegangen sind?«

»Wahrscheinlich.«

Tomek tippte sarkastisch auf den Bildschirm. »Haben Sie irgend-welche Namen für mich?«

Ian schaute wieder auf den Boden und begann den Kopf zu schüt-teln. Er presste die Lippen zusammen und nickte dann. »Jetzt wo Sie fragen, ja, hab ich. Ja, ich habe einen Namen für Sie, Kumpel. Und ich kann Ihnen garantieren, den werden Sie hören wollen.«

Tomek hielt nicht den Atem an. »Nur zu.«

»Derry Waterman.«

»Was ist mit ihm?«

»Er ist derjenige, auf den Sie achten sollten.«

»Warum?«

Tomek zögerte, den Namen des Mannes in sein Handy einzugeben. Er wollte erst Ians Begründung hören.

»Weil er sie hasst. Er verabscheut sie regelrecht. *Verachtet* sie...«

»Ich brauche etwas Konkreteres als das. *Warum* hasst er sie?«

»Weil sie ihn aus dem Geschäft drängt, wie sie es bei den meisten von uns macht, um fair zu sein, aber Derry hat es am schlimmsten getroffen. Charlene hat sein Geschäft komplett ausgesaugt. Zahlt ihm immer weniger für viel mehr von seinen Lieferungen. Sie hat ihm auch einen Haufen Austern und Fisch zurückgeschickt, weil sie nicht die richtige Farbe hatten. Ich habe sogar gehört, sie hätte gesagt, sie würde für eine Lieferung nicht zahlen, weil er zu spät war und sie deswegen das Mittagessen verpasst hat. Und als ob das nicht genug wäre, hat sie seine Miete so stark erhöht, dass es für ihn unhaltbar wird. Vor nicht allzu langer Zeit brauchte er finanzielle Hilfe, weil er die Grund-steuern nicht zahlen konnte. Da bot sie an, ihn auszukaufen und ihm das Land, auf dem sein Schuppen steht, zu vermieten. Dann hat sie die Miete so weit erhöht, dass es fast untragbar ist. Sie hat dasselbe mit einer Menge anderer Leute auf der Insel gemacht.«

Tomek sagte nichts. Er nahm auf, was er hörte.

»Ja, genau.« Ian begann mit dem Finger zu wedeln. »Sie hat ihn fast aus seinem Geschäft gedrängt. Außerdem haben sie sich sowieso nie wirklich verstanden. Ich glaube einfach nicht, dass sie einander mögen. Er ist derjenige, mit dem Sie reden sollten. Er ist derjenige, der am meisten mit ihr zu klären hatte.«

# KAPITEL
# VIERUNDZWANZIG

Zwanzig Minuten später war Tomek zurück am Wohnwagen. Kurz nach seinem Abschied von Ian Kidd hatte er einen beunruhigenden Anruf von Kasia bekommen, die ihn dringend zum Rosebank-Gelände beorderte. Er war ins Auto gesprungen und so schnell wie möglich losgefahren, ohne zu bemerken, dass er Rick Lawson bei DW Bricks zurückgelassen hatte. Na ja. Als leitender Ermittlungsbeamter war Tomek sich sicher, dass der Mann einfallsreich genug war, um seinen eigenen Weg zurück nach West Mersea zu finden.

Als er am Gelände ankam, fand er Flynn vor seiner Tür stehend, mit Kasia eingekeilt im Eingang, die den Wohnwagen vor dem Eindringling schützte.

»Flynn?«, sagte Tomek mit etwas Besorgnis in seiner Stimme. Er war sich sicher, dass nichts Unheimliches oder Unangebrachtes zwischen ihnen passierte, aber wenn er einen erwachsenen Mann sah, der mit seiner jugendlichen Tochter sprach – und jemand, der so gut gebaut und stämmig wie Zeus war – traten seine beschützenden väterlichen Instinkte in Kraft.

»Tomek«, sagte Flynn und drehte sich um. »Genau der Mann, den ich sehen wollte.« Er zog seinen Rucksack von den Schultern und hielt ihn triumphierend hoch. »Ich habe die Fotos von vorhin fertig, um sie dir zu zeigen, wenn du etwas Zeit hast?«

Tomek sah auf seine Uhr. »Zehn Minuten. Und dann muss ich los.«

Tomek gab Kasia ein Zeichen, und sie trat beiseite, um den Fotografen hereinzulassen. Tomek folgte ihm in den Wohnwagen und sagte ihm, er solle sich an der Küchentheke einrichten. Innerhalb weniger Augenblicke hatte Flynn seinen Laptop herausgeholt, aufgestellt und die Fotos auf seinem Bildschirm geladen. Bevor er hinsah, wies Tomek Kasia an, in ihr Zimmer zu gehen. Sie hatte bereits genug von Charlene Harris' Leiche gesehen. Sie brauchte nicht noch mehr zu sehen.

»Ich musste einige von deinen Aufnahmen löschen. Da war zu viel Bewegung drin und sie sind verschwommen rausgekommen.«

»So viel zu Punkt, Zielen, Schießen«, flüsterte Tomek zu sich selbst.

»Es ist nicht so einfach, wie es aussieht. Deshalb nennt man uns 'Profis'.« Flynn drückte auf die Pfeiltaste seiner Tastatur, um durch die Fotos zu blättern. Als Bilder von Charlene Harris aus verschiedenen Winkeln über den Bildschirm flimmerten, wurde Tomek zu den Schlammflächen transportiert, später zum Strand; er durchlebte die Ereignisse dieses Morgens noch einmal. Blickte hinab auf ihr ausgewaschenes, dümmlich wirkendes, leeres Gesicht. Er wusste nicht warum, aber die körperliche Berührung von Charlenes Leiche hatte eine größere mentale Auswirkung auf ihn gehabt, als er gedacht hatte.

»Ich musste ein paar von ihnen anpassen«, fuhr Flynn fort. »Eine Fliege war in eines der Bilder geraten, also habe ich sie rausgeschnitten.«

Das betreffende Bild erschien auf dem Bildschirm. Es zeigte Charlenes entzündete Hand. Nur gab es diesmal einen kleinen Unterschied. Darauf trug Charlene einen dünnen Ring. Sein grüner Edelstein war zwar nicht ganz zu sehen, aber Tomek konnte mit seinem schwachen Schmuckwissen erkennen, dass er teuer war und wahrscheinlich ein Vermögen gekostet hatte.

»Hast du noch ein anderes Foto mit diesem darauf?«, fragte Tomek.

Ein paar Klicks später fand Flynn eines. Ihm starrte eine Reihe von drei Smaragden entgegen, die perfekt in das Metall eingelassen waren.

»Was ist los?«, fragte Flynn.

»Ich habe die Leiche vor etwa einer Stunde gesehen, bevor sie vom Forensik-Team mitgenommen wurde, und ich kann mich nicht erinnern, das gesehen zu haben«, erklärte er.

Tomek schloss die Augen und ließ seinen Geist zu diesem Moment zurückkehren: Rick hatte auf die Hand gezeigt und nach der Ursache der Entzündung gefragt. Und aus Tomeks Blickwinkel hätte er den Ring sehen müssen. Aber er war nicht da gewesen, oder? Er konnte es nicht mit Sicherheit sagen; er müsste warten, bis die Tatortbilder verarbeitet und mit ihm geteilt würden.

Falls sie das jemals würden.

»Wo glaubst du, ist er hingekommen?«, fragte Flynn.

»Ich bezweifle, dass er abgefallen ist. Sie wurde stundenlang nicht bewegt.«

»Jemand hat ihn genommen?« Flynn schloss langsam den Deckel des Laptops, als wolle er eine Pause beim Zeigen der Bilder für Tomek einlegen, bis er die Antwort bekommen hatte, die er brauchte.

»Möglich.«

»Aber wer könnte es gewesen sein? Wer war noch dort? Wer wäre sonst noch in der Nähe der Leiche gewesen?«

Tomek kannte die Antwort. Die Auswahl war nicht groß. Es dauerte einige Momente, bis Flynn es herausgefunden hatte.

»Ich, du und Derry?«

»Möglicherweise. Ich möchte mich dazu noch nicht äußern. Nicht, bis ich weiß, dass er definitiv fehlt.«

Bevor Flynn antworten konnte, klopfte es an der Tür. Das plötzliche Geräusch durchbrach die Stille und ließ Flynn zusammenzucken. Auf der anderen Seite der strukturierten Glasscheibe der Tür standen zwei Gestalten. Eine groß und breit, die andere klein und dünn.

Tomek erkannte einen von ihnen sofort. Die Polizeiweste und -mütze, die einer der Besucher trug, waren verräterisch.

Er riss die Tür auf und fand Aidan Murray dort stehend, seine Polizeimütze unter dem Arm, mit Montgomery an seiner Seite.

»Was machst du hier?«, fragte Tomek. »Noch wichtiger, woher weißt du, wo ich wohne?«

»Entschuldigung«, antwortete Montgomery und winkte unschuldig. »Das war ich. Er hat nach dir gefragt und so habe ich ihn hierher gebracht. Ich dachte, weil es Polizeiangelegenheiten sind, würdest du es vielleicht wissen wollen. Ich hoffe, das war in Ordnung?«

Tomek atmete scharf ein. »Es ist nicht ideal, aber ich kann jetzt nichts daran ändern. Was gibt's?«

»Es geht um DS Lawson, Sarge«, begann Aidan.

»Hat er mit dir gesprochen?«

»Nicht wirklich, Sarge.«

Tomek wartete darauf, dass der Mann es endlich ausspuckte.

»Er hat schon *ein paar* Worte mit mir gewechselt, klar. Aber keines davon war angenehm. Da stand ich am Strood, genau wie du es verlangt hattest, machte meinen Job und stellte sicher, dass niemand sonst die Insel verließ, als plötzlich dieser Transporter mit DW Bricks auf der Seite auftaucht, und DS Lawson springt raus. Ich dachte, er käme rüber, um nach meinem Status zu fragen, aber er stürmte einfach an mir vorbei und watete ins Wasser.«

»Ins Wasser gewatet?«, wiederholte Tomek.

»Ja. Ging bis zur Taille rein. Ich hab versucht, ihn zurückzurufen, aber er hörte nicht zu.«

»Das würde er nicht«, erwiderte Tomek. »Sein Baby ist unterwegs. Niemand, nicht du, nicht ich, würde ihn aufhalten. Danke, dass du es mir mitgeteilt hast.«

Er schaute sich in dem Raum um, realisierte, dass drei völlig fremde Personen in seinem vorübergehenden Zuhause waren, und sagte dann: »Warum setzen wir diese Diskussion nicht unten im Pub fort? Ich denke, wir sollten ihn als unser Einsatzzentrum nutzen. Jeder, der mich braucht oder etwas mit mir besprechen möchte, kann mich dort finden. Je weniger Leute wissen, wo ich wohne, desto besser.«

»Gehen wir ins *Winchester*, um darauf zu warten, dass sich alles wieder legt?« fragte Flynn aufgeregt.

Tomek grinste. »Ja, so in etwa.«

# KAPITEL
# FÜNFUNDZWANZIG

Auf dem Weg zu seinem provisorischen Hauptquartier hatte Tomek bemerkt, dass Fowler's Café ruhig war, und so hatte er sich hineingeschlichen. Die Glocke über der Tür klingelte, als er sie hinter sich schloss. Der Laden war verlassen, ohne jegliches Lebewesen außer Bradley und dem Teenager-Mädchen, das für ihn arbeitete. Es war ein krasser Gegensatz zu der geschäftigen Atmosphäre, die er am Tag zuvor angetroffen hatte.

»Setz dich«, rief Bradley, nachdem er Tomek beim Eintreten entdeckt hatte. »Ich bin gleich bei dir. Hoffentlich musst du diesmal nicht so lange auf Essen und Trinken warten.«

Grinsend fand Tomek einen Platz am Eingang und drehte sich zum Fenster. Draußen funkelte und glitzerte die zurückweichende Flut unter der Nachmittagssonne. Wolken wie Watte streckten sich über dem Kopf, so dünn, dass sie fast durchsichtig waren. Direkt vor ihm schwebte ein Trio Möwen mit bösen Absichten an der Tür. Eine von ihnen beäugte ihn misstrauisch, ihr Kopf drehte sich von einer Seite zur anderen, als wäre er auf einem Drehzapfen montiert.

»Wenn du nicht aufpasst, wird die einen Weg finden, reinzukommen, und sie *wird* dir dein Essen, dein Handy, dein Portemonnaie *und* deine Schlüssel klauen«, sagte Bradley.

»Ganz zu schweigen von meiner Selbstachtung.«

»Schwer zu bekommen heutzutage.« Bradley kramte in seiner

Schürze und holte einen Stift und einen Notizblock heraus. »Was kann ich dir bringen?«

»Einen Flat White und einen Moment deiner Zeit, wenn du ihn erübrigen kannst?«

Bradley überblickte das Café hinter sich, dann wandte er sich dem Mädchen zu, das beschäftigt auf ihrem Handy scrollte. »Ich bin sicher, ich kann mir die Zeit nehmen«, sagte er, bevor er seiner Mitarbeiterin zurief und Tomeks Kaffee bestellte. Sobald er das Zischen der Maschine hörte, fragte Bradley: »Wie findest du deine Zeit hier?«

»Wie beim Zuschauen eines West-Ham-Spiels. Es gab ein paar gute Momente, vielversprechende Stellen... aber größtenteils ist alles den Bach runtergegangen.«

»Erzähl mir davon«, antwortete Bradley. »Aber das war nicht die Reaktion, die ich erwartet hatte.«

Einen Moment später kam Tomeks Kaffee an. Er dankte dem Mädchen und nahm einen Schluck. Die Flüssigkeit verbrannte seine Lippen, und er stellte die Tasse schnell ab, seine Entscheidung bereuend.

»Es ist ruhig heute bei dir«, bemerkte Tomek.

»Massiv. Es ist komisch. Ich weiß nicht, wo alle hin sind. Und der Victory Inn ist auch geschlossen.«

»Dafür gibt es einen Grund«, sagte Tomek und erklärte dann, was mit Charlene passiert war.

»Scheiße...« war die Antwort des Mannes. »Ich... ich kann es nicht glauben. Woher... woher weißt du das?«

»Ich bin Polizist. Ich war zufällig zur richtigen Zeit am richtigen Ort.«

Bisher war von allen Leuten, denen er seinen Beruf mitgeteilt hatte, Bradleys Reaktion die echteste: Er schien erfreut zu sein, das zu hören, als wäre es eine gute Sache (was es in Wirklichkeit auch war), während alle anderen Tomek den Eindruck vermittelt hatten, dass sie etwas zu verbergen hatten.

»Du ermittelst jetzt in dem Fall?«, fragte er.

Tomek nickte langsam. »Du arbeitest in der Nähe ihres Lokals. Du siehst sie wahrscheinlich ziemlich häufig. Ich dachte, ich komme vorbei und schaue, was du weißt, wenn überhaupt.«

»Ich? Ich war den ganzen Tag hier.«

»Und in den frühen Morgenstunden?«

»Ich war zu Hause. Hab geschlafen. Ich war kurz auf der Afterparty, bin aber nach einer halben Stunde gegangen. Ich war tiefenentspannt.«

»Afterparty?«, fragte Tomek.

»Nach dem Feuerwerk gibt es normalerweise ein großes Event am Strand. Inoffiziell, wohlgemerkt. Feuer, Musik, Tanzen, Trinken. Charlene hat versucht, daraus eine richtige Veranstaltung zu machen, aber zum Glück konnte sie ihre Finger nicht dranlegen, sonst hätte sie den ganzen Spaß rausgenommen, und der Ort wäre voller Kinder und Familien gewesen.«

Tomek nickte langsam. »Also war das eine Afterparty nur für Erwachsene?«

»Ja. Aber nicht *so*. Es ist nicht schmierig oder schmutzig oder so. Wir wollen nur nicht, dass die Atmosphäre kippt, wenn du verstehst, was ich meine.«

Tomek war das egal. Er war zu sehr an den Details der Party interessiert. Und noch wichtiger, an den Teilnehmern.

»Wer war dort?«, fragte er.

»Ich. Mein Bruder, Tony. Damien. Flynn. Eine Handvoll Leute, die ich aus der Schule kenne und mit denen ich aufgewachsen bin.«

»Wann bist du gegangen?«

»Gegen ein Uhr. Vielleicht früher.«

Tomek notierte sich die Zeit und verglich sie mit dem, was er bereits wusste: Um ein Uhr morgens war Charlene noch im Pub gewesen und hatte aufgeräumt. Leon war erst zu dieser Zeit gegangen, und er war der letzte gewesen, der Charlene lebend gesehen hatte.

»Wo wohnst du?«

Bradley erzählte es ihm.

»Musst du auf dem Heimweg am Victory Inn vorbeigehen?«

»Nein.«

»Bist du direkt nach Hause gegangen?«

Bradley nickte.

»Hat dich jemand gesehen?«

»Nein.«

»Hast du jemanden gesehen?«

»Nein.«

»Kann jemand davon etwas bestätigen?«

»Mein Bruder. Wir wohnen zusammen bei Mum und Dad. Wir haben es geerbt, nachdem sie gestorben sind.«

»Wann ist er nach Hause gekommen?«

Bradley zuckte mit den Schultern. »Das musst du ihn fragen. Ich habe geschlafen und war aus dem Haus, bevor er aufgewacht ist.«

»Was macht er beruflich?«

»Er ist Klempner. Selbständig. Ehrlich gesagt, sehr praktisch, ihn auf der Insel zu haben. Er erledigt ständig Arbeiten überall und ist immer zur Hand, um alles zu reparieren, entweder hier oder zu Hause«, erklärte Bradley und versuchte, etwas Leichtigkeit in das Gespräch zu bringen.

»Wenn ich Probleme mit unserem Wohnwagen habe, weiß ich, wen ich kontaktieren kann.«

Bradley lachte unbeholfen. Der Ernst der Situation schlich sich langsam ein, zusammen mit der Erkenntnis, dass Charlene Harris tot war und dass *er* im Zusammenhang damit befragt wurde. Tomek hätte den jungen Mann gerne beruhigt, aber das war nicht seine Aufgabe.

»Es tut mir leid, von deiner Mutter und deinem Vater zu hören«, sagte er.

Der Kommentar holte Bradley plötzlich aus seinen Gedanken zurück in die Gegenwart. »Danke. Es war schwer, ist es immer noch, aber wir kommen durch. Einen Tag nach dem anderen. Geschäftige Wochenenden wie dieses helfen definitiv, mich abzulenken.«

»Abgesehen von dem, was heute Morgen passiert ist.«

»Abgesehen von dem, was heute Morgen passiert ist«, wiederholte Bradley.

»Wie würdest du deine Beziehung zu Charlene beschreiben? Wart ihr überhaupt befreundet? Hattet ihr viel beruflich miteinander zu tun? Ich verstehe, dass du auch Teil der Mersea Island Association bist...«

Bradley nickte langsam und verarbeitete jede Frage einzeln.

»Wir kamen miteinander aus«, sagte er und starrte auf den Tisch. Während er sprach, nahm Tomek einen weiteren Schluck von seinem Kaffee. »Wir waren höflich, professionell. Aber ich kenne sie nicht gut genug, um uns als *eng verbunden* zu bezeichnen. Und ich würde sie auch nicht meine Freundin nennen. Sie war eine Bekannte.«

»Was ist mit euren Geschäften? Habt ihr euch jemals als Konkurrenten gesehen? Gab es jemals Meinungsverschiedenheiten oder Streitigkeiten zwischen euch, seit du übernommen hast?«

Bradley spürte, dass es eine Suggestivfrage war, und hob seinen Blick.

»Mit wem hast du sonst noch gesprochen?«, fragte er.

»Das ist nicht wichtig. Ich würde es schätzen, wenn du die Frage beantworten könntest.«

Bradley atmete tief ein und hielt die Luft für einen Moment an. Zwei. Drei. Dann ließ er sie durch die Nase entweichen. »Ich meine, du warst doch drüben, oder? Ich wette, du hast wahrscheinlich die Speisekarte gesehen. Sie ist fast eine Kopie von unserer. Besonders das Frühstück. Weißt du, sie hat damit erst vor ein paar Wochen angefangen und klaut mir schon eine Menge Kunden. Sie ist billiger, hat bessere Köche und verwendet die gleichen frischen Zutaten. Sie schafft ein Monopol und preist mich aus dem Geschäft. Klar, es ist noch etwas Geld auf der Bank von Mamas und Papas Tod, aber das wird nicht ewig halten, also musste ich mir neue und kreative Wege überlegen, um Kosten zu senken und mehr Geld zu verdienen, aber mit der jüngsten Erhöhung der Gebühren, die sie durchgesetzt hat, ist es fast unmöglich.«

Ich musste mir neue und kreative Wege überlegen, um Kosten zu senken und mehr Geld zu verdienen, wiederholte Tomek innerlich. Du meinst wie sie umzubringen und ihren Ring zu stehlen?

»Du schuldest ihr auch die Gebühren?«

Bradley nickte niedergeschlagen. »Alle Mitglieder der Association müssen einen Beitrag zahlen. Das ist etwas Neues, das sie eingeführt hat.«

»Aber sie besitzt nicht das Grundstück oder Gebäude?«

Bradley schüttelte den Kopf.

»Nur den Packing Shed also?«

»Mm hmm. Und das Grundstück für den Markt.«

Tomek tippte sich ans Kinn. »Ich bekomme den Eindruck, dass sie eine gierige Geschäftsfrau war, die keine Angst davor hatte, die Kleinen zu zerquetschen.«

»Das ist genau richtig, und nach allem, was Mama und Papa für sie getan haben, so dankt sie es uns? Das hat mir nie gepasst.«

»Was haben sie denn getan?«

»Als Charlene anfing, das Victory Inn zu führen, schickten sie all ihre Kunden dorthin, sie sprachen immer gut von ihrem Essen und ihrem Kundenservice, und sie gaben ihr sogar einen Kredit, um einige der ausstehenden Schulden für den Laden zu begleichen. Sie glaubten daran, dass eine steigende Flut alle Boote hebt und dass wir uns die Kunden teilen könnten. Das hat mich an ihr am meisten verärgert, ehrlich gesagt. Sie verriet ihre Freundlichkeit und nutzte sie gegen sie. Dafür konnte ich ihr nie verzeihen.«

# KAPITEL
# SECHSUNDZWANZIG

Der Geruch von Zimt, der kläglich versuchte, den Geruch von Alkohol und Reue zu überdecken, hing schwer in der Kneipe. Drinnen fand Tomek Flynn und Aidan, die an einem kleinen Tisch zusammengequetscht saßen, jeder mit einem Glas Pepsi, ohne einander anzusehen, stattdessen blickten sie im Raum umher, nachdem ihnen der Smalltalk ausgegangen war. Sobald Flynn Tomek erkannte, sprang der Fotograf von seinem Stuhl auf. Aber Tomek schenkte ihm keine Beachtung. Etwas anderes hatte seine Aufmerksamkeit erregt und wie eine Elster, die zum nächsten glänzenden Objekt fliegt, schlenderte er darauf zu.

»Wir sollten diesen Hocker nach dir benennen«, sagte er.

Langsam hob Mick Thorne mit seinem dünnen, fettigen, schütteren Haar den Kopf und drehte sich zu Tomek um. Seine Augen waren blutunterlaufen, sein Gesicht noch mehr, und der Gestank von Alkohol drang aus seinen Poren und vermischte sich mit dem Körpergeruch. Sein Körper schwankte hin und her wie ein Boot, das auf dem Wasser schaukelt, und ein dünner Speichelfaden hing aus seinem Mundwinkel und sickerte in seinen Bart. Tomek bezweifelte, dass der Mann seit seiner Heimschickung aufgehört hatte zu trinken. Abgesehen von dem halbvollen Glas in seiner Hand war das deutlichste Anzeichen das Bedauern in seinen Augen. Der stumme Hilfeschrei.

Der Blick der Verzweiflung, Hoffnungslosigkeit. Der Mann brauchte Unterstützung, und niemand war da, um sie ihm zu geben.

»Waszagste?«, nuschelte Mick.

Sobald er den Mund öffnete, verschwand die Traurigkeit in seinen Augen und sie wurden glasig, als ob die Bestie, die ihn in seinem eigenen Körper gefangen hielt, erwacht wäre und in den Vordergrund getreten sei, um ihn wieder nach innen zu drängen. Tief, tief, tief nach unten. Gefangen.

»Ich hab gefragt, ob du für den Platz Miete zahlst. Oder ob dein Name draufsteht.«

Mick starrte ihn ausdruckslos an. »Waszumteufel labersdu? Kommsrein un machsmichauff. *Verpissdich ausmeinFresse.*«

Obwohl die letzten Worte völliger Unsinn waren, verstand Tomek genau, was der Mann meinte.

»Du solltest gar nicht hier sein«, fuhr er fort. »Dieser Laden sollte eigentlich geschlossen sein. Wie bist du reingekommen?«

»'Wieglaubsdu?« Er lehnte sich auf seinem Stuhl zurück und trotzte dabei den Gesetzen der Physik, während er auf die Tür hinter ihm zeigte.

Tomek ließ seinen Blick über die Bar schweifen. Niemand war da. Alles, was zu hören war, waren die Geräusche von Leon und den Mitgliedern von BLADE, die sich in der Küche bewegten. Tomek schnappte sich Micks Glas. Der Mann versuchte, es ihm wieder zu entreißen, aber die Bewegung kam so komisch verspätet, dass er nur in die Luft griff.

»Hast du dich zufällig selbst bedient?«

Tomek konnte sehen, dass der Mann das getan hatte. Dass er sich ein oder zwei Gläser hinter der Theke geholt hatte. Tomek war überrascht, dass er nicht hereingekommen war und den Mann hinter der Theke liegend vorgefunden hatte, den Mund unter dem Zapfhahn seines Lieblingsbiers, sodass ein stetiger Bierstrahl wie eine Sauerstoffversorgung in seinen Mund geflossen wäre.

»*Verpissich. Lassmichinruh!*«

Tomek seufzte schwer. Der Mann war eindeutig nicht in der Verfassung, über Charlenes Tod befragt zu werden. Aber das würde ihn nicht davon abhalten, es zu versuchen.

»Du warst heute nicht draußen auf dem Wasser, oder, Mick?«

»Wa'?«

»Das Wasser. Dein Boot.« Tomek machte ein Motorengeräusch. »Du warst nicht draußen auf dem Wasser, oder?«

»*Waslabersdu?*«

»Und letzte Nacht? Bist du gestern Nacht nicht gesegelt, Mick?«

Mick hielt inne. Tomek suchte im Gesicht des Mannes nach einem Anzeichen von Überlegung, aber da war nichts. Da war ein kurzes Aufblitzen von Bewusstsein gewesen, als ob der echte Mick an die Oberfläche gesprungen wäre, aber es war sofort unterdrückt worden und verschwunden.

»Hast du die Neuigkeiten gehört, Mick?«

Mick starrte ausdruckslos, sein Kopf wackelte, die Lippen schlackerten wie bei einem Fisch.

»Hast du von Charlene gehört?«

Der Mann schüttelte den Kopf. Zumindest sah es so aus, obwohl Tomek sich nicht sicher sein konnte.

»Sie ist tot«, fuhr er fort. »Letzte Nacht wurde sie auf dem Wasser getötet. Du würdest nicht zufällig etwas darüber wissen-«

»Gut«, spuckte der Mann aus. In seinem völlig zusammenhanglosen Zustand war das das einzige zusammenhängende Wort, das er geäußert hatte. Tomek fand das sehr aufschlussreich.

»Warum ist das gut, Mick?«

Keine Antwort.

»Weißt du etwas über-«

Bevor er den Satz beenden konnte, drehte sich Mick um und fiel von seinem Stuhl. Sein Körper schien sich in Zeitlupe zu bewegen. Er war schon in der Luft, bevor seine Arme nach etwas greifen konnten, woran er sich festhalten konnte. Er stürzte auf den Teppich und landete schwer auf Rücken und Kopf mit einem dumpfen *Aufprall*. Seine Augen flogen auf, bevor sie sich langsam wieder schlossen. Tomeks unmittelbare Reaktion war, an seine Seite zu eilen. Aber dann stieß Mick ein stetiges Stöhnen aus Schmerz aus, und Tomeks Besorgnis verflog schnell.

»Er klingt wie ein sterbendes Tier«, sagte Aidan Murray und eilte herbei. Der Polizist beugte sich neben Tomek hinunter, und gemeinsam brachten sie ihn in eine sitzende Position.

»Alles in Ordnung, Mick?«, fragte Tomek, aber es war zwecklos.

Der Mann war völlig weggetreten. Seine Augen waren glasig, rollten nach hinten. Verloren an die Dämonen, die ihn verschlungen hatten.

Als sie ihn mit großer Anstrengung auf die Füße hoben, ließ Aidan plötzlich Micks Arm los. Das Totgewicht des Mannes zog an Tomek und hätte sie beinahe beide zu Boden gerissen.

»Warum zum Teufel machst du das?«, brüllte Tomek.

»Er pisst sich ein!«

Tomek musste nicht auf die Hose des Mannes schauen, um zu sehen, wovon Aidan sprach; das Geräusch von Körperflüssigkeit, die auf Micks Schuhe tropfte, gefolgt vom Geruch von Urin, war genug.

»Verdammt nochmal. Dieser Kerl hat die Blase eines Zweijährigen. Hilf mir, ich kann ihn nicht alleine heben.«

»Aber...«

»Es ist nur ein bisschen Pisse. Gewöhn dich dran. Du wirst in deiner Karriere noch viel mehr davon sehen, und viel Schlimmeres dazu.«

Seufzend ergriff Aidan Micks baumelnden Arm und half Tomek, den Mann auf einen kleineren Stuhl zu setzen. Ein großer dunkler Fleck hatte sich auf seiner Hose gebildet, und sein Körper neigte sich zur Seite. Tomek und Aidan standen über ihm, Flynn gesellte sich kurz darauf zu ihnen, und sie sahen aus, als hätten sie ihn gerade umgebracht und würden nun überlegen, was sie mit seiner Leiche anstellen sollten.

»Er braucht Hilfe«, sagte Tomek.

»Er braucht eine Dusche«, erwiderte Aidan.

»Na, das nenne ich freiwillig gemeldet«, sagte Tomek und klopfte dem Polizisten auf den Rücken. »Bringst du ihn nach oben? Da gibt's ein Zimmer. Lass dir von Leon den Schlüssel geben.«

»Ich werde ihn verdammt nochmal nicht duschen. Das steht nicht in meiner Stellenbeschreibung!«

»Das habe ich auch nicht gesagt. Ich sagte, bring ihn nach oben. Nichts von duschen. Wenn ihr oben seid, leg ihn in die stabile Seitenlage und lass ihn schlafen. Wir helfen dir.«

Flynn gefiel die Entscheidung genauso wenig wie Aidan, aber das war Tomek egal. Er hatte Wichtigeres zu tun, als zwei Erwachsene zu babysitten, die er nicht kannte. Widerwillig und nach ein paar hoffnungsvollen Blicken in Tomeks Richtung legten Flynn und Aidan Micks Arme über ihre Schultern und begannen, ihn zur Treppe zu schleifen.

»Das ist so peinlich«, sagte Aidan.

»Was denn?«

»*Er*. Dass er so ist.«

»Nein«, entgegnete Tomek, als sie die erste Stufe erreichten. »Es ist traurig. Man muss sich fragen, warum jemand überhaupt so wird. Irgendetwas hat ihn dazu getrieben, vom Alkohol abhängig zu werden. Gib der Ursache die Schuld, nicht dem Ergebnis.«

Und nach allem, was Tomek bisher gehört hatte, war Charlene Harris eindeutig die Ursache gewesen.

# KAPITEL
# SIEBENUNDZWANZIG

Tomek konnte sich ein Gähnen nicht verkneifen, während er leise über den Kies lief. Er war müde, überraschend müde, und bereit, dass der Tag endlich vorbei sein würde, damit er vor dem Fernseher sitzen und das leckere Fish and Chips genießen konnte, das Leon für ihn zubereitet hatte, sowie eine große Portion Pommes für Kasia.

Die Tüte mit dem Essen wärmte Tomeks Bein, während sie gegen seinen Oberschenkel schlug. Es war noch warm draußen, und die Sonne verschwand langsam am Horizont, nach einem langen und anstrengenden Tag. Der Himmel war ein Gemälde aus Lila- und Violetttönen, und eine schwere Stille hatte sich über die Insel gelegt, als ob der Ort in Trauer versunken wäre. Die Bewohner versuchten, den Tod eines der Ihren zu verarbeiten, zutiefst erschüttert von der Tatsache, dass jemand dort draußen eine unverzeihliche Sünde begangen hatte.

Als Tomek an den Mobilheimen vorbeilief, hörte er ein Kind, das vor Freude schrie und die Stille durchbrach. Ein kleiner Junge, nicht älter als zehn, hatte angefangen, einen Ball gegen einen Wohnwagen zu kicken, und jubelte, als hätte er gerade ein Tor geschossen. Zur Feier ahmte er Cristiano Ronaldos Torjubel nach, komplett mit dem dazugehörigen Ausruf, der über den Platz hallte. Einen Moment später rollte der Ball an ihm vorbei. Tomek stürzte sich darauf, riskierte dabei fast einen Muskelfaserriss, und fing ihn mit seinem Fuß ab.

»Hier rüber!«, rief der Junge.

Tomek schaute auf den Ball, kickte ihn in die Luft, machte ein paar Ballhochhalter und schoss ihn dann über einen der Wohnwagen.

»Vorsicht Kopf!«, rief er und verzog das Gesicht, als der Ball auf der anderen Seite verschwand. Er hielt den Atem an und wartete darauf, dass etwas zu Boden krachte.

Aber nichts passierte.

Stattdessen tauchte der Junge auf der anderen Seite des Wohnwagens auf, den Ball unter seinem Fuß.

»Netter Schuss!«

Der Junge rief ein Dankeschön, während Tomek sich auf den Weg zu seiner Unterkunft für das Wochenende machte.

»Du bist wie deine Tochter«, rief eine Stimme.

Tomeks Körper spannte sich an. Er drehte sich in die Richtung der Stimme. Sie gehörte einer älteren Frau, die aus ihrem Wohnzimmerfenster hing und an einer Zigarette zog.

»Entschuldigung?«

»Deine Tochter. Kasia. Sie hat vorhin ein paar Steine herumgekickt. Keine Sorge, sie hat nichts getroffen. Und sie wollte auch nicht, dass ich es dir erzähle, also musst du es für dich behalten. Ups. Manchmal kann ich einfach nicht anders!«

»Verstehe«, sagte Tomek vorsichtig. »Woher kennen Sie den Namen meiner Tochter?«

»Ich habe sie vorhin zu mir eingeladen. Ich dachte, sie könnte etwas Gesellschaft gebrauchen.«

»Und sie ist mitgegangen?«

»Sie war völlig sicher.«

Tomek gefiel die Vorstellung nicht, dass Kasia das Haus einer Fremden betrat. Besonders nicht nach den jüngsten Ereignissen. Auch wenn es sich um eine nette und harmlose Frau handelte, die die Einladung ausgesprochen hatte.

»Sie hat mir alles über dich erzählt«, fuhr die Frau fort. »Ist das wirklich wahr mit Charlene?«

Tomek antwortete nicht. Er hatte den deutlichen Eindruck, dass die Frau jemand war, der gerne redete, der den Mund aufmachte und die dunkelsten Geheimnisse ihrer Freunde teilte. Er wartete darauf, dass sie ihm recht gab.

»Sie war eine gute Freundin von mir«, fuhr die Frau fort. »Ich habe mich wirklich gut mit ihr verstanden. Es ist so schade. Ich konnte seither an nichts anderes mehr denken. Es ist einfach so verrückt für mich, dass jemand ihr das antun wollte.«

Tomek blieb still.

»Kasia hat nicht viel über deine Ermittlungen gesagt, aber das liegt wohl daran, dass sie nur ein Teenager ist und es wahrscheinlich nicht weiß. Ich kann nicht glauben, dass sie die Leiche gesehen hat. Das arme Mädchen war so erschüttert.« Sie senkte ihre Stimme und lehnte sich weiter aus dem Fenster. »Hast du mit Derry gesprochen?«

Tomek sagte nichts.

»Was ist mit Ian? Mick? Stuart?«

»Warum fragen Sie speziell nach ihnen?«, fragte Tomek, dessen Interesse geweckt war.

»Weil sie über alle etwas in der Hand hatte. Und noch mehr. Sie kannte die Geheimnisse der halben Insel. Sie alle hatten etwas gegen sie, deswegen. Und ich wette, dass einer von ihnen es getan hat. Und, wie gesagt, Charlene und ich waren Freundinnen, was bedeutet, dass ich auch alle Geheimnisse kenne. Die Frage ist jedoch, Detective Sergeant Bowen, möchtest du sie auch hören?«

# KAPITEL
# ACHTUNDZWANZIG

Kasia stieß einen kleinen Schrei aus, als er den Wohnwagen betrat.

»Papa!«, rief sie. »Du hast mir fast einen Herzinfarkt verpasst.«

Ihr Brustkorb hob und senkte sich schnell. Sie saß auf dem Sofa, die Beine an die Brust gezogen, vertieft in ihr Handy, während der Fernseher im Hintergrund vor sich hin dudelte.

»Tut mir leid, Schätzchen. Wollte dich nicht erschrecken«, sagte er und hob dann die Tüte mit Essen in die Luft. »Wird dir ein bisschen Abendbrot besser gehen?«

Kasia katapultierte sich vom Sofa und sprintete auf ihn zu, wobei sie eine Spur aus Sofakissen und Decken auf dem Boden hinterließ.

»Ich verhungere fast!«

Tomek gluckste. »Das hab ich mir schon gedacht.«

Er stellte das Essen auf den Tisch, kramte in den Schränken nach Tellern und Besteck und richtete dann das Essen an. Kasia ließ sich keine Zeit. Sie schnappte sich eine Gabel und stach damit in eine Pommes, bevor er überhaupt fertig war, das ganze Essen auf ihren Teller zu legen.

»Das ist kalt!«, rief sie aus.

»Tut mir leid. Es war warm, als ich losging, aber dann habe ich mich noch mit deiner neuen Freundin Dayana unterhalten.«

»Oh, ist es das, was du gemacht hast? Ich hab mich schon gewundert, warum du eine Weile um den Platz herumgeschlichen bist. Ich dachte schon, die App wäre eingefroren.«

Tomek neigte den Kopf. »Wovon redest du?«

»Find My Friends. Ich hab vorhin nachgeschaut, wo du bist.«

Tomek schaute sie an, als würde sie in einer fremden Sprache reden.

»Das musst du mir jetzt erklären, als wäre ich dein Opa.«

Sie seufzte schwer und verdrehte die Augen. »Manchmal bist du wie Opa. Es ist eine App, mit der du den Standort einiger deiner Kontakte verfolgen kannst.«

Tomek gefiel der Gedanke, und er bat Kasia, die App auf seinem Handy einzurichten. Innerhalb weniger Sekunden hatte sie ihm Zugriff auf ihren Standort gegeben, so schnell, als hätte man ihr aufgetragen, zweimal zu blinzeln.

Als Tomek sein Handy von ihr zurücknahm, sagte er: »Dayana ist schon ein Original, oder?«

»Redet für ihr Leben gern«, nuschelte Kasia mit vollem Mund. »Sie ist ein bisschen eine Tratschtante.«

»Ja... Sehr neugierig«, erwiderte Tomek nachdenklich.

»Worüber habt ihr zwei geredet?«, fragte Kasia.

»Über dasselbe wie ihr. Charlene.«

Der Teenager verstummte plötzlich, aß aber weiter. Für Tomek war klar, dass sie dieses Gesprächsthema nicht wieder aufgreifen wollte.

»Apropos Freunde«, sagte er. »Hast du deinen anderen Freund heute gesehen?«

Sie nickte langsam und schaute dann von ihrem Teller zu ihm auf, während sie sich Gabeln voll Essen in den Mund schaufelte. »Er ist so süß, der Arme. Richtig niedlich. Manchmal möchte ich ihn einfach hochnehmen, in meine Tasche stecken und überall mit hinnehmen.«

»Du hast deine Meinung geändert.«

»Weil du mir gesagt hast, ich soll nett und offen sein. Also war ich nett und offen.« Sie legte die Gabel weg und ging zum Kühlschrank. »Heute hat er mir alle seine Teddybären gezeigt. Er hat Hunderte davon, und er sagt, sie sind alle seine Lieblinge. Dann haben wir etwas ausgemalt.« Sie zog eine Flasche Fanta aus dem Kühlschrank und eilte zum Sofa. Sie kam mit einem Blatt Papier in den Händen zurück. »Er hat das für mich gezeichnet.«

Tomek nahm es von ihr. Es war ein Bild der Regatta: der Ponton, umgeben von Dutzenden Booten, mit der Fettestange, die in der Mitte der Seite im Mittelpunkt stand. Es war weder gut noch technisch versiert, aber es kam von Herzen und war bedeutungsvoll.

»Der Gute«, sagte Tomek.

»Jacob hat gesagt, ich soll es dir geben.«

»Hast du auch eins bekommen?«

Ein Lächeln breitete sich auf ihrem Gesicht aus. »Ich hab ein Bild von einem Boot bekommen.«

»Schön.«

Sie zeigte ihm das Bild. Darauf war eine gelungenere Zeichnung eines Bootes zu sehen, als ob Jacob es geübt und dutzende Male gezeichnet hätte.

»Sehr schön. Und was hast du gezeichnet?«

»Nichts. Es war alles Mist. Ich habe es versucht, aber ich konnte noch nie etwas anderes als Strichmännchen zeichnen.«

»Du bist eindeutig die Tochter deines Vaters. Ich glaube, das Höchste, was ich schaffe, ist eine Sonne, ein paar fluffige Wolken und ein paar spindeldürre Vögel, die immer wie der Buchstabe M aussehen.« Tomek zeichnete die Umrisse in die Luft.

Kasia lachte so stark, dass sie fast etwas Essen ausspuckte.

»Wenigstens werde ich Kunst nicht als GCSE-Fach nehmen«, sagte sie.

»Hast du noch mehr darüber nachgedacht, was du machen willst?«

»Ein bisschen.«

»Und?«

»Geschichte. Spanisch, vielleicht. Und Englisch. Ich würde gerne Ernährungslehre nehmen, aber nicht viele andere tun das.«

»Das sollte keine Rolle spielen. Du machst, was du willst. Solange es dir Spaß macht. Wähl nichts, nur weil alle anderen es tun. Am Ende wirst du es hassen und es bereuen.«

»Woher kommt diese aufschlussreiche Weisheit?«, fragte Kasia.

»Wovon redest du? Ich war schon immer sehr *weisheiterlich*.«

Kasia schnaubte. »Ich hatte schon Zahnbürsten, die *weiser* waren als du. Du kannst es nicht mal richtig aussprechen!«

»Das reicht von dir. Du bist vom Tisch entschuldigt und kannst zurück zu dem gehen, was du auf dem Sofa gemacht hast.«

Tomek streckte ihr die Zunge heraus, als sie sich auf den Weg zum Sofa machte, und begann dann sein Essen zu essen. Kasia hatte recht. Es war kalt. Fast so kalt wie Charlene Harris' Körper gewesen war. Aber das war nicht das, was ihm den Appetit verdorben hatte. Vielmehr waren es Dayanas Worte und die Geheimnisse, die sie über die Inselbewohner ausgeplaudert hatte, die in seinem Kopf herumschwirrten.

# KAPITEL
# NEUNUNDZWANZIG

Sein Kopf hämmerte unkontrollierbar. Es fühlte sich an, als wäre er auf die Größe einer Melone angeschwollen und drückte und drückte und drückte gegen die Seiten seines Schädels. Er hatte versucht, seine Augen zu schließen, den Schmerz und das intensive Gefühl, dass er sterben würde, auszublenden, aber es hatte wenig Wirkung gezeigt. Er hatte sogar versucht zu schlafen, eine Handvoll Schlaftabletten und Paracetamol eingeworfen in der Hoffnung, dass sie ihn bewusstlos machen würden – ohne ihn zu töten –, aber selbst die hatten sich als unwirksam erwiesen. Er hatte noch nie zuvor eine Panikattacke erlebt. Und hoffte, dass er nie wieder eine erleben würde; dieses überwältigende Gefühl von Angst, Tod, dass die Welt zu einem plötzlichen und schrecklichen Ende kommen würde. Der schwere, unmögliche Druck auf seiner Brust, der ihn gelähmt auf dem Bett liegen ließ, unfähig, sich zu bewegen oder auch nur die Haustür zu öffnen.

Es fühlte sich an, als würde jemand, sein ganz persönliches Schlafparalysemonster, ihn niederhalten, ihn auslachen, ihn verspotten.

Charlene Harris war tot! Charlene. *Charlene.* Es war schrecklich, unmöglich. Er hatte Schwierigkeiten, die simple Tatsache zu begreifen, dass sie tot war, für immer verschwunden.

Und was noch schlimmer war, er wusste, wer dafür verantwortlich war. Er wusste, welche der Personen, die er Nachbar nannte – einen

*Freund* –, sie aufs Wasser hinausgebracht, die Kette um ihren Hals gewickelt und sie ertrinken lassen hatte.

Während er auf dem Bett lag, hatte er mit Unentschlossenheit gerungen: Tomek informieren, den Kriminalhauptkommissar, den Profi, den *Polizeibeamten*. Oder die verantwortliche Person konfrontieren?

Es war eine offensichtliche Wahl. Natürlich war es das. Aber was, wenn er sich geirrt hatte? Was, wenn seine Augen ihn getäuscht hatten? Was, wenn er etwas gesehen hatte, das nicht da gewesen war? Was, wenn sein Gehirn so abgelenkt gewesen war von Crystals wunderbarer und dekadenter Gesellschaft, so gefangen in dieser berauschenden, Sex-Euphorie, dass sein Verstand es sich nur eingebildet hatte? Was, wenn er die falsche Person gesehen hatte und potentiell dabei war, sie bei der Polizei zu verpfeifen? Er konnte sich diesen Fehler nicht leisten.

Nein. Er musste sichergehen. Es wäre besser, sie zu konfrontieren. Sie darauf aufmerksam zu machen, was er gesehen hatte.

Sie zu einer Art... Vereinbarung kommen zu lassen.

Ja. Eine Vereinbarung war, was er brauchte. Eine, die perfekt zu ihm passte.

Schließlich, sobald er die Entscheidung getroffen hatte, war der Druck und das Gewicht von seiner Brust verschwunden, und er spürte, wie Sauerstoff in seine Lunge strömte. Zum ersten Mal seit Stunden konnte er wieder atmen.

Jetzt, als er schnell einatmete, während er durch die verdunkelten Straßen schritt, fühlte sich die Luft dick in seinen Lungen an, so sehr, dass er sie fast schmecken konnte.

Mersea Island schlief. Die Straßen waren ruhig. Die Lichter in den Häusern ausgeschaltet. Das einzige Lebenszeichen war das gelegentliche Wohnzimmer, das in verschiedenen Blautönen vom Fernsehbildschirm flackerte, und der Klang von Musik und Gelächter, der aus der Ferne vom Strand herüberhallte. Dennoch hielt er seinen Kopf gesenkt, die dünne Kapuze über den Kopf gezogen, und seinen Körper in den Schatten. Sein Kopf drehte sich nach links und rechts, auf der Suche nach jemandem, der durch die Straße wanderte.

Glücklicherweise sah er niemanden.

Als er sich der Haustür des Mörders näherte, verlangsamte er sein Tempo und pausierte nach jedem Schritt.

Das Licht im Wohnzimmer war an. Vorsichtig, den Atem anhaltend, seinen Körper angespannt vor Nervosität, näherte er sich der Haustür und klopfte.

In der tiefen Stille wurde das Geräusch verstärkt, fast ohrenbetäubend. Er scannte die Umgebung, panisch. Und dann kam plötzlich die Angst hoch; die ihm sagte, dass das ein Fehler war. Dass er ein Idiot war, hierher zu kommen. Dass er seinem Instinkt hätte vertrauen und direkt zu Tomek gehen sollen.

Zu dem *Profi.*

Gerade als er sich umdrehte, um nach Hause zurückzukehren, öffnete sich die Haustür, und eine Gestalt erschien, von einem Licht von innen als Silhouette abgezeichnet. Der Mann sagte nichts. Er stand einfach da, erstarrt, die Hand an der Tür.

In diesem Moment, als er den Mann im Türrahmen anstarrte, wurde ihm klar, dass er mit dem Mörder richtig gelegen hatte. Es gab keinen Zweifel. All der Zweifel, der in seinen Kopf gekrochen war, war verschwunden.

»Ich weiß, was du getan hast«, sagte er, plötzlich überwältigt von Adrenalin. »Ich weiß, was du getan hast, und ich weiß es, weil ich dich dabei beobachtet habe. Ich habe gesehen, wie du Charlene aufs Wasser hinausgebracht und ihr das angetan hast. Aber ich werde nichts sagen, okay? Ich werde nichts sagen, solange wir beide zu einer Art Vereinbarung kommen. Eine, die mir mehr nützt als dir.«

Der Mann zögerte einen Moment, musterte ihn aufmerksam. Dann sagte er: »Schön. Ich denke, du solltest reinkommen.«

# KAPITEL
# DREISSIG

## MONTAG

Tomek keuchte. Seine Muskeln schmerzten überall. Seine Schultern. Seine Unterarme, seine Bizeps. Seine Beine, seine Waden. Aber am schlimmsten war sein unterer Rücken. In der Nacht zuvor hatte er wie eine Bauchrednerpuppe geschlafen – völlig verdreht und auseinandergerissen, seine Gliedmaßen in schrägen Winkeln verrenkt – alles dank des gottverdammten Holzbettgestells und der Pappmatratze, die ihm keinerlei Stütze bot. Er hatte in seinem Leben schon auf einigen besonders fiesen Dingern geschlafen, aber keines war so schlimm wie dieses.

Entsprechend schrie sein ganzer Körper ihn an, als er am Wohnwagen ankam. Der morgendliche Lauf um die Insel war jetzt schneller gewesen, da er sich an die Route gewöhnt hatte, und er hatte seine bisher beste Zeit erzielt. Allerdings hatten auch das Fehlen von Flynn, der sonst für ein paar Fotos angehalten hätte, und natürlich die Tatsache, dass er keine Leiche am Strand gefunden hatte, definitiv zu der Zeit beigetragen, obwohl er sich einen kurzen Zwischenstopp an der Stelle gegönnt hatte, wo Charlene Harris im Sand gelegen hatte. Ein Moment zum Nachdenken und Reflektieren, um über alles nachzugrübeln, was er in den letzten Tagen gesehen, gelernt und *gefühlt* hatte.

Er hatte sich in Charlene Harris getäuscht. Er war schnell zu dem Urteil gekommen, sie sei herzensgut und sanftmütig, eine Frau für die einfachen Leute. Aber je mehr er erfuhr, desto mehr wurde ihm klar, dass sie nur eine gierige, selbstsüchtige Person war, die es darauf abgesehen hatte, alle kleinen Geschäftsleute in den Ruin zu treiben. Sie hatte die Mietkosten und Mitgliedsbeiträge für alle in die Höhe getrieben und sie alle so ausgepresst, dass sie ums Überleben kämpften. Dafür hatten sie alle ein Motiv, einen Groll gegen sie, einen Grund, dem Abzocken ein Ende zu setzen.

Aber mehr noch als das war, was er am Abend zuvor erfahren hatte. Was Dayana ihm erzählt hatte.

Bei ihrer Ermordung ging es um mehr als nur eine einfache geschäftliche Vendetta. Charlene Harris wusste viel mehr über ihre Nachbarn im Dorf als nur ihre Haarfarbe. Und jetzt wusste Tomek das auch.

Als er um den Umfang der Insel gelaufen war, hatte er eine Handvoll Bewohner gesehen, die ihn genau beobachteten, ihre Augen verfolgten ihn, überwachten ihn, als ob er in einem Film mitspielte. Die Aliens waren gelandet, und sie hatten Angst, dass Tomek ihre Geheimnisse der Welt offenbaren würde.

Aber bevor er überhaupt etwas unternehmen konnte, öffnete sich die Eingangstür des Wohnwagens, gerade als er den Schlüssel einstecken wollte. Eine großäugige Kasia hielt ihm die Tür auf und trat zur Seite, um ihn durchzulassen.

»Was machst du schon wach?«, fragte Tomek, während er auf die Zeit seiner Garmin-Uhr schaute und gleichzeitig die Laufaktivität stoppte. »Es ist halb acht. Ich hatte voll und ganz erwartet, dass du bis etwa zehn schläfst.«

»Ich habe Geburtstag!«

»Genau. Deshalb hatte ich erwartet, dass du ausschläfst.« Tomek stellte seine Wasserflasche auf die Theke und betrachtete den Wohnbereich. »Du hast jetzt die Überraschung ruiniert.«

»Du meinst *diese* Überraschung?«

Kasia flitzte in ihr Schlafzimmer. Ein Moment später erschien sie wieder mit einer Happy-Birthday-Girlande und einer Tüte voller Konfetti.

»Woher hast du das?«

»Das war in meinem Zimmer, Papa«, sagte sie. »Hast du wirklich gedacht, du könntest reinkommen, es holen *und* aufhängen, ohne dass ich aufwache?«

»Ja?«, sagte er hoffnungsvoll. Wegen des Platzmangels im Wohnwagen hatte er ihre Koffer auf dem leeren Bett in Kasias Zimmer abstellen müssen, und er hatte vergessen, die Dekoration herauszunehmen, bevor er gegangen war.

»Kann ich dich bitten, noch etwa zehn Minuten weiterzuschlafen?«

»Nein«, sagte sie mit einem Achselzucken. »Ich helfe dir.«

»Von wegen. Du hilfst nicht dabei, *deine* Geburtstagsdekoration aufzuhängen. Das macht den ganzen Zweck zunichte.«

»Mir macht das nichts aus«, sagte sie.

»Möchtest du dir auch gleich dein Geburtstagsfrühstück machen? Wie wäre es damit, dich selbst zum Mittag- und Abendessen auszuführen? Spart mir Arbeit.«

*Und die Peinlichkeit, erklären zu müssen, dass ich dir nichts gekauft habe.*

Die Wahrheit war, er hatte nicht gewusst, was er ihr schenken sollte. Und er hatte auch keine Zeit gefunden, sie zu fragen. Er war so darauf fixiert gewesen, sie von Zeus und den Harpien abzulenken, dass er sie in den letzten Wochen vor ihrem Geburtstag mit Aktivitäten und Geschenken überschüttet hatte. Er war pleite, sie hatte bereits alles bekommen, was sie sich gewünscht hatte, und jetzt war nichts mehr übrig.

»Ich mache die Dekoration«, sagte sie. »Du machst das Frühstück.«

»Du bist eine harte Verhandlungspartnerin, junge Kasia, aber du hast einen Deal.« Tomek ging in Richtung Küche. »Obwohl ich dich jetzt nicht mehr jung nennen kann. Vierzehn – du wirst alt. Bevor du dich versiehst, bist du zwanzig. Und dann, bevor du dich versiehst, bist du *vierzig*. Das ist mein Alter. Und... und ich werde dann irgendwas um die siebzig sein...«

»Halt die Klappe, Papa. Du alterst vielleicht so schnell, aber ich nicht.«

Kichernd, über ihre Unschuld und Naivität lachend, begann Tomek, das Frühstück zuzubereiten: eine doppelte Portion Speck und Ei, drei Würstchen, zwei Rösti und zwei knusprige Scheiben Vollkorntoast, obendrauf seine eigene Variante einer Hollandaise-Soße für ihn.

Und eine vegetarische Version für Kasia, die aus dem Gleichen bestand, nur ohne all die guten Teile.

Zwanzig Minuten später war der Teller mit fettigem Essen fertig. Aber bevor sie sich darüber hermachten, holte Tomek einen Cupcake aus einem der Schränke und zündete einige Kerzen an. Beim Anblick davon wurde Kasia plötzlich schüchtern. Sie ließ den Kopf in ihre Hände fallen und schaute durch ihre Fingerspitzen, als Tomek eine wunderschöne, und offen gesagt opernhafte, Version von »Happy Birthday« anstimmte. Als er fertig war, blies Kasia die Kerzen aus, bedankte sich mit einer Umarmung und widmete sich dann ihrem Essen.

»So«, sagte Tomek, als er sich an den Tisch setzte. »Zeit, reinzuhauen. Alles Gute zum Geburtstag, Kleines.«

Kasia ließ sich das nicht zweimal sagen. Sie verschlang das Essen ohne Umschweife und ließ nichts übrig. Während Tomek, der keinen Appetit hatte, eine Tomate, eine Handvoll Pilze und ein halbes Rösti auf seinem Teller zurückließ.

»Wirst du das noch essen?«, fragte Kasia, Gabel in Bereitschaft.

Tomek bestätigte, dass er das nicht vorhatte, und Kasia stürzte sich mit ihrem Besteck darauf, durchbohrte die Tomate und das Rösti zusammen, bevor sie beides in ihren Mund steckte.

»Ich hoffe, dir hat dein Geschenk gefallen«, sagte er.

»Welches Geschenk?«

»Das Frühstück.«

»Frühstück?«

»Deines, und was auf meinem Teller übrig ist.«

Kasia blickte auf das, was noch vor ihr lag. »Danke...«, sagte sie, unsicher.

»War nur ein Scherz. Ich habe eigentlich gar nichts für dich. Ich dachte—«

»Das ist okay«, sagte sie aufrichtig. »Das musst du nicht. Ich will nichts. Du hast im letzten Jahr genug für mich getan. Du hast mich aufgenommen. Bei der Schule geholfen. Eine neue Wohnung für uns gekauft. Und... und alles mit Zeus...« Sie hielt inne, um einen Kloß in ihrem Hals herunterzuschlucken. »Ja, du hast viel getan. Ein beschissenes Geburtstagsgeschenk wird da keinen großen Unterschied machen.«

Tomeks Körper wurde von Wärme erfüllt. Das war das erste Mal, dass sie irgendeine Art von Dank und Anerkennung für das, was er in den letzten elf Monaten, die sie in seinem Leben war, für sie getan hatte, ausdrückte. Es erfüllte ihn mit Stolz, so sehr, dass er nicht wusste, was er sagen sollte. Er spürte, wie seine Wangen rot wurden.

»Weil du Geburtstag hast, verzeihe ich dir das Fluchen. Du bekommst einen Freifahrtschein für den Tag, aber nur für heute!«

Kasias Gesicht leuchtete auf und sie grinste breit. »Gott sei verfickt—!«

Ihr Moment neugewonnener Freiheit im Gebrauch von Schimpfwörtern wurde durch ein schweres und anhaltendes Klopfen an der Tür unterbrochen.

»Wer ist das jetzt?«, flüsterte Tomek, während er unter dem Tisch hervorkroch und die Tür aufriss.

Vor ihm stand, nach vorne geneigt, als lausche er durch die Glastür, Stuart Simms, der Besitzer des Inselmarktes. Der Mann, der ihn so sehr an Nick Cleaves erinnerte, sah müder und gestresster aus, seit Tomek ihn zuletzt gesehen hatte, und er stand mit hinter dem Rücken verschränkten Händen da, als warte er geduldig auf irgendeine Art von Zustimmung.

»Was machen Sie hier?«, fragte Tomek barsch. Er trat aus dem Wohnwagen und schloss die Tür hinter sich. »Woher wissen Sie, wo ich wohne?«

»Ich habe Flynn gefragt«, sagte Stuart mit sanfter Stimme. Er rieb sich über seinen kahlen Kopf. »Er hat mir gesagt, dass ich Sie hier finden kann.«

»Schon gut. Mit allem Respekt, ich würde es vorziehen, wenn Sie nicht unangemeldet vorbeikommen würden. Ich feiere den Geburtstag meiner Tochter.«

Stuart hob entschuldigend die Hände.

»Bitte, verzeihen Sie mir. Ich... ich musste es einfach wissen. Ich habe von Charlene gehört.«

»Okay...«

»Und ich fragte mich, ob Sie schon herausgefunden haben, wer es getan hat?«

»Die Ermittlungen laufen noch«, antwortete Tomek und servierte dem Mann die Standardantwort, die er schon viel zu oft benutzt hatte, wenn er keine Lust hatte, die vollständige Version der Ereignisse zu erklären, oder wenn er dachte, dass die Person auf der anderen Seite diese nicht verdient hatte. »Mehr kann ich im Moment nicht sagen. Aber seien Sie versichert, wir tun alles, was wir mit unseren *begrenzten* Ressourcen können.«

Begrenzte Ressourcen war noch untertrieben. Alles, was sie hatten, war ein Detective Sergeant, der suspendiert war, während der andere plötzlich und improvisiert im Vaterschaftsurlaub war; ein uniformierter Polizist mit so viel Polizeierfahrung wie ein Jack Russell; und ein kleines Team für Tatortuntersuchungen, das vermutlich seine Arbeit für das Wochenende erledigt hatte und nie wiederkommen würde.

Begrenzte Ressourcen traf es nicht einmal ansatzweise.

»Ich verstehe vollkommen«, sagte Stuart und wich langsam zurück.

Gerade als Tomek im Begriff war, Stuart Simms die Tür vor der Nase zuzuschlagen, rief ihn eine andere Stimme. Diesmal war es eine völlig Fremde, jemand, den er noch nicht das Vergnügen gehabt hatte kennenzulernen.

»Entschuldigen Sie, Herr Detektiv«, rief sie und watschelte so schnell sie konnte auf sie zu, gekleidet in einer Jeans und Wanderstiefeln. »Herr Detektiv, Sir!«

*Verdammt nochmal. Nicht noch einer.*

»Hat jemand meinen Aufenthaltsort in einer WhatsApp-Gruppe veröffentlicht oder so?«, flüsterte Tomek. Das geriet außer Kontrolle. Bald würden Leute auftauchen und nach Lebensmittelgutscheinen und finanzieller Unterstützung fragen.

»Es ist Derry, Herr Detektiv, Sir!«, rief die ältere Frau, als sie näher kam.

»Was ist mit ihm?«, rief Tomek.

»Er wird vermisst, Sir.« Schließlich hielt sie am Ende des Mobilheims an. Offensichtlich war das so weit, wie sie kommen konnte. »Niemand hat ihn gesehen.«

»Haben Sie auf den Schlickflächen nachgesehen?«

Aber dann erinnerte sich Tomek, dass er den Mann bei seinem morgendlichen Lauf nicht gesehen hatte. Er hatte nach ihm Ausschau gehalten, gebetet, dass es keine weiteren Leichen geben würde, aber er hatte ihn nicht gesehen. Damals hatte er nicht viel darüber nachgedacht. Dass Derry vielleicht einen Tag frei nahm, um sich mental von der Erschöpfung und den Emotionen des Vortages zu erholen. Dass er vielleicht zum ersten Mal seit dreißig Jahren nicht auf die Schlickflächen gehen wollte, aus Angst, dort etwas anderes zu finden.

Vielleicht hatte er sich geirrt.

»Ich habe mich umgehört und niemand hat ihn heute Morgen gesehen. Und sein Boot ist auch verschwunden. Es verlässt die Insel nie ohne ihn.«

Tomek starrte die Frau an. »Haben Sie nicht in Betracht gezogen, dass er vielleicht aufs Wasser hinausgefahren ist?«

Die Frau dachte über den Punkt nach. Dann schüttelte sie heftig den Kopf, als ob jeder andere Vorschlag als ihr eigener idiotisch wäre.

»Sie sind nicht von hier. Aber ich bin es, und mein Mann auch. Und wenn er sagt, dass etwas nicht stimmt, dann stimmt etwas nicht.«

Tomek wandte sich an Stuart Simms, um Unterstützung zu erhalten.

»Wenn er nicht wie üblich auf den Schlickflächen ist, dann kann ich mir nicht vorstellen, wo er sonst sein könnte«, sagte Stuart. Dann hob er seinen Daumen und zeigte hinter sich. »Ich werde jetzt gehen – es scheint, als hätten Sie viel zu tun. Wenn Sie Zeit haben, würde ich mich freuen, wenn Sie beide heute im Markt vorbeischauen würden. Wir haben viele Dinge im Angebot. Und der Bonsai-Baum, den Sie sich angesehen haben, ist immer noch da.«

Damit winkte Stuart zum Abschied und verschwand um die Ecke des Wohnwagens. Tomek war sich nicht sicher, ob es die frühe Morgensonne war, die auf ihn herabbrannte, die Tatsache, dass jeder auf der Insel wusste, wo er wohnte, das mögliche Verschwinden von Derry Waterman, oder die frischen Würstchen und der Speck, die möglicherweise nicht durchgegart waren, aber irgendetwas brachte ihn zum Schwitzen.

Glücklicherweise, bevor er beginnen konnte, über eines der drängenden Probleme in irgendeiner zusammenhängenden Reihenfolge nachzudenken, ertönte eine Autohupe. Tomek lehnte sich aus dem Türrahmen und sah Aidan, der auf dem kleinen Parkplatz geparkt hatte, wobei die Sonne sich in den Streifen seiner Uniform spiegelte.

Tomek signalisierte, dass er in fünf Minuten fertig sei, beschwichtigte die Frau mit dem Versprechen, dass er sich darum kümmern würde, verabschiedete sich von Stuart und schloss dann die Tür hinter sich.

»Es tut mir leid, Kash, aber–«

»Ist schon gut«, sagte sie. »Die Pflicht ruft. Geh und hab Spaß. Aber geh nicht ohne mich zum Markt.«

# KAPITEL
# EINUNDDREISSIG

Niemand war zu Hause. Weder in Derry Watermans Haus noch in Aidan Murrays Kopf. Tomek hatte ihm vor dreißig Sekunden eine Frage gestellt, und noch immer hatte er keine Antwort erhalten.

Er wiederholte sie.

»Ein Vögelchen hat mir gezwitschert, dass du schon vor gestern eine Auseinandersetzung mit Charlene Harris hattest«, sagte er.

Aidan beendete das Rückwärtsfahren und fuhr dann vorwärts. Erst als er mit dreiunddreißig Stundenkilometern in einer Dreißigerzone unterwegs war, ging er schließlich auf Tomeks Frage ein.

»Es war nichts Großes«, antwortete Aidan.

»Für sie schon. Jemand hatte einen Ziegelstein durch ihr Fenster geworfen.«

»Ja, und ich habe gesagt, dass ich mich darum kümmern würde. Aber diese Schlampe wollte mir keine Zeit geben, also weißt du, was sie getan hat?«

Tomek wusste es. Er wusste es aus zweiter Hand von Dayana. Aber er wollte es direkt vom Betroffenen selbst hören.

»Sie hat mich verpfiffen. Ist über meinen Kopf hinweg gegangen und hat eine Beschwerde eingereicht. Es war buchstäblich mein zweiter Tag!«

Tomek konnte die Frustration des Mannes verstehen, er hatte in der Vergangenheit selbst seinen Anteil an Beschwerden gegen ihn erlebt, aber das entschuldigte sein Verhalten nicht. »Aber du hast es einfach liegen lassen und nichts dagegen unternommen, oder?«, fragte er. »Warum?«

Aidan atmete tief ein und sagte: »Ich habe es nicht einfach *liegen lassen*, okay? So bin ich nicht. Ich habe nur... meine Notizen verlegt.«

»Und du wolltest nicht die Peinlichkeit auf dich nehmen, zurückzugehen und nochmal nach den Informationen zu fragen?«

»Ja.«

»Also hast du es dir zehnmal schwerer gemacht?«

»Ich bin nicht perfekt, okay? Ich hab's verkackt. Das weiß ich. Ich hätte das Notizbuch nicht verlieren sollen, aber diese Schlampe musste nicht hingehen und eine Beschwerde über mich einreichen, oder? Sie hat es so dargestellt, als hätte ich überhaupt nichts wegen des Vorfalls unternommen. Als würde ich nur auf meinem Arsch sitzen und Däumchen drehen. Aber ich kann dir sagen, dass ich mit ein paar Nachbarn gesprochen habe, um zu sehen, ob sie etwas gehört oder gesehen haben.«

»Und hatten sie?«

»Nein. Niemand hatte etwas mitbekommen. Es war eine Sackgasse. Ein Fehlstart. Und ich hielt es nicht für wert, Ressourcen für eine DNA-Analyse des Ziegelsteins aufzuwenden. Wenn sie eine Überwachungskamera gehabt hätte, dann hätte ich vielleicht etwas unternehmen können. Aber... ich dachte nicht, dass es irgendwohin führen würde.«

»Wie hättest du wissen können, dass es eskalieren und schließlich zu ihrem Tod führen könnte?«, bemerkte Tomek. Er war sich nicht sicher, ob die beiden Ereignisse irgendwie miteinander verbunden waren, aber er glaubte auch nicht besonders an Zufälle. Die Dinge passierten in der Regel aus einem Grund, und in seinen Augen hatte derjenige, der diesen Ziegelstein geworfen hatte, irgendetwas mit Charlenes Mord zu tun.

»Du hättest ihr Gesicht sehen sollen, als sie mich neulich bei der Regatta gesehen hat«, fuhr Aidan fort. »Sie war stinksauer. Hat sich vor mir aufgebaut. Drohte, mich von der Insel entfernen zu lassen, damit sie jemand anderen schicken könnten, der die Veranstaltung betreut.« Er lachte vor sich hin. »Sie wusste ja nicht, dass sonst niemand kommen wollte. Ich war der Einzige. Ihr Ego und ihre übersteigerte Selbstüberschätzung standen ihr im Weg. Am Ende habe ich sie einfach ignoriert und meine Arbeit fortgesetzt.«

Tomek spürte, dass der Mann innerlich immer noch wütend war. Von der Art, wie er sprach, bis zur Art, wie er seinen Kiefer anspannte, brodelte etwas Tieferes und vielleicht sogar Unheilvolleres unter der Oberfläche. Da war eine Aggression, eine Frustration. Aber der Mann war noch jung, unerfahren, ein Anfänger. Er hatte noch viel zu lernen, und bald würde er erkennen, dass es da draußen viele Arschlöcher gab, und dass man manchmal mit ihnen umgehen, sie vergessen und weitermachen musste. Man konnte die Dinge nicht schwelen lassen, sonst würden sie einen verzehren. Tomek war in seinem Alter genauso gewesen. Er hatte dasselbe gefühlt, genauso reagiert. Und er hatte die Lektion auf die harte Tour gelernt.

So würde es auch Aidan ergehen. Nur nicht jetzt.

Kurze Zeit später hielten sie am Victory Inn. Als sie ankamen, war die Luft draußen stickig und schwül, ein unwillkommener Kontrast zur Klimaanlage im Auto. Vor dem Biergarten stand ein Mann, den Tomek nicht erkannte, und doch jemand, mit dem er sofort ein Gefühl der Vertrautheit verspürte. Die Art, wie er mit herausgestreckter Brust dastand. Die Haltung, die darauf hindeutete, dass er seit vierundzwanzig Stunden auf den Beinen war. Tomek hatte dasselbe vage Gefühl des Wiedererkennens, das er gefühlt hatte, als er Rick Lawson vom Boot springen sah.

Nur war dieser Mann bereits vom Boot gekommen und wartete.

Sobald er Tomek und Aidan näherkommen sah, legte der Mann das Telefon auf und steckte das Gerät ein.

»Endlich«, sagte er zu Aidan.

Dann fiel sein Blick auf Tomek. Der Mann musterte ihn eindringlich und betrachtete Tomek in seinem T-Shirt und den kurzen Hosen.

»Und wer sind Sie?«

Tomek streckte die Hand aus. »Detective Sergeant Tomek Bowen. Aus Southend.«

Der Mann betrachtete Tomeks Hand mit Verachtung. »Der suspendierte Typ? Sie sollten überhaupt nichts mit dieser Ermittlung zu tun haben.«

Tomek ignorierte den Kommentar. »Entschuldigung, ich habe das nicht ganz mitbekommen. Ihr Name ist?«

Aus dem Augenwinkel sah er, wie Aidan sich unbehaglich versteifte. Er drehte sich zu Tomek um, schockiert über die Enthüllung.

»Inspector Hadland. Gleiches Team wie Rick. Ich werde in seiner Abwesenheit als SIO übernehmen. Und ich werde sicherlich nicht *Ihre* Hilfe dabei benötigen. Nicht nach dem, was ich über den Vorfall in Hadleigh Castle gehört habe. Sie können Ihrem Tag nachgehen.«

Tomek hielt inne, hielt den Atem an, biss sich auf die Zunge. Der selbstgerechte kleine Bastard. Wer zum Teufel glaubte er, wer er sei? Er wollte eine Tirade gegen den Mann loslassen, ihm ins Gesicht schreien, ihn für eine so dumme Entscheidung tadeln. Aber dann wurde ihm klar, dass dies die Entscheidung nur noch weiter zementieren würde.

»Sind Sie sicher?«, fragte Tomek. »Ich bin zwei Tage länger hier als Sie. Ich habe die Leiche gesehen, sie sogar angefasst. Ich habe mit den wichtigsten Zeugen gesprochen. Ich habe den Großteil dieser Ermittlung ohne jegliche Hilfe von Ihnen oder Rick durchgeführt, der mitten am Tag abgehauen ist. Sie brauchen mich. Aber wenn Sie mich nicht *wollen*, dann sei es so. Ihr Verlust. Ich habe den Geburtstag meiner Tochter zu feiern.«

# KAPITEL ZWEIUNDDREISSIG

Tomek verließ den Biergarten und ging direkt in Fowler's Café. Obwohl es weniger als eine Stunde nach dem Frühstück war, knurrte sein Magen. Er scherzte oft, dass er täglich eine SAS-Mentalität annahm, wenn es ums Essen ging: Iss viel, denn du weißt nie, wann deine nächste Mahlzeit sein wird. Der einzige Unterschied bei Tomek war, dass er diese Einstellung bei jeder Mahlzeit anwandte – Frühstück, Mittagessen und Abendessen. Bis auf, wie es schien, seine Mahlzeiten an diesem Wochenende; die Ereignisse um Charlenes Mord wirkten sich deutlich auf seinen Appetit aus.

Die Atmosphäre im Fowler's an diesem Morgen stand in starkem Kontrast zu Tomeks Besuch am Vortag. Die Kaffeemaschine zischte und sprudelte lebendig, und Musik spielte im Hintergrund, die eine willkommene Untermalung zum Trubel und allgemeinen Stimmengewirr im Inneren bot. Es war, als hätte die Insel die Trauer um Charlene beendet und sei schnell zur Tagesordnung übergegangen. Entweder waren die Kunden dort, um ihr Leben zu feiern, oder um ihren Tod zu feiern.

Und wenn es eine Sache gab, die er über Charlenes Beziehung zu den Bewohnern gelernt hatte, dann war es, dass sie höchstwahrscheinlich dort waren, um Letzteres zu tun.

»Morgen, Tomek«, rief Bradley, während er einem Kunden einen

Teller mit Essen hinstellte. »Nimm dir einen Platz, ich bin gleich bei dir. Das Gleiche wie gestern?«

Tomek ignorierte das Angebot eines Sitzplatzes von einem gehenden Pärchen und ging stattdessen direkt zur Theke, dicht hinter Bradley. Dunkle Augenringe hingen tief unter den Augen des Mannes, und seine Wangen wirkten wächsern.

»Heute hat meine Tochter Geburtstag«, begann Tomek. »Und ich habe mich gefragt, was du an Süßigkeiten hast. Ein paar Cupcakes oder etwas Größeres. Wir brauchen nicht viel, wir sind nur zu zweit. Und wenn ich noch zwei Kaffee bekommen könnte, wäre das super. Mocha für sie, Flat White für mich.«

Bradley nickte, drehte Tomek dann sofort den Rücken zu und griff nach einer Auslage mit Cupcakes und Kuchenstücken. Gerade als Tomek etwas sagen wollte, begann ein Mann Anfang vierzig, der sich an die Theke lehnte, in Overall und einem schmutzigen grauen Polo gekleidet, laut zu reden.

»Wie ich gerade sagte, Kumpel, ich meine nur, sie hätte es kommen sehen müssen.«

Bradleys Augen weiteten sich. Er blickte schnell und peinlich berührt zwischen dem Mann und Tomek hin und her und erstarrte dann, zu verdutzt, um sich zu bewegen.

»Wer denn?«, fragte Tomek, der sich nicht mehr um Gebäck oder köstliche Süßigkeiten scherte.

»Du weißt schon, die Frau, die gestern gestorben ist?«, sagte der Mann laut. Seine Stimme war tief und basslastig und hallte durch das Café. Die Art von Stimme, die man von der anderen Seite eines vollbesetzten Fußballstadions hören würde.

»Ich kenne sie nicht persönlich.«

»Schon klar. Hast du aber gehört, was mit ihr passiert ist, oder?«

»So in etwa«, antwortete Tomek.

Der Mann beugte sich näher heran und versuchte, seine Stimme zu senken. »Nun, wie man hört, wurde sie von zwei Leuten umgebracht.«

Das war neu für Tomek.

»*Zwei* Leute?«

»Anscheinend hatte sie so viele Leute, die sie hassten, dass sie einfach beschlossen haben, sich zusammenzutun und es zu erledigen.«

Tomek tat so, als wäre er schockiert. Unterdessen starrte Bradley weiterhin zwischen den beiden Männern hin und her, so vertieft, so gefesselt von dem Gespräch, dass er nicht hörte, wie ein Kunde ihn ansprach. »Haben die Polizisten dafür irgendwelche Beweise gefunden?«

»Pfft! Die Bullen haben mehr Chancen, ihre eigenen Schwänze zu finden als irgendwelche Beweise, wer's getan hat. Mich wundert's, dass sie nicht schon bei allen an der Haustür geklingelt haben, um zu fragen, wo's zur Hauptstraße geht, damit sie Leute wegen zu schnellen Fahrens verhaften können, anstatt ihren Mörder. Wenn du mich aber fragst, braucht man die gar nicht zu schnappen. Die haben uns allen mit der einen einen Gefallen getan.«

Tomek war sprachlos. Er hatte seinen Mantel der Anonymität wieder an, und der Mann ließ alles raus, ohne ein Blatt vor den Mund zu nehmen.

»Entschuldige«, sagte er, »ich hab deinen Namen nicht mitbekommen.«

»Tony«, begann Bradley und schaltete sich plötzlich ins Gespräch ein. »Das ist-«

»Tomek Bowen. Aber du kannst mich Tom nennen.«

»Tom!«, rief Tony aus. »Freut mich, dich kennenzulernen. Guter, starker Name. Klingt wie Tony, also sollte ich ihn hoffentlich nicht vergessen.« Er zeigte mit einem schmutzigen Finger auf Bradley. »Ich sehe, du hast meinen kleinen Bruder hier schon kennengelernt?«

Tomek warf dem jüngeren Fowler einen kurzen Blick zu. »Ja, ich bin ein paar Mal hier gewesen. Nettes kleines Lokal habt ihr hier. Hilfst du... hilfst du auch beim Betrieb?«

»Ich? In diesem Laden?«, spottete Tony. »Niemals. Ich hab keine Geduld mit Menschen. Ich erledige lieber meine Arbeit, ohne dass mich jemand belästigt oder alle zwei Sekunden hinterfragt.«

»Und was machst du?«

»Tony ist Klempner«, sprang Bradley ein, als ob er Tomek das nicht schon erzählt hätte. Inzwischen hatte er die Kuchen vor sich auf die Theke gestellt, und der Angestellte hinter ihm war dabei, Tomeks Getränke fertigzustellen. »Er hat ein paar Aufträge hier und für andere Leute auf der Insel erledigt.«

»Ja, und ich hab auch einen für diese Schlampe nebenan gemacht.«

»Für Charlene?«, fragte Tomek und tat unschuldig.

»Ja.« Tony rieb sich mit dem Handrücken unter der Nase. »Vor ein paar Wochen jetzt. Sie hatte Probleme mit undichten Heizkörpern. Hat mich angerufen, gefragt, ob ich mal nachsehen könnte. Ich sagte, kein Problem, und bin sofort rübergefahren. Als ich dort ankam, stellte sich heraus, dass sie alle nur etwas festgezogen werden mussten, außer einem, der einen neuen Kopf brauchte, und das war's. Job erledigt. Aber als ich ihr sagte, wie viel es kosten würde, flippte sie total aus und weigerte sich rundweg zu zahlen. Stell dir das vor, ich, selbstständig, muss mein ganzes Zeug selbst bezahlen, verdiene am Monatsende sowieso kaum genug, und sie will mir nicht geben, was mir zusteht. Lächerlich!«

»Wie viel hast du ihr berechnet?«

»Zweihundert Pfund.«

Tomek hätte fast laut losgelacht. Es war nicht die Summe, die Tomek so zum Schmunzeln brachte, sondern die ernste Miene, mit der Tony sie nannte. Als ob er wirklich glaubte, dass seine Arbeit an Charlenes Heizkörpern so viel wert war, und er würde nichts anderes gelten lassen.

»Und sie hat mich bis heute nicht bezahlt«, fuhr Tony fort. »Jetzt werde ich dieses Geld nie bekommen. Vielleicht sollte ich einfach rüber zum Pub gehen und für zweihundert Pfund Bier holen und mit nach Hause nehmen. Hätte ich gestern Abend gut gebrauchen können, ehrlich gesagt.«

Bradleys Augen weiteten sich vor Angst. Zu seinem Glück tippte ihm die Barista auf die Schulter und reichte die Getränke herüber. Panisch nahm er sie entgegen und stellte sie auf den Tresen.

»Und du wolltest auch noch diesen Kuchen, oder?«

Tomek ignorierte Bradley und wandte sich seinem Bruder zu. »Was ist gestern Abend passiert?«

Der Klempner zuckte mit den Schultern. »Nichts Besonderes. Nur ein paar von uns sind zum Strand runter für ein paar Drinks.«

»Bis wann?«

Wieder ein Schulterzucken. »Spät. Nach Mitternacht vielleicht. Vielleicht ein Uhr.«

»War Derry Waterman bei euch?«

Er schüttelte den Kopf.

»Hast du ihn überhaupt gesehen?«

»Auf dem Heimweg habe ich ihn gesehen. Er lief die Straße entlang. Er hatte seine Kapuze hochgezogen und ging sehr schnell. Sah aus, als würde er irgendwohin gehen. Keine Ahnung wohin, aber.«

»Hast du mit ihm gesprochen?«

Tonys Kopf neigte sich zur Seite. »Wieso interessiert dich das so?«

»Ich habe gehört, er wird vermisst. Niemand hat ihn heute Morgen gesehen, und sein Boot ist nicht auf dem Wasser.«

»Vermisst?«, fragte Bradley, und Besorgnis schwang in seiner Stimme mit. »Du glaubst doch nicht, dass er... etwas Dummes getan haben könnte?«

Tomek zuckte mit den Schultern. »Keine Ahnung. Die Polizei wird dem nachgehen müssen.«

»Pah! Darauf kannst du lange warten. Wir werden die nächste Eiszeit erleben, bevor die Truppe irgendetwas unternimmt. Was Derry betrifft, bin ich sicher, ihm geht's gut. Er war wahrscheinlich auf dem Weg, um eine weitere Nutte zu treffen oder so. Der arme Kerl versucht wahrscheinlich immer noch, die von neulich loszuwerden.«

»Eine Nutte?«, fragte Tomek, obwohl ihm das Gerücht bekannt war, dass Derry gelegentlich dabei gesehen worden war, wie er mitten in der Nacht fremde Frauen in sein Haus ließ. Und sie dann nur wenige Minuten später wieder rauswarf, wenn er mit ihnen fertig war...

»Prostituierte«, erklärte Tony. »Der alte Derry war einem kleinen gekauften und bezahlten Zeitvertreib nicht abgeneigt, der schmutzige Hund.«

Tomek nickte, während er die Information verdaute. Dayana hatte es nicht ganz so eloquent ausgedrückt, aber er wusste, was Tony meinte.

»Ich habe gesehen, wie eine in sein Haus ging, in der Nacht von Charlenes Mord«, fuhr der Klempner fort.

Das war neu für Tomek. Derry hatte nichts davon erwähnt, die Nacht mit einer Prostituierten verbracht zu haben. Wenn er das getan hätte, dann hätte er ein solideres Alibi gehabt. Bevor Tomek dazu etwas sagen konnte, sprach der jüngere Fowler-Bruder.

»Noch etwas für dich?« Er hob die Kuchenplatte wieder in die Luft.

Tomek kam zu sich und schüttelte dann den Kopf. »Ich glaube, ich lasse es jetzt gut sein. Kaffee sollte reichen. Wie viel schulde ich dir?«

»Nichts«, antwortete Bradley. »Das geht aufs Haus.«

»Aufs Haus? Wieso kriege ich nie was aufs Haus? Du lässt mich immer bezahlen!«, mischte sich Tony ein.

»Ich bin gerade großzügig gesinnt«, antwortete Bradley, unfähig, seinem Bruder in die Augen zu sehen. »Tomek hat es sich verdient. Er... er hat schließlich die Kletterstange gewonnen.«

# KAPITEL
# DREIUNDDREISSIG

Kasia kam wie ein aufgeregter Hund über den Strand gesprungen, wobei der Sand hinter ihr aufwirbelte. Zu Tomeks Überraschung hatte sie geduscht und sich in der Zeit, in der er weg gewesen war, angezogen. Fast so, als hätte sie gewusst, dass er vorschlagen würde, sich irgendwo zu treffen. Wäre er an ihrer Stelle gewesen – ein vierzehnjähriger Teenager, der seinen Geburtstag feiert – hätte er sich glücklich geschätzt, den ganzen Tag wie ein Schluffi auszusehen und sich entsprechend zu benehmen. Es wäre schließlich sein Geburtstag. Der Tag würde sich nur um ihn drehen. Da könnte er tun, was er wollte. Aber nicht Kasia. Sie hatte ihn überrascht.

Als sie näherkam, verwandelte sich ihr Lächeln in ein breites Grinsen. Sie war nicht nur glücklich (viel glücklicher als vorher), sie war regelrecht euphorisch.

»Du siehst aus, als hättest du gerade im Lotto gewonnen«, sagte er, während er ihr den Kaffee reichte.

»Ich bin einfach gut drauf. Verderb es nicht, indem du *du selbst* bist. Können wir uns nicht darauf einigen, dass du mich an einem Tag im Jahr nicht nervst und aufziehst?«

»Du meinst wie heute?«

»Ja. An meinem *Geburtstag.*«

»Aber das ist doch die beste Zeit dafür. Wenn du achtzehn bist und all deine Freunde zu einem ruhigen Abend bei dir hast – weil du auf keinen Fall in Clubs darfst, das steht fest – dann muss ich mich über dich lustig machen. Das ist mein Job. Das steht im Vater-Tochter-Vertrag.«

Kasia grunzte und verdrehte die Augen. »Nur heute nicht, okay? Bitte. Du hast wahrscheinlich genug mit den Mordermittlungen zu tun.«

Tomek lachte. »Netter Versuch, aber du wirst froh sein zu hören, dass ich nicht mehr daran arbeite – zumindest nicht offiziell.«

»Warum nicht?«, fragte Kasia und nippte an ihrem Kaffee wie eine dreifache Mutter, die gerade zwanzig Minuten Pause bekommen hatte.

Tomek erklärte sein Gespräch mit Detective Inspector Hadland.

»Wie hat er es herausgefunden?«

»Vermutlich hat er meinen Namen in das System eingegeben oder herumgefragt«, antwortete Tomek. »Also, rate mal, ich gehöre heute ganz dir. Du hast meine ungeteilte Aufmerksamkeit.«

Kasia wusste nicht, ob sie erfreut oder bestürzt aussehen sollte. Stattdessen nahm sie noch einen Schluck von ihrem Kaffee.

»Ich dachte, wir könnten spazieren gehen. Den Strand genießen. Irgendwo zum Mittagessen einkehren und dann auf den Markt gehen?«

»Klingt nach einem *Pla*«, antwortete sie.

»Nach einem was?«

»Einem *Pla*. Aus *Friends*.«

Tomek presste die Lippen zusammen und schüttelte den Kopf. »Du hast mich verloren.«

»Als Phoebe sagt, dass sie einen Plan braucht, aber nicht mal einen *Pla* hat – also den ersten Teil eines Plans.«

»Macht Sinn. Und ist das das, was die Kids heutzutage so sagen?«

Sie zuckte mit den Schultern. »Ich hab's auf TikTok gesehen.«

Natürlich hatte sie das. Ihr ganzes Leben wurde von dieser Social-Media-App bestimmt, zusammen mit all den anderen. Tomek beschloss, sie nicht deswegen zu verspotten oder zu necken. Es war schließlich ihr besonderer Tag.

Zehn Minuten lang liefen sie an der Küste von Mersea Island entlang, den Spuren folgend, die Tomek mit Rick Lawson und den Spurensicherern gegangen war, bis sie zu der Stelle kamen, wo Tony Fowler und seine Freunde am Abend zuvor getrunken hatten. Leere

Bierdosen und Glasflaschen waren in einem Haufen auf dem Sand zurückgelassen worden, umgeben von Kippen und leeren Zigarettenschachteln. Tomek schüttelte den Kopf beim Anblick des Mülls. Dieser Teil des Strandes war, wie der Rest der Insel, normalerweise makellos sauber. Die Bewohner kümmerten sich um den Ort; es war ihr Zuhause. Aber nicht Tony Fowler und seine Freunde.

Als Tomek sich bückte, um ein Stück Müll aufzuheben, klingelte sein Telefon. Er holte das Gerät aus der Tasche und warf einen Blick auf die Anrufer-ID. Fiese Nick. Bevor er den Anruf annahm, entfernte sich Tomek von Kasia und bedeutete ihr mit einem Daumen nach oben, dass alles in Ordnung sei.

»Was für eine Überraschung aus der Vergangenheit«, sagte er.

»Da ist er ja, der Mann des Wochenendes.«

Tomek sagte nichts und wartete darauf, dass Nick weiter ausführte, bevor Tomek sich selbst in die Nesseln setzte, indem er das Falsche sagte.

»Ich habe von deinem beispiellosen Erfolg auf der Karriereleiter gehört. Herzlichen Glückwunsch, du musst so stolz sein.«

»Darauf habe ich mein ganzes Leben lang hingearbeitet.«

Nick räusperte sich. »Weißt du, da steckt irgendwo ein schwuler Witz drin, aber ich bin überzeugt, dass die Personalabteilung Mikrofone in die Wände eingebaut hat und mithört.«

»Oder du wirst im Alter einfach sensibler.«

»Was seltsam ist, denn normalerweise ist es genau umgekehrt. Die Hälfte der Typen in meinem Alter denkt, die Welt sei völlig durchgeknallt und wir pinkeln alle gegen den Wind.«

»Ja, aber du bist ein angesehenes Mitglied der Gemeinschaft. Du kannst dir keine Meinungen leisten, Sir.«

Nick räusperte sich erneut. »Genug davon. Wie ist es auf Mersea Island?«

»Gut. Kleines Problem, aber ich sollte klarkommen.«

»Problem?«

»Hast du es nicht gehört? Ich bin mitten in Mordermittlungen geraten. Eine Frau wurde zu einer Boje geschleppt und mit ihrem Hals daran festgebunden. Sie ist entweder ertrunken oder die Kette hat sie erwürgt. Jedenfalls stecke ich mittendrin.«

»Aber du bist suspendiert«, sagte Nick zweifelnd.

»Ja, ein Punkt, den Detective Inspector Hadland aus Colchester mir direkt ins Gesicht gebrüllt hat, als er mir sagte, ich solle mich verpissen und ihn die Ermittlungen allein führen lassen.«

»Hadland? *Dieser* Arsch? Viel Glück.«

»Du kennst ihn?«

»Hatte in der Vergangenheit mit ihm zu tun, ja. Sagen wir es mal so: Wenn hirnfressende Bakterien seinen Kopf befallen würden, würden sie verhungern. Aber er sieht das natürlich anders. Er denkt, er sei der Größte, und von dem, was ich von ihm gesehen habe, hat er buchstäblich Hundegehänge als Eier. Kann nicht gut für sein Ego sein.«

»Nun, sein Ego bekam einen Schub, als er mir vor einem Polizisten sagte, wo ich mir's hinstecken kann.«

»Das zeigt Dominanz. Aber zurück zum Thema, du kannst dich von diesen Ermittlungen zurückziehen, denn ich rufe mit dem Ergebnis der IOPC-Untersuchung an... Der Moment der Wahrheit.«

Tomek hielt den Atem an und blickte zu Kasia hinüber, die den Müll aufsammelte und zu einem nahegelegenen Mülleimer trug.

»Und?«, fragte er. Sein Herz schlug ihm bis zum Hals. Sein Puls raste in seinen Handgelenken und seinem Nacken. Seine Handflächen wurden plötzlich schweißnass.

»Du bist aus dem Schneider. Sie haben festgestellt, dass du rechtmäßig und im Rahmen deiner Befugnisse gehandelt hast, und du hast absolut nichts falsch gemacht; sie haben empfohlen, dich vollständig wieder einzusetzen, wenn du von deinem Wochenendausflug zurückkommst.«

»Ich habe meinen Job wieder?« fragte Tomek, seine Stimme nicht lauter als ein Flüstern.

»Ja, du hast deinen Job wieder, Kumpel.«

# KAPITEL
# VIERUNDDREISSIG

Der Jubelschrei, der aus Tomeks Kehle kam, hallte über den ganzen Strand. Kasia geriet in Panik und rannte auf ihn zu, nur um erleichtert in einer großen Umarmung zu landen. Um zu feiern, hatte Tomek vorgeschlagen, irgendwo Mittag zu essen. Zur Abwechslung mal woanders. Vielleicht irgendwo, wo er ein Glas Wein dazu trinken konnte.

Er wusste genau, wo.

Fast zwanzig Minuten später schlenderten sie in »Wine by the Mer-Sea« hinein, schwitzend und in dringendem Bedarf nach einem erfrischenden Getränk.

Tomek betrat als Erster das Log Cabin Café. Er hielt Kasia die Tür auf und forderte sie auf, den letzten freien Tisch zu schnappen, bevor er weg wäre.

»Er ist gerade vorbeigegangen«, begann Ariana, die Managerin hinter der Kasse, und sprach Tomek förmlich an.

»Wer?«, fragte er.

»Ian.«

»Ich suche ihn heute nicht. Ich bin aus anderen Gründen hier.«

»Ist wieder jemand gestorben?«

Arianas Ton war so beiläufig, dass es Tomek überraschte. Wusste sie von Derry? Hatte sich die Nachricht in der Gemeinde verbreitet, bevor er angekommen war? Tomek hielt das nicht für zu weit hergeholt.

»Hoffentlich nicht. Aber Sie haben nicht zufällig etwas über Charlenes Tod gehört, oder?«

»Nein, aber ich habe etwas über Mick Thornes Hund gehört«, sagte sie und wischte ein paar Krümel von ihrer Bluse.

»Der ist auch tot.«

»Woher wissen Sie das?«

»Ich habe ihn gefunden.«

»Sie haben ihn *auch* gefunden?«, sagte Ariana und hob eine Augenbraue. »Sie sollten aufpassen, sonst fangen die Leute an, Sie komisch anzuschauen, als ob Sie es getan hätten oder so.«

Tomek lachte. »Ich glaube, es gibt weit mehr Leute, auf die das zutrifft als auf mich.«

»Davon rede ich ja: Micks Hund.«

Tomek trat einen Schritt näher und steckte die Hände in die Taschen. »Was ist mit ihm?«

Sie senkte ihre Stimme und wartete, bis ein Paar aus dem Café geschlurft war. »Also, ich habe von Debbie gehört, die gegenüber von Ryan wohnt, dessen Sohn in Colchester mit Azhars Sohn zur Schule geht, der gesagt hat, er habe gesehen, wie Mick den Hund neulich von der Leine gelassen hat. Am selben Tag, an dem er behauptete, der Hund sei verschwunden, und anfing, all diese Flugblätter aufzuhängen.«

»Er hat den Hund von der Leine gelassen?«

»Ja, so als hätte er ihn dort abgesetzt, von der Leine gelassen und dann zurückgelassen.«

»Ist der Hund ihm nicht nach Hause gefolgt?«

Sie zuckte mit den Schultern. »Anscheinend nicht. Offenbar hat Mick ihm nur gesagt, er solle sitzen und warten, und das tat er. Er hat das arme Ding im Stich gelassen.« Sie presste ihre Hand auf die Brust und verzog das Gesicht. »Wie kann jemand so etwas tun?«

Ja, dachte Tomek. Wie können sie das? Aber noch wichtiger: Wenn sie fähig waren, ihr eigenes Haustier im Stich zu lassen – einer der größten Vertrauensbrüche des Lebens – wozu waren sie dann noch fähig?

»Worum ging es da?«, fragte Kasia, als Tomek ihr Mittagessen auf den Tisch stellte. Ein gegrillter Schinken-Käse-Toast für Tomek und ein Halloumi-Paprika-Bagel für Kasia.

»Sie hat nur mit mir über Charlene gesprochen«, antwortete er. »Aber das ist nicht wichtig. Ich will dich nicht mit noch mehr davon belasten.«

Es schien ihr nichts auszumachen. Sie nahm das Sandwich von Tomek und begann sofort, es in ihren Mund zu stopfen.

»Hey, ich hab nachgedacht«, sagte er, was sie dazu brachte, plötzlich innezuhalten. »Ich hab überlegt, ob du nicht zu Oma und Opa gehen könntest?«

»Wann?«

»Heute.«

»Warum?«

»Wegen dem, was hier los ist.«

»Du bist nicht mehr an der Ermittlung beteiligt, und du musst wieder zu deinem *richtigen* Job zurück, wenn wir zu Hause sind, also wo liegt das Problem?«

Sie legte das Sandwich auf den Teller und schien jetzt kein Interesse mehr daran zu haben.

»Darum geht es nicht«, erwiderte er. »Ich werde mit Montgomery und Nick darüber sprechen, ob ich bleiben kann, und ich mag es nicht, dich hier zu haben, wenn all das passiert. Und ich mag es nicht, dass jeden Tag ein Dutzend Fremde an unsere Tür klopfen und wissen, wo wir wohnen. Es ist nicht sicher.«

»Mir geht's gut«, sagte sie. »Ich will nirgendwo hin. Ich will hier bei dir bleiben.«

»Das mag sein, aber du erholst dich immer noch von-«

»Musst mich irgendwann erwachsen werden lassen, Papa«, fauchte sie, während ihr Gesicht sich verengte. »Ich bin jetzt vierzehn. Ich kann auf mich selbst aufpassen.«

Erst vor einigen Wochen musste sie aus einer tödlichen Sekte gerettet werden. Was könnte sich im Laufe des Sommers so verändert haben?

»Es tut mir leid, aber wenn ich sage, dass du zu Oma und Opa gehst, dann gehst du zu Oma und Opa. Kämpfe nicht mit mir darüber. Es gibt viel mehr über diese Leute, was du nicht weißt. Ich... ich traue ihnen nicht.«

»Das ist kein Horrorfilm, Papa«, entgegnete sie. »Nicht jeder wird hinter uns her sein.«

Aber Tomeks Aufmerksamkeit wurde von zwei Gestalten abgelenkt, die gerade draußen vorbeischlenderten. Einer von ihnen war Ian Kidd, der Besitzer des Weinbergs, der ein Paar Gummistiefel trug. Und der andere war jemand, den Tomek nur aus der Ferne gesehen hatte: Damien Westwood, gekleidet in einem schmutzigen weißen T-Shirt, das seine schlanken Muskeln umspannte, und einer Hose, die mit orangerotem Staub bedeckt war.

Sie blieben vor dem Caféfenster stehen, tief im Gespräch versunken, und merkten nicht, dass Tomek nur wenige Zentimeter hinter ihnen saß. Er versuchte, von den Lippen abzulesen, aber seine Fähigkeiten waren nicht mehr das, was sie einmal waren.

»Ich bin gleich zurück«, sagte er zu Kasia und kletterte bereits hinter dem Tisch hervor.

Sie sagte etwas, aber er konnte nicht verstehen, was. Er war zu sehr darauf konzentriert, Ian und Damien einzuholen. Er schlüpfte durch die Tür und schlenderte dann auf beide Männer zu, wobei er so tat, als sei er nur ein zufälliger Beobachter.

»Hör zu, er ist weg, okay?«, murmelte Ian. »Und ich glaube nicht, dass er zurückkommen wird.«

»Aber was ist mit dem anderen?«

»Überlass das mir, okay? Ich werde mich darum kümmern, dafür sorgen, dass das alles verschwindet. Aber du musst mir vertrauen, ja?«

»Aber-«

»Lass es einfach bei mir, und alles wird gut werden.«

»Aber-«

Damien Westwood erblickte Tomek und hielt plötzlich inne. Er hatte keinen Grund, vorsichtig mit Tomek zu sein, sie hatten sich bis jetzt nie getroffen, aber das abrupte Ende des Gesprächs veranlasste Ian, sich umzudrehen.

»Ian«, sagte Tomek aufgeregt, »ich dachte, du wärst es. Hoffe, ich habe nichts Wichtiges unterbrochen.«

»Überhaupt nicht«, murmelte Ian, während die Anstrengung, zu lächeln und so zu tun, als wäre er nicht gerade von einem Polizeibeamten belauscht worden, sich über sein Gesicht zog. »Kann ich heute etwas für Sie tun, Detektiv? Oder sollte ich besser *suspendierter* Detektiv sagen?«

Ian trug ein selbstgefälliges Lächeln und Tomek überlegte, wie Ian das so schnell erfahren haben könnte. Der Mersea Island Verein? Direkt durch die Polizei? Oder eine Art Untergrundnetzwerk von Verschwörern und Mördern?

»Sie können damit anfangen, mir zu sagen, woher Sie das wissen?«

»Oh, nur ein paar kleine Vögelchen, die ich rund um die Insel habe und die mir ins Ohr zwitschern.«

»Das sind nicht zufällig dieselben Vögelchen, die Ihnen geholfen haben, Anfang des Jahres Ihren gesamten Warenbestand zu stehlen und Versicherungsbetrug zu begehen, oder?«

Ians Mund klappte auf wie bei einem Fisch.

»Ich bin neugierig, ist das gesamte Versicherungsgeld schon eingegangen oder...?«

»Woher wissen Sie... Wie wissen Sie...?«

»Ich habe auch kleine Vögelchen auf der Insel«, sagte Tomek.

Nämlich Dayana, die sich als der größte und lauteste Vogel erwies, den er je getroffen hatte.

»Nun, warum erzählen Sie mir nicht, worüber Sie beide gerade gesprochen haben?« fuhr Tomek fort.

»Nein«, erwiderte Ian. »Es ist ein privates Gespräch. Ich bitte Sie auch nicht, Ihre mit mir zu teilen.«

»Weil ich nichts zu verbergen habe. *Über wen* habt ihr gesprochen?« Tomek blickte um Ian herum und sah Damien an, in der Hoffnung, dass der Mann die Information preisgeben würde.

»Wir haben über dich gesprochen«, sagte er panisch.

Bingo.

»Über mich? Wie schmeichelhaft. Vermutlich bin ich derjenige, mit dem Ian fertig werden will, und mein Kollege Rick ist derjenige, der die Insel bereits verlassen hat?«

Die Farbe wich aus den Gesichtern beider Männer.

»Oder seid ihr sicher, dass ihr nicht über Derry Waterman und jemand anderen sprecht?«

»Derry?« antwortete Ian verwirrt. »Was hat Derry damit zu tun?«

Tomek steckte seine Hände in die Taschen. »Ihre Vögelchen haben es Ihnen nicht erzählt? Oder lassen Sie mich raten, sie haben bei dieser Sache ein Auge zugedrückt, stimmt's?«

»Ich habe keine Ahnung, wovon Sie reden.«

»Wo waren Sie letzte Nacht?«

»Zu Hause.«

»Mit jemandem?«

»Nein. Ich bin nicht wie Derry. Ich muss nicht für die Gesellschaft von Frauen bezahlen.«

»Und was ist mit dir, Damien?«

Der Maurer stammelte, sein Mund öffnete und schloss sich schnell. »Woher kennen Sie meinen Namen?«

»Ich weiß alles.« Tomek sprach langsam, mit Autorität, und ließ beide Männer wissen, dass er das Sagen hatte. »Ich weiß, dass sie dich gebeten hat, einen Riss im Fenster zu reparieren, aber du bist nie dazu gekommen. Ich weiß, dass Charlene dich auch gebeten hat, vor nicht allzu langer Zeit einen Kostenvoranschlag für einen Wintergarten im Biergarten zu machen. Ich weiß, dass du ihr einen hohen Preis genannt hast und als sie damit nicht einverstanden war, hat sie angefangen, deinen Namen in den Schmutz zu ziehen. Ich weiß, dass das Geschäft darunter gelitten hat und dass du dich deshalb an diesen Mann hier gewandt hast, damit er dir hilft. Wie funktioniert diese kleine Vereinbarung? Er gibt dir einen Teil der Versicherungszahlung, um dich über Wasser zu halten, und im Gegenzug tust du, was immer er verlangt?«

Ian stellte sich vor Tomek auf und stieß mit dem Finger gegen seine Brust. Tomek stand fest, spannte seine Muskeln an, damit er nicht umfallen würde. »Sie haben kein Recht, hier reinzukommen und solche Anschuldigungen zu verbreiten.«

»Nichts Anschuldigendes dabei. Es ist die Wahrheit. Und ich weiß es.« Tomek wandte sich von Ian ab und sprach Damien an, das schwächere Glied der beiden. »Ist das der Grund, warum er dir gesagt hat, letzte Woche einen Ziegelstein durch Charlenes Fenster zu werfen, oder hast du das aus eigenem Antrieb getan?«

»Das habe ich nicht getan! Ich habe es dem anderen Kerl gestern schon gesagt! Das hatte nichts mit mir zu tun.«

»Es war dein Ziegelstein, der durch das Fenster ging.«

»Ich mache viele Ziegel. Es ist mein *Job*. Ich habe fast alle Häuser auf dieser Insel mitgebaut. Die Stelzen, auf denen dein Wohnwagen steht, wurden wahrscheinlich irgendwann von mir gebaut.«

Tomek gefiel die Vorstellung nicht, dass noch jemand auf der Insel möglicherweise genau wusste, wo er wohnte.

»Worauf willst du hinaus?« fragte er, in der Hoffnung, ablenken zu können.

»Dass jeder einen dieser Ziegel hätte aufheben und durch ihr Fenster werfen können. Genauso wie jeder Charlene hätte umbringen können. Jeder...«

# KAPITEL
# FÜNFUNDDREISSIG

Tomek war noch nie ein Fan von Marktständen gewesen. Er fand, sie waren voller Plunder, den niemand brauchte, und er glaubte nicht an den Spruch, dass des einen Abfall des anderen Schatz sei. Für ihn war das *alles* Müll. Aber *dieser* Markt war anders. Dieser Markt war außergewöhnlich. Er war sogar besser als der, durch den sie am Samstag geschlendert waren, obwohl viele der gleichen Standbetreiber anwesend waren, und Tomek war überwältigt von der schieren Vielfalt der angebotenen Produkte. So sehr, dass er bereits das Zeitgefühl verloren hatte. Er schaute auf seine Uhr und war verblüfft festzustellen, dass sie bereits eine Stunde dort verbracht hatten, zwischen den Ständen herumgeschlendert waren, mit den Besitzern gesprochen und einen Einblick in ihre kleinen Nebenjobs gewonnen hatten, obwohl es sich nur wie fünf Minuten angefühlt hatte.

»Oh, Papa, schau dir das an!«

Kasia zupfte an seinem Arm und zog ihn von einem Stand weg, der Schachtel um Schachtel voller Marvel- und DC-Comics aus den Achtzigern enthielt. Die meisten waren in makellosem Zustand, da sie ihr ganzes Leben lang in Plastikhüllen aufbewahrt worden waren, aber selbst die ungeschützten sahen aus, als wären sie jahrzehntelang in luftdichten Behältern aufbewahrt worden.

Tomek hielt eine Ausgabe von *Spider-Man* in die Luft. »Schau! Die habe ich als Kind gelesen«, erzählte er Kasia. »Ich erinnere mich, dass meine Brüder und ich ein paar Mark bekamen, um zum Laden zu gehen, als wir jünger waren, und während sie alles für Limonade und Süßigkeiten ausgaben, holte ich mir ein paar von diesen Schätzen.« Er zeigte auf den Preis des Comics in der oberen Ecke. »Damals kostete er neunundsiebzig Pence. Das war erschwinglich. Jetzt kosten sie fast zehnmal so viel, wenn nicht mehr.«

»Das ist wirklich cool, Papa«, sagte Kasia, obwohl die mangelnde Begeisterung in ihrer Stimme ihre Wortwahl Lügen strafte. »Aber ich will dir etwas zeigen. Schau. Komm hier entlang!«

Schließlich legte Tomek die Zeitschrift zurück in die Kiste und folgte Kasia. Sie zog ihn zum Bonsai-Stand, den sie während der Regatta gesehen hatten.

»Was machen wir hier?«, fragte Tomek.

»Mein Geburtstagsgeschenk kaufen.«

»Du willst doch keinen Bonsai-Baum zum Geburtstag.«

»Doch, will ich. Und ich möchte, dass du einen für mich aussuchst.«

Tomek warf ihr einen Seitenblick zu. Er würde lügen, wenn er sagte, er hätte nicht daran gedacht, einen der Bonsai-Bäume zu ersetzen, die Kasia und ihre Freundin in einem Wutanfall zerstört hatten. Er hatte seine geliebten Pflanzen fast zwanzig Jahre lang besessen, hatte in dieser Zeit fachmännisch für sie gesorgt und sie wie seine eigenen Kinder behandelt. In gewisser Weise hatte er um sie getrauert, und er hatte das Gefühl, er könnte sie nicht ersetzen. Dass es zu früh war. Aber jetzt, als er auf die Bank mit chinesischen Ulmen und Feigen blickte, war er mit Kasias Entscheidung zufrieden. Als wäre es an der Zeit.

»Wähl du«, sagte er ihr. »Es ist dein Geschenk, also darfst du aussuchen.«

»Aber du hilfst mir, mich darum zu kümmern?«

»Natürlich. Und ich weiß, dass du irgendwann aufhören wirst, dich darum zu kümmern, weil du ein Teenager bist und so funktioniert das Teenagerleben nun mal, und wenn diese Zeit kommt, werde ich mich weiterhin darum kümmern, keine Sorge.«

Kasia grinste, ihr Lächeln erfüllte Tomek mit Wärme. Er wusste, was sie tat – sie versuchte, die Zerstörung, die sie angerichtet hatte, wiedergutzumachen, indem sie ihr eigenes Geburtstagsgeschenk für ihn opferte – und er schätzte es, fühlte, wie sein Körper von Liebe durchströmt wurde.

»Wie wäre es mit diesem hier?«, fragte Kasia und zeigte auf einen kleinen, jungen Baum.

»Nicht den.«

»Diesen hier?«

»Nein. Nimm den da.« Tomek deutete auf eine fünfzig Zentimeter hohe chinesische Ulme. Nach seiner Einschätzung war sie bereits ein Jahrzehnt alt und robust genug, um zu überleben, wenn Kasia sich darum kümmerte.

»Aber er ist wirklich teuer«, sagte Kasia.

»Das ist in Ordnung«, sagte er ihr. »Es ist dein Geburtstagsgeschenk.«

Wenige Augenblicke später bezahlte er den Baum, und der Standbetreiber stellte ihn in eine große Pappschachtel, bevor er ihn in eine IKEA-große Tüte umfüllte. Tomek hielt den Baum triumphierend mit einem breiten Grinsen im Gesicht, als sie ihre Tour durch die Stände fortsetzten. Der Markt befand sich in der Mitte eines großen Feldes auf der Ostseite der Insel und war durch eine dünne Reihe von Bäumen abgegrenzt, die die Nachmittagshitze einzufangen schienen. Tomeks Hemd klebte an seinem unteren Rücken, und er war sicher, dass er seinen eigenen Körpergeruch riechen konnte, der unter seinen Achselhöhlen hervorkroch. Aber das war ihm egal; er hatte einen brandneuen Bonsai-Baum! Er war glücklich und fühlte sich wieder wie ein kleines Kind.

Seine Stimmung wurde jedoch sofort getrübt, als er Stuart Simms auf sie zustürmen sah.

»Ihr seid gekommen!«, rief der Mann aus.

»Wofür sind Bankfeiertage am Montag sonst da?«, erwiderte Tomek.

»Und ihr habt auch etwas gekauft!«

»Dafür musst du dich bei meiner Tochter bedanken.«

Stuart blickte zu Kasia hinunter mit einem lüsternen, unheimlichen Blick in den Augen. »Du hast einen guten Geschmack, nicht wahr?«

Kasia sagte nichts. Stattdessen nickte sie langsam und trat dann ein paar Schritte zurück.

»Wie kommst du mit den Ermittlungen voran?«, fragte Stuart und wandte sich an Tomek.

»Ich wollte mit dir darüber sprechen«, antwortete er. »Du bist schnell weggelaufen, als du von Derrys Verschwinden erfahren hast. Warum war das so?«

Die Augen des Mannes blitzten vor Angst auf.

»Ich... ich wollte mich nicht einmischen. Ich wollte keine Ablenkung sein. Es klang wichtig, also dachte ich, ich überlasse es dir, damit umzugehen.«

»Hat das nichts damit zu tun, dass du weißt, wo er sein könnte oder was mit ihm passiert sein könnte?«

Der Mann schüttelte seinen Kopf so heftig, dass Tomek dachte, er würde sich von seinem Körper lösen. »Ich habe keine Ahnung, wovon du sprichst. Ich habe Derry seit ein paar Tagen weder gesehen noch mit ihm gesprochen. Es wäre schade, wenn ihm etwas zugestoßen ist.«

»Und was ist mit Charlene? War das auch schade?«

Bevor Stuart antworten konnte, kam ein älterer Mann auf ihn zu und schüttelte seine Hand, um ihm für einen früheren Gefallen zu danken. Stuart war höflich und zuvorkommend mit dem Mann, bevor er ihn verabschiedete. Während Tomek zusah, wurde ihm bewusst, dass sie mitten auf dem Markt standen, umgeben von Menschen auf allen Seiten. Es machte ihm nichts aus, aber nach dem aufgeregten und nervösen Blick auf Stuarts Gesicht zu urteilen, war es bei ihm definitiv anders.

»War es schade, dass Charlene gestorben ist, Stuart, oder warst du froh, die Nachricht zu hören?«

Stuart schaute unbeholfen auf die Gesichter, die an ihm vorbeigingen.

»Können wir diese Unterhaltung woanders führen?« Er streckte seine Hand aus und legte sie auf Tomeks Arm, um ihn wegzuführen.

Tomek zuckte zusammen und sagte: »Bitte fass mich nicht an.«

»Natürlich. Tut mir leid. Verzeih mir.« Er zeigte auf einen kleinen Bereich hinter einem der Marktbuden. »Gehen wir?«

Tomek blickte zu Kasia hinunter, sagte ihr, sie solle sich die übrigen Stände ansehen und dass er sie danach finden würde, dann folgte er Stuart hinter das nahegelegene Zelt.

»Du musst mir verzeihen«, begann Stuart. »Ich bin immer noch erschüttert von der Nachricht über das, was ihr passiert ist.«

»Die ganze Insel ist es«, antwortete Tomek. Er stellte den Bonsai-Baum auf den Boden und zog dann sein Handy aus der Tasche. »Standen Sie sich nahe?«

Stuart ließ die Schultern sinken und neigte den Kopf zur Seite. Dann kratzte er sich am Doppelkinn, bevor er antwortete. »Wir kennen uns seit Ewigkeiten. Wir sind in den Achtzigern in derselben Straße aufgewachsen. Dieser Ort war damals nicht so wie heute. Wir haben alle auf der Straße gespielt, hatten Spaß, sind bis spät draußen geblieben.«

»Und Charlene war eine Ihrer Freundinnen?«

»*War*. Sie hat sich in den letzten Monaten verändert. Wurde gierig. Wollte und forderte immer mehr.«

»Ich habe gehört, dass sie dieses Grundstück vom Eigentümer kauft.«

Stuart hob eine Augenbraue und neigte seinen Kopf wieder, diesmal zur anderen Seite. »Das stimmt«, sagte er langsam, als ob er seine Antwort abwägen würde. »Die Dokumente wurden letzte Woche durchgearbeitet. Sie sind jetzt beim Anwalt. Das wird der letzte Regatta-Markt sein, den wir hier auf diesem Gelände haben.«

»Sie hat Sie rausgeworfen?«

»Ja, das hat sie mir gesagt. „Wenn alles durch ist", sagte sie, „wenn ich dieses Land kaufe, will ich, dass du für immer von hier verschwindest. Ich habe große Pläne für diesen Ort, pass nur auf." Zwanzig Jahre läuft dieser Markt schon. Zwanzig Jahre jeden Sonntag und an Feiertagen. Frag mich nicht, was sie mit dem Grundstück vorhatte, weil ich es nicht weiß. Wahrscheinlich einen neuen Pub eröffnen oder ein paar Wohnwagen anschaffen und ihren eigenen Platz einrichten. Die Lage ist ziemlich gut, und sie war es gewohnt, alle zu unterbieten, also hätte es wahrscheinlich funktioniert.«

Tomek dachte einen Moment darüber nach. Nach allem, was er bisher über Charlene gehört hatte, schien es, dass sie ihre Freunde und Kollegen um alles betrogen hatte, was sie wert waren. Sie versuchte, so viel Geld wie möglich von ihnen zu bekommen. Aber was, wenn das alles nur dazu gedient hatte, Kapital für das Grundstück aufzubringen? Tomek wusste es nicht. Aber er mochte den Gedanken, dass noch etwas Gutes in ihr steckte, dass sie die Mittel für ein weiteres unternehmerisches Vorhaben verwendet hätte, das der Gemeinschaft zugutekam.

»Wie hat Sie das fühlen lassen?«, fragte Tomek.

»Wütend. Wie gesagt, zwanzig Jahre betreibe ich diese Sache schon. Es war gut für die Gemeinde, hat beim Aufbau von Beziehungen geholfen. Ich habe sogar meine Frau hier kennengelernt.« Stuart spielte instinktiv mit seinem Ehering.

»Micks Schwester?«

Ein überraschter Blick huschte über Stuarts Gesicht. »Woher wissen Sie das? Haben Sie mit ihr gesprochen?«

Tomek schüttelte den Kopf. »Ich habe nur durch die Gerüchteküche gehört, dass Sie mit seiner Schwester verheiratet sind. Ich bin neugierig, wie ist er so als Schwager?«

»Ein Idiot. Ein verdammtes Arschloch, aber weil er mein Schwager ist, kann ich nichts sagen. Ich muss einfach mit allem klarkommen.«

»Können Sie das näher erläutern?«

Stuart schaute sich um und vergewisserte sich, dass keine Lauscher in der Nähe waren, bevor er fortfuhr. »Er säuft sich ins Verderben. Als er vor fünf Jahren seine Frau verlor, wusste er nicht, wie er damit umgehen sollte. Weiß er immer noch nicht. Er denkt, Alkohol sei der einzige Weg, damit fertig zu werden. Sein Geschäft scheitert. Sein ganzes Leben bricht zusammen. Er befindet sich schon so lange in dieser Abwärtsspirale, und ich sehe keinen Weg, wie er da jemals wieder herauskommen könnte.«

»Nicht ohne ein bisschen Hilfe von Ihnen, richtig?«

Stuart hielt inne und warf Tomek einen prüfenden Blick zu. »Ich schätze Ihren Tonfall nicht.«

Was ich jetzt sagen werde, wirst du noch viel weniger schätzen, dachte Tomek.

»Sie wissen, wovon ich rede, nicht wahr, Stuart?«

Der Mann sagte nichts.

»Kommen Sie, seien Sie ehrlich zu mir…«

»Ich habe keine Ahnung, wovon Sie reden.«

»Doch, das wissen Sie. Womit soll ich anfangen? Mit der Tatsache, dass Sie ein Loch in eines seiner Boote gemacht und zum Niedergang seines Geschäfts beigetragen haben, oder mit der Tatsache, dass Sie seine Schwester mit Ariana vom Log Cabin Café betrügen? Ich würde sagen, Ersteres hat zum Niedergang seines Lebens beigetragen, oder? Aber stellen Sie sich vor, was es mit ihm machen würde, wenn er von Letzterem erführe.«

»Sie wissen nicht, wovon Sie reden«, zischte Stuart. »Sie sind ein Lügner. Alles, was Sie gerade gesagt haben, ist eine dreiste Lüge. Sie haben kein Recht, so mit mir zu reden.«

»Das habe ich sehr wohl, wenn es um den Mord an Charlene Harris geht«, entgegnete Tomek. »Sagen Sie mir, wie würde Mick Ihrer Meinung nach reagieren, wenn er davon erfahren würde, wie sehr Sie sein Leben ruiniert haben?«

»Das würden Sie nicht wagen...«

Aus dem Augenwinkel bemerkte Tomek, wie Stuart seine Faust ballte.

»Sie meinen, ich wäre nicht so dumm, wie Sie gerade darüber nachdenken zu sein?«

Darauf hatte Stuart keine Antwort.

Tomek räusperte sich und fuhr fort: »Vielleicht könnten Sie mir noch einige Fragen beantworten? Wo waren Sie in der Nacht von Charlenes Mord?«

»Zu Hause.«

»Mit Ihrer Frau oder Ihrer Geliebten?«

Stuarts Gesicht verzog sich zu einer Grimasse. »Mit meiner *Frau*.«

»Und sie kann das bestätigen, ja?«

»Ja, aber wenn Sie auch nur daran denken, Arianas Namen ihr gegenüber zu erwähnen, werde ich dafür sorgen, dass Sie es bereuen.«

Tomek grinste. Noch ein Mann mit einem ungezügelten Temperament.

»Ist das mit Charlene passiert? Hat sie Sie mit der Affäre konfrontiert und Sie haben ihr auf die gleiche Weise gedroht, wie Sie es gerade bei mir getan haben? Nur dass Sie diesmal zu weit gegangen sind und sie am Ende getötet haben?«

Stuart öffnete den Mund, um zu sprechen, aber Tomek unterbrach ihn.

»Wie ist sie gestorben?«

»Ich weiß es nicht. Niemand hat es mir gesagt.«

Tomek beobachtete das Gesicht des Mannes aufmerksam, während er sprach, und suchte nach einer Lüge. Die Ergebnisse waren nicht eindeutig.

»Sind Sie sicher, dass die Neugier nicht die Oberhand gewonnen hat? Nein? Nichts, was Sie dazu bringt, es herauszufinden? Oder liegt das daran, dass Sie es bereits wissen?«

»Ich weiß gar nichts.«

»Oder dachten Sie, Sie könnten heute Morgen von mir Antworten bekommen? Ist es das? Dachten Sie, Sie könnten sich bei mir einschmeicheln, ohne dass ich es bemerke, sodass Sie einen Schritt voraus sein könnten?«

Stuarts Faust verkrampfte sich. Er baute sich vor Tomek auf.

»Ich schlage vor, Sie finden Ihre Tochter und machen sich dünn. Ich weiß nicht, woher Sie all diese Dinge über mich wissen, aber ich werde es herausfinden. Ich will nicht, dass Sie jemals wieder hierher kommen.«

»Nun, beim besten Willen«, begann Tomek, »nach dem Verkauf wird es ohnehin nicht danach aussehen, als könnte ich das.«

# KAPITEL
# SECHSUNDDREISSIG

Tomeks Arm und Schulter begannen bald unter dem Gewicht des Bonsai-Baums zu schmerzen, was ihm den Weg zehnmal länger erscheinen ließ. Was bei einem gemütlichen, entspannten Spaziergang eigentlich eine Viertelstunde hätte dauern sollen, hatte sich nun auf fast dreißig Minuten verdoppelt.

Kasia lief aufgeregt neben ihm her und konnte es kaum erwarten, nach Hause zu kommen, damit sie mit dem Nano iPod spielen konnte, den Tomek zwischen dem Kram von jemand anderem entdeckt hatte. Nachdem er ihr erklärt hatte, was es war und wie es funktionierte, war Kasia von der Idee besessen, einen zu kaufen und für ihre Musik zu nutzen, um ihn am Bund ihrer Shorts zu befestigen und mit den weißen Kopfhörern herumzulaufen. Retro sei total angesagt, sagte sie. Schallplatten, Schlaghosen, Vokuhilas – all das würde ein Comeback feiern, obwohl Tomek nicht gerne daran dachte, dass Technologie, die etwas über zwanzig Jahre alt war, bereits als retro galt und »ein Comeback feierte«. Aber was wusste er schon? Vielleicht würden Aerobic-Videos und keramische Weihnachtsbäume bald in die Haushalte des ganzen Landes zurückkehren.

Kurze Zeit später erreichten sie die Hauptstraße. Tomek ging schnell in einen Kiosk, um eine Flasche Wasser und ein Lucozade für Kasia zu holen. Normalerweise hätte er protestiert, wenn sie dieses Getränk trank, aber da es ihr Geburtstag war, hatte er nachgegeben.

Als Tomek die Tür hinter sich schloss, um zu Kasia zurückzukehren, rammte ihn eine Gestalt von hinten und hätte ihm fast die Flaschen aus der Hand geschlagen.

»Tut mir leid, Kumpel«, sagte Tony Fowler, hielt dann aber inne, als er Tomek erkannte. »Hey, du!«

Tomek stoppte mitten in der Drehung. »Ich?«

»Ja. *Du*.« Er ließ den Türgriff los und trat auf Tomek zu, überbrückte die Distanz mit einem einzigen Schritt. »Was höre ich da, dass du ein Bulle bist? Ein verdammter *Ermittler*?«

»Warum? Suchst du nach einem Berufswechsel?«, fragte Tomek.

»Nein, verdammt, ich suche keinen Berufswechsel. Ich will wissen, warum du mir nicht gesagt hast, wer du bist, bevor ich anfing, über Charlene zu reden.« Er fuchtelte mit dem Finger vor Tomeks Gesicht herum.

»Hättest du dann die Hälfte von dem gesagt, was du mir erzählt hast?«

»Du hast besser niemandem davon erzählt«, sagte Tony.

Tomek zuckte mit den Schultern. »Du bist derjenige, der es gesagt hat. Du hast nur Angst, weil du etwas zu verbergen hast. Gibt es noch etwas, das du hinzufügen möchtest? Ich kann mein Notizbuch holen und es für dich aufschreiben, wenn du willst.«

Der Mann öffnete seinen Mund, zögerte dann aber. Er überlegte, ihn nochmals zu öffnen, entschied sich aber nach einigen Momenten dagegen.

»Falls dir noch etwas einfällt, das du hinzufügen möchtest, kannst du mich immer im Victory Inn finden«, begann Tomek. »Es ist unser inoffizielles Hauptquartier für die Ermittlungen.«

»Nicht in deinem kleinen Wohnwagen auf Montgomerys Gelände?«

Da war Gift in den Worten des Mannes und auch in seinen Augen. Sie verengten und verdunkelten sich wie die einer Schlange. Bedrohung durchzog seine Stimme, und wie ein Bär, der sein Junges beschützt, spürte Tomek, wie Wut in ihm hochkochte.

»Wenn du jemals auf die Idee kommst, auch nur in die Nähe meines Zuhauses auf dieser Insel zu kommen, schwöre ich bei Gott, ich breche dir jeden Knochen in deinen Händen und Beinen, und ich sorge dafür, dass du nie wieder arbeiten kannst«, zischte er.

Das schien zu wirken. Tony Fowler zog sich sofort zurück, und seine Größe schrumpfte um zwanzig Prozent, als er in sich zusammensank.

»Apropos Arbeit«, begann Tomek. »Ich stelle mir vor, dass Charlenes Behandlung dir gegenüber in den letzten Monaten sehr belastend war...«

Der Mann presste die Lippen zusammen.

»Viele Aufträge verloren... Dein eigener Ruf wurde durch den Dreck gezogen... Du hast selbst gesagt, dass es dich sehr wütend gemacht hat. Wie wütend?«

Tony sagte nichts.

»Auf einer Skala von eins bis zehn? Eins bedeutet, dass du so ruhig warst, dass du einfach nur einen Welpen knuddeln wolltest; oder zehn, du warst so wütend, dass du gezwungen warst, sie zu töten?«

»Ich habe nicht-«

»Fährst du Boot, Tony?«

»Jeder auf der Insel tut das.«

»Du auch?«

»Ich gehöre zur Insel, oder?«

»Wann bist du das letzte Mal damit rausgefahren?«

»Neulich abend.«

»*Abends*? Wann und um wie viel Uhr?«

»Letzten Mittwoch. Gegen elf Uhr. War mit ein paar Kumpels draußen, das war alles.«

»Getrunken?«

»Sie schon. Ich natürlich nicht.«

»Natürlich. Ich hoffe, du würdest nichts so Dummes tun, denn das wäre *illegal*. Weißt du, was auch illegal ist? Mord. Du hast doch nie jemanden ermordet, oder, Tony?«

Tony spuckte auf den Boden. »Ich habe nichts getan«, zischte er. »Ich hatte nichts mit Charlenes Tod zu tun.«

»Was ist mit möglichen Bauarbeiten, die sie in der Nähe des Marktes geplant hatte? Hat sie dich gebeten, dort etwas zu machen?«

Tony schien von der Frage verwirrt zu sein. »Was hat das mit irgendetwas zu tun?«

»Nichts. Nur meine Neugier, die mit mir durchgeht.« Tomek

bewegte sich um den Mann herum, jonglierte die Getränkeflaschen in eine Hand und hielt ihm die Tür zum Laden auf. »Genieße deinen Tag, Tony. Du weißt, wo du mich finden kannst, wenn du mir etwas sagen willst.«

# KAPITEL
# SIEBENUNDDREISSIG

Die Tür flog auf, und sie wurden von Jacobs überschwänglichem Lächeln begrüßt. Sobald der junge Junge Kasia erblickte, verwandelte sich sein Ausdruck in reine Begeisterung, als ob nichts auf der Welt seine Freude trüben könnte.

»Du bist wieder da!«, schrie er und ergriff sofort Kasias Hand, um sie ins Haus zu ziehen.

»Ist dein Vater zu Hause?«, fragte Tomek, aber bevor er den Satz beenden konnte, stürmten Kasia und Jacob bereits durch das Haus. Tomek nahm es auf sich, ihnen zu folgen.

»Wer war das, Jacob-?« Montgomery blieb im Flur stehen. Er hatte gerade eine Porzellantasse mit einem Geschirrtuch abgetrocknet. »Guten Tag, Herr Detektiv. Ich hatte Sie nicht erwartet. Ist alles in Ordnung?«

Tomek deutete auf Kasia, die gerade in einem anderen Raum verschwunden war. »Kasia wollte vorbeikommen und Jacob besuchen, wenn das für Sie in Ordnung ist?«

Der Mann warf sich das Tuch über die Schulter und grinste. »Das ist mehr als in Ordnung. Wir bekommen kaum Besuch, besonders welchen, der nach Jacob fragt. Er wird so begeistert sein. Kommen Sie, ich mache Ihnen etwas zu trinken.«

Tomek folgte Montgomery in die Küche. Obwohl er noch nie einen Fuß hineingesetzt hatte, fühlte sich der Ort vertraut an, als würde er seine eigene Küche betreten. Die Anordnung war sehr ähnlich, ebenso wie die Annehmlichkeiten und Geräte auf der Arbeitsplatte. Der einzige Unterschied bestand darin, dass Montgomerys Kühlschrank mit Zeichnungen eines Zehnjährigen bedeckt war, während Tomeks mit einem Kalender, Hausaufgabenerinnerungen und Rechnungen übersät war.

Montgomery schlenderte zum Wasserkocher und drückte den Schalter.

»Tee oder Kaffee?«

»Tee ist gut. Mit Milch und zwei Stück Zucker. Danke.«

Montgomery machte sich daran, die Getränke zuzubereiten. Während der Wasserkocher kochte, griff er in einen nahegelegenen Schrank und holte eine Packung Schokoladen-Kekse heraus.

»Meine Lieblingskekse«, sagte Tomek. »Woher wussten Sie das?«

»Sie sind der Favorit der Nation, also habe ich auf Nummer sicher gespielt.«

Tomek tippte sich an den Kopf. »Kluger Mann.« Dann griff er direkt nach dem Teller, nahm einen Keks behutsam zwischen seine Finger und biss hinein. Er stöhnte, als der Geschmack in seinem Mund explodierte. »Das ist ein guter Keks.«

Den ersten verputzte er in zwei Bissen. Der zweite und dritte hielten nicht ganz so lange. Als Montgomery den Tee herbrachte, waren nur noch wenige übrig.

»Entschuldigung«, sagte Tomek. »Ich esse Sie aus Haus und Hof.«

»Nein, nein. Ich bin dankbar, dass Sie hier sind. Ich brauche jemanden, mit dem ich sie teilen kann, sonst esse ich die ganze Packung alleine.« Montgomery klopfte sich auf den Bauch. »Und dann würde ich mich den Rest des Abends vor mir selbst ekeln.«

»Und dann machen Sie am nächsten Tag genau dasselbe. Es ist ein Teufelskreis.« Tomek lachte. »Unser Stoffwechsel ist nicht mehr das, was er mal war.«

»Da kann ich nur zustimmen«, antwortete Montgomery. »Vor langer Zeit war ich mal fit und schlank. Aber dann habe ich geheiratet und, naja...«

»Ich glaube, man nennt das Wohlfühlgewicht.«

Montgomery kicherte. »Wir waren damals glücklich. Jetzt nicht mehr so sehr...«

Der Blick des Mannes fiel auf die Packung Kekse, plötzlich in Erinnerungen versunken. Tomek spürte, dass Montgomery über seine Ehe sprechen wollte – dass er vielleicht nicht oft die Gelegenheit dazu bekam und viel auf dem Herzen hatte – aber er wollte die Situation für seinen Gast nicht unangenehm oder peinlich machen.

»Wie lange... wie lange waren Sie verheiratet?«, fragte Tomek und traf die Entscheidung für ihn.

»Zwanzig Jahre zusammen, fünfzehn davon verheiratet. Wir bekamen Jacob, als wir bereit waren. Ehrlich gesagt, glaube ich nicht, dass wir jemals *sicher* waren, dass wir ihn wollten. Es fühlte sich an wie... wie das, was man eben tut. Als ob von Anfang an etwas fehlte, verstehen Sie, was ich meine?«

Tomek schüttelte den Kopf. »Leider nein. Ich habe erst vor knapp einem Jahr erfahren, dass Kasia meine Tochter ist. Sie tauchte eines Tages vor meiner Tür auf und hat dann mein Leben komplett verändert.«

Montgomery stellte seine Tasse auf den Tisch. »Sie wussten nichts von ihr? Wie das?«

Tomek öffnete den Mund, um zu antworten.

»Entschuldigen Sie, wenn das zu persönlich ist, aber... Wie alt ist sie?«

»Heute vierzehn.«

»Also wussten Sie nie, dass Sie eine Dreizehnjährige da draußen haben, die auf Sie wartet.«

»Das Letzte, was sie tat, war auf mich zu warten. Erst als ihre Mutter ins Gefängnis kam, wurde ihr gesagt, wo sie mich finden könnte. Das einzige Warten, das sie tat, war die Zeit zwischen ihrem Klopfen an die Haustür und meinem Öffnen.«

Montgomerys Augen weiteten sich vor einer Mischung aus Unglauben und Ehrfurcht. »Das ist verrückt. Und... Kasias Mutter? Wo ist sie jetzt?«

»Immer noch im Gefängnis. Wird es noch lange sein. Ich kann mir nicht vorstellen, dass Kasia eine Beziehung zu ihr haben will, aber ich werde sie nicht davon abhalten, wenn sie es tut; sie hat sich entschieden, eine Beziehung zu mir zu haben, also ist alles möglich.«

»Kann aber nicht einfach gewesen sein. Für keinen von euch beiden.«

Tomek nippte an seinem Getränk und genoss den Geschmack. »Sie kennen nicht mal die Hälfte davon. Wir haben alles durchgemacht, was man von Teenagern erwartet, und noch einiges mehr.«

»Hoffen Sie nur, dass es keine Teenager-Schwangerschaft gibt«, sagte Montgomery und lachte unbeholfen.

Tomek fand das nicht lustig. Tatsächlich war die Vorstellung, dass sie schwanger nach Hause kommen könnte, geradezu erschreckend. Obwohl er insgeheim davon überzeugt war, dass so etwas nicht passieren würde. Sie hatte in den letzten Monaten so viel durchgemacht, dass er gerne glauben wollte, dass sie klüger und vernünftiger war, als so etwas zu tun.

»Wie lange sind Sie und Ihre Frau schon getrennt?«, fragte Tomek, um das Gespräch für den Moment von sich und Kasia wegzulenken.

Bevor Montgomery antwortete, drang ein Kichern durch die Korridore und in die Küche.

»Klingt, als hätten sie Spaß«, sagte Montgomery. »Jacob bringt die arme Kasia wahrscheinlich dazu, sich zu verkleiden. Er durchlebt gerade eine Phase, in der er gerne Dungeons and Dragons spielt, aber er vergisst, dass Mami nicht da ist, um die Rolle der Königin zu übernehmen.«

Tomek brummte, unsicher, was er sagen sollte.

»Ich bin sicher, Kasia genießt es. Sie hatte so etwas in ihrer Kindheit nie, also ist es wahrscheinlich ganz schön für sie, das zu erleben.«

»Für ihn auch. Er hat sonst niemanden. In der Schule hat er auch Schwierigkeiten. Der arme Kerl. Ich bekomme Anrufe von seinen Lehrern, dass er gemobbt wurde oder geweint hat, weil niemand sein Freund sein will. Ich schätze es wirklich, dass du und Kasia so bei uns vorbeischaut.«

»Kein Problem«, sagte Tomek mit einem Lächeln.

»Es ist viel schlimmer geworden, seit meine Frau gegangen ist. Er vermisst sie so sehr. Versteh mich nicht falsch, ich vermisse sie auch, aber für ihn ist es anders. Sie ist seine Mama, verstehst du. Sie sollte für immer bei ihm sein, weißt du. Normalerweise sind es die Väter, die abhauen für die jüngere, fittere, attraktivere Partnerin.«

»Nicht in unserem Leben«, sagte Tomek. »Vielleicht sind wir das Problem.«

Montgomery lachte leise und stellte seine Tasse auf seinem Bauch ab.

»Hat deine Ex-Frau sich gemeldet?«

Montgomery presste die Lippen zusammen und schüttelte den Kopf. »Kein Wort an uns beide. Ich dachte, sie hätte zumindest versucht, mit Jacob in Kontakt zu treten, entweder über mich oder einen unserer Nachbarn oder Familienmitglieder, aber wir haben nichts gehört. Ich frage mich langsam, ob ihr etwas zugestoßen sein könnte, aber ich fühle mich zu verletzt, um mich darum zu kümmern. Sie hat jemand anderen gefunden, sie hat ihre Entscheidung getroffen. Damit muss sie leben.«

Eine Stille breitete sich zwischen ihnen aus. Tomek nahm sich noch zwei Kekse, diesmal tunkte er sie in seinen Tee. Bevor einer von ihnen sprechen konnte, klopfte es an der Haustür.

Montgomery entschuldigte sich, bat Tomek zu warten, und ließ ihn in der Küche zurück. Er hörte das Geräusch von Füßen, die den Flur entlang schlurften. In der Zeit, die Montgomery brauchte, um zur Tür zu gehen, hatte der Besucher dreimal hart geklopft.

Dann öffnete sich die Haustür, und der Klang von Panik drang durch das Gebäude. Tomek, dessen Intuition einsetzte, sprang von seinem Stuhl auf.

Einen Moment später hallte das Geräusch schwerer Gummischuhe, die auf den Boden stampften, den Flur entlang. Dort stand, im Türrahmen der Küche, keuchend und erschöpft, Flynn, sein Gesicht aschfahl, seine Augen weit aufgerissen vor Angst.

»Was ist los?«, fragte Tomek.

»Ich bin sofort gekommen, als ich es erfahren habe.«

»Was?«

»Und ich dachte, du wüsstest noch nichts davon, weil der andere Detektiv-Typ in der Kneipe mir nichts sagen wollte.«

»Flynn. Was ist passiert?«

»Es geht um Derry«, antwortete er. »Sie haben sein Boot gefunden. Aber er ist nicht dabei.«

# KAPITEL
# ACHTUNDDREISSIG

Tomek war als Erster durch die Türen, dicht gefolgt von Flynn und dann Montgomery.

Sie fanden Detective Inspector Hadland an der Bar, wo er sich gerade eine großzügige Portion Fish and Chips schmecken ließ, mit einer Hand das Messer zum Einsatz bereit, mit der anderen sein Handy ans Ohr haltend. Er war in ein tiefes Gespräch verwickelt.

Tomek schritt auf ihn zu und legte seine Hand auf die Bar.

Hadland warf ihm einen verächtlichen Seitenblick zu und wandte sich dann ab.

»Ich muss zurückrufen, gerade ist jemand reingekommen.«

Hadland beendete das Gespräch und widmete sich wieder seinen Fish and Chips.

»Kann ich Ihnen irgendwie helfen?«, fragte Hadland, die Gabel vor seinem Mund schwebend. »Darf ich Sie daran erinnern, dass Sie ein Zivilist sind und nicht einfach in einen Einsatzraum für schwere Straftaten reinplatzen können.«

»Das ist eine Kneipe«, erwiderte Tomek. »Die ist für alle offen. Außerdem, wenn ich diese Ermittlung leiten würde, hätte ich meine Türen weit offen, damit Leute reinkommen und mir alle Informationen geben können, die ich brauche.«

Während er seinen Bissen kaute, antwortete Hadland: »Was, wenn der Killer reinkäme und all Ihre Fortschritte sehen würde?«

Tomek ließ seinen Blick schnell durch den Raum schweifen. Der Ort war völlig leer und frei von jeglichen Dokumenten oder Notizen. Er lachte leise. »Nun, es sieht nicht so aus, als hätten Sie dieses Problem. Und außerdem wäre ich nicht so verdammt dumm, sensible Informationen herumliegen zu lassen, oder?«

Hadland griff nach dem Glas Limonade neben sich und nahm einen quälend langen Schluck. »Nein, aber Sie waren derjenige, der sich mit all unseren Verdächtigen angefreundet hat, nicht wahr?«

Tomek verzog das Gesicht. »Wovon reden Sie?«

»Ich habe Sie vorhin gesehen. Mit Bradley Fowler, Tony Fowler... Haben Sie Ihre Besuche im Weingut und auf dem Markt genossen?«

Tomek zögerte und ließ seine Gedanken zu den früheren Ereignissen schweifen.

»Haben Sie mich verfolgt?«

»Keineswegs. Es scheint nur, dass unsere Ermittlungen parallel verlaufen sind. Und während Sie sich mit den Anwohnern angefreundet haben, habe ich sie zu Charlenes Mord befragt.«

Tomek schnaubte. »Sie sind völlig durchgeknallt, Kumpel. Ich habe Ihre Arbeit für Sie gemacht. Da gab es kein *Anfreunden* mit irgendjemandem. Und jetzt weiß ich mehr als Sie, und ich habe wahrscheinlich alles aus ihnen herausgeholt, sodass sie nicht bereit sein werden, es noch mal preiszugeben.«

Hadland legte seine Gabel auf den Teller. »Sie sind von jeglicher Beteiligung an dieser Ermittlung ausgeschlossen.«

»Kein Problem. Ich führe meine eigene durch.« Tomek stemmte die Hände in die Hüften. Er hasste es, wie sehr der Mann ihn aufregte, aber er wollte auch nicht aufhören. »Ich nehme an, Sie wissen dann über Derry Bescheid?«

Der Gesichtsausdruck von Hadland war offensichtlich und sehr aufschlussreich. Tomek erkannte es sofort, doch Hadland versuchte, es zu verbergen.

»Ja«, sagte Hadland. »Ich bin informiert.«

»Haben Sie dann seine Leiche gefunden?«

Hadland rutschte unbehaglich auf seinem Sitz hin und her. »Wie gesagt, Sie sind von den Ermittlungen ausgeschlossen. Ich muss Ihnen nichts sagen.«

Ein schiefes, selbstgefälliges Grinsen breitete sich auf Tomeks

Gesicht aus. »Sie sind so voller Scheiße. Ich bin hergekommen, weil ich dachte, Sie würden vielleicht meine Hilfe wollen, obwohl ich wusste, dass es ein langer Schuss sein würde. Aber wenn Sie es so haben wollen, dann wird es auch so laufen. Wir sehen uns.«

Als Tomek den Ausgang ansteuerte, rief Hadland ihn zurück. »Wohin gehen Sie?«

»Zu einer Bootsfahrt.«

Hadland schwang sich so schnell von seinem Sitz, dass er fast umfiel. »Sie können nicht da rausfahren. Das ist ein aktiver Tatort.«

Tomek musterte den Mann von oben bis unten. »Sie sehen nicht so aus, als würden Sie irgendetwas *Aktives* dagegen unternehmen.«

»Das Polizeiboot wird erst in vierzig Minuten hier sein. Niemand darf dort raus, bis alles von mir und dem forensischen Team überprüft wurde.«

Tomek ignorierte den Mann und drehte ihm den Rücken zu.

»Wenn Sie da rausfahren, werden Sie einen Tatort manipulieren, und ich werde gezwungen sein, Sie zu verhaften.«

»Ich weiß nicht, wovon Sie reden«, rief Tomek, während er sich mit Montgomery und Flynn in Richtung Ausgang bewegte. »Ich treffe mich draußen mit einigen meiner Mitverschwörer. Wir werden uns gleich miteinander anfreunden.«

# KAPITEL
# NEUNUNDDREISSIG

Zum ersten Mal seit langem wurde Tomek auf dem Wasser übel. Er wusste nicht, ob es die schwüle Hitze war, die seinen Körper rasch dehydrierte, oder die dicken Abgase, die aus dem Motor von Montgomerys Boot spuckten, oder das ständige Schwanken und Schaukeln, das sein unverdautes Mittagessen und den Berg an Keksen, die sich gerade durch seinen Körper arbeiteten, durcheinanderbrachte. Oder ob es die Tatsache war, dass er möglicherweise gleich mit einer weiteren Leiche konfrontiert werden würde. So oder so, er wollte einfach nur seine Augen schließen, mit den Fingern schnipsen und auf Derrys Boot ankommen. Stattdessen hatte Flynn ihm während der gesamten Fahrt die Ohren vollgequatscht und sich darüber ausgelassen, wie sehr er Hadland hasste und wie unfair es war, dass Tomek suspendiert und von den Ermittlungen ausgeschlossen worden war.

»Wenn du meine Meinung hören willst«, fuhr Flynn fort, »ich kenne dich erst ein paar Tage, und schon weiß ich, dass du ein besserer Kerl bist als er. Er scheint einfach ein Arsch zu sein.«

Tomek stimmte zu. Hadland war ein Arsch. Aber er war ein Arsch mit Autorität. Ein Arsch, der das volle Ausmaß des Gesetzes hinter sich hatte. Und Tomek vermutete, dass er ein Arsch war, der keine Angst davor hatte, davon Gebrauch zu machen.

Weil er ein Meister-Arsch war.

»Wir werden rein und raus sein«, murmelte Tomek, der immer

noch auf denselben Punkt am Horizont starrte, seit sie losgefahren waren. »Schnell und einfach. Niemand wird jemals wissen, dass wir da waren.«

»Hast du mit Hadlands Frau über ihr Sexleben gesprochen?«, witzelte Flynn.

Tomek schnaubte. Die plötzliche Bewegung ließ ihn den Blick vom Land in der Ferne abwenden und sein Magen überschlug sich.

»Du musst immer noch deine Seebeine finden, Kumpel«, rief Montgomery hinter dem Steuer. Sobald sie das Pub verlassen hatten, hatte Montgomery sie zu seinem Boot geführt und, nachdem sie mit einem kleinen Ruderboot, das sie zurückließen, hinausgefahren waren, hatte er die Kontrolle übernommen.

»Normalerweise geht's mir gut«, sagte Tomek.

»Das sagen sie alle.«

Tomek verdrehte die Augen und richtete sie dann wieder auf den Horizont. Er atmete tief ein und kontrollierte seine Atmung. Je weiter sie sich von der Insel entfernten, desto mehr würgte ihm der Dieselgeruch im Hals. Er versuchte, den Atem anzuhalten, aber ohne Erfolg. Um der Übelkeit entgegenzuwirken, rutschte er zur Seite des Bootes und legte einen Arm über die Reling. Das Boot lag tief genug im Wasser, sodass seine Finger die Oberfläche streifen konnten. Sofort begann das Übelkeitsgefühl zu verschwinden, als würde es aus ihm heraus und ins Wasser fließen, und sein Kopf wurde klarer.

Der Nebel kehrte zurück, als sein Telefon an seinem Bein zu vibrieren begann und er gezwungen war, seine Hand aus dem Wasser zu ziehen.

Es war Nick.

Tomek nahm das Gespräch an, indem er leise in den Hörer sprach und sich von seinem Mitfahrer und dem Fahrer wegdrehte.

»Was höre ich da von einer Spritztour auf einem Boot?«, bellte Nick.

»Ich weiß nicht, wovon du sprichst«, antwortete Tomek.

»Was ist dann das, was ich im Hintergrund höre?«

Tomek warf einen schnellen Blick auf den Motor. »Das ist ein Motorrad.«

»Ein Motorrad, das schwimmt?«

»Vielleicht.«

Nick seufzte schwer durch das Telefon. »Stell dir mal für einen Moment Folgendes vor, ja? Da saß ich, genoss ein spätes Mittagessen, war gerade dabei, mich über ein köstliches Chorizo-Käse-Sandwich herzumachen, das Maggie mir gemacht hatte, als ich einen Anruf vom Kriminalhauptkommissar Carlisle in Colchester bekomme, der sich bei mir beschwert, dass gerade sein Inspektor bei ihm angerufen hat, der sich wiederum darüber beschwert hat, dass irgendein beschissener, diensteifriger Detective Sergeant aus Southend sich in eine Ermittlung einmischt, die ihn einen Scheißdreck angeht. Da dachte ich mir, wen kenne ich, auf den das zutreffen könnte?«

»Ihre Vermutung ist so gut wie meine, Sir«, antwortete Tomek. »Hat Sean wieder Unsinn gemacht?«

»Und dann erinnerte ich mich, Moment mal, es gibt nur einen Scheißkerl, den ich kenne, der die Dreistigkeit hätte, jemandem so auf die Füße zu treten.«

»Nun, ich hoffe, Sie finden ihn, Sir.«

»Das hoffe ich auch, denn wenn ich mit ihm spreche, werde ich ihm verdammt noch mal die Hölle heiß machen.«

»Bevor Sie das tun, Sir«, sagte Tomek, gerade als eine Gischt aus Salzwasser in seinen Mund spritzte, »ich habe mich gefragt, ob Sie für mich etwas nachforschen könnten. Es gibt einige Dinge, die als Beweismittel eingereicht wurden und die ich gerne in die Hände bekommen würde, einige Ungereimtheiten, die ich überprüfen wollte.«

Eine Pause.

»Hältst du mich für dumm, Tomek?«

»Nein, Sir. Habe ich Ihnen nie gesagt, dass ich Sie für den klügsten Menschen halte, den ich je getroffen habe? Ganz zu schweigen davon, dass Sie der gut Aussehendste sind. Ich mag den Glatzkopf-Look eigentlich ganz gerne.«

»Halt's Maul«, schnappte Nick. Die Botschaft kam laut und deutlich an. »Ich glaube, du verstehst es nicht, Tomek. Du bist vorerst immer noch suspendiert. Du sollst mit keiner Ermittlung irgendwelcher Art zu tun haben. Also nein, ich werde dir nicht helfen.«

»Selbst wenn es dazu beitragen wird, den Mord an einer Frau aufzuklären? Du solltest diese Vollidioten hier drüben sehen, Nick. Sie sind nutzlos. Die beiden Typen, die sie hergeschickt haben, wissen nicht, ob sie in den Arsch oder in den Mund gefallen sind, und ich befürchte, ich bin der Einzige, dem Charlene Harris am Herzen liegt.«

Tomek wartete auf eine Antwort, aber es kam keine. Die Erfahrung sagte ihm, dass das bedeutete, dass er einen Hauch von Nicks Neugier geweckt hatte, dass der Mann auf der Kippe stand. Alles, was er jetzt tun musste, war, ihm einen kleinen Schubs zu geben.

»Ich bin ein einsamer Wolf hier draußen. Wie Jack Reacher oder so. Und ich brauche Hilfe. Nach dem, was mit Zeus passiert ist, habe ich das dringende Bedürfnis, einige Ungerechtigkeiten zu korrigieren. Und das ist meine Chance. Ich kann Charlene Harris' Tod rächen, aber nur, wenn du mir hilfst.«

Eine lange Pause, aber bei weitem nicht so lang wie der Seufzer, der aus Nicks Nasenlöchern kam.

»Du bist die Hämorrhoiden in meinem Arsch, Tomek. Das bist du wirklich.«

»Sie würden es nicht anders haben wollen, Sir.«

Noch ein Seufzer. Diesmal kürzer.

»Ich kann dir alles besorgen, was du brauchst. Aber du musst schnell sein. Sag mir, was du willst.«

------

Als Tomek das Telefonat beendete, waren sie bereits bei Derrys Boot angekommen. Sie fanden es halb versunken vor, bis zur Kapitänskabine unter Wasser. Es befand sich etwas mehr als zehn Meter vom Ufer eines kleinen Bachlaufs entfernt, und sie waren fast eine Meile südlich von West Mersea.

»Wer hat es gefunden?«, fragte Tomek Flynn, während Montgomery den Anker herunterließ.

»Ein Segelfreund von mir. Er war auf dem Wasser und hat es bemerkt.«

»Also hat er es zuerst dir erzählt?«

»Er ist zur Polizei gegangen. Dann hat er es mir erzählt. Ich hatte ihm von dem erzählt, was wir neulich gesehen hatten, und er wollte es mit mir teilen.«

Tomek warf einen schnellen Blick auf das Wrack. Es sah aus, als wäre es schon monatelang dort: Seetangstränge hatten sich über das gesamte Innere gelegt; eine dicke Schicht Schleim umhüllte die Seiten des Schiffs; und die Farbe schien verfärbt zu sein.

»Hat dein Freund irgendwo ein Zeichen von Derry gesehen?«

Flynn schüttelte den Kopf. »Er hat sich in der Gegend umgesehen, ist auf dem Wasser auf und ab gefahren, aber er konnte ihn nicht finden.«

Tomek nickte und wandte dann seine volle Aufmerksamkeit dem Boot zu. Für ihn war es wie alle anderen Boote, die er gesehen hatte. Es gab nichts besonders Anderes oder Einzigartiges daran. Es war von den anderen nicht zu unterscheiden. In der Kabine befanden sich keine persönlichen Gegenstände, nichts war zurückgelassen worden. Er versuchte, sich die letzten Momente vorzustellen: Derry, der von der Insel flieht und das Boot mitten in der Nacht steuert. War er auf Grund gelaufen? War er betrunken gewesen und gegen etwas gestoßen, hatte sich dann den Kopf gestoßen und war bewusstlos ins Wasser gefallen? Oder hatte er einfach die Flucht ergriffen, um nie wieder gesehen zu werden?

»Wie viele Jahre konnte Derry schon ein Boot fahren?«, fragte Tomek.

»Jahrzehnte«, antwortete Montgomery und stellte sich neben Tomek.

»Und hat er jemals getrunken, während er es steuerte?«

»Ich habe ihn das nie tun sehen. Er war immer vorsichtig und umsichtig bei solchen Dingen. Ich habe sogar gesehen, wie er ein paar Leute dabei erwischt hat, so pingelig war er damit.«

»Wen?«

»Stuart und Mick. Er war ständig hinter ihnen her wegen solcher Sachen.«

Tomek machte sich eine gedankliche Notiz.

»Du glaubst doch nicht, dass ihm etwas zugestoßen ist, oder?«, fragte Flynn. »Nicht wie... nicht wie bei Charlene?«

»Entweder das, oder er war derjenige, der sie getötet hat«, antwortete Montgomery, bevor Tomek es konnte. Er schaute zu Tomek und entschuldigte sich dafür, dass er unterbrochen und ihm ins Wort gefallen war.

»Ich habe keine Ahnung...«, fügte Tomek hinzu und starrte auf die

Vorderseite des Bootes. Knapp über der Wasserlinie tauchte der Name des Bootes auf: *The Packing Shed.*

Der Name erinnerte ihn sofort an das scheiternde Unternehmen, das jetzt ohne Besitzer geblieben war.

»Mach bitte einige Fotos für mich, Flynn. Ich möchte sie mir später ansehen. Schauen, ob mir etwas auffällt. Und wenn es dir nichts ausmacht, in die Kabine zu steigen, wäre das großartig.«

# KAPITEL
# VIERZIG

Ä rgerlicherweise ließ das Übelkeitsgefühl tief in seinem Magen erst nach, als nur noch fünf Minuten übrig waren, und Tomek fand endlich seine Seebeine. Es war, als ob sein Körper – oder vielmehr sein Geist – wusste, dass er zum Festland zurückkehrte, und deshalb beschloss, nicht mehr mit ihm zu spielen.

Als er vom Schiff ins kleine Boot stieg, mit dem sie hinausgefahren waren, dachte Tomek an Derry. An das letzte Mal, als er ihn gesehen hatte: auf einer Bank am Strand sitzend, starrend auf die Stelle im Sand, wo Charlene gelegen hatte. Hatte er sich an ihre gemeinsamen Zeiten erinnert? Oder hatte er seine eigene Flucht geplant? Tomek hielt letzteres für unwahrscheinlich. Seine Reaktion beim Auffinden ihrer Leiche war echt gewesen. Wenn er wirklich damit hätte davonkommen wollen, warum hätte er überhaupt Alarm geschlagen, als er ihre Leiche fand? Nein, Tomek war fast sicher, dass der Mann unschuldig war. Dass er nicht weggelaufen war, weil er Angst hatte, erwischt zu werden. Vielmehr war ihm etwas zugestoßen. Charlenes Mörder hatte ihn aufs Wasser gelockt, genau wie sie es mit Charlene getan hatten, und ihn dort sterben lassen.

Er hoffte nur, dass sie seine Leiche nicht an eine weitere Boje gefesselt hatten, einen Kilometer weit draußen auf dem Meer. Falls das der Fall wäre, würden sie ihn vielleicht nie finden.

Als sie am Ponton ankamen, stieg Tomek mit mehr Würde und

Kontrolle als Rick Lawson vom Boot und machte sich auf den Weg zum Victory Inn. Flynn und Montgomery folgten ihm, eilten hinter ihm her.

Tomek kam bis zum Fuß des Biergartens, bevor er seinen Namen hörte.

Er hielt inne, drehte sich um und blickte in die Richtung, aus der der Ruf kam.

Aus einem schwarzen BMW stieg ein Mann in seinen frühen Fünfzigern, der einen teuren Anzug trug, der so aussah, als wäre er maßgeschneidert worden, um den Eindruck zu erwecken, er sei breiter und schlanker, als er es tatsächlich war.

»Wer fragt?«, antwortete Tomek.

»DCI Carlisle«, erwiderte der Mann. »Polizei Colchester.«

*Verdammte Scheiße.*

»Tatsächlich? Was kann ich für Sie tun, Sir?«

»Sie können sich zum Anfang von den Ermittlungen meines Teams fernhalten.«

»Das tue ich.«

»Das höre ich aber anders.«

»Nun, Ihr Team ist zu allem anderen zu spät gekommen, also überrascht es nicht, dass Sie auch diese Nachricht spät erreicht. Gibt es in Ihrem Team eigentlich auch Frauen, oder sind Sie alle Männer?«, fragte Tomek.

Er wusste, dass er zu weit ging, ein sehr gefährliches Spiel spielte. Aber es war ihm egal. Das Polizeiteam aus Colchester hatte ihn von Anfang an behindert und herabgesetzt. Kurz gesagt, sie gingen ihm auf die Nerven, und er hatte genug davon. Entweder sie wollten ihn, oder sie wollten ihn nicht.

»Ich habe gerade mit Chief Inspector Cleaves telefoniert«, fuhr Carlisle fort. »Vielleicht ist Ihnen der Name bekannt?«

*Scheiße. Bitte sag mir, dass du nicht aufgeflogen bist, Nick.*

»Der Name sagt mir was.«

»Gut. Er sagte mir, dass Ihre Suspendierung aufgehoben wurde und dass Sie in der kommenden Woche wieder Dienst tun werden.«

Mist.

»Möchten Sie, dass ich vorher mit der Personalabteilung spreche, um sicherzustellen, dass Sie nicht zurückkehren? Das ist ganz einfach.

Sie haben diese Ermittlung von Anfang an nur behindert. Sie haben mein Team daran gehindert, gründlich und effizient zu arbeiten.«

»Ich glaube, dafür sind Ricks Frau und ein Teller Fish and Chips verantwortlich.«

Carlisle kratzte sich an der Seite seines Kopfes, knapp über dem Ohr. »Ich kann dafür sorgen, dass Sie diese Woche nicht zur Arbeit zurückkehren. Und auch nächste Woche nicht. Und die Woche danach. Alles, was es braucht, ist ein Anruf und eine E-Mail. Die Wahl liegt bei Ihnen, DS Bowen. Denken Sie sorgfältig darüber nach.«

»Ein Anruf *und* eine E-Mail?«, fragte Tomek. »Warum ersparen Sie sich nicht den Aufwand und machen nur eins von beidem?«

Bevor Carlisle antworten konnte, wandte sich Tomek von ihm ab und ging in die andere Richtung, zum Weg, der zum Wohnwagenpark Rosebank führte.

»Das war verrückt«, sagte Flynn, fast im Laufschritt, um aufzuholen. »Darfst du so mit denen reden?«

»Nein. Man darf auch keine Arschbomben im Schwimmbad machen, aber Leute tun es trotzdem und kommen damit durch.«

Tomek glaubte nicht, dass eine kindische Spielerei auf derselben Ebene lag wie Ungehorsam und Widersetzlichkeit gegenüber einem Vorgesetzten. Aber er konnte jetzt nichts mehr daran ändern. Das Kind war bereits in den Brunnen gefallen.

Dann vibrierte sein Handy. Nick. Tomek warf einen Blick auf den Bildschirm, dann auf die beiden Männer vor ihm.

»Ich muss rangehen«, sagte er zu ihnen. »Ihr könnt gehen. Ich finde euch, wenn ich euch brauche. Und danke für das Boot, Montgomery.«

Der Mann salutierte vor Tomek, bevor er sich auf den Fußballen umdrehte und zum Wohnwagenpark ging. Flynn hingegen sah niedergeschlagen aus, als hätte man ihm gerade gesagt, dass sie keine Freunde mehr wären. Schließlich, nach einer höflichen Verabschiedung von Tomek, machte sich Flynn in die andere Richtung auf.

Tomek nahm den Anruf an, während er zum Ponton hinunterging.

»Ich kann nicht glauben, dass du mich verpfiffen hast«, sagte er.

»Du wolltest doch Informationen, oder?«

»Ich sehe nicht, wie die beiden Dinge zusammenhängen.«

»Nun, Dummkopf, es wird alles in HOLMES protokolliert, nicht wahr? Ich konnte nicht einfach ohne Grund rumschnüffeln, also musste ich Kontakt mit Carlisle aufnehmen. Ich nehme an, ihr zwei hattet das Vergnügen, euch kennenzulernen?«

»Gerade eben.«

»Großartig. War er im echten Leben genauso ein Arschloch wie am Telefon?«

»Schlimmer.«

»Gut. Bei dir hast du es wahrscheinlich verdient. Jedenfalls habe ich am Telefon so getan, als wollte ich Einzelheiten über den Fall besprechen, damit ich einen Grund hatte, die Beweise in HOLMES einzusehen.«

»Verstehe.«

»Oben zum Denken...«

»Unten zum Tanzen«, vervollständigte Tomek für den Chief Inspector. Er stellte sich vor, wie der Mann sich bei diesen Worten an die Schläfe tippte.

Tomek blieb am Ende des Pontons stehen und setzte sich hin, die Beine überkreuzt. Die gesamte Struktur schwankte mit einem Nachbeben.

»Also gut, fang an«, begann er. »Was hast du für mich herausgefunden?«

»Willst du die Kurzfassung oder-?«

»Die was?«

»Kurzfassung. Das bedeutet, wenn etwas gekürzt wurde. Wie dein Haaransatz.«

»Du musst gerade reden«, konterte Tomek.

»Frecher Kerl. Zwing mich nicht, dir zu sagen, dass du dich verpissen sollst, denn das mache ich.«

Darauf hatte Tomek keine Antwort. Er wollte die Informationen und sonst nichts.

»Die ent-gekürzte Version.«

»*Ungekürzte*, meinst du«, erwiderte Nick. »Warst du überhaupt in der Schule?«

»Ich war dort für eine gute Zeit, nicht für eine lange Zeit.«

»Das merkt man. Meine Güte...« Ein langes Seufzen war durch das Telefon zu hören. Er fuhr fort: »Ich habe nach dem gesucht, wonach du gefragt hast, und noch ein bisschen mehr. Weil ich so ein netter Kerl bin. Die Obduktion ist abgeschlossen. Charlene

Harris' Todesursache war Ertrinken. Die Kette um ihren Hals beschwerte sie, während die Flut allmählich stieg, und infolgedessen ertrank sie sehr schnell. Die geschätzte Todeszeit liegt zwischen zwei und vier Uhr morgens. Aber dank der unerträglichen Hitze-«

»Wogegen ich übrigens nichts tun konnte.«

»Das behauptet auch niemand. Werd nicht gleich defensiv. Ich verstehe deine Situation. Du warst allein und musstest alles selbst erledigen. Der Punkt ist, die Auswirkungen der Sonne haben die Verwesung rapide beschleunigt und die Angelegenheit etwas verkompliziert.«

»Was ist mit der Markierung an ihrer Hand?«, fragte Tomek.

Nick konsultierte seine Notizen. »Nichts Besorgniserregendes. Es sieht aus wie eine chemische Verbrennung, und nach dem, was ich aus dem Bericht der Spurensicherung gelesen habe, haben sie einige Chemikalien im Keller gefunden.«

»Wann waren sie dort unten?«

»Wahrscheinlich während du auf der Insel herumstolziert bist und mit allen Verdächtigen geflirtet hast.«

Tomek ignorierte die Stichelei. Es stellte sich heraus, dass Rick Lawson und die Spurensicherung mehr getan hatten, als er erwartet hatte. Vielleicht hatte er sie unterschätzt.

»Das Interessanteste aus der Obduktion ist allerdings«, fuhr Nick fort, »der Schlag auf den Hinterkopf, den sie vor ihrem Tod erhalten hat.«

»Stumpfe Gewalt?«

»Ein Ziegelstein.«

»Ein Ziegelstein?«, wiederholte Tomek.

»Ja. Sie haben ihre Kopfhaut auf Rückstände getestet, aber es war nichts mehr übrig. Die Obduktion besagt jedoch, dass die Form und die Eindellung höchstwahrscheinlich von der Ecke eines Ziegelsteins stammen.«

Tomek schaltete plötzlich ab und dachte an den anderen ziegelsteinbezogenen Vorfall, den Charlene gehabt hatte. Ein Vorgeschmack auf das, was kommen sollte...

»Ich habe auch nach diesem Ring gesucht, von dem du gesprochen hast«, fuhr Nick fort, obwohl seine Stimme leise und fern klang. »Ich habe auf keinem ihrer Finger einen Ring in den Fotos im System gesehen.«

Es dauerte einen Moment, bis Tomek begriff, was Nick sagte. »Er wurde gestohlen?«

»Vielleicht. Du bist derjenige, der sagte, dass du ihn an ihrem Finger gesehen hast, als du sie herausgezogen hast.«

Er schnippte mit den Fingern. Vor ihm flog ein Vogel über das Wasser und landete dann zierlich darauf. Tomek starrte ihn an, während er versuchte, die potenziellen Verdächtigen einzugrenzen. Nur zwei Personen, außer ihm, waren mit Charlenes Leiche in physischen Kontakt gekommen, bevor Rick und das Spurensicherungsteam eingetroffen waren.

Flynn.

Und Derry.

Jetzt war einer von ihnen wahrscheinlich tot.

Hatte der andere etwas damit zu tun, oder waren sie nicht miteinander verbunden? Tomek fühlte sich plötzlich unwohl und beschloss, dass er die Anzahl der Personen, denen er vertrauen konnte, drastisch auf eine reduzieren musste: Dayana. Und selbst das war schwierig, wenn man bedenkt, wie viel sie ihm am Vorabend erzählt hatte.

»Was noch?«, fragte Tomek.

Eine Pause, während Nick durch seine Notizen blätterte und vor sich hin murmelte.

»Sie haben mehrere Befragungen in der Nachbarschaft durchgeführt, aber bisher hat niemand etwas gesehen oder gehört.«

»Wann?«, fragte Tomek überrascht.

»Vermutlich in den letzten paar Tagen.«

Tomek hielt inne, um darüber nachzudenken. Das Team aus Colchester hatte mehr getan, als er ihnen zugetraut hatte.

»Außerdem haben sie ihre Finanzen gründlich durchleuchtet, nicht dass ich das für notwendig hielt«, fuhr Nick fort. »Aber andererseits bin ich nicht dort, ich kenne sie nicht, also was weiß ich schon?«

»Nichts.«

»Nach allem, was ich gehört habe, steckte sie ernsthaft in Schulden. Ich rede von Zehntausenden von Pfund.«

»Woher?«

»Der große Mann Ray Winstone.«

»Sie hat gewettet?«

»Mm-hmm. War auch ein richtiges Opfer dafür, nach dem Stand der Dinge. Das hat sie in ein ernstes Loch gebracht, aus dem sie sich selbst graben musste. Sie hatte sogar ihren Pub als Sicherheit angeboten, falls es nicht klappen würde.«

Jetzt ergab der Grund für ihre Gier Sinn. Sie hatte viel zu verlieren.

»Aber was ist mit dem Land, das sie auf der Insel kaufen wollte?«

»Ich dachte, du würdest danach fragen«, bemerkte Nick. »Es gab einen Kommentar darüber in einer der Akten, die sie oben im Büro gefunden haben. Stellt sich heraus, dass sie plante, ein Aktivitätszentrum auf der Insel zu bauen. Einen dieser Orte mit Minigolf, Lasertag, Bowling, einer Indoor-Driving-Range. Ein richtiges Erlebniszentrum.«

»Woher weißt du das?«

»Weil ich gerade den Grundriss des Architekten und 3D-Renderings vor mir habe.«

»Schick sie mir«, befahl Tomek.

»Warum?«

»Es ist wichtig. Und schick mir auch den Rest der Informationen. Ich möchte sie in Ruhe durchgehen.«

»Hast du nicht den Geburtstag deiner Tochter zu überstehen?«

Tomek schaute auf seine Uhr. »Der ist in ein paar Stunden vorbei.«

Nick seufzte, bestätigte, dass er alles rüberschicken würde, und legte auf.

Das Gespräch hatte Tomek einen neuen Respekt für Charlene verschafft. Trotz ihrer erdrückenden Schulden – die ihr zweifellos schlaflose Nächte bereitet hatten – wollte sie immer noch etwas für die Insel bauen, das den Menschen diente, das ihnen nutzte und sie unterhielt. Tomek glaubte nicht, dass sie das Monster war, für das alle sie gehalten hatten. Und mit den Visualisierungen des Künstlers konnte er es beweisen.

Aber zuerst musste er das wahre Monster finden.

# KAPITEL
# EINUNDVIERZIG

Tomek klopfte so heftig an die Holztür, dass er die Erschütterung den ganzen Arm hinauf spürte. Der Schall hallte durch die Straßen und schien erst zu enden, als die Tür endlich geöffnet wurde. Dort stand Mick Thorne, der aussah, als wäre er von einem Traktor und einer Herde Kühe überfahren worden. Sein Haar war strähnig und fettig, sein grauer Bart schmutzig und ungepflegt. Seine Augen waren blutunterlaufen, und seine Haut wirkte noch gelblicher als zuvor.

Aber zum ersten Mal, seit Tomek auf der Insel war, wirkte er fast nüchtern, als hätte das Laster, das ihn seit Wochen, Monaten, Jahren aufgefressen hatte, ihn endlich verlassen. Als hätte es ihn für diesen Tag endlich in Ruhe gelassen.

»Du siehst gut aus«, sagte Tomek.

»So fühl ich mich nicht«, murmelte der Mann mit rauer Stimme. »Aber ich hatte schon schlimmere Nächte.«

»Kann ich reinkommen?«

Mick legte eine Hand an die Tür und verkleinerte unmerklich den Spalt. »Wozu?«

»Um dir ein paar Fragen über Charlene und Derry zu stellen. Ich hab's neulich Abend versucht, aber du hast mir gesagt, ich soll mich verpissen.«

Ein Grinsen huschte über Micks Gesicht. »Wahrscheinlich auch aus gutem Grund. Wenn mich meine Erinnerung nicht täuscht, fand ich, dass du dich wie ein Arschloch benommen hast.«

»Entweder das, oder du hattest was zu verbergen und wolltest mich loswerden.«

Mick zögerte im Türrahmen. Seine Optionen waren einfach: Tomek reinlassen und beweisen, dass er nichts zu verbergen hatte, oder ihm die Tür vor der Nase zuschlagen und damit Tomeks Verdacht bestätigen. Schließlich trat er beiseite und ließ Tomek eintreten. Das Haus sah genauso aus, roch genauso und fühlte sich genauso an, wie Tomek es erwartet hatte – als wäre eine Bombe darin explodiert. Man konnte deutlich sehen, dass der Mann im Elend lebte und niemanden hatte, der ihn unterstützte. Der Flur und die Zimmer waren kahl, mit nichts darin außer dem Nötigsten. Im Wohnzimmer gab es keinen der Annehmlichkeiten des einundzwanzigsten Jahrhunderts, die Tomek erwartet hatte. Kein Fernseher. Keine Stehlampe in der Ecke. Kein Couchtisch. Kein Bilderrahmen auf der Fensterbank. Nur ein kleiner Sessel und eine Aussicht in den überwucherten Garten. Daneben lag ein halb geöffnetes Viererpack Bier. Teppich und Wände waren mit Flecken übersät, zweifellos von alkoholbedingten Verschüttungen, und der Raum roch nach Feuchtigkeit und Kälte.

Tomek suchte nach einer Sitzgelegenheit.

»Du kannst den besten Platz im Haus haben, wenn du willst.«

Von den Polstern ging ein Geruch aus. Tomek schüttelte den Kopf. »Der gehört dir. Du bist der Hausherr. Ich stehe lieber.«

Mick ließ sich das nicht zweimal sagen. Im Nu setzte er sich und begann auszusehen, als würde er einschlafen. »Bevor du anfängst, ich hatte nichts mit dem zu tun, was mit Charlene passiert ist. Ich war zu Hause – nachdem sie mich rausgeworfen hatte. Und als ich zurückkam, hab ich was getrunken. Und dann noch einen. Und noch einen danach. Wahrscheinlich bin ich nicht lange danach im Sessel bewusstlos geworden.«

Tomek beschloss, darauf später zurückzukommen. »Erzähl mir, wie sie *dir* das Leben zur Hölle gemacht hat. Nach allem, was ich erfahren habe, hat sie das bei jedem auf der Insel ziemlich gut hinbekommen.«

»Das liegt daran, dass sie die Beste darin war«, sagte Mick, wobei Speichelflecken auf seinem Hemd landeten. »Sie hat mich ausgeblutet.

Sie hat jeden ausgeblutet. Sie hat mich einen Vertrag unterschreiben lassen, der besagte, dass ich die Preise für jeden Fisch, den ich fing und verkaufte, wenn ich keine Touren machte, nicht erhöhen durfte, und dass ich ihr eine Mitgliedsgebühr dafür zahlen musste, Teil der Regatta zu sein. Sie ist ein Hai, eine Betrügerin. Und ich bin sicher, sie hat ein Loch in mein altes Boot gemacht. Ich kann nicht beweisen, dass sie es war, aber ich *weiß*, dass sie es war. Ich spüre es.«

»Warum hast du die Vereinbarung unterschrieben, wenn du wusstest, dass sie schlecht für dich war?«, fragte Tomek.

»Ich hatte keine Wahl, weil sie gedroht hat, Leute von meinem Geschäft fernzuhalten. Sie betreibt das beliebteste Geschäft auf dieser Insel. Ihr Pub ist der Ort, an den alle Besucher gehen, und wenn sie einen Ort aus irgendeinem Grund nicht empfiehlt, kannst du darauf wetten, dass sie nicht dorthin gehen werden. Sie ist wie eine Sektenführerin oder so. Sie hören auf jedes ihrer Worte. Und bei den derzeitigen Kosten konnte ich es mir nicht leisten, die wenigen Geschäfte, die mir noch blieben, zu verlieren.«

»Es klingt nicht viel besser, unter Vertrag zu stehen«, sagte Tomek.

»Es war das kleinere von zwei Übeln. Ich saß zwischen Baum und Borke.«

»Würde es dich freuen zu wissen, dass sie das Geld verwendete, um ein Freizeitzentrum für die Insel zu bauen? Sie wollte einen Ort für die Gemeinschaft schaffen.«

Tomek war gerade dabei, dem Mann die Bilder und Pläne zu zeigen, die Nick ihm geschickt hatte, als Mick schnaubte und sagte: »Einen Scheiß. Es war wahrscheinlich eine Chance für sie, jedem Arschloch, das auf dieser Insel lebt oder sie besucht, jeden letzten Penny abzuknöpfen.«

Tomek hatte es so nicht betrachtet. Er wollte immer noch glauben, dass in Charlene etwas Gutes steckte.

»Was hast du gestern Abend gemacht?«, fragte er.

Mick sah verwirrt aus durch den plötzlichen Themenwechsel.

»Gestern Abend? Ich war hier. Im Bett. In meinem eigenen Piss eingeschlafen.«

Tomek wollte den Mann fast fragen, ob er das bestätigen könne, entschied dann aber, dass er Micks verschmutzten Laken nicht zu nahe kommen wollte.

»Warum fragst du?«

Tomek erzählte es ihm. Über Derrys Verschwinden. Über sein Boot, das entdeckt wurde.

»Das *ist* seltsam«, sagte Mick leise. »Derry war ein guter Schwimmer. Ein *sehr* guter Schwimmer. Wenn er gekentert oder auf Grund gelaufen wäre, hätte er es ohne Probleme geschafft, sich in Sicherheit zu bringen. Ich glaube... Denkst du nicht, dass ihm jemand dasselbe angetan hat wie Charlene?«

Tomek zuckte mit den Schultern und vermied es, die Frage direkt zu beantworten. Um Micks Gedanken von Derry abzulenken, sagte er: »Ich habe gestern etwas Interessantes gehört.«

»Ach ja?«

»Es ging um deinen Hund«, sagte er.

»Du und mein verdammter Hund, ehrlich! Warum hörst du nicht endlich damit auf? Du nervst mich ständig mit ihm, um Gottes willen. Ich habe ihn geliebt, okay? Und jetzt ist er weg.«

»Wenn du ihn geliebt hast, warum hast du ihn dann von der Leine genommen und zurückgelassen?«

Die Farbe schoss zurück in Micks Wangen und färbte sie dunkelrot. Seine Stirn runzelte sich, und er verengte die Augen auf Tomek.

»Wovon redest du?«, fragte er streng.

»Die Person, mit der ich gesprochen habe, sagte, dass du den Hund eines Tages zum Spazierengehen mitgenommen hast, ihn dann ausgesetzt und danach deinen Tag fortgesetzt hast, als wäre nichts gewesen.«

Mick öffnete den Mund, um zu widersprechen, aber Tomek schnitt ihm mit einer Handbewegung das Wort ab. »Zuerst habe ich es nicht geglaubt. Aber dann dachte ich an deine Reaktion, als wir uns auf dem Wasser begegnet sind; du warst überrascht, und da war ein Hauch von Wiedererkennen. Und dann, als wir am nächsten Morgen den Hund fanden... Was hast du mit dem Hund gemacht, nachdem wir weggepaddelt waren?«

Die Kiefermuskeln in Micks Gesicht spannten sich an, als er fest auf seine Zähne biss. »Ich habe ihm ein anständiges Seemannsbegräbnis gegeben. Wie er es verdient hätte.«

»Du gibst also zu, dass du ihn ausgesetzt hast?«

Die Anspannung in Micks Gesicht nahm zu. Dann verschwand sie plötzlich, als wäre in seinem Kopf ein Licht ausgeschaltet worden. Sein Blick löste sich langsam von Tomek und richtete sich auf einen Vogel draußen.

»Komisches Ding, das Leben. Manchmal ist es gut, manchmal ist es scheiße. Aber meistens ist es scheiße. Zumindest für mich war es das schon immer. Manchmal fühlt es sich an, als gäbe es keinen Ausweg, als würde die Dunkelheit niemals weichen, als wärst du einfach dazu bestimmt, für den Rest deines Lebens an einem bestimmten beschissenen, elenden Ort zu sein. So fühle ich mich schon so lange. Ich habe mich treiben lassen, bin herumgeirrt, habe es einfach ertragen, das Leben auf mich eindreschen lassen. Bis ich letzte Woche beschlossen habe, dass ich es nicht mehr tun will. Leben, Arbeit, Freunde – wobei ich keine davon habe. Der Hund. Ich wollte nichts mehr tun. Das Leben war zu einer Leere geworden, einem schwarzen Loch. Ein leerer Abgrund. Also beschloss ich, mich umzubringen. Ich meine, ich tue das bereits mit diesem Scheiß hier unten.« Mick zeigte auf die Packung Bier neben ihm und trat sie dann wütend mit dem Fuß. »Ich dachte, ich könnte den Prozess auch gleich beschleunigen, also nahm ich Jerry mit zum Feld am Wasser, sagte ihm, er solle warten, und dann... hab ich ihn einfach dort gelassen. Ich konnte es nicht ertragen, es zu tun und ihn am Leben zu lassen, während ich versuche, mich zu retten. Er wäre durchgedreht. Und ich hätte ihn nicht selbst töten können. Dazu hatte ich nicht den Mut, also ließ ich ihn einfach zurück, damit er von einem Auto angefahren wird und an der Böschung dahinstirbt. Vielleicht hoffte ein Teil von mir, dass er zurückkommen und mich retten würde. Aber als er es nicht tat, ging ich aufs Wasser hinaus, band mir ein schweres Gewicht um die Taille und stellte mich an den Rand. Bereit, zu springen.«

»Was hat dich aufgehalten?«, fragte Tomek unwillkürlich. Bis zu diesem Zeitpunkt war er von der Geschichte des Mannes gebannt gewesen.

»Feigheit. Ganz einfach. Ich habe den feigen Ausweg gewählt, bin vom Bootsrand zurückgetreten und nach Hause gefahren, hasste mich noch mehr als ohnehin schon und bereute jeden Tag, was ich Jerry angetan hatte, machte mir Vorwürfe wegen ihm. Ich bestrafe mich selbst für die Art, wie ich ihn behandelt habe. Er hat es nicht verdient zu sterben. Ich schon, aber er nicht. Und jetzt quäle ich mich in jedem wachen Moment des Tages damit. Die Tage, an denen ich Kunden habe, sind die schlimmsten: Ich kann nicht trinken, und dann kommen all die Reue, der Kummer und der Selbsthass zurück. Es verfolgt mich. Frisst mich auf. Und bringt mich nur dazu, mich immer und immer wieder umbringen zu wollen.«

Stille legte sich über den Raum. Für eine lange Zeit sagte Tomek nichts. Er war zu beschäftigt damit, die Schwere und den Ernst der Aussage des Mannes zu verarbeiten. Der Mann war suizidgefährdet und brauchte dringend medizinische Hilfe. Er wusste nicht, wie lange Mick in seinem gegenwärtigen Zustand noch überleben würde.

»Es tut mir leid wegen deines Hundes«, sagte Tomek. »Und ich habe die Nummer von jemandem, der dir helfen kann, weißt du. Meine eigene Therapeutin. Sie ist ziemlich gut, macht hauptsächlich persönliche Sitzungen, aber ich bin sicher, wenn du ihr die Situation erklärst, könnte sie auch Online-Gespräche führen.«

Mick drehte langsam den Kopf zu Tomek.

»Danke, aber nein danke. Ich will keine Hilfe. Verdiene sie nicht. Ich habe meinen eigenen Hund sterben lassen, verdammt nochmal. Ich sollte derjenige sein, der tot ist.«

»Niemand will das«, sagte Tomek langsam und versuchte, an die richtigen Worte zu denken. »Ich werde nicht hier stehen und sagen, dass das, was du getan hast, moralisch nicht verwerflich war, denn das war es, aber jetzt, wo ich den Zusammenhang kenne... was mit dem Hund passiert ist und all der Stress, unter dem du wegen Charlene standest... kann ich dir *ein bisschen* vergeben. Aber es ist nicht zu spät, um es wiedergutzumachen. Du kannst die Vergangenheit nicht ändern, aber du kannst die Zukunft ändern. Und wenn du etwas willst, was dich jeden Morgen aus dem Bett bringt, glaube ich, dass ich weiß, was helfen könnte.«

Neugierde zeichnete sich auf Micks Gesicht ab. »Sprich weiter...«

»Ich hatte gestern ein interessantes Gespräch mit deinem Schwager.«

Mick schnaubte. »Ich will nichts mit diesem Arschloch zu tun haben!«

»Nicht einmal, wenn du herausfändest, dass er derjenige war, der vor ein paar Jahren das Loch in dein Boot gerissen hat, und-«

»Er hat *was* verdammt nochmal getan?«

»Und wenn du herausfändest, dass er deine Schwester betrügt?«

»Mit wem?«

»Ariana vom Log Cabin Café.«

Mick sprang aus seinem Stuhl, so schnell hatte Tomek ihn noch nie sich bewegen sehen. »Dieses Dreckschwein. Dieser verdammte Mistkerl. Ich werde ihn umbringen.«

# KAPITEL
# ZWEIUNDVIERZIG

Tomek hatte völlig den Überblick über die Zeit verloren. Als er Mick Thornes Haus verließ, nachdem er für ein kleines Glas Wasser geblieben war und die Gelegenheit genutzt hatte, Mick zu beruhigen und ihn davon abzuhalten, seinen Schwager *tatsächlich* umzubringen, war es draußen bereits dunkel. Die Sonne war untergegangen, aber die Luftfeuchtigkeit blieb, und nach einem kurzen Spaziergang spürte er, wie der Schweiß auf seinen Rücken zurückkehrte und sein Hemd an der Haut klebte. Sein Gespräch mit Mick war aufschlussreich gewesen. Er hatte aus der Ferne gesehen, dass der Mann zu kämpfen hatte – die ganze Insel hatte es bemerkt – aber er hatte nicht gewusst, wie schlimm es tatsächlich war. Der Mann hatte Schwierigkeiten, seine Rechnungen zu bezahlen, seine Sozialhilfezahlungen reichten nicht aus, um ihn zu unterstützen, und dazu kam noch, dass Charlene ihn ausblutete. Tomek konnte verstehen, warum Mick dachte, es gäbe keinen Ausweg, warum er zum Alkohol gegriffen hatte und die letzten Monate seines Lebens am Ende einer Flasche verbracht hatte. Aber es lag außerhalb von Tomeks Kontrolle. Es gab nichts, was er tun konnte, außer Mick den Namen und die Nummer des Therapeuten zu geben und zu hoffen, dass er anrufen würde.

Während er durch die Straßen von West Mersea lief, überprüfte Tomek sein Handy: mehrere Nachrichten von Kasia, die ihm genaue

Updates zu ihrem Aufenthaltsort und ihren Bewegungen gab. Nachdem Montgomery von der Bootsfahrt zurückgekehrt war, hatte sie Jacob verlassen und war kurz bei Dayana vorbeigegangen, wo sie eine weitere Dose Cola und noch mehr Kekse genossen hatte. In diesem Moment war sie zu Hause, schaute fern, scrollte zweifellos auf ihrem Handy und naschte etwas Ungesundes. Tomek beschleunigte seinen Schritt.

Doch er kam plötzlich zum Stehen, als er in der Ferne Stimmen hörte. Er befand sich am Hintereingang des Pubs. Ein Flutlicht auf dem Dach des Gebäudes beleuchtete den Müllbereich, aber die Gestalten waren hinter dem Holzzaun, der ihn umgab, außer Sichtweite.

Vorsichtig, darauf bedacht, das Geräusch seiner Füße auf dem Beton zu minimieren, näherte sich Tomek dem Zaunbrett und spähte durch eine kleine Lücke. Auf der anderen Seite stand Leon, in seiner weißen Kochuniform, und unterhielt sich mit Tony Fowler, der immer noch in denselben schmutzigen Hosen und dem Polohemd wie zuvor gekleidet war. Der Koch rauchte eine Zigarette, während der Klempner gerade dabei war, sich eine anzuzünden.

»Versteh mich nicht falsch, was passiert ist, war schrecklich und ich würde es nicht mal meinem schlimmsten Feind wünschen«, begann Tony Fowler und zog scharf an seiner Zigarette. »Aber ich denke, sie hat bekommen, was ihr zustand, ehrlich gesagt. Die Anzahl der Leute, die sie verärgert und über den Tisch gezogen hat. Mein kleiner Bruder hat so sehr zu kämpfen gehabt, seit sie all ihre Gebühren eingeführt hat. Und seit ihr Typen angefangen habt, Frühstück und Kaffee anzubieten, konnte er nicht mehr mithalten.«

»Tut mir leid deswegen«, murmelte Leon.

»Oh nein, ich wollte dir keinen Vorwurf machen. Ich sage nur, dass das Geschäft für ihn seitdem nicht mehr dasselbe ist.« Tony nahm einen langen Zug an seiner Zigarette.

»Ich verstehe das. Sie hat einige hinterhältige Dinge getan, aber sie hat es nicht verdient zu sterben. Niemand verdient es zu sterben, Alter.«

Eine Pause, während Tony langsam die Chemikalien aus seiner Lunge entließ. »Ja, schätze, du hast recht. Ich habe gehört, sie wurde zuerst am Kopf getroffen, bevor sie starb.«

Leon zuckte mit den Schultern. »Vielleicht.«

»Hast du auch davon gehört, wie Derry sie gefunden hat? Diese Kette um ihren Hals. Krank. Wer würde so etwas tun wollen?«

»Keine Ahnung«, antwortete Leon leise und starrte auf den Beton zu seinen Füßen.

»Man muss schon ziemlich durchgeknallt sein, um so weit zu gehen. Da gibt's kein Zurück mehr. Und dann diese ganze Sache mit Derry auch noch...«

Leons Interesse wurde plötzlich geweckt und er wandte sich seinem Freund zu. »Was hast du über Derry gehört?«

»Nicht viel. Nur dass er verschwunden ist. Anscheinend haben sie sein Boot früher gefunden, aber er war nirgends zu sehen. Ich glaube, dieselbe Person, die Charlene erledigt hat, hat auch ihn erledigt.« Tony warf die Zigarette auf den Boden und zündete sich eine weitere an. »Zwei Leute an einem Wochenende umzulegen, das ist verrückt. Jemand ist komplett durchgeknallt.«

Sie verstummten für einen Moment. Tomek beobachtete weiterhin durch das Loch im Zaun. Woher wusste Tony so viel über die Ermittlungen? Und woher wusste er über Charlenes Todesart Bescheid? Tomek hatte es ihm sicherlich nicht erzählt. Aber dann erinnerte er sich, dass sich Neuigkeiten schnell auf der Insel verbreiteten und es überall Augen und Ohren gab. Jemand hatte es zweifellos von jemandem gehört, der es von jemand anderem gehört hatte, und so hatten sie natürlich der Ordnung der Dinge folgend, es an jemand anderen weitergegeben und damit ein weiteres, unmöglich nachvollziehbares Glied in der Kette hinzugefügt.

»Hast du schon mit diesem Detektiv-Arschloch gesprochen?«, fragte Tony.

»War das sein offizieller Name?«

Tomek wusste sofort, über wen sie sprachen.

»Könnte genauso gut sein. Wusstest du, dass er nicht mal ein Detektiv ist?«, fuhr Tony fort.

»Was meinst du?«

»Na ja, er *ist* es. Offiziell jedenfalls. Er ist nur suspendiert. Also alles, was du ihm erzählst, damit kann er nichts anfangen.«

Leon setzte sich auf die Kante einer Stufe, die in den Pub führte. »Hat er die ganze Zeit schwarz gearbeitet?«

»Ja.«

»Was ist mit den anderen? Diesem Inspektor und dem Hauptkommissar?«

»Nee, die sind echt. Nur der, der auf Montgomerys Grundstück wohnt. Hat er dir irgendwelche Fragen über Charlene gestellt?«

Leon nickte und saugte langsam an seinem Tabakstängel.

»Bei mir auch. Aber es fühlte sich an, als würde er mich richtig ins Kreuzverhör nehmen. Hat mir all diese Fragen gestellt, wo ich war und was ich gemacht habe.« Tony schüttelte frustriert den Kopf.

»Das ist nur ein Problem, wenn du etwas zu verbergen hast...«, sagte Leon und blickte zu ihm auf.

»Na ja, klar. Offensichtlich. Ich hoffe nur... ich hoffe nur, dass er nicht herumschnüffelt, das ist alles. Das Letzte, was ich brauche, ist, dass er von dieser Sache mit Bradley erfährt.«

# KAPITEL
# DREIUNDVIERZIG

Diese Sache mit Bradley, wie Tony es ausgedrückt hatte, bezog sich auf die Zeit, als er eine große Summe Geld aus dem Familienunternehmen gestohlen hatte, um Werkzeug für sein Klempnergeschäft zu kaufen – und eine Anzahlung für ein neues Auto. Niemand in der Familie wusste, dass er es war, und als man ihn fragte, woher er das Geld für seinen nagelneuen Range Rover hatte, erzählte er ihnen, dass er einen guten Arbeitsmonat gehabt hätte, mit der zusätzlichen Hilfe eines Lottogewinns.

Das war eine Art, es auszudrücken.

Tomek glaubte nicht, dass der Diebstahl eine Untersuchung wert war oder dass er in irgendeiner Weise mit Charlenes Tod und Derrys Verschwinden zusammenhing. Es bedeutete nur, dass Tony Fowler ein egoistischer Mistkerl war, dem seine Eltern oder sein Bruder nichts bedeuteten.

Während er über den Campingplatz schlenderte, warf Tomek einen Blick durch die Fenster seiner Nachbarn. Viele saßen im Wohnzimmer, die Füße hochgelegt, schauten fern und genossen ihre gemeinsame Zeit. Alle außer Dayana.

»Hallo du«, rief sie ihm zu.

Der plötzliche Laut erschreckte ihn und ließ seinen Puls in die Höhe schnellen.

»Was machst du hier draußen?«, fragte Tomek.

Sie saß auf ihrer Terrasse, die Füße auf einem kleinen Gartenstuhl abgelegt, ein Rauchfaden stieg in die Luft. »Leute beobachten und in den Himmel schauen. Es ist eine wunderschöne Nacht. Ich komme im Sommer immer hier raus. Ich habe diesen schönen offenen Raum, da sollte ich ihn auch nutzen.«

Tomek ging auf sie zu. »Im Winter ist das bestimmt scheiße.«

»Rutschig ohne Ende. Meine Hüften sind leider nicht mehr das, was sie mal waren.«

Als er die Stufen hinaufkam, hob Dayana ihre Beine vom Stuhl, um ihn sitzen zu lassen. Dabei erstarrte sie plötzlich und stieß einen schmerzerfüllten Schrei aus. Sie griff sich an den unteren Rücken.

»Was ist passiert?«, fragte Tomek erschrocken.

Mit schmerzverzerrtem Gesicht sagte sie: »Es ist mein verdammter Rücken. Macht mir schon seit Wochen Probleme. Wenn man in mein Alter kommt, beginnt einfach alles auseinanderzufallen.«

Sie versuchte, sich aus dem Stuhl zu erheben, konnte aber nicht.

»Du solltest dich nicht bewegen«, sagte Tomek ihr.

»Ich kann nicht die ganze Nacht hier draußen bleiben.«

*Guter Punkt.* »Lass mich dir helfen.«

Tomek griff nach ihrer Hand, legte seine andere unter ihren Arm und zog sie vorsichtig auf die Füße. Sie verzog das Gesicht und stöhnte vor Schmerzen. Tomek entschuldigte sich, während er einen Arm um sie legte und sie ins Wohnzimmer stützte, wo er ihr zum nächsten Sitzplatz half: einem Metallstuhl am Esstisch.

»Nicht da«, bellte Dayana. »Ich hasse die. Sie sind so unbequem. Ich kann mich nicht erinnern, wann ich das letzte Mal darauf gesessen habe. Ich wollte sie schon lange loswerden. Bring mich zum Sofa.«

Tomek tat, wie ihm geheißen.

»Du bist ein Schatz«, sagte sie mit schmerzverzerrtem Gesicht.

»Alles Teil des Jobs«, antwortete er lächelnd. »Kann ich dir etwas bringen?«

»Ja«, sagte sie und legte die Zigarette in den Aschenbecher vor ihr. »Du kannst dich setzen. Und du kannst mir alles über Derry erzählen. Was höre ich da von seinem Verschwinden?«

Tomek zog den Sessel näher heran. »Der Alarm wurde heute Morgen ausgelöst«, begann er. »Aber niemand hat ihn gesehen. Er hat seine Austern heute Morgen nicht eingesammelt, und niemand weiß, wohin er gegangen ist. Ich denke, er ist irgendwann letzte Nacht verschwunden; wir haben heute Nachmittag sein Boot gefunden.«

Dayana sah nachdenklich aus und spielte mit den Ärmeln ihres Pullovers. »Du meine Güte. Was passiert nur mit unserem kleinen Städtchen?«

»Ich weiß es immer noch nicht. Ich wünschte, ich wüsste es.«

»Denkst du, dass noch mehr Menschen zu Schaden kommen werden?«

Tomek schluckte schwer. »Das kann ich nicht sagen. Ich hoffe nicht.«

»Bist du der Aufklärung dieses schrecklichen, schrecklichen Verbrechens schon näher gekommen?«

Tomek schüttelte den Kopf. »Noch nicht. Aber die Information, die du mir neulich Abend gegeben hast, war wirklich hilfreich.«

Gerade als Dayana antworten wollte, stieß sie ein kurzes, scharfes Stöhnen aus und legte eine Hand auf ihren Rücken.

»Kann ich dir etwas holen?«, fragte er.

»Mir geht's schon gut.«

»Du solltest mit Montgomery über Barrierefreiheit sprechen. Wirst du mit diesen Stufen klarkommen?«

»Das ist einfach. Ich gehe einfach nicht runter. Ich bin mehr als glücklich, drinnen zu bleiben. Ich habe hier alles, was ich brauche. Du musst dir keine Sorgen um mich machen.«

»Fordere mich nicht heraus«, scherzte Tomek.

Dayana kicherte, aber selbst das schien ihr Schmerzen zu bereiten. Schließlich, nachdem es aufgehört hatte, sagte sie: »Du sagtest etwas über... über meinen Rat?«

Tomek räusperte sich. »Es scheint, dass jeder etwas zu verbergen hat. Und jeder hatte etwas gegen Charlene. Um ehrlich zu sein, war ich überrascht, wie viel Dreck sie über jeden hatte.«

»Macht kann Menschen zu gefährlichen Dingen führen«, sagte sie. »Sie kann selbst die unschuldigsten Personen korrumpieren.«

»Die Person, die für ihren Tod verantwortlich ist, ist nicht unschuldig.«

»Sie waren es, bis sie zu dem wurde, was sie war. Wenn sie nicht ihr Gewicht herumgeschmissen und jeden so verärgert hätte, wären sie nicht dazu getrieben worden, das zu tun, was sie getan haben. Ich sage nicht, dass das sie entschuldigt, nicht im Geringsten. Aber jede Handlung hat eine Konsequenz, und ihre Konsequenz war größer als alles, was ich mir hätte vorstellen können.«

»Du hast plötzlich deine Meinung geändert.«

Dayana atmete tief ein, ihre Brust hob und senkte sich schwer. »Ich hatte etwas Zeit, darüber nachzudenken und über das, was ich neulich Abend gesagt habe. Was sie den Menschen angetan hat, war nicht richtig.«

Tomek wusste nicht, wie er sich dabei fühlen sollte. Dass die Person, die ihn bei seinen Ermittlungen am meisten unterstützt hatte, dass die Person, von der er dachte, sie wäre auf seiner Seite, plötzlich ihre Meinung geändert hatte.

»Wer auch immer das getan hat, zerfrisst sich wahrscheinlich innerlich«, fuhr sie fort. »Ich kenne diese Leute. Ich weiß, dass sie gute, freundliche Herzen haben. Keiner von ihnen ist böse. Sie hätten es nicht getan, wenn sie nicht dazu gezwungen worden wären, wie ich schon sagte.«

»Wenn das der Fall ist, wie erklärst du dann, was mit Derry passiert ist? Du hast nichts davon erwähnt, dass jemand Probleme mit ihm hatte. Warum sollte jemand ihn möglicherweise töten?«

Dayana zuckte mit den Schultern und begann, mit ihren Fingern zu spielen. »Derry und Charlene standen sich zwar nahe, aber sie waren nie in dieser Hinsicht verbunden. Das Einzige, was ich mir denken kann, ist, dass Derry zur falschen Zeit am falschen Ort war. Oder es könnte sein, weil er derjenige war, der sie gefunden hat, und wer auch immer sie getötet hat, dachte, er hätte möglicherweise etwas entdeckt.«

*Der Ring.*

»Sie trug einen Ring mit grünen Steinen, als wir sie fanden«, erklärte Tomek. »Aber zwischen dem Zeitpunkt, als sie an den Strand gezogen wurde, und dem Eintreffen des Forensikteams ist er verschwunden. Weißt du irgendetwas über diesen Ring?«

»Nur, dass er sehr wertvoll war. Ein Familienerbstück, glaube ich, von ihrer Großmutter. Hat beide Weltkriege überstanden.«

»Ich glaube, Derry könnte ihn genommen haben. Kannst du dir vorstellen, warum er das getan haben könnte?«

Dayana schüttelte den Kopf. »Vielleicht wegen des Geldes. Er hatte finanzielle Schwierigkeiten. Er dachte wahrscheinlich, dass es ihm helfen könnte, aus dem Loch herauszukommen, in das ihn seine kleinen Damenbekanntschaften gebracht hatten.«

Entweder das, oder er wollte damit für weitere weibliche Gesellschaft bezahlen, dachte Tomek.

»Du denkst also nicht, dass der Ring irgendeine besondere Bedeutung hat?«, fragte er.

Sie schüttelte erneut den Kopf. »Ich kann nicht sehen, dass er eine Rolle spielt.«

»Dann muss es einen anderen Grund geben, warum er verschwunden ist.«

Dayana zuckte mit den Schultern und neigte den Kopf zur Seite. »Wie gesagt, vielleicht war er zur falschen Zeit am falschen Ort.« Plötzlich wurde sie aufmerksam und schüttelte den Kopf. »Meine Güte, bitte verzeih mir. Wo sind meine Manieren? Ich habe dir nichts zu trinken angeboten.«

Tomek schlug sich aufs Knie. »Das ist schon in Ordnung. Ich sollte wahrscheinlich gehen. Kasia wartet auf mich.«

»Möchtest du eine Dose Cola für die Fahrt und noch eine für Kasia?«

Tomek schüttelte den Kopf, dankte ihr für ihre Zeit und fragte, ob sie irgendetwas brauche, bevor er den Wohnwagen verließ. Alles, woran er denken konnte, als er hinausging und sich auf den Weg zu seinem vorübergehenden Zuhause machte, war das, was sie gesagt hatte. Darüber, wie Derry zur falschen Zeit am falschen Ort gewesen sein könnte.

Und dass der Mörder jetzt seine Spuren verwischt.

# KAPITEL
# VIERUNDVIERZIG

**K**asia stieß einen kleinen Schrei aus, als er die Tür öffnete.

»Du hättest klopfen können!«, zischte sie und legte eine Hand auf ihre Brust.

»Ich halte dich nur auf Trab.«

»Du hättest mich umbringen können.«

»Sei nicht so dramatisch. Bin überrascht, dass du mir nicht mit der Freunde-Suchen-App auf dem iPhone gefolgt bist.«

»Hab ich vergessen. Und du weißt, dass die App nicht so heißt.«

Tomek schloss die Tür hinter sich und erstarrte, als sein Blick auf den Bonsai-Baum fiel, der auf dem Esstisch stand. Ein Grinsen breitete sich auf seinem Gesicht aus, als er ihn aufhob und auf die Küchentheke stellte. Plötzlich hatte er alles andere vergessen, als ob es keine Rolle spielte. Er drehte den Wasserhahn auf, füllte ein Glas mit Wasser und goss es dann auf die Erde. Dann widmete er sich den Blättern. In der Sommerhitze war das Wachstum des Baumes explodiert, und neue Triebe ragten weit über die ursprüngliche Form hinaus. Daher brauchte er dringend einen Schnitt. Tomek holte eine weniger als ideale, stumpfe Schere aus einer Schublade und begann, die Äste zu beschneiden, schnitt sie auf die richtige Länge zurecht und kappte sie direkt nach dem Blatt. Bald würden die Äste hart werden und neues Wachstum würde von ihnen ausgehen. Während er den Bonsai von allen Seiten begutachtete, nahm er vage das Geräusch wahr, das vom

Sofa kam. Erst als Kasia »Papa!« schrie, wurde er sich seiner Umgebung bewusst.

»Hörst du mir überhaupt zu?«, fragte sie.

»Nicht wirklich.« Er zeigte mit der Schere auf den Baum. »Ich war beschäftigt...«

»Das sehe ich. Ich dachte, ich würde das machen. Es ist schließlich mein Baum.«

»Ups. Tut mir leid. Du kannst es beim nächsten Mal machen. Ich zeig dir wie.«

Sie verschränkte die Arme vor der Brust. »Will nicht mehr.«

»Ach komm, sei nicht so. Du kannst an deinem Geburtstag nicht traurig sein.«

»Doch, kann ich, wenn du mich gerade traurig gemacht hast.«

Schuldgefühle umklammerten plötzlich seinen Magen.

»Es tut mir leid, Schatz«, sagte er zu ihr, während er die Schere auf den Tisch legte und sich zum Sofa bewegte. Er setzte sich neben sie und legte seine Füße auf den Couchtisch vor ihm. »Wie war dein Nachmittag mit Jacob?«

Kasia legte liebevoll ihre Hand aufs Herz. »Er ist so süß. Manchmal schaue ich ihn einfach an und möchte ihm eine große Umarmung geben und ihn mit nach Hause nehmen.«

»Du bekommst keinen neuen Bruder oder eine neue Schwester. Ich habe keine Zeit für sowas.«

Sie verdrehte die Augen. »Das habe ich überhaupt nicht gemeint, Papa. Außerdem dachte ich, dass du in deinem Alter nicht mehr... Du weißt schon, ab einem bestimmten Punkt hört man doch auf zu-«

Er hob eine Hand, um sie zum Schweigen zu bringen. »Lassen wir das Gespräch hier mal ruhen«, sagte er. »Ich bin in dieser Hinsicht völlig gesund, danke. Das ist das Letzte, worüber du dir Gedanken machen solltest.« Er atmete scharf ein. »Jedenfalls, *weiter im Text*...«

»Heute haben wir Dungeons and Dragons gespielt. Das ist so ein Rollenspiel-Abenteuer. Hast du davon gehört?«

Tomek tat so, als hätte er es nicht. Es war schön, das Lächeln auf ihrem Gesicht zu sehen, als sie das Spiel erklärte; er wollte ihr das nicht nehmen.

»Es hat eine Weile gedauert, bis ich mich daran gewöhnt habe«, fuhr

Kasia fort. »Also, wirklich lange. Aber Jacob war so geduldig, der Arme. Ich musste ständig fragen, was verschiedene Dinge bedeuten, und jedes Mal nahm er meine Hand und sagte: 'Kasia, meine Liebe, das bedeutet...' wie ein alter Mann. Er ist so süß, und er ist *so* klug für sein Alter.«

»Und das bist du auch.«

»Ja, aber nicht annähernd so schlau wie er. Danach hat er mir seine Schulbücher gezeigt. Er macht fortgeschrittenere Mathematik als ich. Ich weiß nicht, er... kapiert es einfach. Ich wünschte, ich könnte das auch.«

»Du bist auf andere Art klug. Du magst Geschichte. Du magst Backen. Du magst Worte.«

»Ich mag *Worte*. Was soll das überhaupt heißen?«

Er wusste es nicht. Er hatte ins Blaue geredet.

»Nur dass... nur dass du entweder das eine oder das andere magst. Entweder magst du Mathe oder du magst Deutsch. Selten findet man jemanden, der beides mag.«

Ihr Gesichtsausdruck zeigte, dass sie ihm nicht glaubte, aber sie beschloss, nicht weiter nachzuhaken.

»Was habt ihr sonst noch gemacht?«, fragte Tomek.

»Wir haben versucht, in den Keller zu gehen, weil er dort einige seiner alten Schulbücher hat und ein *Blue Peter*-Abzeichen, das er mal gewonnen hat, weil er ein Bild von einem Boot eingeschickt hatte, aber es war abgeschlossen.«

»Aha.«

»Und dann bin ich nach Hause gekommen. Ich habe zugesagt, ihn morgen wiederzusehen.«

»Ach, ja?«

»Ja. Wann fahren wir ab?«, fragte sie leise, Traurigkeit schlich sich in ihren Ton.

»Ich weiß nicht. Ich muss mit Montgomery über eine Verlängerung unseres Aufenthalts sprechen. Im Idealfall, bis wir Charlenes Mord aufgeklärt haben. Aber wir müssen rechtzeitig zurück sein, bevor ich wieder arbeite und du zurück in die Schule gehst.«

Ihr Gesicht leuchtete vor Aufregung. »Also haben wir mindestens noch ein paar Tage?«

»Nicht, wenn ich dich zu deinen Großeltern schicke...«

Sie warf ihr Handy auf das Sofa. »Nein! Ich gehe nirgendwo hin. Du kannst mich nicht zwingen.«

Tomek streckte die Hand nach ihrer aus, aber sie zog sie weg. »Genau das kann ich tun. Es ist nicht sicher für dich hier.«

»Das ist mir egal. Ich habe einen Freund gefunden, und ich will mich noch nicht von ihm verabschieden.«

»Irgendwann musst du das.«

»*Ich weiß*. Aber nicht jetzt. Ich will nicht gehen, bis wir wirklich müssen.«

Tomek kannte den wahren Grund, warum sie bleiben wollte. Sicher, die Beziehung, die sie zu Jacob aufgebaut hatte, war ein Teil davon. Aber es war neu, frisch, eine willkommene Ablenkung von dem Gedanken, in ein paar Wochen zum neuen Schuljahr wieder zur Schule gehen zu müssen. Ihre Lehrer hatten zugestimmt, dass sie etwas später als die anderen Schüler wieder einsteigen konnte, aber das würde das Unvermeidliche nur verzögern. Nicht komplett verhindern. Hier auf Mersea Island war sie frei, weit weg von der Realität. Sobald sie die Insel verließe, würde alles wieder auf sie einstürzen.

Er legte eine Hand auf ihre Schulter.

»Okay«, sagte er sanft. »Du kannst bleiben, aber wenn noch etwas passiert, dann werde ich-«

Ein lauter Knall zerriss die Stille im Wohnwagen, als Glas aus einem nahegelegenen Fenster in hunderte Stücke zersprang und sich über das Sofa auf der anderen Seite verteilte. Ein Ziegelstein kam mit hindurch und landete auf dem Teppich, wobei er gegen das TV-Schränkchen prallte. Kasias Schreie erfüllten die Luft. Tomek schlang seine Arme um sie und zog sie an sich.

»Bist du in Ordnung?«, fragte er.

Sobald sie bestätigt hatte, dass es ihr gut ging, sprintete Tomek zur Eingangstür, sprang die Stufen hinunter und suchte den Wohnwagenpark ab. Der Platz war völlig leer von jeglichen Lebenszeichen. Komplett verlassen. Still. Nicht einmal das panische Geräusch von Schritten, die vom Tatort wegeilten, war zu hören.

»Wer hat das getan?«, brüllte Tomek, seine Stimme hallte von den Wohnwagen wider. »Wer ist da draußen? Komm zurück und zeig dich!«

Aber es gab keine Antwort, genau wie er es erwartet hatte.

Er wartete noch einige Momente. Lauschte. Immer noch nichts, außer dem Geräusch von Kasia, die drinnen das Glas wegräumte. Er wandte der Dunkelheit den Rücken zu, ging zurück zum Wohnwagen und fand sie in der Hocke, wie sie mit Kehrblech und Besen Glasscherben aufsammelte. Sie legte den Besen beiseite und hielt ihm den Ziegelstein entgegen.

»Papa...«

Vorsichtig nahm Tomek ihn ihr ab. Er erkannte den Aufdruck auf dem Ziegel sofort: DW Bricks.

»Damien...«, flüsterte er.

»Papa...«

Tomek senkte den Ziegelstein und wandte seine Aufmerksamkeit wieder Kasia zu.

»Das kam damit...«

Sie griff nach einem kleinen Papierstreifen auf dem Boden und reichte ihn ihm. Darauf stand in roter Tinte geschrieben: HALT DICH VON DEN ERMITTLUNGEN FERN. DU BIST GEWARNT WORDEN.

# KAPITEL
# FÜNFUNDVIERZIG

**DIENSTAG**

Tomek kochte am nächsten Morgen noch immer vor Wut. Sein väterlicher Instinkt, seine Tochter zu beschützen, war in höchster Alarmbereitschaft. Und seit den Ereignissen mit Zeus und dem Harpyien-Kult, in den Kasia verwickelt gewesen war, hatte dieser Instinkt neue Höhen erreicht. Er würde sein Leben für sie geben. Eigentlich sogar noch mehr, wenn das überhaupt möglich wäre. Und so hatte er, sobald Ebbe war oder zumindest die Flut so weit zurückgegangen war, dass er sie ohne Risiko für seinen Motor überqueren konnte, die Entscheidung getroffen, sie bei seinen Eltern abzusetzen. Vielleicht würde sie es nicht mögen, vielleicht würde sie ihm diese Entscheidung übel nehmen, aber das war ihm egal. Es war zu ihrem Besten, und er stellte ihre Sicherheit an erste Stelle. Ehrlich gesagt, überlegte er, hätte er es früher tun sollen – sobald er Charlenes Leiche entdeckt hatte – aber er hatte nicht im Geringsten erwartet, dass sich die Dinge in so kurzer Zeit derart zuspitzen würden. Die Situation geriet außer Kontrolle. Der Killer zielte jetzt auf sie ab. Oder besser gesagt, auf *ihn*. Und ihre Botschaft war laut und deutlich. Aber Tomek, der idiotische und egoistische Mistkerl, der er war, entschied sich, die Botschaft zu ignorieren. Wer glaubten sie, wer sie waren, ihn so zu bedrohen? Wenn sie ihm wehtun wollten, würde er da sein und bereit sein. Er würde nicht kampflos aufgeben.

Zum Glück wohnten seine Eltern nur eine kurze Autofahrt entfernt. Auf dem Rückweg fuhr er schweigend, ließ seine Gedanken kreisen und gab sich Zeit, über alles nachzudenken, was er gesehen, erfahren und mitbekommen hatte. Und dann musste er sich der harten Realität stellen, dass er absolut keine Ahnung hatte, was passierte oder wer für Charlene Harris' Tod und Derry Watermans Verschwinden verantwortlich war. Es gab keine physischen Beweise, die irgendjemanden mit dem Tatort in Verbindung brachten. Sie war mit einem Ziegelstein am Kopf getroffen, aufs Wasser hinausgebracht und dann an einer Boje festgebunden worden, wo sie ertrunken war. Es hatte weder die Gelegenheit noch die Zeit gegeben, alle über hundert Boote, die rund um die Insel verankert waren, forensisch zu untersuchen. Noch waren irgendwelche physischen Beweise an ihrem Körper gefunden worden, nichts, was darauf hindeuten könnte, wer sie getötet haben könnte. Dasselbe galt für Derry. Klar, sie hatten sein Boot gefunden, aber bis sein Körper auftauchte, in welchem Zustand auch immer, würde es genau dort bleiben, ununtersucht.

Defätismus hatte sich bequem in Tomeks Gehirn eingenistet und durchzog jeden Gedanken mit einer pessimistischen Einstellung. Es gab nur so viel Erfahrung, auf die er zurückgreifen konnte, und nur so viel Intuition, und bisher funktionierte beides nicht auf Hochtouren.

Nach fünfzehn Minuten stillen Sitzens bog er mit dem Auto auf den Strood ein. Mittlerweile war Ebbe, und die Straße war frei. Zumindest sollte sie es sein, wären da nicht die vielen geparkten Autos und die kleine Menschenmenge, die sich mitten auf der Straße gebildet hatte.

Tomek parkte hinter dem nächsten Auto, stellte den Motor ab und eilte im leichten Trab hinüber. Er verlangsamte seinen Schritt, sobald er den verstümmelten Körper entdeckte, der von der Flut angespült und nun um den Zaunpfosten gewickelt war. Tomek erkannte ihn sofort.

Derry Waterman.

Gekleidet in dieselben Klamotten, in denen Tomek ihn zuletzt gesehen hatte. Nur waren sein Gesicht und seine Hände jetzt so blass, wie Tomek sich fühlte. Quer über seiner Kehle klaffte ein großer

Schnitt von Ohr zu Ohr, mindestens zweieinhalb Zentimeter breit. Mit der Zeit hatte das salzige Meerwasser ihn verfärbt, fast versteinert. Große Fleischfetzen hingen aus der Wunde, und seine Augen waren weit geöffnet.

In der Menge standen zwei Frauen eng beieinander und trösteten sich gegenseitig. Ein Mann sprach hastig in sein Telefon, während ein anderer neben der Leiche kniete.

»Gehen Sie da weg«, befahl Tomek ruhig. »Zu Ihrem eigenen Besten. Sie wollen das nicht mehr sehen als nötig. Ich bin Detektiv. Hat jemand die Polizei gerufen?«

»Er telefoniert gerade mit ihnen«, sagte der Mann an der Leiche und zeigte auf den anderen Mann neben ihm.

»Sie sind unterwegs. Ich bleibe einfach in der Leitung.« Der Blick des Mannes war auf die Leiche fixiert. »Ist das, wer ich denke, dass es ist?«

»Zu früh, um das zu sagen«, antwortete Tomek, obwohl sie alle wussten, wer es war. »Ich muss Sie bitten, zurückzutreten. Ich übernehme von hier an.«

Die Gruppe musste nicht zweimal gebeten werden. Innerhalb weniger Augenblicke zogen sie sich zu ihren jeweiligen Autos zurück. Tomek bat den Mann am Telefon, ihn über den Standort der Polizei auf dem Laufenden zu halten, und als er sich hinhockte, rief der Mann: »Voraussichtliche Ankunftszeit in zwei Minuten.«

Tomek dankte ihm und untersuchte dann den Körper. Derrys Haare waren verfilzt und klebten in seinem Gesicht, ähnlich wie bei Charlene. Sein Körper war steif und kalt, trotz der späten Morgensonne, und als Tomek begann, die Taschen des Mannes zu durchsuchen, auf der Suche nach Beweisen, fühlten sich seine Finger taub an. Als hätte das Blut aufgehört, zu ihnen zu pumpen. Als würde er von Empfindungen überwältigt, die er lange nicht mehr gefühlt hatte. Angst. Grauen.

Sein Gehirn hinderte ihn aus irgendeinem Grund daran, den Körper des toten Mannes zu untersuchen. Und bevor er dagegen ankämpfen konnte, holte ihn das Geräusch von sich schnell nähernden Sirenen aus seiner Träumerei.

»Geh sofort weg von der verdammten Leiche!«

Tomek erkannte die Stimme, noch bevor er Hadland sah. In aller Ruhe stand er vorsichtig auf und entfernte sich von Derry.

»Warum bist du eigentlich immer zur richtigen Zeit am richtigen Ort, hm?«, fragte Hadland mit bedeutungsschwerem Tonfall, als er wenige Zentimeter vor Tomeks Gesicht stehen blieb. Dicht dahinter folgte Aidan, dessen Gesichtsausdruck leer war, während er Derry anstarrte.

»Irgendjemand muss es ja sein«, entgegnete Tomek.

Hadland machte Anstalten, sich auf die Leiche zuzubewegen, aber Tomek stellte sich vor ihn.

»Ich hätte nicht gedacht, dass ich es dir noch einmal sagen muss«, sagte Hadland. »Du sollst dich von allen meinen Tatorten fernhalten. Für einen Detective Sergeant bist du verdammt schwer von Begriff, wenn du diese einfache Anweisung nicht verstehen kannst.«

Tomek biss die Zähne zusammen und hielt seine Zunge im Zaum, während er beobachtete, wie Hadland sich neben der Leiche hinhockte und Aidan Befehle bellte. Mach dies. Mach das. Ruf diese Leute. Schaff jene weg.

»Vergiss nicht, den Strood zu räumen«, fügte Tomek mit einem schnellen Blick auf Aidan und einem Augenzwinkern hinzu. »Darin bist du ja gut.«

Der Polizeikonstabel erwiderte den scherzhaften Kommentar mit einem Grinsen, drehte ihnen dann den Rücken zu und ging zum anderen Ende des Strood. Tomek sah ihm nach, bis Hadland sich vor ihm aufbaute und ihm die Sicht versperrte. Der Gestank von frühmorgendlichem Kaffeeatem drang in Tomeks Nasenlöcher und rutschte ihm die Kehle hinunter.

»Wenn du nicht aus meinem Gesicht verschwindest–«

»Sie sind derjenige, der in *meinem* Gesicht ist, wenn ich das so sagen darf, Sir«, unterbrach Tomek ihn.

Hadland kam einen Zentimeter näher. Tomek unterdrückte den Drang, scherzhaft die Lippen zu spitzen, als wolle er ihn küssen. »Ist das zu nah für dich, Sergeant?«, fragte Hadland. »Wenn du nicht innerhalb der nächsten zwei Sekunden aus meinem Gesicht und aus meinen Ermittlungen verschwindest, werde ich dich jetzt verhaften und dich auf die Rückbank des Polizeiwagens setzen, ohne geöffnete

Fenster und ohne Klimaanlage, wo du schwitzen und nach Luft ringen wirst – wie ein Hund.«

Tomek starrte in die schwarzen Augen des Mannes.

»Eins...«

Er wollte sein Glück herausfordern. Er wollte die Eier des Mannes testen, sehen, wie viel davon Gebell und wie viel davon Biss war.

Aber dann erinnerte er sich an das größere Bild. Er war weder für Charlene noch für Derry von Nutzen, wenn er verhaftet wurde. Er war für niemanden von Nutzen, wenn er auf die Rückbank eines Polizeiwagens geworfen wurde.

Gerade als Hadland den Mund öffnete, um das nächste Wort auszusprechen, machte Tomek einen großen Schritt zurück, wobei er seinen Blick fest auf den Chief Inspector gerichtet hielt.

»Braver kleiner Hund«, sagte Hadland, bevor er Tomek den Rücken zukehrte und einen Anruf tätigte.

Als Tomek zu seinem Auto zurückkehrte, bellte Hadland bereits Befehle an irgendeinen armen Teufel am anderen Ende der Leitung. Als er die Tür hinter sich schloss, fielen seine Augen auf den Ziegelstein, der in der Nacht zuvor durch das Fenster geflogen war. Kasia hatte ihn in ein T-Shirt gewickelt und für ihn in den Fußraum gelegt. Tomek griff danach und inspizierte ihn. In diesem Moment wollte er nichts mehr, als ihn gegen den Hinterkopf des Inspektors zu schleudern, aber er wusste, dass das nichts lösen würde.

Wenige Augenblicke später hatte Aidan das Inselende des Strood erreicht, und der Verkehr begann sich zu lichten. Tomek legte den Gang ein und fuhr auf die Insel zu.

Als er an Derrys Leiche vorbeifuhr, drehte sich Hadland wie durch einen sechsten Sinn um und starrte ihn an, wobei er ihm im Vorbeifahren ein herablassendes kleines Winken schenkte.

*Dämlicher verfickter Schwachkopf. Wette, er wohnt immer noch bei seiner Mutter, dieser Weichling.*

# KAPITEL
# SECHSUNDVIERZIG

Tomek hielt sich gerne für jemanden, der keine Groll hegte. Für jemanden, der die Wolke aus Frust und Verbitterung nicht zu lange über sich schweben ließ. Aber Hadlands Behandlung war die Ausnahme von der Regel. Der Inspektor hatte ihn blamiert und erniedrigt. Für Tomek war das inakzeptabel, und während er zur Ostseite der Insel gefahren war, hatte er beschlossen, seinen Ärger und seine Frustration in etwas anderes zu kanalisieren.

Vielmehr in *jemand* anderen.

Die betreffende unglückliche Seele war Damien Westwood.

Als Tomek auf die Werkstatt des Maurers zuschritt, jonglierte er mit dem Ziegelstein in seinen Händen, als wäre er ein Tennisball. Er fand Damien, der gerade aus einem anderen Raum der Werkstatt kam, mit einem großen Sack Material über der Schulter. Der Mann erstarrte, sobald er den Ziegelstein sah.

»Woah, woah, woah! Was machst du mit dem Ding? Ich will keinen Ärger.«

Er ließ den Sack zu Boden fallen. Er landete mit einem dumpfen Aufprall und sandte eine Staubwolke in die Luft.

»Ich möchte dir nur ein paar Fragen stellen«, sagte Tomek.

»Noch mehr? Du hast mir schon massenhaft Fragen gestellt.«

»Es geht um diesen Ziegelstein.« Tomek blieb am Eingang des

Lagers stehen und bemerkte zum ersten Mal die Musik, die im hinteren Teil des Raumes spielte.

»Ich hab dir doch gesagt, ich hatte nichts damit zu tun, dass dieser Ziegel durch Charlenes Fenster flog.«

Tomek schüttelte den Kopf und wedelte mit dem Finger vor dem Mann. »Falscher Ziegel, falsches Fenster.«

»Wovon redest du dann?«

Tomek griff in seine Hosentasche und holte die Notiz hervor, die den Ziegelstein begleitet hatte. »Du hattest also nichts damit zu tun?«

»Nein! Ich weiß nicht mal, was *das* überhaupt ist. Du hast noch gar nichts erklärt. Du zeigst mir nur einen verdammten Ziegelstein!«

»Du scheinst nervös zu sein.«

»Was soll ich tun? Auf die Knie fallen und eine verdammte Zielscheibe auf meine Stirn malen? Reiß dich zusammen.«

Tomek wechselte den Ziegelstein von einer Hand in die andere. Er genoss das. Die Macht. Die Befriedigung, das Gespräch zu kontrollieren. Es war einer der Aspekte des Jobs, die nie langweilig wurden.

»Letzte Nacht wurde dieser kleine Ziegelstein, genau der, der den Namen und das Logo deiner Firma trägt, durch das Fenster des Wohnwagens geworfen, in dem meine Tochter und ich übernachten. Dabei war diese Nachricht, die mir sagt, ich soll mich zurückziehen.«

»Was hat das mit mir zu tun?«

»Es ist dein Ziegelstein.«

»Meine Ziegel sind überall«, zischte Damien. Die Entschlossenheit war jetzt in seine Stimme zurückgekehrt, und er stand aufrechter, gerader. »Sie sind auf der ganzen Insel verteilt. Weißt du, wie viele Häuser und Anbauten ich mit aufgebaut habe? Massenweise.«

»Ja, aber Ziegel sind doch wie Puzzleteile, oder?«, entgegnete Tomek. »Jedes Teil hat seinen Platz. Es bleiben keine übrig. Es ist nicht so, als wäre jedes Haus ein LEGO-Set mit Ersatzteilen. Alle Übrigen kommen zu dir zurück. Also frage ich nochmal, warum sollte einer deiner Ziegel durch mein Fenster fliegen?«

»Ich. Weiß. Es. Nicht. Es hat nichts mit mir zu tun.«

Schließlich senkte Tomek seinen Arm. Die einfache Bewegung schien die Spannung in der Luft zu mildern; Damiens Schultern sanken sichtbar, und der besorgte Ausdruck in seinem Gesicht verschwand.

»Wer hat noch Zugang zu diesen Räumlichkeiten?«, fragte Tomek.

»Ich. Es ist mein Geschäft, und ich bin der Einzige mit einem Schlüssel.«

Tomek hielt einen Moment inne, um die Werkstatt zu inspizieren. Seit seinem letzten Besuch war die Anzahl der Ziegel auf den Paletten im Vorhof gewachsen. Sie waren mit Klammern und Seilen festgezurrt. Mehrere lose Ziegel waren heruntergefallen und lagen verstreut am Boden.

»Und was ist mit denen hier draußen?«, fragte Tomek.

»Was soll mit denen sein?«

»Was machst du nachts mit denen?«

»Die bleiben da. Es macht keinen Sinn, sie jeden Tag rein und raus zu bewegen. Niemand wird kommen und eine ganze Palette Ziegel klauen, oder? Und wenn doch, würde ich es wissen. Ich habe Überwachungskameras überall hier – ich würde es sehen.«

Tomeks Kopf schnellte so schnell zu Damien herum, dass er sich fast einen Schleudertrauma zuzog.

»Überwachungskameras?«

»Du hast davon also schon gehört?«, murmelte Damien sarkastisch. Seine Einstellung hatte sich geändert, seit er realisiert hatte, dass Tomek ihm den Ziegel nicht mehr an den Kopf werfen würde.

»In meiner Branche lebe und atme ich Überwachungskameras. Aber wenn du dir keine Sorgen machst, dass jemand bei dir klaut, warum hast du sie dann?«

»Ian...« Damien zeigte in die ungefähre Richtung des Weinbergs weiter unten an der Straße. »Nach seinem ›Einbruch‹ habe ich sie installiert.«

»Warum?«

Damien zuckte mit den Schultern. »Weil ich ehrlich gesagt nichts mehr mit ihm und all dem zu tun haben wollte. Ich sagte ihm, wenn er seine Versicherung anlügen will, dann kann er das tun, aber ich will damit nichts zu tun haben. Die Menge an Schlaf, die ich verloren habe, während sein Antrag bearbeitet wurde, war irre. Er war nicht sehr glücklich darüber, also dachte ich, es wäre in meinem eigenen Interesse, ein paar Überwachungskameras zu installieren. Nur für den Fall, weißt du.«

Tomek stopfte das Stück Papier in seine Tasche. »Zeig sie mir. Ich will sie sehen.«

Wie ein aufgeregtes Kind folgte Tomek Damien ins Hinterbüro. Der Raum war eng, enthielt aber alles Wesentliche, und innerhalb weniger Augenblicke hatte Damien die Überwachungssoftware auf den Bildschirm gerufen.

»Zeig mir letzte Nacht«, ordnete Tomek an.

»Wann?«

»Kurz vor zehn Uhr.« Er legte den Ziegelstein auf den Schreibtisch. »Das Ding kam gegen halb elf durchs Fenster geflogen.«

Damien tat, wie ihm gesagt wurde, und die beiden verbrachten die nächsten zwei Stunden damit, das Filmmaterial durchzugehen, die verschiedenen Winkel rund um die Werkstatt zu überprüfen und nach Anzeichen einer Person zu suchen, die sich den losen Ziegeln näherte und einen aufhob. Sie sahen sich fast zwölf Stunden Filmmaterial an, mit zehnfacher Wiedergabegeschwindigkeit, und dennoch fanden sie nichts. Kein Anzeichen, dass jemand den Vorhof betreten hatte, kein Anzeichen, dass jemand einen Ziegel gestohlen hatte.

Nichts. Es war eine Sackgasse.

»Tut mir leid«, sagte Damien und klang dabei fast so niedergeschlagen, wie Tomek sich fühlte.

»Tu mir einen Gefallen und such bitte weiter. Wenn du etwas Interessantes siehst, lass es mich wissen.«

Damien bestätigte, dass er das tun würde.

Gerade als Tomek gehen wollte, kam ihm eine Idee.

Sogar zwei.

Er schnappte sich ein Notizbuch vom Schreibtisch und griff nach einem Stift aus einem Stiftehalter neben dem Computermonitor, dann hielt er ihn Damien hin.

»Ich möchte, dass du ‚Halt dich von den Ermittlungen fern. Du wurdest gewarnt' in Großbuchstaben schreibst.«

Damien öffnete den Mund, um zu protestieren, fing sich aber schnell wieder. Ohne etwas zu sagen nahm er den Stift von Tomek und kritzelte die Nachricht auf das Papier. Als er fertig war, drehte Tomek dem Mann den Rücken zu und inspizierte das Geschriebene, indem er es neben die Nachricht hielt, die durchs Fenster gekommen war.

Es gab keine Übereinstimmung. Damiens Handschrift war viel

sorgfältiger als die Notiz, die er erhalten hatte. Damien war nicht derjenige gewesen, der sie geschrieben hatte.

»Eine letzte Sache«, sagte Tomek.

»Du verlangst nicht viel, oder?«

Tomek lachte leise. »Ich möchte, dass du eine Liste aller Leute auf der Insel aufschreibst, die mit Charlene in Verbindung stehen und für die du in der Vergangenheit gearbeitet hast, ob es nun eine kleine Ziegelmauer für ihre Einfahrt oder ein brandneues Haus ist.«

# KAPITEL
## SIEBENUNDVIERZIG

Stuart Simms' Name stand ganz oben auf Damiens Liste.

Er stand auch ganz oben auf Tomeks eigener gedanklicher Liste.

Allerdings aus einem anderen Grund. Damien hatte nicht nur für den Marktstandbesitzer gearbeitet und ihm damit potenziell Zugang zu einigen von Damien Westwoods Ziegeln verschafft, sondern er war auch einer der wenigen Menschen auf der Insel, die genau wussten, in welchem Wohnwagen Tomek und Kasia gewohnt hatten.

Das brachte ihn für Tomek direkt an die Spitze der Verdächtigenliste.

Tomek war dankbar, aus dem Auto aussteigen zu können. Es war wieder ein schwüler Tag. Die Außentemperatur lag bei Mitte zwanzig, aber im Inneren des Wagens war es wie in einer Schwitzkiste, und die Temperaturanzeige auf dem Armaturenbrett zeigte einunddreißig Grad Celsius. Tomek wischte sich einen Schweißtropfen von der Stirn, als er die Tür schloss und auf Stuart Simms' Haus zuging. Der Vorgarten war makellos und sah aus wie etwas von der Chelsea Flower Show. Farben explodierten aus jedem Winkel und überwältigten ihn. Er wusste nicht, wohin er zuerst schauen sollte, worauf er seinen Blick zuerst richten sollte. Es war deutlich zu erkennen, dass Stuart oder möglicherweise seine Frau viel Zeit mit der Pflege verbrachten und es zu ihrem Lebenswerk machten. Auf dem Boden lagen fachmännisch platzierte Schieferplatten zwischen einem Bett aus weißen Steinen. Zu seiner Linken befand sich ein kleines Wasserspiel, das den Bereich mit einem sanften, fast therapeutischen Klang erfüllte. Darauf saß ein kleines Rotkehlchen auf dem Rand und beobachtete Tomek vorsichtig, während es an dem Wasser nippte.

Tomek machte einen großen Bogen um es und näherte sich der Haustür. Gerade als er die Hand nach der Türklingel ausstrecken wollte, öffnete sich das Seitentor, und Tony Fowler kam heraus, eine große, schwere Werkzeugtasche tragend. Der Mann erstarrte, sobald er Tomeks Blick begegnete.

»Welch ein Zufall, Sie hier zu treffen«, sagte Tomek.

»Ich habe nur eine schnelle Arbeit erledigt. Stu hat ein paar Bewässerungsprobleme in seinem Schuppen.«

Tomek entschied sich, nichts zu sagen, und Tony zögerte einen Moment, unschlüssig, ob er weitersprechen oder seines Weges gehen sollte. Schließlich schlenderte er an Tomek vorbei, vermied seinen Blick und achtete darauf, jeglichen körperlichen Kontakt mit ihm zu vermeiden.

Tomek wartete, bis der Mann bei seinem Range Rover angekommen war, bevor er etwas sagte. »Schönes Auto«, rief er.

»Ähm… danke«, antwortete Tony unsicher. »Ich habe beschlossen, mir etwas zu gönnen.«

»Muss ein Vermögen gekostet haben. Aber Sie müssen Ihrer Mutter und Ihrem Vater dankbar sein, dass sie Sie das Geld aus dem Geschäft nehmen ließen.«

Tony machte plötzlich ein Gesicht wie ein Fisch auf dem Trockenen: rot und verwirrt, als hätte er viel mehr bekommen, als er erwartet hatte. Aber bevor er antworten konnte, erschien Stuart aus dem Seitentor. Auch er erstarrte, sobald er Tomek an der Haustür stehen sah.

»Detektiv…«, begann Stuart. »Was für eine… was für eine schöne Überraschung das ist.«

»Ebenso.«

»Möchten Sie… möchten Sie hereinkommen?«

Tomek blickte auf den Korb mit abgestorbenen Blütenköpfen in Stuarts Hand herab. »Ich hoffe, ich komme nicht ungelegen.«

»Im Gegenteil. Nur ein bisschen leichte Gartenarbeit.«

Stuart deutete Tomek an, durch das Seitentor einzutreten. Tomek tat dies zur Begleitmusik von Tonys Range Rover, der davonfuhr und die schmale Landstraße hinunterraste.

Tomek blieb am Ende des Weges stehen und betrachtete staunend den Garten. Wenn er dachte, der Vorgarten sei beeindruckend gewesen, so war der hintere Garten atemberaubend. Der Raum war ein Kaleidoskop von Farben, die gleichzeitig miteinander verschmolzen und sich voneinander abhoben. Jeder Abschnitt des Gartens hatte ein Thema, und jede Pflanze hatte einen Zweck. Das Gras war perfekt geschnitten, sodass es wie aus einem Zeichentrickfilm aussah, und die Pflanzen hatten verschiedene Höhen, die Maßstab und Tiefe boten. Tomek wünschte, er könnte etwas Ähnliches für seinen Garten erkunden, aber er war bei weitem nicht groß genug. Ganz zu schweigen davon, dass er ihn mit seinem Nachbarn im Erdgeschoss teilte. Sicher, Edith erledigte einen guten Job beim Aufräumen und Anpflanzen von Gemüse während der Saison, aber es war kein eigener Raum. Und würde es auch nie sein.

»Was halten Sie davon?«, fragte Stuart.

»Schön«, sagte er und entschied sich, sein Erstaunen herunterzuspielen.

»Danke. Sally und ich haben viel Zeit damit verbracht, ihn zu pflegen.«

Bei der Erwähnung ihres Namens tauchte eine kleine, ordentliche Frau hinter einem Busch auf und winkte ihnen mit einer Gartenschere zu.

»Ich habe sie gar nicht gesehen«, bemerkte Tomek.

»Manchmal verliere ich sie im Unterholz, sie ist so klein. Besonders zu dieser Jahreszeit, wenn alles in voller Blüte steht.«

Tomek öffnete den Mund, um zu antworten, erinnerte sich dann aber an den Grund seines Besuches.

»Können wir drinnen reden?«

Stuart öffnete hastig die Hintertür und führte Tomek hinein. Er goss zwei Gläser Wasser aus dem Waschbecken und stellte sie auf den Küchentisch. Als Stuart sich auf die Kante des gegenüberliegenden Sitzes setzte und schnell aus dem Fenster nach hinten blickte, legte Tomek den Ziegel auf den Tisch. Er machte ein lautes *Bumm*.

Stuarts Augen weiteten sich, als sie darauf fielen.

»Wissen Sie, was das ist?«, fragte Tomek.

»Ein Ziegel.«

»Zehn Punkte.«

»Wissen Sie, woher er kommt?«

»Von Damiens Grundstück?«

»Noch mal zehn Punkte.«

»Wissen Sie, wo ich ihn gefunden habe?«

Diesmal brauchte Stuart länger, um zu antworten. Schließlich zuckte er mit den Schultern und nahm einen Schluck Wasser.

»Gestern Abend hatte ich das Vergnügen, diesen von meinem Wohnwagenboden aufzuheben. Zusammen mit einer Menge Glas. Sie wüssten nicht zufällig etwas darüber, oder?«

Stuarts Augen weiteten sich noch mehr, bis zu dem Punkt, an dem Tomek dachte, sie würden fast platzen.

»Haben Sie diesen Ziegelstein durch mein Fenster geworfen, Stuart?«

Der Mann konnte seinen Blick nicht vom Ziegelstein abwenden. »Was... was bringt Sie darauf, dass ich es war?«

»Die Tatsache, dass ich eine Handvoll davon an der Seite Ihres Hauses gesehen habe, und dass Sie einer von nur vier Personen sind, die wissen, wo meine Tochter und ich untergebracht waren.«

»Ich?«

»Ja, Sie. Sie standen neulich vor meiner Haustür, oder etwa nicht? Haben mich wegen Informationen über Charlenes Tod belästigt.«

»Ja, aber-«

»Haben versucht, vertrauliche Informationen aus mir herauszuquetschen.«

»Darüber haben wir doch schon gesprochen«, erwiderte Stuart und wurde defensiv. »Ich habe Ihnen gesagt, sie war meine Freundin. Ich war einfach neugierig. Außerdem arbeiten Sie nicht mehr an dem Fall, also mit welchem Recht-«

»Ich habe nie gesagt, dass ich wegen Charlene hier bin. Ich bin hier, um herauszufinden, wer diesen Ziegelstein durch mein Fenster geworfen hat. Und Ihr Name steht ganz oben auf der Liste. Welche Arbeit hat Damien für Sie erledigt?«

»Er hat die Ziegelmauer vorne repariert. Mick ist vor einiger Zeit reingefahren. Der Idiot hatte getrunken und ›vergessen‹, dass sie da ist.«

»Und Sie haben einige der Ziegelsteine behalten?«

Stuart zuckte mit den Schultern. »Ich dachte, ich könnte sie vielleicht für irgendetwas gebrauchen.«

»Zum Beispiel, um vor ein paar Wochen einen durch Charlenes Fenster zu werfen?«

Die Frage und die damit verbundene Unterstellung schienen Stuart zu verwirren. Sein Mund öffnete und schloss sich wie bei einem Fisch. »Davon wusste ich nichts...«, murmelte er.

»Sind Sie sicher?«

»Ehrlich.«

»Das waren nicht Sie?«

»Nein! Ich war es nicht. Ich habe mit all dem nichts zu tun. Ich schwöre. Und ich finde es wirklich nicht in Ordnung, dass Sie hier auftauchen und mich beschuldigen. Genau wie bei unserem letzten Treffen.«

»Da habe ich gesehen, wie Ihre Wut hochkam«, antwortete Tomek. »Sie haben eine ziemlich fiese Seite an sich, nicht wahr, Stuart?«

»Die habe ich, wenn Sie drohen, meine Familie zu ruinieren.«

»Ich glaube, das haben Sie selbst getan, als Sie angefangen haben, eine Affäre mit Ariana zu haben.«

Die Haustür öffnete sich genau in dem Moment, als Tomek sprach, und Sally Simms erstarrte in der Türöffnung. Tomek würde lügen, wenn er behauptete, er hätte sie nicht kommen sehen und auf den geeigneten Moment gewartet, um diese besondere Bombe auf sie fallen zu lassen. Sie legte die Gartenschere auf die Küchentheke und ging wieder hinaus, wobei sie die Tür hinter sich zuschlug.

Stuart sprang ihr nach, aber Tomek stellte sich ihm in den Weg.

»Sie und ich sind hier noch nicht fertig«, sagte er.

»Das sind wir verdammt nochmal doch! Sie haben gerade meine Ehe ruiniert! Ich muss ihr hinterher.«

»Wie gesagt, die Schuld liegt bei Ihnen. Setzen Sie sich. Je schneller Sie meine Fragen beantworten, desto schneller können Sie Ihrer Frau hinterherlaufen.«

Tomek konnte an Stuarts Gesicht die Unentschlossenheit ablesen, ob er kämpfen sollte; ob er stark und mutig genug wäre, Tomek aus dem Weg zu räumen. Er verlor schnell den inneren Kampf und kehrte zu seinem Platz zurück.

»Braver Mann«, sagte Tomek. Aus dem Augenwinkel bemerkte er einen Notizblock und einen Stift. Er griff danach und legte beides vor Stuart.

»Was soll das?«

»Ich möchte, dass Sie einen Brief an Ihre Frau schreiben.«

»*Was?*«

»Sie haben mich gehört. In Blockbuchstaben. Einen Brief an Ihre Frau darüber, wie leid es Ihnen tut.«

»Das kann doch nicht Ihr verdammter Ernst sein...«

»Wenn Sie es nicht für Ihre Frau tun wollen - wenn Sie mit dem Kummer nicht umgehen können und sich der Tatsache stellen, dass Sie ein Arschloch sind - dann tun Sie es für Ihren Schwager. Entschuldigen Sie sich bei ihm dafür, dass Sie ein Loch in sein Boot gemacht haben.«

Verärgert machte Stuart Anstalten zu gehen und stieß dabei den Stuhl um, aber Tomek hielt ihn mit erhobener Hand zurück. Er tippte auf seine Uhr. »Die Zeit läuft. Ihre Frau wird wahrscheinlich bald die Insel verlassen.«

Stuart grunzte, schnappte sich den Ziegelstein vom Tisch und schwang ihn in der Luft.

»Gehen Sie mir verdammt nochmal aus dem Weg!«

»Jetzt kommen wir der Sache näher«, entgegnete Tomek und blieb standhaft. Er hatte nicht die geringste Angst. Er war schon größeren und bedrohlicheren Männern als Stuart begegnet. Im Vergleich dazu war der Mann eine Maus. »Hat sich das gestern Abend auch so angefühlt? Oder als Sie den Ziegelstein durch Charlenes Fenster geworfen haben? Oder als Sie sie und Derry getötet haben? Hat es sich so angefühlt?«

Wilde Wut loderte in den Augen des Mannes, und einen Moment lang dachte Tomek, er würde gleich etwas mit dem Ziegelstein anstellen. Aber schließlich ließ er ihn auf den Tisch fallen, nahm den Notizblock und den Stift und begann, etwas auf das Papier zu kritzeln. Tomek sah gespannt zu, mit klopfendem Herzen, bis Stuart fertig war und ihm die Notiz reichte.

Die Schrift war überraschenderweise lesbar. Stuart hatte geschrieben: »Es tut mir leid, dass ich ein Loch in dein Boot gemacht habe, aber du hast es verdient.«

Das war nicht die Nachricht, die Tomek erwartet hatte, aber das war nicht der Punkt, das war nicht der Grund, warum er Stuart gezwungen hatte, sie zu schreiben. In seiner Tasche war die Notiz, die am Ziegelstein befestigt gewesen war. Er holte sie heraus und hielt sie nebeneinander, analysierte die Buchstaben, betrachtete, wie das »S« und das »B« und alle anderen Buchstaben geschrieben worden waren.

Und wie erwartet, gab es Ähnlichkeiten. Es war nicht perfekt, aber auch nicht meilenweit entfernt. Gerade genug, damit Tomek vermuten konnte, dass der Mann derjenige war, der die Notiz geschrieben hatte.

Das einzige Problem war, dass Stuart Simms nicht mehr da war. Tomek war so mit den Buchstaben beschäftigt gewesen, dass er überhaupt nicht mitbekommen hatte, wie Stuart durch die Hintertür verschwunden war.

»Verdammt!«

Tomek rannte ihm nach, sprintete an der Seite des Hauses entlang. Als er die Haustür erreichte, war Stuart außer Sichtweite.

»Scheiße!«

# KAPITEL
# ACHTUNDVIERZIG

Tomek war außer Atem, als er zehn Minuten später das Victory Inn betrat. Vor dem Eingang hatte es keine Parkplätze gegeben, und so war er gezwungen gewesen, in der nächstgelegenen Lücke einige hundert Meter entfernt zu parken.

Das Innere des Pubs war wie eine Sauna, und die drückende Hitze klebte an seinem Rachen und verschlimmerte sofort den Schweiß auf seinem Haaransatz und am unteren Rücken.

In der Mitte des Raumes, mitten in einem Telefongespräch, stand DC Hadland. Sobald er Tomek entdeckte, stürmte er auf ihn zu und drängte ihn rückwärts, um ihn aus dem Pub zu befördern. Tomek schüttelte die Hand des Mannes ab und sagte: »Was zum Teufel denkst du, was du da machst?«

»Ich verhafte dich.«

Tomek verteidigte sich mit einem kräftigen Stoß.

»Ich habe dir gesagt, dass ich dich verhaften werde, wenn du dieser Ermittlung zu nahe kommst.«

Hadland legte auf und steckte das Gerät in seine Tasche. In diesem kurzen Moment hatte Tomek die Gelegenheit genutzt, etwas Abstand zwischen ihnen zu schaffen. Zehn Fuß trennten sie jetzt; Tomek draußen im Biergarten, Hadland gerade dabei, die Schwelle zu überschreiten.

»Das würde ich nicht tun, wenn ich Sie wäre«, sagte Tomek.

»Warum nicht?«

»Ich beherrsche Kung Fu.«

Ein verwirrter Blick breitete sich auf Hadlands Gesicht aus.

»Kein Fan von *The Matrix*? Na gut dann.«

»Spuck es aus. Was hast du zu deiner Verteidigung zu sagen?«

»Ich glaube, ich weiß, wer für Charlenes und Derrys Morde verant-wortlich ist.«

Das schien zu wirken. Einfach und direkt auf den Punkt gebracht. Hadland trat mit unbewegtem Gesicht beiseite. Vorsichtig näherte sich Tomek dem Mann, hielt seinen Körper angespannt, falls der Mann ihn hereingelegt hatte. Aber sobald er die Schwelle des Pubs überschritten hatte, entspannte Tomek seine Schultern und öffnete seine geballte Faust.

Als er sich auf einen Stuhl setzte, platzierte Tomek den Ziegelstein auf dem Tisch.

»Willst du mir damit den Schädel einschlagen?«, fragte Hadland ohne einen Hauch von Ironie in seiner Stimme.

»Du bist die dritte Person, die mich das heute fragt. Und du bist die dritte Person, die mir genau diesen Blick zuwirft.«

Hadland hob eine Augenbraue.

»Keine Sorge«, sagte Tomek. »Es ist nicht das, was du denkst.«

Und dann erklärte er, was in der vergangenen Nacht mit dem Ziegelstein passiert war, mit wem er seitdem darüber gesprochen hatte und was er Hadland zeigen wollte. Schließlich näherte sich der Inspektor vorsichtig dem Tisch. Als er sich setzte, nahm er beide Papierstücke auf und begann, sie zu analysieren.

»Du denkst, diese wurden von derselben Person geschrieben?«

»Stuart Simms«, antwortete Tomek.

»Und du denkst, er hat Charlene Harris und Derry Waterman ermordet?«

Tomek nickte.

»Warum? Welche Beweise hast du?«

Tomek öffnete seinen Mund, besann sich dann aber eines Besseren. Und dann wurde es ihm plötzlich klar. Er hatte keine Beweise. Zumin-dest nichts Physisches, Greifbares. Nichts außer seiner Intuition und seinem Bauchgefühl. Nichts, was vor Gericht als Beweis dienen könnte. Nichts, was jemals an der Staatsanwaltschaft vorbeikommen würde.

»Er...«, begann Tomek.

»Lass mich raten. Du denkst, er hat den Ziegelstein durch dein Fenster geworfen?«

»Ja...«

»Und lass mich raten, du hast das Ding den ganzen Tag angefasst?«

Tomek blickte auf den Gegenstand hinunter.

»Ist dir nicht in den Sinn gekommen, dass wir ihn vielleicht auf Fingerabdrücke hätten untersuchen können?«

Das war es nicht.

»Und dass wir dasselbe mit dem Papier hätten tun können?«

Das auch nicht.

»Wenn du eine dieser Sachen getan hättest, hättest du vielleicht eine bessere Chance gehabt, herauszufinden, wer den Ziegelstein durch das Fenster geworfen hat. Aber es hätte dir nicht verraten, wer jemanden ermordet hat.«

Tomek runzelte die Stirn. »Du hast die Notiz gelesen, oder? Die Warnung ist laut und deutlich. Sie könnte nur vom Mörder stammen.«

»Wie engstirnig von dir«, bemerkte Hadland. »Bei der Anzahl von Leuten, die du während dieser Ermittlung verärgert hast, würde es mich nicht wundern, wenn dein Nachbar es getan hätte.«

»Dayana...«, flüsterte Tomek zu sich selbst. Für einen Moment zog er die Möglichkeit in Betracht, dass sie den Ziegelstein durch sein Fenster geworfen hatte, verwarf diesen Gedanken aber sofort wieder. Es war absurd.

»Du hast keine Beweise«, sagte Hadland und zog den Stuhl unter dem Tisch hervor. »Du hast nichts erreicht. Alles, was du getan hast, ist, dich einzumischen, deine verdammte Nase in Dinge zu stecken, wo sie nicht gewollt war, und mir einen Haufen Ärger zu bereiten, weil ich hinter dir aufräumen musste. Du warst ein absoluter Schmerz in meinem Arsch, und du hast das Offensichtlichste in all dem übersehen.«

»Was?« Tomek versuchte, die Aufregung in seiner Stimme zu verbergen, aber es gelang ihm nicht.

»Mick Thorne.«

Es dauerte eine Weile, bis der Name einsank.

»Mick? Du denkst, Mick hat es getan?«

»Wir haben mit mehreren Personen gesprochen, die in der Nacht, als sie starb, im Pub waren, und alle haben gesagt, dass er ihr gegenüber aggressiv und bedrohlich war. Ganz zu schweigen davon, dass er stark betrunken war und seinen Aufenthaltsort nicht angeben kann.«

»Genau, weil er völlig besoffen war.«

Hadland winkte den Kommentar ab. Ein selbstgefälliges Lächeln breitete sich auf seinem Gesicht aus. »Du hast das Beste noch nicht gehört.«

Tomek wusste, dass Hadland darauf wartete, dass er fragte, aber er würde dem Mann nicht diese Genugtuung geben.

»Wir haben ihn auf Überwachungskameras in der Nacht von Charlenes Tod, wie er in Richtung Pub läuft, ungefähr zu der Zeit, als sie starb.«

»Wie das?«

»Jemand ist mit den Aufnahmen nach vorne getreten.«

Das war neu für Tomek. Besonders wenn man bedenkt, dass Mick ihm am Tag zuvor nichts davon gesagt hatte. »Das beweist nicht, dass er sie getötet hat, genauso wenig wie mein Ziegelstein beweist, dass es der Mörder war, der ihn durchs Fenster geworfen hat.«

Hadland erhob sich aus dem Sessel und ging zur Tür. »Wir werden sehen. In Anbetracht seines derzeitigen Zustands bin ich sicher, dass er mehr als bereit sein wird, alles zu gestehen, sobald wir ihn im Vernehmungsraum haben.«

Hadland öffnete die Haustür, was seine Geste unmissverständlich machte.

Als Tomek aufstand, nahm er den Ziegelstein und die Notizen mit. Auf dem Weg nach draußen murmelte er zu Hadland: »Ich glaube, Sie machen einen großen Fehler. Mick hat seine Probleme, aber er ist nicht Ihr Mann.«

»Nun, ich bin dabei, ihn abzuholen und es herauszufinden. Sie werden die erste Person auf meiner Liste sein, der ich es erzähle... *Nicht*.« Und dann knallte er die Tür hinter Tomek zu, das Geräusch hallte von den Gebäuden wider und über das Wasser.

# KAPITEL
# NEUNUNDVIERZIG

Tomek schob gedankenverloren mit der Gabel das Essen auf seinem Teller hin und her; er wirbelte die gebackenen Bohnen herum, bis er in der Mitte einen kleinen Strudel erzeugt hatte, rollte die Würstchen von einer Seite zur anderen und zerdrückte das Rührei, bis es so platt war, dass es aussah, als wäre es gerade gebraten worden.

In Wahrheit war es, nach dem wenigen, was er probiert hatte, eines der besten englischen Frühstücke, die er je gegessen hatte, deutlich besser als das vom Wochenende, aber er hatte einfach keinen Hunger. Er hatte keinen Appetit, kein Verlangen, irgendetwas zu essen; er war nur aus Gewohnheit hier gelandet, weil es Mittagszeit war und sein Magen dachte, es sei Zeit für etwas zu essen.

Er schaute auf den Teller mit Essen, dann schob er ihn weg, angewidert von sich selbst, weil er es nicht genoss. Das war das Besondere an englischen Frühstücken; man konnte sie überall genießen, zu jeder Tageszeit. Natürlich sind nicht alle englischen Frühstücke gleich, aber es spielte keine Rolle, ob man eines am Flughafen um vier Uhr morgens verschlang oder eines als späten Snack genoss. Sie waren dazu da, genossen zu werden. Aber nicht für Tomek, nicht in diesem Moment.

Das Einzige, was ihn noch mehr anwiderte, waren seine Gedanken an Mick Thorne.

Inzwischen war der Reiseveranstalter verhaftet worden und auf dem Weg zur Polizeistation. Tomek verspürte einen Anflug von Mitgefühl. Mick hatte nichts Falsches getan. Er war völlig betrunken gewesen und wusste daher nicht, was er in der Nacht von Charlenes Mord getrieben hatte. Aber vielleicht war genau das ein Teil des Problems. Vielleicht hatte er es tatsächlich getan, wusste es nur nicht.

Tomek zog diese Möglichkeit in Betracht und ließ dann frustriert Messer und Gabel auf den Teller fallen. Er wusste es nicht mehr.

Vielleicht hätte er es von Anfang an der örtlichen Polizei überlassen sollen. Den Leuten mit Zugang zu einem Team und einem Budget die Verantwortung für den Fall geben sollen. Stattdessen hatte er es auf sich genommen, hatte versucht, sich einzumischen und sich selbst ins Zentrum der Aufmerksamkeit zu stellen. Und was war dabei herausgekommen? Eine weitere Leiche war aufgetaucht, und ein unschuldiger Mann wurde verhört, während der Mörder weiterhin frei herumlief.

Eine Gestalt tauchte hinter ihm auf und schwebte an seiner Seite. Sie stand dort für ein paar Sekunden. Tomek nahm an, dass es Rick oder Hadland oder Aidan war, die endlich kamen, um ihn zu verhaften.

Es war dann eine angenehme Überraschung, als er aufblickte und Bradley über sich schweben sah.

»Ist dieser Platz besetzt?«

»Ganz deiner.«

Bradley ließ sich auf den Stuhl sinken und stützte seine Ellbogen auf den Tisch. Er schaute auf das Essen hinunter.

»Stimmt etwas nicht damit?«

Tomek schüttelte den Kopf. »Hab nur keinen Hunger. Sorry. Aber richte dem Koch mein Kompliment aus.«

»Er sagt danke.«

Tomek neigte verwirrt den Kopf.

»Ich bin heute der Koch. Ich bin ganz allein.«

Tomek blickte zur Küche. Ihm war nicht aufgefallen, dass Bradleys Angestellte fehlte.

»Sie ist krank«, sagte Bradley. »Du weißt ja, wie Teenager sein können. Das Wochenende hat sie wahrscheinlich eingeholt.«

*Es holt uns alle ein...*

»Das bedeutet, ich bin für das Kochen verantwortlich. Nun, ich will mich nicht selbst loben, aber nach einigen Rückmeldungen, die ich heute gehört habe, mache ich das beste englische Frühstück auf der Insel.«

Tomek lachte. »Lass das bloß nicht Leon hören.«

»Leon ist in Ordnung. Wir kennen uns aus der Schule. Er ist außerordentlich talentiert. Nur am falschen Ort. Obwohl, jetzt, wo Charlene weg ist, könnte er versuchen, den Pub selbst zu übernehmen.«

Tomek hielt einen Moment inne. Diese Möglichkeit hatte er bisher nicht in Betracht gezogen. Leon, der unscheinbare Koch. Jemand, der jeden Tag mit Charlene zusammenarbeitete, sie aus nächster Nähe sah, wusste, wie sie mit Menschen umging und wie sie alles aus ihnen herausquetschte. Vielleicht hatte er Zugang zu einigen der sensiblen Finanzinformationen in den Büchern gehabt. Vielleicht hatte er ein Stück vom Kuchen gewollt, hatte danach gefragt, und als Charlene nein gesagt hatte... Vielleicht war er derjenige gewesen, der sie getötet hatte.

Tomeks Gedanken sprangen von Stuart Simms zu Leon Holland. Dann kehrten sie abrupt in die Gegenwart zurück: Bradley hatte gesprochen, aber Tomek hatte die Worte, die aus seinem Mund kamen, nur vage wahrgenommen.

»Hoffentlich wird nächstes Jahr besser...«, beendete der Cafébesitzer. »Wirst du nächstes Jahr kommen?«

»Nicht, wenn es so wird wie dieses Jahr«, scherzte Tomek.

Bradleys Gesicht wurde ernst. »Ich hoffe, dass das nicht der Fall sein wird. Dieser kleine Ort lebt davon, dass die Leute für die Regatta hierherkommen. Ich würde es hassen, wenn es wegen der Ereignisse dieses Jahres weniger Besucher gäbe.«

Tomek tippte mit dem Finger auf den Tisch. »Ich bin sicher, es wird in Ordnung sein. Menschen haben Fischgehirne, Kumpel; nach ein paar Monaten haben sie es vergessen.«

Bradley lachte. »Ich hoffe, du hast recht. Ansonsten bin ich mir nicht sicher, ob wir das nächste Jahr überleben können...«

Das Eingeständnis war niederschmetternd und eine Reflexion aller Unternehmen im aktuellen Markt. Aber Tomek wusste, dass es für Bradley eine besondere Tragweite hatte; das Geschäft seiner Eltern zu erben und zuzusehen, wie deren Blut, Schweiß und Tränen auf diese Weise versagten. Das würde viel härter treffen.

»Hast du irgendwelche positiven Nachrichten für mich?«, scherzte Bradley, als er begann, sich aus seinem Stuhl zu erheben.

»Ich bin nicht sicher, ob es positiv ist, aber die Polizei nimmt jemanden fest.«

»Eine Festnahme?«

Tomek erklärte die Situation.

»Also wirklich... *Mick*... Verrückt.«

»Ich denke nicht, dass es lange dauern wird, bis er wieder freikommt«, sagte Tomek und fügte hinzu: »Hoffe ich.«

»Du glaubst, er ist unschuldig?«

Tomek zuckte mit den Schultern. »Ich hoffe es. Er hat zwar seine Probleme, klar. Aber ich glaube nicht, dass er einen von beiden getötet hat. Und was noch beunruhigender ist, ist, dass ich keine Ahnung habe, wer es getan hat.«

# KAPITEL
# FÜNFZIG

Tomek musste seinen Kopf freibekommen, seinen Körper bewegen, etwas frische Meeresluft einatmen und hoffentlich ein paar Kalorien verbrennen und die Hungersensoren in seinem Gehirn wieder aktivieren.

An diesem Nachmittag gab es keine Bewegung in der Luft, und das Wasser war vollkommen still, als gäbe es keine Probleme auf der Welt, als hätten die Schwingungen des Planeten aufgehört, nachdem Mick verhaftet worden war.

Tomek schnitt anmutig, rhythmisch und mühelos durch das Wasser. Links, rechts, links, rechts. Er schnitt in die Oberfläche ein. Ab und zu hielt er inne, sodass das Kajak einfach gleiten konnte, als wäre er schwerelos.

Zum ersten Mal seit langem war er von Nichts umgeben. Er fühlte Frieden. Glücklicherweise wurde das dadurch unterstützt, dass keine Kasia im Heck des Bootes herumplanschte und ständig jammerte. Er hielt inne und ließ das Kajak treiben, bis er zum Stillstand kam. Er lehnte sich zurück und starrte in den Himmel. Ein perfektes Blau ohne weiße Makel starrte zurück. Eine sanfte Brise schubste sein Boot in eine Drehung.

Seit seinem Gespräch mit Bradley konnte Tomek Leon nicht aus dem Kopf bekommen. Der unscheinbare und unverdächtige Koch. Wie es Sinn ergeben könnte, dass der Mann Charlene getötet hatte. Wie eng er mit ihr zusammengearbeitet hatte. Wie er einer der Letzten war, der die Kneipe vor ihr verlassen hatte.

Das ergab irgendwie Sinn. Aber was war mit Derry? Tomek hatte keinen Grund, Leon zu verdächtigen, eine Meinungsverschiedenheit mit Derry gehabt oder einen Grund gehabt zu haben, ihn zu töten. Wenn Charlenes Tod teils Vergeltung, teils finanziell motiviert war, was war dann das Motiv für Derry?

Tomek konnte keins erkennen.

Und dann erinnerte er sich an das, was Dayana gesagt hatte: dass Derry gestorben war, weil er zur falschen Zeit am falschen Ort gewesen war.

Hatte Derry gesehen, wie Leon Charlene tötete, und ihn damit konfrontiert, nur um dann selbst getötet zu werden?

Tomek wusste es nicht. In seiner momentanen Stimmung war er bei allem ratlos. Nichts ergab für ihn in diesem Moment einen Sinn. Alles war grau und verworren, die verschiedenen Schattierungen vermischten sich zu einer. So sehr, dass der Himmel begonnen hatte, einen trüben, gedämpften Ton anzunehmen.

Er hob den Kopf und scannte seine Umgebung. Er befand sich mitten auf offenem Wasser. Überall um ihn herum war nichts. Die einzige Ausnahme war der Packing Shed, ein paar hundert Meter entfernt. Die kleine Hütte war vor über hundert Jahren errichtet worden und stand auf einem kleinen Erdhügel. Aus Holz gebaut, hatte sie allem getrotzt, was die Elemente zu bieten hatten. Flutwellen. Peitschenden Winden. Sintflutartigen Regenfällen. Und doch blieb sie eines der berühmtesten Wahrzeichen der Insel Mersea.

Tomek steuerte darauf zu und tauchte die Paddel tief ins Wasser, um so schnell wie möglich dorthin zu gelangen. Gerade als er das linke Paddel ins Wasser steckte, vibrierte sein Handy.

Kasia rief an.

Er legte das Paddel auf das Kajak und nahm den Anruf an.

»Ist alles in Ordnung?«, fragte er besorgt.

»Mir ist langweilig. Kann ich jetzt zurückkommen?«

»Nein«, sagte er.

»Warum nicht?«

»Weil dir nicht gefallen würde, wo ich bin«, sagte er, senkte das Telefon und schaltete es per Knopfdruck auf einen Videoanruf um. Es gab Zeiten, in denen er dankbar war, dass Kasia in sein Leben getreten war; ohne sie hätte er nicht gewusst, wie man das macht, ohne versehentlich den Anruf zu beenden oder einen völlig Fremden aus seinem Adressbuch hinzuzufügen.

»Kannst du mich sehen?«, fragte er.

»Ja. Ich kann dich sehen.«

»Wo bist du?«

»Ich bin in der unteren Ecke des Bildschirms, Papa«, sagte sie unbeeindruckt.

»Ja, das weiß ich. Wo bist du physisch?«

»Oh«, sagte sie. »Im Garten. Nana macht ein Getränk und Opa ist in der Garage.«

Wie immer, dachte Tomek.

»Willst du sehen, wo ich bin?«

Mit der Anmut einer Giraffe auf Eis schwenkte Tomek die Frontkamera um 360 Grad.

»Ich bin draußen auf dem Wasser«, erklärte er.

»Was machst du da draußen? Hast du dich verirrt?«

»Witzig. Ich dachte, ich kläre meinen Kopf, schnappe etwas Luft.«

»Hast du nicht gesagt, die Luft auf der Insel Mersea sei eine der saubersten, die man atmen könne?«

Klugscheißer.

»Ich wollte *noch sauberere* Luft«, antwortete er.

Bevor Kasia antworten konnte, kam ihre Nana mit den Getränken. Tomek sagte Hallo, führte den obligatorischen Smalltalk, legte auf und fuhr dann weiter zum Packing Shed.

Er kam ein paar Minuten später an. Das Wasser schwappte sanft gegen das Ufer und stahl Steine und Muscheln, als es zurückwich. Tomek ließ das Kajak zum Stehen kommen und stieg aus. Sein Fuß versank tiefer im Wasser als erwartet, bis zu seinen Knöcheln, und seine Socken waren schnell durchnässt. Seine Flüche hallten in die Ferne.

Sobald er auf der kleinen Insel war, machte sich Tomek auf den Weg zum Packing Shed. Das Erste, was er bemerkte, war der Geruch: verfaulte Fischinnereien, die viel zu lange in der Sonne gelegen hatten. Es war ein Wunder, dass keine Vogelschwärme kreisten oder an den guten Teilen fraßen. Vielleicht waren sie schon dagewesen und wieder gegangen, und alles, was blieb, war der Geruch von Tod und Verwesung.

Er hoffte nur, dass er drinnen keine weiteren Beispiele finden würde.

Tomek näherte sich der Vorderseite und versuchte die Tür. Zu seiner Überraschung ließ sich der Griff herunterdrücken, und er trat ein.

»Das ist seltsam...«, sagte er leise zu sich selbst.

Vorsicht und Beklemmung begannen plötzlich, in seinen Körper zu kriechen, und er spürte, wie sich die Haare in seinem Nacken aufstellten, seine Angst mit jeder verstreichenden Sekunde intensiver wurde. Er war schon früher in heikle und potenziell gefährliche Situationen geraten, aber normalerweise gab es einen Fluchtweg, eine Straße oder ein separates Gebäude, in das er flüchten konnte. Aber hier... Hier war er mitten im Nirgendwo. Eine Ente auf dem Präsentierteller. Leichte Beute.

Das Innere der Verpackungshütte stank nach Fisch, ein Geruch so überwältigend, dass Tomek die Luft wegblieb. Es war dunkel. Die Lichter waren aus, und das wenige Licht, das durch die kleinen Fenster an den Seiten der Hütte drang, reichte nicht aus. Um die Dunkelheit zu bekämpfen, schaltete Tomek die Taschenlampe seines Handys ein und leuchtete den Innenraum aus. An einer Seite der Verpackungshütte stand eine Maschine, die zum Ausnehmen und Säubern von Austern und Fischen verwendet wurde. Daneben befand sich ein kleiner Lagerbereich, in dem Werkzeuge und Fischereiausrüstung aufbewahrt wurden. Auf der anderen Seite stand eine Reihe von Tiefkühlschränken, deren Türen fest verschlossen waren. Daneben, fast am vorderen Ende des Raumes, befanden sich ein Tisch und eine Kasse, ein Platz, an dem Derry die Früchte seiner frühmorgendlichen Arbeit verkaufen konnte.

Draußen konnte Tomek das Geräusch eines Flugzeugs hören, das über sie hinwegflog. Sobald es vorbeigezogen war, begann er die Hütte zu untersuchen, angefangen bei der Theke vorne, drückte die Knöpfe an der Kasse, tippte mit den Fingern auf die Oberfläche, hob die Deckel der Tiefkühltruhen an und bereitete sich auf das vor, was sich darin befinden könnte. Er fühlte sich wie in einem Gangsterfilm, als er sie anhob, nur um darin gefrorene Fischpakete zu finden, anstatt der Leichen, mit denen er gerechnet hatte.

Er hielt plötzlich inne, als seine Taschenlampe den hinteren Teil des Gebäudes beleuchtete.

Dort, in den Holzboden eingesickert, war ein dunkler Fleck, in der Farbe von Blut. Tomek erstarrte, sein Blick fiel auf den Fleck, und er stellte sich vor, was passiert war.

Und dann sah er es. Die Ursache.

Achtlos auf dem Boden lag, im weißen Licht glitzernd, ein fünfzehn Zentimeter langes Fischermesser. Dasselbe Messer, das Tomek bei Derry gesehen hatte, als dieser am anderen Morgen nach Austern fischte.

Dieselbe Waffe, die zum Ausnehmen von Fischen benutzt worden war, war auch diejenige, mit der Derry Waterman ausgeweidet wurde.

# KAPITEL
## EINUNDFÜNFZIG

Fast eine Stunde später traf das forensische Team mit dem Boot ein. Zu diesem Zeitpunkt zog sich die Flut in alarmierendem Tempo zurück, weshalb sie gezwungen waren, ihre Blutproben und die restlichen Beweise schneller einzusammeln, als ihnen lieb gewesen wäre, um nicht auf der kleinen Insel gestrandet zu werden. Aber solange sie die Mordwaffe hatten, war Tomek zufrieden. Das Blut interessierte ihn nicht. Es war offensichtlich, wem es gehörte. Der wahre Erfolg war das Fischmesser.

Nachdem er dem SOCO-Team zum Abschied zugewinkt hatte, begann Tomek die mühsame Reise zurück zum Festland. Das Paddeln war diesmal schwieriger, verschlimmert durch die Flut, die bei jedem Paddelschlag gegen ihn ankämpfte. Auch der Gegenwind hatte zugenommen und verwandelte das einst spiegelglatte Wasser in aggressive kleine Wellen.

Zwanzig Minuten später, mit erschöpften Schultern und Bizeps, erreichte er den Steg. Als er ausstieg, tuckerte das Polizeiboot mit den forensischen Ermittlern in Richtung Festland. Bald würden sie im Labor ankommen und mit der Analyse der Klinge beginnen. Es war zu früh, um zu sagen, wann sie die Ergebnisse bekommen würden, aber Tomek hoffte, dass es innerhalb der nächsten ein oder zwei Tage sein würde, obwohl er aus Erfahrung wusste, dass das eine unmögliche Erwartung war.

Er band das Kajak mit einem dicken Seil am Steg fest und machte sich dann auf den Weg zum festen Boden, wo die Welt nicht jede Sekunde wackelte oder schwankte. Er kam bis zum Halbwegpunkt, bevor er eine kleine Gruppe von Personen entdeckte, die er kannte und die an der Straße standen.

Flynn, Monty, Jacob und Ian Kidd.

Tomek fand, sie sahen aus, als würden sie zusammen »Drei Männer und ein Baby« neu verfilmen, nur dass das Baby diesmal zehn Jahre älter war und die Zeit mit den Hauptdarstellern nicht gnädig umgegangen war.

Tomek näherte sich ihnen vorsichtig, das Paddel an seiner Seite tragend, als wäre er ein Ritter, der sich auf den Kampf vorbereitete, obwohl sein Bizeps ihn dafür sofort anschrie.

»Worum ging's da?«, fragte Flynn und nickte in Richtung des Polizeiboots.

»Offizielle Polizeiangelegenheit«, murmelte Tomek.

»Du bist suspendiert, heißt das nicht, dass du nicht *offiziell* Teil dieser ›offiziellen‹ Polizeiangelegenheit bist?«, fragte Ian und setzte das Wort offiziell in Anführungszeichen mit seinen Fingern. Tomek schätzte weder den Tonfall, in dem er es sagte, noch den höhnischen Gesichtsausdruck.

»Ich bin offizieller als du, also ja.«

»Komm schon«, sagte Flynn mit einem Hauch von Dringlichkeit in seiner Stimme. »Sag's uns. Haben sie etwas gefunden?«

»Nein. *Ich* habe etwas gefunden.«

»Was?«

Tomek zögerte. Er wollte es ihnen sagen. Teilweise um sein Ego zu stärken und Hadland indirekt den Mittelfinger zu zeigen. Und teilweise, um die Nachricht zu verbreiten, um den Mörder wissen zu lassen, dass sie die Mordwaffe gefunden hatten und dass seine DNA bald überall auf dem Messer gefunden würde.

Aber dann schaute er auf den kleinen Jacob hinunter. Der Junge lächelte höflich zu ihm hoch, fast erwartungsvoll.

Montgomery schien Tomeks Bedenken zu verstehen und legte seine Hände über die Ohren seines Sohnes. Der Junge blieb vollkommen still stehen und behielt denselben unschuldigen Gesichtsausdruck bei.

»Ich habe die Mordwaffe gefunden«, erklärte Tomek. »Derrys Fischmesser.«

Ein Mosaik aus drei schockierten, entsetzten und leicht verängstigten Gesichtern starrte Tomek an, akzentuiert durch das unschuldige und naive Gesicht des kleinen Jacob.

»War noch etwas anderes da?«, fragte Flynn.

»Wie was?«

Flynn zuckte mit den Schultern. »Keine Ahnung. Irgendetwas.«

»Blut. Jede Menge Blut.«

»Ich werd verrückt«, sagte Ian leise, seine Stimme brach. »Was denkst du, ist dort passiert?«

Tomek war vorsichtig bei seiner Wortwahl. »Ich glaube, Derry wurde dorthin gebracht und ermordet. Anschließend wurde er auf sein Boot gelegt und ins Wasser geworfen, wo er später an der Strood angeschwemmt wurde.«

»Aber wer könnte so etwas getan haben?«, fragte Flynn.

»Jemand, der einen Grund hatte, ihn zu töten. Jemand, der Zugang zu seinem Boot hatte und die Möglichkeit, nach der Tat zur Insel zurückzukehren.«

Montgomery hob die Hand, um eine Frage zu stellen, aber als er das tat, ließ er seinen Griff um den Kopf seines Sohnes los, und Jacob schrie: »Ich hab heute meine Mami gesehen!«

Beide Männer zu beiden Seiten von Montgomery drehten sich zu ihm um, eine neue Emotion kam zum Mosaik hinzu: Überraschung.

Montgomery reagierte, indem er seine Hände wieder über Jacobs Ohren legte und sagte: »Wir haben eine Frau gesehen, die ihr sehr ähnlich sah, aber ich hatte nicht das Herz, ihm zu sagen, dass sie es nicht war. Wahrscheinlich nicht das Beste, klar. Musste ihm sagen, dass sie zu beschäftigt war, um mit ihm zu reden und dass es ein Geheimnis war. Armer Junge, er will einfach nur seine Mutter wiedersehen.«

In diesem Moment zerfiel Montgomerys Gesicht, und er brach fast in Tränen aus.

»Tut mir leid«, sagte er. »Tut mir leid, ich will nicht-«

»Du hast nichts, wofür du dich entschuldigen müsstest«, sagte Ian und legte tröstend eine Hand auf Montgomerys Arm.

Flynn legte eine Hand auf seinen anderen Arm. Es war deutlich zu sehen, dass beide Männer und in gewissem Maße die ganze Insel genauso viel Mitgefühl für Montgomerys zerbrochene Ehe empfanden wie für den Tod von zwei ihrer prominentesten Bewohner.

»Jeder kleine Junge braucht seine Mutter«, fuhr Ian fort. »Du tust alles, was du kannst.«

Montgomery nickte langsam. Er schnüffelte die Tränen und den Kloß in seinem Hals weg und dankte den Männern für ihre freundlichen Worte und Unterstützung. Er tippte seinem Sohn auf die Schulter und sagte: »Komm schon, kleiner Mann, lass uns sehen, ob wir für dich ein Eis finden können.«

»Eis!«, echote Jacob mit der Begeisterung eines Teenagers, dem ein Fünfzig-Euro-Schein gegeben wurde.

Damit drehten sich Vater und Sohn um und schlenderten Hand in Hand die Straße hinunter.

Sobald sie außer Hörweite waren, sagte Ian: »Armer Bastard. Die letzten Monate waren hart für ihn.«

Tomek schenkte dem Weinbergbesitzer ein mitfühlendes Lächeln und versuchte, sich nicht anmerken zu lassen, dass er als Außenseiter die ganze Geschichte des Mannes und seiner Frau kannte, die Dayana ihm am Sonntagabend erzählt hatte. Dass sie jemanden jüngeren und attraktiveren in Colchester gefunden und sich in ihn verliebt hatte.

»Was passiert jetzt?«

Die Frage kam von Flynn und überraschte Tomek.

»Nun, das müssen Montgomery und seine Frau miteinander klären«, sagte er.

»Nicht die beiden«, erwiderte Flynn. »Ich habe von Derry gesprochen, der Mordwaffe...«

»Ach so. Das ist einfach. Die geht zur forensischen Untersuchung, und mit etwas Glück sollten wir Fingerabdrücke und eine DNA-Übereinstimmung finden können. Ihr könnt froh sein, dass ich keinen von euch Jungs um Proben gebeten habe. Aber ich bin sicher, sie werden demnächst an jemandes Tür klopfen.«

Beide Männer sahen für einen Moment besorgt aus, bis Flynn sagte: »Ich habe gehört, sie haben Mick heute früher dafür festgenommen.«

»Haben sie. Aber das heißt nicht, dass sie richtig liegen.«

»Du denkst also, der Mörder ist noch da draußen?«

»Ja. Ist das ganze Wochenende schon so. Er läuft unter uns herum. Und es wird nicht lange dauern, bis er gefasst wird.«

# KAPITEL
# ZWEIUNDFÜNFZIG

Der Wohnwagen fühlte sich seltsam leer und ruhig an ohne Kasia darin. Ohne den Fernseher im Hintergrund und die ständigen, erratischen, sekundenlangen Schnappschüsse von Videos auf ihrem Handy, wenn sie an ihnen vorbeiscrollte. Tomek war immer wieder erstaunt, wie schnell ihr junges Gehirn in Sekundenbruchteilen entschied, welches Video sie sehen wollte und welches nicht. Es war wie ein automatischer Schalter, der für jedes Video an- und ausging, während sie endlos scrollte und Medien konsumierte. Stattdessen hatte er nur die Stille und seinen inneren Monolog.

Er war nach seinem Treffen mit Ian, Flynn und Montgomery direkt nach Hause gefahren. Es gab nichts mehr, was er tun musste. Und er wollte seine Muskeln ausruhen, die Füße hochlegen, seine Schultern und Bizeps vom Paddeln erholen lassen. Er hatte gedankenverloren auf den stummen Fernsehbildschirm gestarrt und die flimmernden Bilder über seine Augen waschen lassen, während oben im Kopf nicht viel passierte.

Er kehrte plötzlich in die Realität zurück, als ein kleines Rotkehlchen auf der Terrasse vor der Haustür landete. Tomek schaute es an, ein Lächeln breitete sich auf seinem Gesicht aus. Der Anblick des Vogels erinnerte ihn sofort an Nathan Burrows, an den Nistkasten, den er Tomek vor ein paar Monaten geschickt hatte. Und dann wanderten Tomeks Gedanken zu Michał, seinem toten Bruder.

»Hallo, Kumpel«, sagte Tomek und schwang seine Beine vom Sofa. »Kommst du, um nach mir zu schauen? Hat Kasia dich geschickt?«

Der Vogel antwortete nicht; hüpfte nur von einem Holzstreifen zum anderen.

»Ich würde dich ja reinlassen, aber du warst immer der Unordentlichste, als wir aufwuchsen, und ich habe eine Kaution für diesen Ort bezahlt, die ich gerne zurückhaben würde.«

Als hätte er den Kommentar verstanden, flog der Vogel weg. Er kehrte einen Moment später am Küchenfenster auf der gegenüberliegenden Seite des Wohnwagens zurück. Tomek sprang vom Sofa und eilte darauf zu. Auf der Arbeitsplatte stand der Bonsai-Baum, den er Kasia zum Geburtstag gekauft hatte. Sie hatte ihm gesagt, er solle ihn dort bei sich behalten, damit er ihn an sie erinnere.

Der Vogel hüpfte näher heran.

»Gefällt er dir?«, fragte Tomek. »Wette, er erinnert dich an den, den du an meinem Fenster hattest? Nun, die gute Nachricht ist, dass jetzt ein neuer dort sein wird, damit du all deine Freunde und Familie mitbringen kannst und so weiter.«

Der Vogel zwitscherte.

»Warst du bei Mama und Papa?«, fragte er.

Keine Antwort.

»Ich auch nicht. Zumindest nicht richtig. Ich habe sie gesehen, als ich Kasia abgesetzt habe, aber bin nicht lange geblieben. Mama hat gefragt, ob ich im Sommer an deinem Grab war. Ich glaube, sie hat vergessen, was mit Kasia passiert ist... Ich war nicht wirklich in der Stimmung. Tut mir leid, Kumpel. Außerdem, jetzt hab ich dich ja hier, oder?«

Tomek starrte das Rotkehlchen einen langen Moment an. Er wusste, dass es albern war, so mit einem wilden Tier zu sprechen, aber es beruhigte ihn, lenkte ihn ab, brachte ihn von all dem Scheiß weg, der um ihn herum passierte. Es heiterte ihn auf, beruhigte ihn.

Und dann kam die Realität zurück, als sein Handy auf dem Sofa zu klingeln begann. Das Geräusch erschreckte ihn. Er schaute darauf, und als er zurückblickte, war das Rotkehlchen weggeflogen.

Tomek stürmte um die Küchentheke herum und nahm den Anruf an.

»Ja, Nick, wie kann ich dir helfen?«

»Guten Tag auch dir«, antwortete DCI Cleaves. »Hoffe, ich habe dich nicht unterbrochen.«

»Ich hatte gerade etwas Zeit für mich.«

»Herrgott. Je weniger ich darüber weiß, desto verdammt besser.«

Tomek seufzte und verdrehte die Augen. »Nicht so, du Idiot. Sei nicht eklig. Ich habe nur etwas ferngesehen.«

»Wo ist Kasia?«

»Bei meinen Eltern.«

»Und du bist noch in Mersea?«

Tomek bestätigte das und erklärte dann den Grund dafür.

»Siehst du, das passiert, wenn du deine große Nase in etwas steckst«, bemerkte Nick.

»Wie kannst du das sagen?«

»Ich war noch nicht fertig. Das passiert, wenn du deine Nase in etwas steckst *und* gleichzeitig Leute verärgerst. Was bei dir fast so schnell passiert, wie du atmest.«

»Gib mir die Nummer von der Personalabteilung. Ich will eine Beschwerde einreichen.«

Nick schnaubte. »Das ist inoffiziell, erinnerst du dich?«

Tomek senkte plötzlich seine Stimme, um den Ton des Gesprächs widerzuspiegeln. »Hast du was für mich?«

»Nur die Ergebnisse von Derry Watermans Autopsie, von denen ich dachte, dass du sie gerne hören würdest.«

»Wie bist du daran gekommen?«

»Ein weiteres Gespräch mit DCI Carlisle. Diesmal habe ich ihn angerufen, um mich über deine Beteiligung zu beschweren. Ich glaube, er liebt dich heimlich, so wie er über dich gesprochen hat. Wenn du so weitermachst, wirst du vielleicht zu Weihnachten eingeladen.«

Tomek lachte gezwungen und sagte dem Hauptkommissar dann, er solle zur Sache kommen.

»Die Todesursache war ein tiefer Schnitt in der Kehle«, erklärte Nick.

»Das weiß ich.«

»Was meinst du mit 'das weiß ich'?«

»Ich habe seine Leiche heute Morgen gefunden. Ich habe die Größe des Schnitts gesehen. Und ich habe die Mordwaffe heute Nachmittag gefunden. Hast du irgendwas *Neues* für mich?«

»Neu? Wie was?«

»Wie der Status von Mick Thorne. Er wurde heute Morgen zum Verhör gebracht. Hadland scheint felsenfest überzeugt, dass er es war.«

»Und du bist anderer Meinung?«, fragte Nick.

»Natürlich. Du kennst mich, ich beuge mich nicht der Konformität. Ich folge nicht den sozialen Normen. Ich mache mein eigenes Ding.«

»Du bist gut in zwei Dingen auf dieser Welt. Und anderen Leuten auf den Sack zu gehen, indem du dein eigenes Ding machst, statt zu tun, was man dir sagt, ist eines davon.«

# KAPITEL
# DREIUNDFÜNFZIG

## MITTWOCH

Tomek schreckte auf. Er saß kerzengerade im Bett, sein Herz hämmerte bereits in seiner Brust, der Cortisolspiegel schoss in die Höhe. Er konnte Schreie hören. Zuerst dachte er, sie seien ein entferntes Echo aus einem Albtraum, die Schreie seiner Mutter am Tatort seines Bruders, aber als sie weitergingen – und immer lauter wurden – wusste Tomek, dass etwas nicht stimmte.

Etwas stimmte tatsächlich ganz und gar nicht.

Es war diese Art von hysterischem, unkontrolliertem Schreien, das von Gefahr herrührt, vom Miterleben einer lebensbedrohlichen Situation. Wie bei einem Terroranschlag oder einem Autounfall. Es war guttural und ließ die Haare auf seinen Armen vor Angst zu Berge stehen.

Im Schlafzimmer war er von Dunkelheit umgeben, bis auf einen sanften orangefarbenen Schein, der vom Fenster hereinfiel. Er warf die Decke ab, schlüpfte in eine kurze Jogginghose und sprintete in die Küche. Dort verstärkten sich der rote Schein und die Schreie von draußen. Sein erster Gedanke war, dass sein Wohnwagen in Flammen stand und dass die Schreie, die er hörte, von seinen vorübergehenden Nachbarn stammten, die um sein Leben flehten.

Die Realität war viel, viel schlimmer.

Tomek riss die Tür auf, sprang die Stufen hinunter und eilte zur Quelle der Beleuchtung. Er blieb stehen, sobald er es sah.

Große, dicke, schwarze Wolken wälzten sich in den Nachthimmel. Ein Strom von Flammen leckte wild an dem gesamten Wohnwagen und tauchte den Platz in ein sanftes orangefarbenes Licht. Eine Gruppe von Menschen, von denen einige viel zu nahe standen, um sicher zu sein, beobachtete entsetzt, wie Dayanas Zuhause in Flammen aufging.

Tomek rannte auf die Gruppe zu. Viele waren noch in ihren Pyjamas, mit Ausnahme eines Mannes mittleren Alters, der alle mit seiner Anwesenheit in lediglich einer Boxershorts und sonst nichts beehrte.

»Wo ist sie?«, fragte Tomek die Person, die ihm am nächsten stand. »Wo ist Dayana?«

»Sie ist noch da drin!«, rief die Frau hysterisch. »Niemand hat sie rauskommen sehen!«

Tomek starrte auf das Feuer, das im Inneren wütete und die Möbel, Dayana und ihre Erinnerungen zerstörte. Die Flammen reichten zwanzig Fuß hoch und leckten immer höher in den Himmel. Er konnte die Hitze spüren, die seinen Körper aus etwa zehn Metern Entfernung wärmte.

Er kannte alle Statistiken und Zahlen über Feuer und Rauchvergiftung. All die Arten, wie es einen erwischen, einen im Inneren einsperren konnte. Aber das war ihm egal. Nicht, während Dayana noch drinnen war. Nicht, während sie möglicherweise noch am Leben war.

Er musste es wissen. Er musste-

Er hörte auf zu denken und steuerte auf die Vordertür zu.

»Ruft die Feuerwehr!«, rief er. »Holt einen Krankenwagen her!«

Er schaffte es ein paar Schritte, bevor er spürte, wie eine Hand ihn am Unterarm packte. Er drehte sich um und sah Montgomery am anderen Ende des Griffs, der ihn zurückhielt, mit den Flammen, die sich in seinen Augen spiegelten.

»Du kannst da nicht reingehen!«, schrie er.

»Ich muss es versuchen.«

Tomek schüttelte den Mann ab und ging wieder auf den Wohnwagen zu. Sofort begannen seine Beine schwer zu werden, wacklig – sein Gehirn signalisierte, dass dies eine schlechte Idee war, eine verdammt schlechte Idee – aber er machte trotzdem weiter, ungeachtet der Schreie und Rufe hinter ihm, die ihm sagten, er solle aufhören, er solle zurückkommen.

Eine Sekunde später kam er an der Vordertür an. Als er den rotglühenden Türgriff packte und die Tür öffnete, explodierte ein Feuerball in seinem Gesicht, versengte die Haare an seinen Armen und seiner Brust, warf ihn zurück und raubte ihm den Atem aus der Lunge. Er stolperte ins Gras, schützte sein Gesicht und lag dort für einige Momente, geschockt, keuchend und nach Luft ringend, bis sie schließlich wieder in seinen Körper strömte. Und dann begann das Husten. Hart, tief, lähmend für seinen Körper, während qualvoller Schmerz in seiner Brust und seinem Bauch anschwoll.

Kurz darauf war er von seinen Nachbarn umringt.

»Geht's dir gut?«

»Komm, lass uns dich hier wegbringen.«

»Was hast du dir dabei gedacht?«

Genau das war es. Er hatte nicht nachgedacht. Und als er rückwärts von der brennenden Struktur wegkroch, wurde ihm klar, wie dumm er gewesen war, wie wahnsinnig es gewesen war, kopfüber auf ein solches Feuer zuzustürmen. Was wäre passiert, wenn er gestorben wäre? Was hätte Kasia getan? Sie hätte zwei Elternteile verloren. Einer im Gefängnis und der andere tot. Es war idiotisch. *Er* war idiotisch.

Einen Moment später wurde ihm eine Wasserflasche vors Gesicht gehalten. Er blickte auf und sah Montgomery, der sie ihm reichte. Tomek nahm sie langsam und hielt sie an seine Lippen. Die Hände zitterten unkontrollierbar, Adrenalin flutete nun durch ihn, das Wasser verfehlte seinen Mund und tropfte auf seine Brust. Eine Frau nahm sie ihm ab, hielt seinen Kopf nach hinten und goss das Wasser in seinen Mund. Die Flüssigkeit war eiskalt gegen seinen ausgetrockneten Hals, und er brach unwillkürlich wieder in einen Hustenanfall aus, spuckte überall Wasser.

»Es geht mir gut«, krächzte er zwischen Hustenanfällen. »Stell es einfach dort hin. Ich trinke... ich trinke, wenn ich kann.«

Aber er konnte nichts trinken. Er konnte kaum atmen. Der Rauch haftete an seinen Lungen und weigerte sich herauszukommen.

Glücklicherweise begannen zwanzig Minuten später blau-weiße Lichter gegen den orangefarbenen Schimmer am Himmel anzukämpfen, als ein Feuerwehrauto mit heulenden Sirenen eintraf. Tomek war dankbar, dass es Ebbe war und sie den Strood überqueren konnten.

Das Fahrzeug hielt neben Tomeks Wohnwagen, und sofort begann das Team, den Brand zu bekämpfen und ihn mit Wasser zu löschen. Tomek beobachtete den Kampf, fasziniert von seiner bösen Schönheit, während seine Atmung allmählich leichter wurde.

Langsam begann sein Gehirn wieder zu funktionieren, und als er auf den abnehmenden Brand starrte, konnte er nur an eines denken.

Dayana.

Dass sie tot war.

Und dass die Zählung des Killers nun bei drei Opfern stand.

# KAPITEL
# VIERUNDFÜNFZIG

Etwas mehr als eine Stunde später hatte die Feuerwehr den Brand endlich unter Kontrolle bekommen. Von Dayanas Zuhause war nur noch ein geschwärztes Metallgerüst übrig, das im frühmorgendlichen Licht weiter schwelte. Tomek hatte ihnen bis zu einem gewissen Punkt geholfen, indem er das Gebiet sicherte und die Zivilisten in sichere Entfernung brachte, bevor das Brennen in seiner Lunge so stark wurde, dass er die Sanitäter vor Ort aufsuchen musste. Eine Frau Mitte zwanzig hatte ihm Sauerstoff gegeben, um den Husten zu stoppen. Zu seiner Überraschung hatte es gewirkt, allerdings linderte es kaum die Schmerzen in seiner Brust, die bei jedem Atemzug stachen.

Die Sanitäterin hatte ihm geraten, es ruhig angehen zu lassen, aber das hatte er nicht vor. Jemand hatte Dayana getötet. Jemand hatte sie bei lebendigem Leib verbrannt. Und in seinen Gedanken gab es nur einen Grund dafür. Auch sie war entweder zur falschen Zeit am falschen Ort gewesen, oder es hatte sich herumgesprochen, dass sie mit Tomek gesprochen und alle Geheimnisse ausgeplaudert hatte. Und so hatten sie auf die verabscheuungswürdigste Weise Vergeltung geübt.

Sie hatte von niemandem gestohlen. Sie hatte niemanden beleidigt. Sie hatte niemanden verärgert.

Außer einer Person: derselben Person, die Charlene und Derry getötet hatte.

Tomek schlenderte zum Absperrband, das an nahegelegenen Wohnwagen befestigt worden war, um einen Kordon zu bilden, und sprach mit der Polizistin, die für die Ein- und Austragung von Personen zuständig war.

»Ich kann Sie nicht durchlassen«, sagte die Frau.

»Ich bin Sergeant«, erklärte er ihr. »In Southend.«

»Ohne Ausweis sind Sie das nicht, Sergeant.«

Tomek tastete das T-Shirt und die Jeans ab, die er angezogen hatte, als ob er seinen Dienstausweis verloren hätte.

»Kommen Sie schon...«, drängte er.

Hinter der Polizistin sah Tomek Hadland im Gespräch mit zwei Feuerwehrleuten, die noch ihre vollständige Uniform trugen.

»Wenn Sie wirklich ein Sergeant sind, wie Sie behaupten, dann wissen Sie, dass ich Sie ohne Ausweis nicht durchlassen kann.«

Da hatte sie ihn erwischt. Tomek kannte die Regeln gut und hatte versucht, sie ein paar Mal zu beugen, auch jetzt. Nur hatte er bei den vorherigen Gelegenheiten seinen Ausweis dabei gehabt. Jetzt hatte er keinen Fuß mehr auf dem Boden.

Glücklicherweise war das alles theoretisch, denn einen Moment später duckten sich DI Hadland und die beiden Personen, mit denen er gerade gesprochen hatte, unter der Linie hindurch und marschierten an ihm vorbei.

»Inspector«, rief Tomek.

Hadland ignorierte ihn und ging weiter.

»Inspector, ich muss Ihnen etwas sagen.«

Der Mann erwog den Gedanken, zögerte, dann hielt er an.

»Was gibt's?«, schnauzte Hadland.

»Nichts. Ich habe das nur gesagt, damit Sie anhalten.«

»Das ist nicht Ihr Ernst.«

Tomek schenkte dem Mann ein hoffnungsvolles Grinsen, jenes, das er in der Vergangenheit so oft bei Nick versucht hatte – und gescheitert war.

»Was haben die Brandinvestigatoren gesagt?«

Tomek brach in einen weiteren Hustenanfall aus.

»*Sie* sind also der Idiot, der versucht hat, in den brennenden Wohnwagen zu laufen?«, fragte Hadland.

»Haben sie Ihnen von mir erzählt?«

»Nein. Sie sagten nur, dass irgendein dämlicher Trottel versucht hat, halbnackt dort reinzulaufen, und dann eine Menge Rauch eingeatmet hat.« Hadland ließ seinen Blick an Tomek auf und ab wandern. »Den Teil mit dem Trottel haben sie richtig erkannt, aber ich sehe, Sie haben sich seitdem umgezogen.«

»Anordnung des Arztes. Außerdem war's irgendwann nicht mehr dunkel genug, also musste ich mich umziehen.«

»Gott sei Dank. Es gibt schon genug Hässlichkeit in der Welt. Das Letzte, was sie braucht, ist der Anblick Ihrer Brustwarzen und Brusthaare.«

Tomek grinste. Wurde Hadland ihm gegenüber aufgeschlossener?

»Was haben die Ermittler zum Feuer gesagt?«, wiederholte Tomek.

»Es wurde von innen gelegt«, antwortete Hadland.

»Was hat es verursacht?«

»Eine Zigarette.«

»Denken sie, es war ein Unfall oder Absicht?«

»Ein Unfall. Sie vermuten, dass das Feuer am Esstisch entstanden ist. Die Überreste der Leiche wurden auf einem der Stühle gefunden. Sie war auf dem Metall festgeschmolzen, und die vermutete Ursache des Brandes war ein nahegelegener Vorhang.«

Tomek schüttelte frustriert den Kopf. »Das glaube ich nicht. Ich kannte Dayana–«

»Sie haben sie dieses Wochenende kennengelernt. Sie wissen so viel über sie wie ich über Molekularbiologie.«

»Vielleicht, aber ich weiß, dass sie ihr ganzes Leben lang geraucht hat. Sie hätte keine Zigarette so fallen lassen.«

»Haben Sie die Möglichkeit in Betracht gezogen, dass sie damit eingeschlafen sein könnte?«

Tomek schüttelte den Kopf. Er glaubte es nicht. Würde es nicht glauben.

»Sie war in ihren Siebzigern. Vielleicht ist sie einfach eingeschlafen.«

»Ich bin anderer Meinung. Sie war noch fit und gesund, und sie zeigte keine Anzeichen von Müdigkeit oder Krankheit. Außerdem hatte sie sich am Tag zuvor den Rücken verrenkt, und sie hasste diese Stühle, sagte, sie wären selbst im besten Fall super unbequem, und sie wollte sie loswerden. Es gibt keine Möglichkeit, dass sie für eine Zigarette auf einem von ihnen gesessen hätte. Jemand hat das inszeniert, das sage ich Ihnen.«

»Wir werden es erst erfahren, wenn die Obduktion durchgeführt wurde«, sagte Hadland mit einem subtilen Schulterzucken.

Tomek warf einen schnellen Blick auf die Trümmer, auf das, was er für die verkohlten Überreste von Dayana hielt, zusammengesunken auf dem Metallstuhl, einem der wenigen Möbelstücke, die nicht vom Feuer verzehrt worden waren.

»Es gibt absolut keine verdammte Möglichkeit, dass Sie das herausfinden können«, sagte Tomek.

Hadland zuckte erneut mit den Schultern. »Ich weiß nicht, was ich Ihnen sagen soll.«

Tomek stellte die Hände in die Hüften und schüttelte den Kopf. »Ich glaube, Sie liegen falsch«, begann er. »Sie wurde ermordet, genau wie Derry und Charlene. Und wenn Sie das nicht sehen können, dann weiß ich nicht, wie ich Ihnen helfen soll.«

Tomek hatte erwartet, dass Hadland auf diese Aussage mit Aggression und Verärgerung reagieren würde. Stattdessen kaute er an seiner Lippe, vermied Tomeks Blick und verlagerte sein Gewicht von einem Fuß auf den anderen.

»Darüber...«, begann er. »Wir... wir lagen falsch, was Mick betrifft.«

»Ach ja?«

Es fiel Tomek schwer, nicht selbstgefällig zu sein. Doch er machte einen guten Job, es zu verbergen.

»Er hat es nicht getan«, fuhr Hadland fort.

»Was hat Sie zu dieser Schlussfolgerung gebracht?«

Achselzuckend sagte Hadland: »Nennen Sie es Intuition.«

Schließlich breitete sich das selbstgefällige Lächeln auf Tomeks Gesicht aus. »Was sagt Ihnen Ihre Intuition jetzt?«

»Flynn Berryman.«

»Wer?«

»Herr Berryman. Er war am Wochenende der lokale Fotograf für die Regatta.«

Und dann wurde Tomek klar, dass er den Nachnamen seines Freundes nicht kannte.

»*Flynn*?«, wiederholte Tomek.

»Sie haben von ihm gehört.«

»Sie denken, Flynn hat etwas damit zu tun. Aber warum?«

»Sie sagen es uns«, sagte Hadland. »Sie sind derjenige, der am meisten Zeit mit ihm verbracht hat. Sie sind derjenige, der über alle Dreck hat. Ist es Ihnen jemals in den Sinn gekommen, dass er darin verwickelt sein könnte?«

Das war es nicht. Nicht bis zu diesem Moment.

Und dann war es alles, woran er denken konnte. Wie Flynn fast von Anfang an an seiner Seite gewesen war. Wie sie zusammen in der Kneipe gewesen waren in der Nacht, als Charlene gestorben war. Wie sie zusammen gewesen waren, als sie ihre Leiche gefunden hatten. Wie er der Einzige gewesen war, abgesehen von Derry, der Charlenes Körper berührt und mit dem Ring in Kontakt gekommen war, bevor dieser verschwunden war. Wie Derry ihn möglicherweise beim Stehlen gesehen hatte und er den Mann deshalb in Notwehr ermordet hatte. Wie panisch er ausgesehen hatte, nachdem Tomek am Vortag vom Packing Shed zurückgekommen war. Wie er wusste, wo Tomek und Kasia wohnten, und wie sein Name auf Damien Westwoods Liste aufgetaucht war.

Plötzlich deuteten alle Anzeichen auf Flynn Berryman, den Mann, der an seiner Seite gewesen war, den Mann, den er übersehen hatte.

# KAPITEL
# FÜNFUNDFÜNFZIG

Das Problem war, Flynn Berryman war nirgendwo zu finden. Tomek und Hadland waren zum Haus des Fotografen gefahren, nur um festzustellen, dass er nicht da war. Es war zu spät, als dass er noch auf seinem morgendlichen Lauf sein könnte, und es stand kein Auto in der Einfahrt. Tomek hatte schnell die Nachbarn des Mannes gefragt, ob sie ihn gesehen hatten, aber niemand hatte ihn gesehen.

Das ließ bei Tomek die Alarmglocken läuten.

Und es hatte auch auf der Polizeiwache in Colchester die Alarmglocken läuten lassen, so sehr, dass eine Handvoll Beamter in Uniform und in Zivil auf die Insel geschickt worden waren, um nach ihm zu suchen. Zwei Stunden waren vergangen, und es gab immer noch keine Spur von ihm. Inzwischen war die Flut gekommen, und sie saßen für die nächsten Stunden fest.

Tomek nippte vorsichtig an seinem Glas Cola. Er und Hadland waren im Victory Inn. Beide hatten eine Weile nichts gesagt. Tomek hatte überlegt, den Inspektor auf persönlicher Ebene kennenzulernen, aber er wollte es aus zwei Gründen nicht: Erstens war er völlig erschöpft, nachdem er seit den frühen Morgenstunden wach war, die Auswirkungen des Wohnwagenbrandes spürte und seinen Körper bei jeder sich bietenden Gelegenheit mit Koffein vollgepumpt hatte, und zweitens bezweifelte er, dass er den Mann jemals wiedersehen würde, was jeglichen Smalltalk überflüssig machte.

Schließlich fand er ein Gesprächsthema, das ihn vage interessierte.

»Wie geht's Ricks Baby?«, fragte er.

»Gut. Mutter und Kind sind gesund und glücklich.«

»Gut. Ich wette, er kann es kaum erwarten, nach seinen zwei Wochen Vaterschaftsurlaub wieder zur Arbeit zu gehen«, sagte Tomek sarkastisch. »Die glücklichste Zeit seines Lebens nach so kurzer Zeit zu verlassen... Das ist ziemlich beschissen.«

»Sag mal was«, sagte Hadland. »Bei meiner Tochter ging's mir genauso. Ich fühlte mich so schuldig, das Wertvollste, was ich auf der Welt habe, nach dem, was im Grunde ein Urlaub war, zu Hause zu lassen. Ich sag dir, es war der beste Tag meines Lebens, und ich werde nie vergessen, wie ich sie zum ersten Mal im Arm hielt.«

»Ja.«

»Was ist mit dir?«, fuhr Hadland fort, obwohl Tomek dem nichts hinzuzufügen hatte. »Wie hast du dich gefühlt, nachdem deine Tochter geboren wurde?«

»Kann ich dir nicht sagen«, antwortete Tomek und nahm noch einen Schluck von seinem Getränk, diesmal etwas unbehaglicher.

»Oh?«

»Ich wusste nicht, dass sie existiert, bis letztes Jahr um diese Zeit. Sie klopfte eines Nachmittags an meine Tür und« – er schnippte mit den Fingern – »genauso plötzlich war ich ihr Elternteil und gesetzlicher Vormund in einem.«

Hadland öffnete den Mund, um zu sprechen, hielt dann aber inne. Tomek spürte, dass der Inspektor viele Fragen hatte, also beschloss er, sie alle für ihn zu beantworten.

»Ihre Mutter und ich waren eine Zeit lang zusammen, aber nachdem wir uns getrennt hatten, hat sie mir nie von Kasia erzählt. Ich habe also alles verpasst. Die Geburt, die ersten Schritte, den ersten Geburtstag, den ersten Schultag. Alles. Jetzt hole ich die verlorene Zeit nach.«

»Das ist schön«, erwiderte Hadland. »Läuft es gut?«

»So gut, wie man es erwarten kann. Ich befinde mich immer noch auf einer steilen Lernkurve, und wir haben unsere guten und schlechten Momente. Aber wir kommen voran, und ich bin zuversichtlich, dass wir es schaffen werden. Sie weiß, wie man auf sich selbst aufpasst, da bin ich sicher.«

»Schön. Ich habe etwas Ähnliches mit meiner Tochter. Ähnlich, aber nicht ganz dasselbe.«

»Ach ja?«

»Meine Frau ist vor ein paar Jahren gestorben, als Katie sechs war. Damals habe ich rund um die Uhr gearbeitet, um dahin zu kommen, wo ich jetzt bin, und nach dem Tod meiner Frau hatte ich das Gefühl, meine Tochter überhaupt nicht zu kennen. Ich hatte sie in den ersten sechs Jahren ihres Lebens vernachlässigt. Und dann beschloss ich, mich zu ändern. Nun, ich hatte keine Wahl. Sie musste an erster Stelle stehen. Also änderte ich meine Gewohnheiten und meine Arbeitszeiten, und ich bin froh, dass ich es getan habe – es war die beste Entscheidung, die ich je getroffen habe. Sie erhellt mein Leben und sorgt dafür, dass ich mich freue, morgens aufzustehen und abends nach Hause zu kommen.«

»Rick hat all das noch vor sich. Und mehr.«

»Ja...«, sagte Hadland.

Das Gespräch geriet in eine natürliche Pause, wie es bei Gesprächen der Fall ist, wenn zwei Kerle persönliche Probleme besprechen und ihnen die Worte ausgehen. Beide hatten unbeholfen auf die herzlichen Geständnisse des anderen reagiert, und am Ende hatte Tomek einen neuen Respekt für Hadland. Vielleicht war der Typ doch nicht so ein Arsch.

Als Tomek einen weiteren Schluck von seinem Getränk nahm und die Kondensationstropfen beobachtete, die am Glas hinunterliefen, öffnete sich die Eingangstür des Pubs, und herein platzte Damien Westwood. In seiner Hand hielt er einen Ziegelstein. Sofort sprangen Tomek und Hadland auf und machten sich bereit.

Damien kam plötzlich im Türrahmen zum Stehen und ließ nach einigen Momenten des Zögerns den Ziegelstein sinken.

»Es ist Ian«, sagte er. »Ich habe gesehen, wie Ian vor ein paar Nächten ein paar meiner Ziegel aus der Werkstatt gestohlen hat.«

# KAPITEL
# SECHSUNDFÜNFZIG

Ian Kidd saß an seinem Schreibtisch und starrte auf seinen Computerbildschirm, als Tomek und Hadland eintraten.

»Meine Herren«, sagte er mit einer gewissen Entschlossenheit in der Stimme. Er nahm seine Brille ab und legte sie auf den Schreibtisch. »Ich nehme an, Sie sind nicht wegen der Weinbergtour hier. Obwohl, wenn Sie es wären, könnten Sie sich vielleicht der Gruppe anschließen, die gerade losgegangen ist.«

»Ich trinke nicht«, sagte Hadland.

»Sie müssen nicht trinken, um die Schönheit des Weinbergs zu genießen«, konterte Ian.

»Ich mag auch keine Trauben«, antwortete Hadland. »Wir hatten gehofft, dass Sie uns vielleicht einige unserer Fragen beantworten könnten.«

Ian rieb sich heftig das Gesicht und massierte dann seine Glatze. »Geht es um Charlene, Derry oder Dayana? Denn das sind alles Tragödien für sich, aber ich hatte mit keiner davon etwas zu tun.«

»Um keinen von denen«, sagte Tomek und ließ dann Damien Westwoods Ziegelstein auf den Schreibtisch fallen. »Erkennen Sie das?«

Ian sah es nur etwa eine Sekunde lang an, bevor er Tomek einen unbeeindruckten Blick zuwarf. »Das ist ein Ziegelstein. Die werden zum Bauen verwendet.«

»Oder um sie durch die Fenster von Leuten zu werfen. Sie würden nicht zufällig etwas darüber wissen, oder?«

Ian schüttelte den Kopf und starrte ausdruckslos in Tomeks Augen.

»Letzte Woche ist so einer durch das Fenster von Charlenes Pub geflogen. Am Montagabend ging ein ähnlicher Ziegelstein durch mein Wohnwagenfenster.«

Ian verschränkte die Arme und lehnte sich in seinem Stuhl zurück. »Was hat das mit mir zu tun?«

»Wir dachten, Sie könnten etwas darüber wissen«, antwortete Hadland, bevor Tomek es konnte.

»Warum?«

Hadland griff in seine Tasche, holte sein Handy heraus und legte es vor Ian auf den Tisch. Auf dem Bildschirm war ein CCTV-Video zu sehen. Hadland drückte auf Play.

Sobald das Video begann, blitzte Erkenntnis in Ians Gesicht auf. Sie blieb dort, bis das Video zu Ende war.

»Diese Aufnahme stammt von dem Abend vor dem Ziegelstein-wurf durch Charlenes Fenster«, kommentierte Hadland, nahm das Handy zurück und steckte es in seine Tasche. »Wofür brauchten Sie diese Ziegelsteine, Ian?«

»Ich kann das erklären...«

»Das hatten wir gehofft.«

Ian verschränkte seine Finger und wippte auf dem Stuhl nach vorne. »Letzte Woche, ja. Jemand, einer meiner Mitarbeiter, ist verse-hentlich in eine Mauer gefahren. Er hat aus Versehen den Rückwärts-gang eingelegt - wissen Sie, wie man das in Filmen sieht - und deshalb habe ich mir einfach ein paar Ziegelsteine genommen, um die Mauer zu reparieren.«

Das war nicht die Antwort, auf die Tomek gehofft hatte. Aber andererseits hatte er auch nicht erwartet, dass Ian gesteht, sie durch Fenster geworfen und drei Personen getötet zu haben.

»Warum haben Sie sie gestohlen und nicht dafür bezahlt?«, fragte Hadland.

»Weil Damien mir etwas schuldet.«

»Wofür?«

»Er hat sich Geld von mir geliehen. Er musste eine neue Maschine für sein Unternehmen kaufen, also habe ich ihm etwas Geld geliehen, das er mir noch nicht zurückgezahlt hat. Betrachten Sie das als meine Zinsen.« Ian tippte auf den Ziegelstein, um seinen Standpunkt zu verdeutlichen. »Ja, in Ordnung, ich habe die Ziegelsteine gestohlen, aber ich hatte nichts mit dem zu tun, was hier vor sich geht. Fragen Sie den Kriminalkommissar hier. Er ist schon oft hierher gekommen, um mir Fragen zu stellen, und bisher hat er keinen Grund gefunden, der darauf hindeuten würde, dass ich es getan habe, oder?«

Tomek hatte nicht erwartet, so in die Enge getrieben zu werden. Seine Wangen färbten sich rot. »Vielleicht sind wir deshalb hier«, sagte er, wenig überzeugend.

»Wenn das der Fall wäre, hätten Sie mir bereits Handschellen angelegt.« Ian setzte die Brille wieder auf seine Nase. »Ich war in den Nächten, in denen Charlene und Derry starben, zu Hause und habe geschlafen. Ich weiß, dass das nicht viel hilft, aber es ist die Wahrheit. Neunundneunzig Prozent der Menschen sind es normalerweise, und ich gehöre dazu. Ich hatte nichts mit der Tragödie zu tun, die gestern Abend stattgefunden hat. Ich hatte nichts mit Dayana zu tun, und ich weiß nicht, wie sie von meinen Versicherungsproblemen erfahren hat, aber das bedeutet nicht, dass ich sie getötet habe, und ich hatte nichts damit zu tun, dass diese Ziegelsteine durch Fenster geworfen wurden. Ich wünsche Ihnen alles Gute bei der Suche nach dem einen Prozent der Menschen, die mitten in der Nacht unterwegs waren, denn ich habe keine Ahnung, wer das sein könnte. Wenn Sie mich jetzt entschuldigen würden, meine Herren, ich muss mich wieder um mein Geschäft kümmern.«

Tomek würde sich nicht so ansprechen lassen. Nicht von so einem kleinen Wicht wie Ian Kidd. Aber bevor er etwas sagen konnte, klingelte Hadlands Handy. Der Inspektor warf einen Blick auf seinen Bildschirm, entschied, dass es wichtig war, und verließ dann den Raum, um den Anruf anzunehmen.

Das ließ Tomek und Ian allein zurück. Tomek starrte den Mann an, der bereits begonnen hatte, Tomek zu behandeln, als wäre er unsichtbar.

Er ging um den Schreibtisch herum, beugte sich nach dem Stecker, der den Computer mit dem Stromnetz verband, und zog ihn heraus.

»Hoppla«, sagte Tomek. »Mein Fehler. Hoffe, Sie haben nicht an etwas Wichtigem gearbeitet.«

»Du verdammtes Arschloch! Was glaubst du, was du da tust?«

»Ich erteile Ihnen eine Lektion«, entgegnete Tomek. »Karma ereilt uns alle. Vielleicht nicht jetzt, aber es kommt auf Sie zu. Und ich habe das Gefühl, es wird ein großes sein.«

Er wurde unterbrochen, als Hadland den Raum betrat.

»Wir müssen gehen«, sagte er zu Tomek.

»Warum? Was ist passiert?«, fragte Tomek, während er Hadland zum Auto folgte.

Hadland sagte nichts, öffnete die Tür und stieg ein.

Sobald Tomek die Tür hinter sich geschlossen hatte, wandte sich der Inspektor ihm zu und sagte: »Flynn Berryman ist gerade nach Hause gekommen. Ich habe einen Uniformierten in Bereitschaft, falls er irgendwo anders hingeht.«

# KAPITEL
# SIEBENUNDFÜNFZIG

Als die Haustür aufflog, spürte Tomek, wie sich der Knoten in seinem Magen zusammenzog. Und dem überraschten und verwirrten Gesichtsausdruck von Flynn Berryman nach zu urteilen, hatte sich auch in seinem Magen plötzlich ein Knoten gebildet.

»Guten Tag, Herr Berryman«, begann Hadland. »Dürften wir hereinkommen?«

»Sie beide?« Seine Augen wanderten von links nach rechts, von Hadland zu Tomek, wo sie einen Moment länger verweilten.

»Ja, bitte.«

Zögerlich, während sich die Falten auf seiner Stirn vertieften, trat Flynn zur Seite und ließ beide ein. Er deutete auf die Küche, bevor Hadland im Haus verschwinden konnte.

»Möchten Sie Herren eine Tasse Tee? Der Wasserkocher ist an.«

»Könnte nicht schaden«, antwortete Tomek.

Die Küche war klein und beengt. Kaum groß genug für zwei Personen, geschweige denn für alle drei. Boden und Arbeitsflächen waren mit Einkaufstüten und verschiedenen Utensilien eines Wocheneinkaufs belegt: Milch, Eier, Brot. Alle Grundnahrungsmittel. Deshalb stand Tomek in der Türöffnung.

»Worum geht es denn?«, fragte Flynn, während er in der Küche herumhantierte und drei Tassen aus einem Schrank holte.

»Wir haben einige Fragen, die wir Ihnen zu Charlene, Derry und Dayana stellen müssen.«

»Dayana? Was ist mit ihr passiert?«, fragte Flynn überrascht.

»Sie haben es nicht gehört? Sie haben es nicht gesehen?«

Flynn sah aus, als hätte man ihn gerade gebeten, eine Geburt durchzuführen. »Was sehen?«

»Ihr Wohnwagen wurde mitten in der Nacht in Brand gesteckt«, sagte Tomek.

»Ihr Wohnwagen *geriet* in Brand«, unterbrach Hadland und warf Tomek einen vernichtenden Blick zu. »Wir wissen nicht mit Sicherheit, dass es absichtlich war.«

»Doch, das tun wir, und das wissen Sie auch«, fauchte Tomek.

»Oh mein Gott, das ist ja irre«, erwiderte Flynn, als der Wasserkocher fertig kochte. »Nein, ich habe davon nichts gesehen oder gehört.«

Er begann, die kochend heiße Flüssigkeit in ihre Tassen zu gießen.

»Wo waren Sie den ganzen Tag?«, fragte Hadland.

Flynn stellte den Wasserkocher ab und deutete auf den Rest des Raumes. »Ist das nicht offensichtlich?«

»Sie haben den ganzen Vormittag und Nachmittag im Supermarkt verbracht?«, fragte Hadland. »Das ist ja ein tolles Alibi.«

»Ich war zuerst bei meiner Mutter. Sie wohnt nicht auf der Insel. Ich habe sie seit ein paar Wochen nicht gesehen, also dachte ich, ich besuche sie mal.«

Tomek machte sich gedanklich eine Notiz, obwohl er wusste, dass es keine Bedeutung hatte. Es war ihm nicht so wichtig, wo der Mann an diesem Morgen gewesen war. Er war mehr daran interessiert, wo er sich in den Nächten aufgehalten hatte, als Charlene und Derry getötet wurden.

»Sie wohnen nicht weit vom Campingplatz entfernt. Haben Sie nichts gehört?«

Flynn schüttelte den Kopf und bereitete weiter den Tee zu. »Ich schlafe tief. Vor allem, wenn ich etwas getrunken habe.«

»Sie haben gestern Abend getrunken?«

»Nur ein Bier.« Er legte einen Sechserpack Bier auf die Theke. »Eines pro Abend reicht aus, um mich ins Bett zu schicken. Ich war am Morgen nach der Strandparty in einem wirklich schlimmen Zustand.«

Tomek ließ seine Gedanken zu dieser Nacht zurückschweifen. War

Flynn betrunken gewesen? Er hatte bereits ein paar Bier intus, als sie anfingen zu plaudern. Es sei denn, sein Körper vertrug den Alkohol nicht besonders gut. Sein großer, gut gebauter, stämmiger Körper, der zweifellos stark genug war, um einen Mann und eine Frau zu überwältigen...

»Aber was ist mit dem Abend in der Kneipe?«, fragte Tomek. »In der Nacht der Regatta. Da haben Sie doch auch getrunken.«

»Dasselbe Problem, fürchte ich. Ich fühlte mich beschissen.«

Tomek kaufte ihm das nicht ab.

»Sie waren fit genug, um an beiden Morgen mit mir joggen zu gehen.«

Flynn reichte Tomek und Hadland die Tassen Tee. Für jemanden, der zum Mord an drei unschuldigen Menschen befragt wurde, war er erstaunlich ruhig. Fast zu ruhig für Tomeks Geschmack.

»Ich sehe das so«, begann Flynn, »entweder kann man sich selbst bemitleiden oder man macht weiter. Ich bin keiner, der in Selbstmitleid versinkt. Ich habe mich in diese Situation gebracht, also würde ich sicherstellen, dass ich auch wieder herauskomme. Auch wenn es wahrscheinlich falsch ist, mich noch weiter zu dehydrieren.«

Tomek war immer noch nicht überzeugt.

»Was haben Sie getan, nachdem Sie die Kneipe in der Nacht von Charlenes Tod verlassen haben?«, fragte Hadland. »Wo waren Sie?«

»Unten am Strand bei der Afterparty.«

Tomek erinnerte sich an das, was Tony Fowler darüber gesagt hatte.

»Nach dem Feuerwerk?«, fragte Tomek.

Flynn nickte.

»Wer war noch da?«, fragte Hadland und schaltete sich ein.

»Ein paar von uns. Damien, Leon, ein paar der Jungs aus der Küche der Kneipe. Tony, Bradley... obwohl er nur kurz da war, bevor er ging, weil er das Café früh öffnen musste.«

»Was haben Sie gemacht?«

»Nur getrunken. Am Feuer gechillt. Tony hatte etwas Gras dabei, aber keiner von uns hatte Lust darauf.«

»Wann habt ihr alle Schluss gemacht?«

»Gegen eins... zwei Uhr. Es wurde nicht besonders spät.«

»Und danach sind Sie nach Hause gegangen?«

Flynn nickte. Tomeks Gedanken arbeiteten mit Hochtouren; mehr schaffte er in seinem übermüdeten Zustand nicht.

»Haben Sie auf dem Heimweg jemanden gesehen? Irgendetwas Verdächtiges?«

Flynn schüttelte den Kopf. »Auf dem Weg nach Hause komme ich nicht in die Nähe des Victor Inn, tut mir leid.«

Tomek hielt inne, in tiefe Gedanken versunken. Er ging die Liste der Leute durch, die in der Nacht von Charlenes Mord am Strand gewesen waren. Nur einer stach für ihn heraus. Eine Person, die gelogen und ihm erzählt hatte, sie sei direkt nach Schließung der Kneipe nach Hause gegangen.

»Wo waren Sie in der Nacht von Derrys Mord?«, fragte Hadland und riss Tomek aus seinen Gedanken.

»Ich habe geschlafen«, erklärte Flynn. »Ich bin früh ins Bett gegangen. Und bevor Sie fragen, niemand kann das bestätigen. Ich bin allein in dieser Wohnung. Aber ich habe am Abend mit meiner Mutter per FaceTime telefoniert.«

»Wann?«, fragte Hadland.

»Gegen zehn Uhr.«

Zwischen dem Videoanruf und dem Zeitpunkt, als Derry verschwand, lag viel Zeit, und nichts hätte Flynn daran hindern können, direkt nach dem Gespräch mit seiner Mutter loszuziehen, um Derry zu töten.

»Was wissen Sie über Charlenes Ring?«, fragte Tomek.

»Charlenes Ring? Der grüne?«

Tomeks Interesse war geweckt. »Ja...«

»Ich weiß, dass er ein Geschenk von ihrer Mutter war, und deren Mutter davor. Darüber hinaus weiß ich nichts darüber.«

»Er ist verschwunden«, sagte Hadland. »Sie haben ihn nicht zufällig hier irgendwo herumliegen, oder?«

Flynn verzog das Gesicht. »Hier? Warum sollte er hier sein?«

»Sie haben ihn an ihrem Finger gesehen, als Sie und Tomek ihre Leiche gefunden haben. Vielleicht gefiel Ihnen sein Aussehen. Dachten, Sie würden ihn gerne für sich haben. Dachten, niemand würde es bemerken. Dass Sie vergessen hatten, ihn mitzunehmen, als Sie sie getötet haben.«

»Getötet? Worum zum Teufel geht es hier? Ich habe sie nicht getötet. Tomek wird es Ihnen bestätigen. Wir haben ihre Leiche zusammen gefunden. Ich war am Boden zerstört. Ich kann immer noch nicht glauben, dass ihr jemand das angetan hat. Was bringt Sie auf die Idee, dass ich damit etwas zu tun hatte?«

Hadland entschied sich, die Frage nicht zu beantworten. Tomeks Gehirn arbeitete zu sehr auf Hochtouren, als dass er an etwas denken konnte, was er sagen könnte. Hadland griff in seine Tasche und holte ein Foto auf seinem Handy von dem Ziegelstein hervor, der durch Tomeks Fenster geflogen war.

»Sagt Ihnen das etwas?«

Flynn schaute auf das Bild. »Das ist ein Ziegelstein.«

»Hat das irgendetwas mit Ihnen zu tun?«

»Natürlich nicht.« Flynn nahm die Tassen von Tomek und Hadland und stellte sie auf die Theke. »Ich weiß nicht, was das soll, aber es fühlt sich an, als würden Sie mir etwas anhängen wollen, das ich nicht getan habe. Wenn wir hier fertig sind, würde ich Sie beide bitten zu gehen.«

Tomek starrte den Mann an, sein Kopf völlig leer.

»Wir sind hier noch nicht fertig«, sagte Hadland, griff hinter seinen Rücken und holte ein Paar Handschellen hervor. Während er sie um Flynns Handgelenke schloss, sagte er: »Herr Berryman, ich verhafte Sie unter dem Verdacht des Mordes an Charlene Harris und Derry Waterman. Sie müssen nichts sagen, aber es kann Ihrer Verteidigung schaden, wenn Sie bei der Befragung etwas nicht erwähnen, auf das Sie sich später vor Gericht berufen. Alles, was Sie sagen, kann als Beweismittel verwendet werden.«

# KAPITEL
# ACHTUNDFÜNFZIG

Tomek wusste, dass es die falsche Entscheidung war, Flynn festzunehmen, aber aufgrund seiner Suspendierung hatte er kein Mitspracherecht. Er durfte sich auch weder in die Nähe der Polizeistation noch des Verhörraums begeben. Er war wütend auf Hadland, weil er sich wieder einmal wie ein Idiot verhalten hatte. Erst Mick, jetzt Flynn. Er verhaftete jeden, den er erblickte oder der ihn komisch angeschaut hatte.

Der Schlafmangel und die Erschöpfung trugen wenig dazu bei, seine Stimmung zu verbessern. Die Synapsen in seinem Gehirn arbeiteten nur zu fünfzig Prozent, und nichts schien miteinander verbunden zu sein. Tomek hoffte, dass ein kaltes Glas Cola und eine deftige Mahlzeit ihm irgendwie helfen könnten. Ganz zu schweigen davon, dass das Victory Inn der nächste Punkt auf seiner Liste war.

Aus einem wichtigen Grund.

Als ein Kondenswassertropfen den Boden des Bierglases erreichte, stellte Leon Holland einen Teller mit Essen vor Tomek ab. Hähnchen nach Jägerart mit Bratkartoffeln und Gemüse. Protein, Kohlenhydrate und Gemüse. Alles Wesentliche.

»Guten Appetit«, sagte Leon.

Tomek hielt ihn auf, bevor er verschwinden konnte.

»Kann ich eigentlich kurz mit Ihnen sprechen?«, fragte er und deutete auf den gegenüberliegenden Sitz. »Es gibt da etwas, das ich besprechen wollte.«

Leon beäugte den Sitz misstrauisch. Nach einem Moment des Überlegens quetschte er sich schließlich zu Tomek in die Sitzecke.

Tomek begann zu essen. Er hatte es nicht bemerkt, aber plötzlich war er ausgehungert, der Duft des Essens weckte seinen Hunger.

»Wie lange sind Sie schon Koch?«, fragte er, während er sich eine Gabel voll Essen in den Mund schob.

»Hatten wir dieses Gespräch nicht schon?«, fragte Leon. Er wurde bereits unruhig – schaute sich um, spähte an Tomeks Seite vorbei, spielte mit seinen Fingern.

»Ich kann mich nicht erinnern«, antwortete Tomek. »An diesem Wochenende ist viel passiert. Wollten Sie schon immer Koch werden?«

»Ja...«, sagte Leon, seine Stimme vorsichtig. »Seit ich denken kann.«

»Haben Sie jemals davon geträumt, Ihre eigene Küche zu haben?«

Zögern. »Vielleicht. Vielleicht eines Tages.«

»Sie sind also unentschlossen?«

»Was bedeutet das?«

»Sie machen es nicht zu Ihrer Lebensaufgabe?«

Leon zuckte mit den Schultern. Das Gesprächsthema tat nichts, um seine Bedenken zu zerstreuen. »Wie gesagt, es wäre schön. Aber ich breche mir nicht den Rücken, um sicherzustellen, dass es passiert.«

Stattdessen brichst du anderen das Leben und tötest sie, dachte Tomek.

»Hatten Sie und Charlene jemals die Möglichkeit besprochen, dass Sie einen Teil dieses Lokals besitzen könnten?«, fragte Tomek.

Und dann fiel bei Leon der Groschen. Seine Augen weiteten sich, und er zog sich auf seinem Sitz zurück, distanzierte sich so weit wie möglich von Tomek in den beengten Verhältnissen der Nische.

»Immer noch darauf aus? Ich habe Ihnen gesagt, dass ich nichts mit dem zu tun hatte, was ihr passiert ist.«

Leons Stimme erhob sich drastisch. Tomek aß weiter, diesmal schaufelte er sich ein köstliches Stück Hähnchen in den Mund. Seine Geschmacksknospen explodierten, und infolgedessen begannen die Zahnräder in seinem Gehirn wieder zu arbeiten.

»Ich habe mal einen klugen Mann sagen hören, dass es kein Problem ist, wenn man nichts zu verbergen hat...«

Erkenntnis dämmerte auf Leons Gesicht.

»Haben Sie mein Gespräch mit Tony belauscht?«

»Ich habe im Vorbeigehen einige Teile mitbekommen. Immerhin waren Sie derjenige, der es gesagt hat... Also, wenn das wirklich Ihre Überzeugung ist, was haben Sie dann zu verbergen?«

Eine Familie mit drei Kindern betrat den Pub und schlenderte zu einem Tisch in der Nähe. Als sie sich setzten, fragte Tomek: »Ich dachte, das hier sollte das vorübergehende Hauptquartier der Polizei sein? Wann hat sich das geändert?«

»Als mich dieser Hauptkommissar heute anrief und sagte, dass es nicht mehr für diesen Zweck benötigt wird.«

Carlisle. Vielleicht war er derjenige, der all seine Eier in Mick Thornes und Flynn Berrymans Körbe legte, und Hadland war nur die Marionette, die den Befehlen folgte.

»Gut«, sagte Tomek. »Ich werde versuchen, Sie nicht zu lange aufzuhalten. Sie haben jetzt schließlich ein Geschäft zu führen. Hat sich ganz gut für Sie ausgezahlt, würden Sie nicht sagen?«

»Das war nie meine Absicht. Ich habe Charlene nie getötet, um diesen Laden zu bekommen.«

»Dann sagen Sie mir, warum Sie mich über Ihren Aufenthaltsort in der Nacht, als sie starb, angelogen haben? Ich weiß, dass Sie bei der Party am Strand waren, aber als ich fragte, was Sie taten, sagten Sie, Sie seien direkt nach Hause ins Bett gegangen. Warum haben Sie gelogen? Und was haben Sie wirklich getan?«

Leon sog einen großen Schluck Luft ein. Er hielt sie dort für einige Momente, betrachtete beiläufig den Raum und beobachtete die Familie neben ihnen. Unentschlossenheit breitete sich auf seinem Gesicht aus. Als er endlich ausatmete, hatte Tomek die Hähnchenbrust beendet und machte sich an das Gemüse.

»Ich war auf der Party, ja. Ich habe mich nach Feierabend mit allen aus der Küche getroffen.«

Tomek sagte nichts. Ließ ihn weiterreden, während er sein Essen genoss.

»Ich... ich habe Ihnen nur gesagt, dass ich direkt nach Hause gegangen bin, weil ich... weil ich nicht wollte, dass die Wahrheit ans Licht kommt.«

»Die Wahrheit?«

Leon leckte sich die Lippen und schluckte. Ein weiterer vorsichtiger Blick durch den Raum. »Ich war in dieser Nacht nicht allein. Ich meine... Alexander und ich gingen danach zu mir.«

Tomek nickte langsam.

»Wir... wir treffen uns seit ein paar Wochen. Es ist alles so neu für mich. Es ist neu für uns beide. Wir... wir haben nie so aneinander gedacht, bis die Dinge einfach passierten. Und... wir haben versucht, es geheim zu halten. Nicht weil wir uns schämen, sondern weil wir immer noch versuchen herauszufinden, ob wir etwas Ernsthaftes wollen oder ob wir nur ein bisschen Spaß haben wollen.«

»Wusste Charlene davon?«

Leon schüttelte den Kopf. »Das Einzige, was ihr nicht gefallen hätte, war die Vorstellung, dass es irgendwelche Ablenkungen bei der Arbeit verursacht und unsere Produktivität beeinträchtigt. Sie wollte, dass wir hundert Prozent fokussiert sind, hundert Prozent der Zeit. Wenn sie gewusst hätte, dass wir eine Sache haben, hätte sie dafür gesorgt, dass wir irgendwie in verschiedenen Schichten arbeiten. Natürlich hätte ich das nie zugelassen - ich würde mein Team bis zum Ende verteidigen - aber es hätte eine Beziehung mit ihm schwieriger gemacht.«

Tomek legte Messer und Gabel ab. »Klingt für mich, als wüssten Sie durchaus, was Sie aus dieser kleinen ›Sache‹ zwischen Ihnen beiden haben wollen.«

Leon dachte einen Moment über diesen Kommentar nach. Er rieb seine Daumen aneinander und massierte dann seinen linken Arm. »Vielleicht. Ich denke noch darüber nach.«

»Und das war der Grund, warum Sie mir nicht erzählt haben, was Sie in der Nacht ihres Todes gemacht haben?«

Leon ließ beschämt den Kopf hängen und nickte dann. »Es tut mir leid. Ich komme doch jetzt nicht in Schwierigkeiten, oder?«

Tomek lachte. »Sie hatten nichts zu verbergen. Ich denke, Sie werden in Ordnung sein.« Er schob den Teller in die Mitte des Tisches. »Das war übrigens köstlich. Mein Kompliment an den Koch. Wer hat es zubereitet?«

Leons linke Mundwinkel zuckte. »Alexander.«

»Wie glücklich. Könnten Sie ihn für mich holen? Ich würde mich gerne persönlich bei ihm für die Zubereitung eines so köstlichen Essens bedanken.«

Ein Ausdruck von Bestürzung huschte über Leons Gesicht.

»Ich mache es nur kurz«, fügte Tomek hinzu.

Schließlich rutschte Leon aus der Nische, nahm Tomeks leeren Teller und ging in Richtung Küche. Eine Minute später war er zurück, begleitet von einem jungen Koch Mitte zwanzig mit unordentlichem, lockigem Haar.

»Sie sind Alexander?«, fragte Tomek.

»Ja...«, antwortete der Koch vorsichtig.

»Gut. Nehmen Sie Platz. Danke, Leon, ich brauche Sie nicht mehr.«

Die beiden Köche zögerten, bevor Leon eine beruhigende Hand auf Alexanders Arm legte, begleitet von einem Nicken, und dann wegging.

Sobald Alexander sich gesetzt hatte, sagte Tomek: »Danke, dass Sie mein Essen zubereitet haben. Es war eines der besten Dinge, die ich seit langem gegessen habe. Sie sind sehr talentiert.«

»Ähm... danke.«

»Und auch noch bescheiden, wie es aussieht.« Tomek griff nach seinem Glas und nahm einen langen Schluck. »Ich wollte auch nur schnell eine Frage zu Ihren Bewegungen in der Nacht von Charlenes Mord stellen. Sie wissen, von welcher Nacht ich spreche?«

»Ja. Ich weiß...«, antwortete Alexander zögerlich.

»Wo waren Sie?«

Direkt zur Sache. Kein Drumherumreden.

»Ich war... ich war mit meinen Freunden unterwegs.«

»Wo?«

»Am Strand. Trinken, chillen.«

»Klingt nach Spaß. Wann hat das geendet?«

»Gegen zwei Uhr.«

»Und wohin sind Sie dann gegangen?«

Alexander zögerte, vermied den Blickkontakt mit Tomek.

»Sie können es mir sagen«, sagte Tomek.

»Wir... ich meine *ich* bin zu Leons Wohnung gegangen. Mit Leon, *offensichtlich*.«

»Klingt nach Spaß«, antwortete Tomek und entspannte sich leicht. »Danke für die Bestätigung. Sie können gehen.«

Alexander musste nicht zweimal gebeten werden. Er rutschte vom Stuhl und bewegte sich in Richtung Küche.

»Eine letzte Sache, bevor du gehst. Ich glaube, Leon mag dich. Ich denke, wenn ihr beide da etwas habt, solltet ihr es versuchen. Du hast nur ein Leben, und wenn ihr einander glücklich macht, warum nicht versuchen, das Beste daraus zu machen?«

# KAPITEL
# NEUNUNDFÜNFZIG

Als er älter geworden war, hatte Tomek bemerkt, dass der Genuss großer Mengen an Essen eine ungünstige Wirkung auf ihn hatte: Es machte ihn schläfrig. Das bequeme Sofa half dabei auch nicht besonders. Ebenso wenig die zugezogenen Vorhänge, die ihr Bestes taten, um die späte Nachmittagssonne davon abzuhalten, hindurchzubrennen. Seine Augen fielen ihm zu und wurden mit jeder verstreichenden Sekunde schwerer. Sie flatterten wiederholt auf und zu. Das Problem war, dass er Schwierigkeiten hatte, sich für das Fernsehprogramm zu interessieren. Die Weltuntergangsberichte aus aller Welt reichten nicht aus, um ihn wach zu halten. Zumindest bis er einen kleinen Beitrag in den regionalen Nachrichten über Mersea Island sah.

»In den frühen Morgenstunden wurden die Feuerwehrleute zu einem Brand in einem Mobilheim auf Mersea Island gerufen. Sie bekämpften das Feuer über eine Stunde lang, bis es schließlich um vier Uhr zehn gelöscht wurde. Es wird vermutet, dass der Brand absichtlich gelegt wurde, und mindestens ein Mensch ist dabei ums Leben gekommen. Dies ist der neueste in einer Reihe von Todesfällen auf der Insel, was dazu geführt hat, dass einige Einwohner aus Angst um ihre Sicherheit von der Insel geflohen sind. Die Polizei sagt, ihre Ermittlungen laufen noch, und jeder, der Informationen hat, sollte sich unter der Nummer am unteren Bildschirmrand melden.«

*Absichtlich.* Tomek ließ dieses Wort immer wieder in seinem Kopf

kreisen. Endlich hatten Hadland oder Carlisle, egal welcher, einge-
sehen und erkannt, dass alles zusammenhing, dass alles –

Und dann, einfach so, kehrte plötzlich die Müdigkeit zurück,
diesmal noch mächtiger und überwältigender. Ein Gähnen explodierte
über seine Lippen und seine Augenlider fühlten sich wieder
schwer an.

Das Letzte, was Tomek sah, bevor seine Augen zufielen, war das
Bild der verkohlten Überreste von Dayanas Wohnwagen, der in der
frühen Morgensonne noch sanft vor sich hin schwelte, ihr Körper mit
dem Metallstuhl verschmolzen.

———

Hierfür musste sie schnell sein. Superschnell. So schnell wie noch nie
zuvor.

Laut der App war ihr Uber-Fahrer nur noch wenige Minuten
entfernt. Sie hatte die Bewegungen des Autos auf den Landstraßen
verfolgt und es innerlich angefleht, sich zu beeilen.

An Opa vorbeizukommen, wäre kein Problem. Er war in der
Garage beschäftigt, reparierte etwas oder stellte etwas her; sie wusste
nicht genau, was.

Es war Nana, die die größte Gefahr darstellte. Sie hatte das Gehör
einer Fledermaus und würde hereinplatzen, wenn sie dachte, sie hätte
gehört, wie Kasia komisch atmet.

Der Countdown in der App verriet ihr, dass der Fahrer weniger als
zwei Minuten entfernt war.

Kasia kontrollierte zum fünfzehnten Mal ihre Taschen. Sie hatte
alles, was sie brauchte, was eigentlich nichts war: ihr Handy, Portemonnaie und Schlüssel. Auf alles andere konnte sie verzichten.

Sobald das Auto draußen vorfuhr, müsste sie aus dem Wohnzimmer rennen, durch den Flur und aus der Haustür, und das alles,
bevor Nana mit ihrem Kochlöffel aus der Küche kam.

Im Fernsehen liefen weiterhin die lokalen Nachrichten. Sie hatte sie
zufällig gesehen. Sie liefen einfach im Hintergrund und sie hatte ihnen
keine Beachtung geschenkt. Bis sie die Erwähnung von Mersea Island
hörte. Dann hatten die Bilder eines wütenden Feuers in einem der
Wohnwagen sie bis ins Mark erschüttert. Papa. Ihr erster Gedanke war

zu ihm gegangen. Sie hatte seit ihrem Videoanruf nichts mehr von ihm gehört, und er antwortete nicht auf ihre Nachrichten. Sofort hatte sie das Schlimmste befürchtet. Dass es *ihr* Wohnwagen war, der in Flammen aufgegangen war. Dass er einen Unfall gehabt und irgendwie das Feuer verursacht hatte. Oder dass jemand anderes, der Mörder, ihm das stattdessen angetan hatte.

An diesem Punkt hatte sie beschlossen, die Sache selbst in die Hand zu nehmen. Wenn er ihr nicht antwortete, dann müsste sie zu ihm gehen. Sie müsste sicherstellen, dass ihm nichts zustößt.

Sie wollte nicht einmal anfangen, darüber nachzudenken, wie das Leben ohne ihren Vater aussehen würde. Er hatte in den letzten Monaten – eigentlich im letzten Jahr – so viel für sie getan. Sie hatte angefangen, ihn zu lieben. Anfangs, als sie gerade eingezogen war, hatte sie gedacht, das wäre nie möglich. Dass sie nie eine Bindung aufbauen und füreinander sorgen könnten. Aber er hatte auf sie aufgepasst, für sie gesorgt, sie *beschützt*. Er war der beste Papa der Welt, und sie konnte sich eine Welt nicht vorstellen, in der er nicht existierte.

Das kleine Autosymbol auf dem Bildschirm blieb neben ihrem Standort stehen, und oben auf dem Bildschirm erschien eine kleine Benachrichtigung.

*Dein Fahrer wartet.*

Das war es. Zeit, sich zu bewegen.

Sofort sprang sie vom Sofa auf, stürmte in den Flur, schnappte sich ihre Schuhe und eilte dann zur Haustür. Glücklicherweise öffnete sie sich ohne Probleme. Sie sprang in Socken auf die Auffahrt und rannte dann zu dem Toyota Prius, der am Ende auf sie wartete. Als sie die Autotür hinter sich schloss und dabei fast einen der Schuhe fallen ließ, kam Izabela Bowen bereits durch die Haustür und lief ihr nach.

# KAPITEL
## SECHZIG

Tomek erwachte mit einem Ruck auf dem Sofa. Etwas hatte ihn gestört – ein lautes Klopfgeräusch – aber er konnte nichts hören. Stille durchdrang den Wohnwagen wie ein übler Geruch.

Draußen war es noch hell, und bevor er auf seine Uhr schaute, um die Uhrzeit zu prüfen, leckte er sich über die Lippen. Da bemerkte er den Sabber an seinem Kinn. Als er ihn wegwischte, fiel ihm der kleine dunkle Fleck auf seinem Hemd auf. Es war lange her, dass er im Schlaf so gesabbert hatte. Er musste das Nickerchen wirklich gebraucht haben.

Er prüfte die Uhrzeit.

Achtzehn Uhr dreißig.

Er hatte nur eine Stunde geschlafen, aber es hatte sich wie zehn angefühlt. Plötzlich überkam ihn ein Gähnen und erfasste seinen ganzen Körper. Er streckte seine Beine und Arme aus, bis zur vollen Länge des Sofas.

Dann ertönte ein Klopfen an der Tür. Schwer, einzeln. Ein kräftiges Klopfen gegen das Glas. Eine Gestalt erschien, verzerrt hinter der strukturierten Glasscheibe.

Noch ein Klopfen. Dieses Mal waren es mehrere. Panisch, hastig.

»Komme schon!«, rief Tomek. »Einen Moment!«

Stöhnend schleppte er sich vom Sofa, streckte sich, bis seine Hände das Dach des Wohnwagens erreichten, und schlenderte dann zur

Eingangstür, wobei er sich mit dem Handballen so fest die Augen rieb, dass Sterne in seinem Blickfeld zu tanzen begannen. Als er die Tür öffnete, überkam ihn ein weiteres Gähnen.

Dort stand Montgomery mit einem Ausdruck der Bestürzung im Gesicht. Sein Anblick brachte Tomek schnell zur Besinnung.

»Montgomery?«, begann er. »Was ist los? Was stimmt nicht?«

»Es ist Jacob. Bitte... er ist gestürzt und steht nicht mehr auf! Ich glaube, er ist schwer verletzt!«

Montgomery wandte sich von Tomek ab und rannte in Richtung seines Hauses. Tomek dachte nicht nach; er rannte dem Mann hinterher und ließ die Tür hinter sich zufallen. Montgomery bewegte sich schneller, als Tomek ihn je hatte laufen sehen, und er hatte Mühe, aufzuholen. Es war nur eine kurze Strecke, aber Montgomery war bereits zehn Meter voraus.

»Bitte, Sie müssen schnell kommen!«, rief Montgomery, seine Stimme leise, fast ein gedämpftes Flüstern. »Da ist etwas, das Sie sehen müssen!«

Tomek folgte ihm ins Haus. Sofort spürte er, dass etwas nicht stimmte. Für einen weiteren warmen Sommerabend war es im Haus kalt. Und das lag nicht an einer Klimaanlage. Eine düstere Kälte lag in der Luft.

»Was ist passiert, Montgomery?«, fragte Tomek, während der Mann ihn durch den Flur führte.

Montgomery sagte nichts.

»Blutet er?«

Nichts.

Sie bogen um die Ecke und betraten die Küche. Der Raum sah genauso aus, wie Tomek ihn vom anderen Tag in Erinnerung hatte, als Kasia und Jacob im Wohnzimmer gespielt hatten. Auf der anderen Seite der Küche befand sich eine kleine Tür, die zu einer kleinen Treppe offenstand, die nach unten in den Keller führte, den Kasia neulich erwähnt hatte. Sofort dachte Tomek, dass Jacob irgendwie gestürzt, die Treppe hinuntergerollt und sich verletzt hatte.

Er bereitete sich auf den Anblick des kleinen Jungen vor, der am Fuß der Treppe lag, mit verkrümmten Gliedmaßen, Blut, das aus seinem Schädel sickerte.

Die Realität sah anders aus.

Montgomery hielt an den Stufen inne und zeigte nach unten.

»Da unten«, flüsterte er. »Sie werden es sehen, wenn Sie unten ankommen.«

Tomek zögerte nicht. Würde nicht. Konnte nicht. Es lag nicht in seiner Natur. Sein Geist und Körper waren jetzt in höchster Alarmbereitschaft, Adrenalin pulsierte durch seinen Körper, die Müdigkeit, die er noch vor wenigen Augenblicken verspürt hatte, war nichts als eine ferne Erinnerung.

Tomek begann, die Betonstufen hinunterzusteigen. Die Lufttemperatur sank plötzlich, und die Haare in seinem Nacken stellten sich auf. Hinter ihm schloss sich die Tür, aber er ging trotzdem weiter. Über ihm beleuchtete ein schwaches Licht das Treppenhaus.

Und dann erreichte er den Boden.

Die unterirdische Ebene war viel größer, als er erwartet hatte, und da unten war kein Jacob, kein unschuldiger zehnjähriger Junge, der sich verletzt hatte und dringend medizinische Hilfe benötigte. Aber das war es nicht, was seine Aufmerksamkeit erregt hatte: Es war der Anblick von Charlenes Ring auf dem Boden neben der Leiche, der im Licht glitzerte.

Er wollte sich bewegen. Sich umdrehen und Montgomery gegenübertreten, aber etwas hielt ihn zurück, eine undurchdringliche Kraft. Schließlich riss ihn das Geräusch einer Bewegung aus seiner Benommenheit, und gnädigerweise lichtete sich die undurchdringliche Wolke um ihn herum. Aber als er sich umdrehte, war es zu spät. Montgomery stand direkt vor ihm, und mit einem gewaltigen Schwung ließ er eine Hand auf Tomeks Kopf niedersausen.

Kurz bevor das Licht ausging, erkannte Tomek den Ziegelstein.

# KAPITEL
# EINUNDSECHZIG

»Ja hier, Schätzchen?«, rief der Uber-Fahrer von vorne.

Kasia wartete nicht mit einer Antwort. Sobald das Auto zum Stehen kam, dankte sie ihm, sprang hinaus und eilte zum Wohnwagenplatz. Das Schöne an Uber war, dass die Bezahlung bereits über die App abgewickelt wurde, sodass sie nicht in ihrer Geldbörse herumkramen und sich noch weiter verzögern musste.

Die Fahrt war lang gewesen. So sehr, sehr lang. Nicht nur gab es starken Berufsverkehr, sondern auch ein paar Idioten, die versucht hatten, den Strood bei Flut zu überqueren und dabei stecken geblieben waren. Natürlich hatte der Fahrer nicht durchs Wasser fahren wollen, und Kasia auch nicht. Sie hatte sich ihrer Angst nicht stellen und durch das Wasser waten können, selbst wenn sie sich am Holzzaun hätte festhalten können, der entlang des Dammes verlief. Es war eine zu unmögliche Aufgabe für sie.

Und so waren sie gezwungen gewesen, etwas mehr als eine Stunde zu warten, bis das Wasser auf ein akzeptables Niveau gesunken war.

Kasia war dankbar, dass der Mann riskiert hatte, seinen Motor zu fluten, um sie dorthin zu bringen. Dafür würde sie ihm fünf Sterne geben. Nachdem sie ihren Vater gefunden und sichergestellt hatte, dass es ihm gut ging, natürlich.

Sie rannte die Straße entlang, vorbei am Friedhof, einen schmalen Pfad entlang und zum Eingang des Wohnwagenparks. Es war

Dämmerung, die Sonne war gerade untergegangen, und das einzige Licht kam von den Wohnwagen um sie herum. Es schien, als wären alle zu Hause, genossen sich selbst und waren zur Normalität zurückgekehrt, als wäre nichts passiert. Wäscheleinen mit Kleidung flatterten sanft im Wind, Musik dröhnte von innen, und als sie zum Wohnwagen von ihr und Tomek sprintete, erwartete sie, ihre Freundin Dayana aus ihrem Fenster hängen zu sehen.

Einige Augenblicke später kam sie vor Dayanas festem Wohnwagen abrupt zum Stehen. Der beißende Gestank von Holzkohle und verbrannter Einrichtung hing in der Luft. Kasia schlug die Hand vor den Mund und begann zu weinen.

Sie hatte sich geirrt. Es war nicht ihr Wohnwagen, der in Flammen aufgegangen war. Es war Dayanas gewesen.

Das bedeutete, ihr Vater lebte!

Sie gönnte sich einen Moment stiller Besinnung, einen Moment, um Dayana ihren Respekt zu zollen, bevor sie zu ihrem Wohnwagen sprintete. Sie kam einen Moment später an, aufgeregt, mit einem strahlenden Lächeln auf dem Gesicht. Sie wollte ihn einfach nur sehen, fühlen, ihrem Vater eine Umarmung geben; und dann würde alles in Ordnung sein.

Sie könnte sich entspannen.

Am Wohnwagen angekommen, sprang sie die Stufen hoch zur Tür. Sie legte die Hände an den Kopf, drückte ihr Gesicht gegen das Glas und spähte hindurch. Nichts. Dann klopfte sie an die Tür, falls er schlief oder auf der Toilette war. Als es keine Antwort gab, griff sie nach dem Griff. Zu ihrer Überraschung gab der Griff nach und die Tür öffnete sich. In ihrer Eile stolperte sie hinein.

»Papa? Papa, bist du hier? Ich musste sehen, ob es dir gut geht«, rief sie. »Ich habe von dem Feuer gehört.«

Das Wohnzimmer war leer, ohne Anzeichen von Leben, abgesehen vom Fernseher, der im Hintergrund flimmerte. Seltsam, dachte sie. Papa hätte den nicht angelassen.

»Papa? Bist du hier?«

Zögerlich ging sie zum anderen Ende des Wohnwagens. Die Bodendielen knarrten laut unter ihren Füßen, und ihre Schulter streifte die Gipskartonwand im engen Flur. Die Tür schloss sich hinter ihr und tauchte sie in Dunkelheit.

»Papa?«, rief sie, aber es kam keine Antwort.

Sie schaute ins Badezimmer: leer.

Ihr Schlafzimmer: leer.

Sein Schlafzimmer am Ende des Flurs: auch leer.

Der gesamte Wohnwagen war leer. Ihr Vater war nirgends zu sehen.

Aber die Eingangstür war offen gewesen. Warum? Er hätte sie nie so unverschlossen gelassen. Es sei denn, es gäbe einen Notfall.

In dieser Situation wäre sie zu Dayana gegangen. Die freundliche Nachbarin hätte gewusst, wo ihr Vater war. Aber jetzt... jetzt, wo sie weg war, gab es nur eine Person, die ihr helfen könnte.

Sie kehrte dem stillen Wohnwagen den Rücken zu und joggte zu Montgomerys Haus, wobei ihre Beine sich plötzlich wie Wackelpudding anfühlten und ein Knoten in ihrem Magen sich bildete, der sie lähmte. Sie hatte seit jener Nacht auf dem Schloss keine solche Angst mehr gespürt.

Eine Minute später kam sie an Jacobs Haus an. Sie hämmerte wiederholt mit den Fäusten an die Haustür – bam, bam, bam – bis schließlich, nach einer gefühlten Ewigkeit, ihr kleiner Freund die Tür öffnete. Um seinen Kopf war ein Headset mit Mikrofon gewickelt, und in seinen Händen hielt er einen PlayStation-Controller.

»Kasia!«

Sein aufgeregtes Lächeln strahlte.

»Mein Vater«, antwortete sie. »Hast du meinen Vater gesehen?«

»Komm rein«, sagte Jacob und zog sie am Arm. »Ich habe Videospiele gespielt. Papa hat mir heute erlaubt, Videospiele zu spielen.«

»Das ist schön«, sagte sie und erinnerte sich daran, mit wem sie sprach. »Apropos Papas, hast du meinen heute überhaupt gesehen?«

»Ich habe ihn nicht gesehen, nein. Aber rate mal, wen ich gesehen habe?«

Kasia hörte die Frage zunächst nicht. Ihre Gedanken überschlugen sich, und sie überlegte, wo Tomek sonst sein könnte. In der Kneipe? Befragte er weitere Leute? Sie wusste es nicht.

Dann spürte sie ein Ziehen an ihrem Hemd und blickte auf den kleinen Jacob hinunter.

»Rate mal, wen ich neulich gesehen habe«, wiederholte er.

Sie hatte keine Zeit für Plaudereien. Sie musste Tomek finden. Aber sie wusste, dass sie seine Frage nicht unbeantwortet lassen konnte. Es würde ihn nur verärgern.

»Wen?«, fragte sie.

»Mama!«

Kasia glaubte nicht, dass das stimmte, nicht nach dem, was sie von Dayana über die Ehe seiner Eltern gehört hatte, aber sie wollte seine Gefühle nicht verletzen.

»Ist das wahr?«

»Ja! Sie kam nach Hause, umarmte mich und sprach dann mit Papa in der Küche. Ich wollte mit Mama reden und herausfinden, wo sie gewesen ist, aber Papa sagte, sie müssten ein Erwachsenengespräch führen. Also gab er mir den PlayStation-Controller und sagte mir, ich soll nach oben gehen. Ich habe sie danach nicht mehr gesehen.«

»Sie hat sich nicht verabschiedet?«

Jacob schüttelte den Kopf. »Sie ist einfach gegangen. Papa meinte, sie müsste los. Sie ist anscheinend eine vielbeschäftigte Frau.«

Kasias Herz schmerzte für Jacob. Es war nicht schön für ihn, zwischen den Eheproblemen seiner Eltern zu stecken, aber die Gefühle eines Zehnjährigen waren gerade das Letzte, worüber sie sich Gedanken machen konnte.

Sie musste immer noch ihren Vater finden.

Als sie den Flur verlassen wollte, rief Jacob sie zurück.

»Warte! Willst du mich nicht fragen?«

»Dich was fragen?«

»Über deinen Vater.«

»Was ist mit ihm?«

Jacob ließ sein Headset auf den Hals sinken. »Du hast mich gefragt, ob ich ihn *gesehen* habe.«

»Ja?«

Ihre Geduld wurde rasch dünner.

»Ich habe ihn nicht *gesehen*. Aber ich habe ihn *gehört*. Er kam vor etwa einer Stunde her, während ich in meinem Zimmer war. Er klang etwas aufgebracht und besorgt, als ob etwas nicht stimmen würde.«

»Ging es ihm gut?«

Jacob zuckte mit den Schultern. »Keine Ahnung. Ich weiß nur, dass sie in den Keller gegangen sind, weil ich gehört habe, wie die Tür zuging.«

»Der Keller?«, wiederholte Kasia, während ihr Gehirn langsam zu arbeiten begann. »Zeig ihn mir.«

»Nein, wir dürfen nicht in den Keller. Das weißt du doch.«

»Das ist mir egal. Ich muss nachschauen. Es ist wichtig.«

Kasia wartete nicht auf eine Antwort. Sie drängte sich an Jacob vorbei und eilte zur Küche. Sie fand die Kellertür auf der anderen Seite des Raums und öffnete sie nach kurzem Zögern, ihre Hand schwebte über dem Griff.

Ein Schwall kühler Luft stieß an ihr vorbei und ließ die Haare auf ihren Armen zu Berge stehen. Sie schaltete das Licht ein und begann dann vorsichtig die Treppe hinunterzugehen, indem sie beide Füße auf jede Stufe setzte, bevor sie zur nächsten weiterging. Als immer mehr vom Keller sichtbar wurde, duckte sie sich, um besser hineinsehen zu können. Das Blut auf dem Boden war das Erste, was ihr auffiel. Zwei Stellen davon. Eine eingetrocknet, Tage alt; die andere frischer und über den Beton verstrichen. Früher hätte sie beim Anblick des Blutes geschrien, wäre untröstlich gewesen, vor Angst wie gelähmt. Jetzt fürchtete sie, was es bedeuten könnte. Was mit Tomek dort unten passiert sein könnte.

Dann fiel ihr Blick auf den Ring, von dem Tomek so viel gesprochen hatte, der im Licht funkelte, und sie fügte alles zusammen, verstand alles vollständig.

Sie hörte Schritte hinter sich. Ihr Körper spannte sich an, als sie sich umdrehte, halb erwartend, Montgomery hinter sich stehen zu sehen. Stattdessen fand sie Jacob, der langsam die Treppe herunterkam und immer noch seinen PlayStation-Controller festhielt, als hinge sein Leben davon ab.

»Nein!«, schrie sie. »Bleib, wo du bist! Komm nicht runter. Es ist nicht sicher. Da ist… da ist überall Wasser! Es ist gefährlich.«

Jacob ließ sich das nicht zweimal sagen. Er ging die Treppe wieder hinauf, mit Kasia dicht auf den Fersen. Oben angekommen schlug sie die Tür zu und schloss sie mit einem Schlüssel ab. Ihr Kopf raste, ihre Lungen pumpten, ihr Herz hämmerte in ihrer Brust und schickte Adrenalin durch ihren ganzen Körper.

Montgomery hatte Charlene und Derry getötet. Hatte er auch Dayana umgebracht? Und war er dabei, dasselbe mit ihrem Vater zu tun?

Sie musste nachdenken, sich konzentrieren. Aber es war keine Zeit. Nach dem, was Jacob gesagt hatte, war Tomek vor einer Stunde vorbeigekommen. Inzwischen könnte er überall sein. Vielleicht trieb er sogar im Wasser wie Charlene und Derry...

Sie drängte den Gedanken in den Hintergrund.

Und dann fiel es ihr ein. Natürlich! Wie konnte sie nur so dumm gewesen sein? Wie hatte sie nicht früher daran gedacht?

Freunde finden.

Wenn Tomek sein Handy noch bei sich hatte, würde es ihr zeigen, wo er war.

Hektisch kramte sie in der Tasche ihrer Jeansshorts und holte ihr Handy heraus. Sie navigierte schnell zur »Wo ist?«-App und tippte auf Tomeks Gesicht. Sofort erschien eine kleine Karte. Darauf war eine kleine Markierung mit seinem Gesicht darüber.

Der Ort war ihr offensichtlich. Das einzige Problem war, wie sollte sie dorthin kommen?

# KAPITEL
# ZWEIUNDSECHZIG

Zum zweiten Mal an diesem Tag wachte Tomek mit einem Ruck auf. Aber diesmal befand er sich nicht in der gemütlichen Wärme des Wohnwagens, noch hatte er friedlich auf dem weichen Sofa geruht. Stattdessen war er in der Packhalle, umgeben von Dunkelheit, liegend auf dem harten Betonboden. Sein Hinterkopf fühlte sich an, als hätte jemand ein Loch in seinen Schädel gebohrt und wühlte immer noch darin herum. Seine Sicht war verzerrt, und daher erschien alles um ihn herum verschwommen.

Alles außer dem, was neben ihm lag: eine Frau, die gegen die Wand und ein Stück Maschinerie gelehnt war. Ihr Kopf hing nach vorne, nur wenige Zentimeter über dem Messer, das aus ihrer Brust ragte. Der Geruch der Verwesung begann allmählich, sich in seinem Gehirn zu registrieren. Ranzig, faulig. Er blieb in seinem Hals hängen und brachte ihn zum Würgen.

Er legte eine Hand auf seinen Kopf in dem vergeblichen Versuch, den Schmerz zu lindern, und begann, seine Umgebung zu mustern. Er befand sich am hinteren Ende des Raumes. Links war die Reihe von Gefriertruhen, die sanft im Hintergrund summten, und zu seiner Rechten war die Wand mit Fischverarbeitungsmaschinen und Ausrüstung. Seine Hände waren frei, und als er seine freie Hand auf den Betonboden legte, bemerkte er, dass die Oberfläche verkrustet und getrocknet war. Und dann erinnerte er sich, was dort gewesen war: die getrockneten Überreste von Derry Watermans Blut.

Tomek hob seinen Blick, um den Rest des Raumes zu überblicken. Im hinteren Teil war eine Gestalt, eine Silhouette inmitten der Dunkelheit, die auf einer Oberfläche saß. Das leise Geräusch von Schluchzen hallte durch den Raum.

»Es tut mir leid, dass es so weit gekommen ist, Tomek«, flüsterte Montgomery mit erstickter Stimme.

»So weit gekommen womit?«

Sobald Tomek die Frage stellte, durchzuckte ein blendender Schmerz seinen Kopf. Er verzog das Gesicht und schloss die Augen.

»Diese ganze Sache«, sagte Montgomery. »Es sollte nie so außer Kontrolle geraten. Die Dinge sind einfach so... so schnell eskaliert.«

Tomek sah, dass der Mann mit etwas in seinen Händen spielte. Man musste kein Genie sein, um zu erraten womit. Das einzige Problem war, dass sein Kopf zu sehr schmerzte, um etwas dagegen unternehmen zu können. Noch.

»Ist das hier der Ort, wo Sie Derry hingebracht haben, als Sie ihn getötet haben?«, fragte Tomek.

Bring ihn zum Reden. Bring ihn dazu, Fragen zu beantworten. Verzögere, verzögere, verzögere, sagte er sich selbst.

Montgomery schniefte. »Ich wusste nicht, wohin ich ihn sonst bringen sollte. Ich fand es... ich fand es recht passend.«

Das war eine Möglichkeit, es zu beschreiben.

»Und hier haben Sie ihn getötet?«, fragte Tomek.

Es kam keine Antwort, aber Tomek konnte das unmerkliche Nicken in der Dunkelheit erkennen. Seine Sicht kehrte allmählich zur Normalität zurück.

Draußen lieferte das Geräusch von Wellen, die sanft gegen das Ufer schwappten, einen Soundtrack zu dem Gespräch. Das war der perfekte Ort, um ihn herzubringen, erkannte Tomek. Er war isoliert und mitten im Wasser. Es gab nur einen Weg hinein und einen Weg hinaus. Und der einzige Weg zurück ans Festland war durch ein langes und kaltes Schwimmen – oder ein Schleppen durch den Schlamm.

Tomek wurde schnell klar, dass seine Chancen, dort herauszukommen, minimal waren.

»Warum haben Sie ihn getötet, Montgomery? Was hat er Ihnen je angetan?«

Eine Pause.

»Er... er *wusste* es.«

»Über Charlene?«

»Oh ja. Über Charlene. Er... er hat gesehen, wie ich sie in dieser Nacht mit dem Boot hinausgebracht habe.« Die Gestalt bewegte sich im Dunkeln, ihre Bewegungen nur am Geräusch erkennbar. »Er hat mich gesehen, als er versuchte, die Prostituierte, mit der er gerade geschlafen hatte, von der Insel zu bekommen.«

»Wie haben Sie es herausgefunden?«, fragte Tomek, während sein Gehirn langsam verarbeitete, was er hörte.

»Derry hat es mir gesagt, der Narr. Hat an meine Tür geklopft. Hat mir den Ring gezeigt. Sagte, wir könnten zu einer Art Vereinbarung kommen.«

»Vereinbarung?«, wiederholte Tomek, während er sich in eine bequemere Position an der Wand schob.

»Er versprach, nichts zu sagen, solange ich seine Schulden begleichen würde.«

»Er stand in Ihrer Schuld? Wie?«

»Was glauben Sie denn? Charlene. Sie hatte ihm alles genommen, also bot ich ihm etwas finanzielle Unterstützung an. Natürlich wollte ich das Geld zurück, aber ich hatte es nicht besonders eilig damit. Und dann verging die Zeit. Sechs Monate, ein Jahr, achtzehn Monate. Er fing an, es zu übertreiben, also stellte ich ihn zur Rede. Und dann... und dann sah er mich mit Charlene, und er dachte, er könnte mich erpressen.«

Er war zur falschen Zeit am falschen Ort gewesen, dachte Tomek.

»Ich konnte es mir nicht leisten, dass er mein Geheimnis kannte. Ich konnte das nicht über mir schweben haben. Also tötete ich ihn. Nahm ihn mit hinein, schlug ihm den Schädel ein, dann brachte ich ihn hierher. Aber dann lief das verdammte Boot auf Grund, und ich wusste, ich war am Arsch.«

»Was haben Sie dann getan?«

»Ich warf seinen Körper ins Meer, wischte das Boot so gut ich konnte ab und schwamm dann zurück. Es dauerte ewig, und ich wäre auf dem Weg fast ertrunken, aber zumindest war er weg.«

»Sie sagten, er hatte den Ring bei sich. Hat er ihn genommen?«

»Ja. Er hat eine tote Frau bestohlen, um ihn zu verpfänden und etwas Geld dafür zu bekommen, der gierige Bastard.«

Sagte ausgerechnet der Mann, der sie getötet hatte!

Tomek nahm sich einen Moment, um alles zu verarbeiten, und das Hämmern in seinem Kopf verschlimmerte sich. Er schloss die Augen und versuchte, den Schmerz zu verdrängen, aber es war zwecklos. Er nahm seine Hand vom Hinterkopf, legte sie auf den Boden und versuchte, sich auf die Füße zu ziehen. Der Schwung war nur von kurzer Dauer. Er fiel zurück zu Boden und schlug dabei mit dem Kopf gegen die Wand. Er stieß ein lautes Stöhnen aus.

»Wie geht es Ihrem Kopf?«, fragte Montgomery, und etwas Entschlossenheit kehrte in seine Stimme zurück, als ob der Gedanke an Tomeks Schmerz ein Lächeln auf sein Gesicht zauberte.

»Es tut verdammt weh, Mann«, erwiderte Tomek. »Sie haben mir mit einem Ziegelstein den Schädel eingeschlagen. Haben Sie Charlene auch so hart getroffen?«

»Zu hart«, antwortete er kurz angebunden. »Fast getötet. Musste ewig warten, bis sie wieder zu sich kam.«

»Warum war das notwendig?«, fragte Tomek.

»War es nicht. Ich wollte nur, dass sie leidet. Ich wollte, dass sie langsam erstickt, dass ihr der letzte Atemzug aus dem Leib gesaugt wird, so wie sie es mit allen auf dieser Insel macht.«

»Sie eingeschlossen?«

»Ja.«

Tomek ging schnell die Liste der Namen durch, die Dayana ihm genannt hatte.

»Sie waren einer der wenigen, die keine Probleme mit ihr hatten. Alle anderen hassten sie, während... während ich dachte, dass Sie beide gut miteinander auskamen. Ich dachte, *Sie* wären einer ihrer einzigen Verbündeten.«

Montgomery lachte leise. »Das war ich auch eine Zeit lang. Bis ich herausfand, dass sie seit Wochen von der Affäre meiner Frau wusste, es mir aber nie gesagt hat.«

»Ist das der Grund, warum Sie sie getötet haben?«

Tomek erkannte ein leichtes Schulterzucken. »Unter anderem. Sie war ein Krebsgeschwür der Gemeinschaft. Anfangs fing sie klein an und blieb unbemerkt, bis sie allmählich gieriger und zerstörerischer wurde. Und jetzt... jetzt hat sie die Krankheit auf der ganzen Insel verbreitet und tötet uns alle einen nach dem anderen.«

»Also dachten Sie, Sie nehmen es auf sich, sie zu töten?«

Wieder ein Schulterzucken.

»Was hat Dayana getan, um ihr Schicksal zu verdienen?«

Montgomery stieß einen langen, schweren Seufzer aus. »Ich wollte nicht, dass sie stirbt. Es war ein Unfall.«

»Wie?«

»Sie sitzen neben ihr.«

Diese Aussage war so direkt und abrupt, dass sie Tomek überraschte. Langsam drehte er den Kopf zur toten Frau neben ihm. Ein Teil von ihm hatte erwartet, dass sie sich bewegen würde, in eine bequemere Position rutschen, etwas lebendiger sein würde. Und dann erinnerte er sich, dass sie tot war. Er war dankbar, dass ihr Kopf von ihm abgewandt war.

»Wer ist sie?«, fragte Tomek, obwohl er die Antwort tief in seinem Inneren kannte.

»Meine Frau.«

»Was hat sie mit Dayanas Tod zu tun?«

»Dayana hat mich mit ihr gesehen.«

Tomek rechnete im Kopf nach. »Das kann nicht sein. Jacob sagte, er hätte seine Mami am Montag gesehen. Das war vor zwei Tagen. Wenn ich Dayana so kenne, wie ich glaube, sie zu kennen, hätte sie mir sofort erzählt, wenn sie gesehen hätte, wie Sie Ihre Frau töten.«

»Sie hat *das* nicht gesehen«, antwortete Montgomery mit gesenkter Stimme. »Wir hatten einen Streit, als sie vorbeikam. Dummen, kleinlichen Streit. Aber ich sah rot und... und eins führte zum anderen. Und dann... als ich versuchte, ihre Leiche zu beseitigen, sah Dayana mich. Sie... sie hing verdammt noch mal aus dem Fenster und rauchte. Sie sah alles. Und ich bekam Panik. Ich wusste, ich konnte sie nicht als Zeugin haben. Ich wusste, ich musste mich um sie kümmern. Ich wollte es nicht. Verdammt, nein. Ich mochte Dayana. Ich bewunderte sie, respektierte sie, fand sie lustig. Wir kamen gut aus. Sie war eine gute Bewohnerin, zahlte ihre Rechnungen immer pünktlich. Ich hatte bis jetzt nie ein Problem mit ihr gehabt.«

»Und so haben Sie ihren Wohnwagen in Brand gesteckt. Warum? Warum haben Sie sie nicht wie die anderen Opfer getötet?«

»Ich geriet in Panik. Sie mochte alt sein und sich den Rücken verrenkt haben, aber sie war laut und würde nicht ohne Kampf aufgeben wollen. Also tat ich, was ich tun musste. Versuchte, es so sehr wie möglich wie einen Unfall aussehen zu lassen.« Montgomery atmete tief ein. Was einst Schuld und Bedauern gewesen war, hatte sich nun in Wut verwandelt. »Sie hatte das größte Mundwerk. Ich hatte Angst, dass sie so nah bei Ihnen war. Ich wusste, dass sie Ihnen Informationen über alle zusteckte, Ihnen ins Ohr flüsterte. Ich hatte solche Sorge, dass sie Ihnen von mir erzählen würde.«

»Das hat sie«, erwiderte Tomek offen. »Aber ich hielt Sie nicht für einen Verdächtigen.«

»Nicht?«, fragte Montgomery, plötzlich hoffnungsvoll klingend.

»Nein. Aber das bedeutet nicht, dass Sie nicht erwischt worden wären. Die Polizei hätte Ihre DNA an der Mordwaffe und hier drin gefunden. Die Wahrheit hätte Sie schließlich eingeholt.«

Montgomerys Brust hob sich schwer. Er hielt die Lunge voll Luft dort für einige Momente, bevor er sie langsam durch die Nase entweichen ließ.

»Wenn Sie sich Sorgen um Dayana und mich gemacht haben, warum haben Sie mich dann aus diesem Feuer gezogen? Ich wäre vielleicht gestorben, wenn Sie mich hätten hineingehen lassen.«

Montgomerys Schultern hoben sich zu einem Achselzucken.

»Das musste ich doch, oder? Es war mein Grundstück, mein Wohnwagen, der in Flammen aufging. Ich konnte nicht untätig wirken. Ich musste so aussehen, als würde ich in dieser Nacht wenigstens ein Leben retten.«

»Während Sie in Wirklichkeit bereits zwei genommen hatten...«, sagte Tomek langsam.

»Nein, Sie irren sich. Ich habe meine Frau an dem Tag getötet, als sie vorbeikam.«

Tomek dachte einen Moment darüber nach, versetzte sich auf den Ponton, als er mit Montgomery, Jacob, Flynn und Ian über seine Entdeckungen im Verpackungsschuppen gesprochen hatte. Wie ruhig und selbstbewusst Montgomery gewesen war. Wie er so offen und gelassen über seine Frau gesprochen hatte, wissend, dass sie tot in seinem Keller lag. Und Tomek hatte nichts geahnt. Er hatte sie alle getäuscht.

»Ich kann nicht glauben, dass es so weit gekommen ist«, begann Montgomery. »Ich hätte mir nie vorstellen können, zu einem Mord fähig zu sein. Ich hätte nie gedacht, dass ich in der Lage sein würde, so schreckliche Dinge zu tun, aber ich habe es getan. Ich weiß nicht, was über mich gekommen ist. Es war, als wäre ich besessen. Ich habe mich seitdem innerlich zerfleischt. Mich selbst fertig gemacht, kämpfe damit, zu begreifen, was ich getan habe. Ich wollte mich melden und Ihnen alles erzählen, gestehen. Es gab so viele Gelegenheiten, so viele Male, wo ich an die Tür klopfen und reinen Tisch machen wollte. Aber... aber ich konnte nicht. Ich musste an Jacob denken.«

»Jacob, der jetzt keine Mama und keinen Papa mehr hat.«

»So sollte es nicht sein.«

»Wie sollte es denn sein?«

Montgomery stöhnte. »Ich habe es so oft in meinem Kopf durchgespielt. Wenn ich nicht diesen Ziegelstein durch Charlenes Fenster geworfen hätte... wenn ich an diesem Abend nicht das Haus verlassen hätte, wäre sie noch bei uns. Ich hätte ein nettes Gespräch mit ihr führen können.« Er schlug sich wiederholt gegen den Kopf und grunzte bei jedem Schlag. »Ich hätte es anders handhaben können.«

»Sie können die Vergangenheit jetzt nicht ändern, Montgomery. Was geschehen ist, ist geschehen. Sie müssen mit Ihren Fehlern leben.«

Tomek fühlte kein Mitleid für den Mann. Er hatte getötet, getötet, getötet und wieder getötet. Was die Frage aufwarf:

»Warum erzählen Sie mir das alles?«

Montgomery hielt inne und drehte dann langsam den Kopf zu Tomek. »Weil ich mein Gewissen erleichtern musste. Ich brauchte jemanden mit Ihrem Beruf, der weiß, was ich getan habe. Der mir vielleicht sogar verzeiht. Aber jetzt erkenne ich, dass es am Ende keine Rolle spielen wird. Danach werde ich Sie töten. Und dann werde ich mich selbst töten.«

# KAPITEL
## DREIUNDSECHZIG

Die Antwort lag auf der Hand: paddeln.

Aber in Wirklichkeit war es nicht so einfach. Nicht nur hinderte sie der lähmende Knoten in ihrem Magen daran, ins Kajak zu steigen, auch ihr vor Angst erstarrter Verstand blockierte sie. Und nicht nur würde sie sich ihrer größten Angst stellen müssen, indem sie aufs Wasser ging, sondern sie würde es auch im Dunkeln tun müssen. Und allein.

Sie stand da am Ende des Stegs, Paddel in der einen Hand, Handy in der anderen, die Schwimmweste um den Oberkörper geschnallt, sanft beleuchtet von den Lichtern der nahen Straße. Das Wasser schwappte leise gegen den Steg, und eine sanfte Brise strich um ihre Beine.

Sie hatte das Kajak fünf Minuten lang angestarrt und sich gedanklich zum Handeln gezwungen. Aber sie konnte nicht. Die Angst hatte sie gepackt und ließ sie nicht los.

Doch sie wusste, dass sie es tun musste. Tomek war in Gefahr, in Bedrängnis. Sein Leben hing womöglich am seidenen Faden. Und sie würde sich nie verzeihen können, wenn sie etwas hätte tun können, um ihn zu beschützen, es aber wegen ihrer Angst nicht getan hätte.

Sie versuchte, sich daran zu erinnern, was Tomek getan hätte. Er hätte nicht gewartet. Er hätte nicht gezögert. Er hätte nicht zugelassen, dass Angst ihn aufhielt. Er hätte gehandelt, er hätte etwas dagegen unternommen.

Und genau das würde sie jetzt auch tun.

Tief ausatmend hob sie ihren Fuß vom Steg und setzte ihn auf den Sitz.

»Genau wie neulich«, sagte sie zu sich selbst.

Nur dass Tomek neulich bereits im Kajak gesessen und ihr beim Einsteigen geholfen hatte, um das Gleichgewicht zu halten. Diesen Luxus hatte sie jetzt nicht, und das Boot schwankte und schaukelte unkontrollierbar unter ihrem Gewicht. Sie klammerte sich um ihr Leben an den Steg und ließ sich ins Boot hinab. Als sie in den Sitz fiel, fiel ihr das Handy auf den Schoß. Sie stieß einen leisen Schrei aus und klemmte es zwischen ihre Beine. Sie konnte es sich nicht leisten, das zu verlieren. Das Paddel ja, zur Not könnte sie ihre Hände benutzen, aber wenn sie keine Ahnung hätte, wohin sie fahren sollte, wäre sie mehr als nutzlos.

Einen Moment später hörte das Kajak auf, hin und her zu schaukeln, und sie hob den Blick. Der Himmel war nichts als Dunkelheit, abgesehen vom Mondlicht, das durch die dünne Wolkendecke brach. Ihr Herz hämmerte in ihrer Brust, und die Stimme in ihrem Kopf sagte ihr, dass dies eine schreckliche Idee sei, dass sie zur Sicherheit zurückkehren sollte.

Aber sie ignorierte sie. Sie befahl ihr, still zu sein, erinnerte sich selbst daran, dass sie das schon einmal gemacht hatte und dass sie in Ordnung sein würde. Wenn Tomek es konnte, konnte sie es auch.

Ruhige, gleichmäßige Züge, sagte sie sich. Das war alles, was es brauchte. *Schön ruhig. Das Kajak wird mich über Wasser halten.*

Und so, ohne Lichtquelle und ohne Unterstützung im Rücken, machte sie sich auf in die Dunkelheit, wobei sie das winzige Symbol auf ihrem Handybildschirm als Orientierung nutzte.

# KAPITEL
# VIERUNDSECHZIG

Kasia stürzte nach vorne, als das Kajak auf dem Sand auflief. Sie warf das Paddel auf die Insel, dann kletterte sie aus dem Boot. Sie verlagerte zu viel Gewicht auf eine Seite, verfing sich mit dem Fuß am Ende des Kajaks und stolperte, wobei sie hart auf ihrer Schulter landete und der feuchte Sand schnell durch ihr Oberteil sickerte. Als sie sich aufrappelte, drang ein Geräusch aus dem Inneren des Packhauses.

Das Pochen in ihrer Schulter ignorierend, sprintete sie auf das Gebäude zu, das in der Dunkelheit kaum zu erkennen war. Als sie hineinstürmte, schwang die Tür gegen die angrenzende Wand und unterbrach den Lärm. Dort stand Montgomery, über ihrem Vater gebeugt. Der Mann, der sie mit offenen Armen und einem warmen Lächeln auf dem Campingplatz willkommen geheißen hatte. Der Mann, der drei Menschen kaltblütig ermordet hatte. Und der im Begriff war, einen vierten zu dieser Liste hinzuzufügen.

»Papa!«, schrie sie.

Sofort drehten sich beide Männer zu ihr um.

»Weg von ihm!« Sie hob drohend die Faust gegen Montgomery. »Lass ihn in Ruhe!«

Montgomery sagte nichts. Stattdessen drehte er sich langsam zu Tomek, starrte ihn einen Moment lang an und stürmte dann auf sie zu, raste mit voller Geschwindigkeit auf sie zu. In einem Augenblick war er fast bei ihr und kletterte über den Tresen. Kasia schrie auf, drehte sich sofort um und sprintete aus dem Schuppen auf die kleine Insel hinaus.

Es war eine dumme Idee gewesen. Was sollte sie tun? Wohin sollte sie gehen? Er war doppelt so groß wie sie. Und er hatte riesige, einschüchternde Hände, die fast so groß wie ihr Kopf waren. Perfekt, um sie damit zu erwürgen. Bald würde er sie einholen und sie wäre wehrlos, allein.

Sie hatte nicht weit genug vorausgedacht.

Bevor sie sich etwas überlegen konnte, verhakte sich ihr Fuß in einem Seil und sie flog durch die Luft, landete auf einem kleinen Haufen getrockneten Seetangs. Noch bevor sie begriffen hatte, was geschehen war, war Montgomery über ihr, seine großen Hände drückten ihre Schultern auf den Boden. Sie schrie, bis ihre Lungen zu platzen drohten, und trat mit den Füßen aus, aber es war zwecklos. Er war zu stark für sie.

Dann hörte sie Schritte, die durch den Sand stürmten. Einen Moment später kam Tomek angerannt und tackelte Montgomery zu Boden wie beim Rugby. Sie landeten mit einem schweren *Rums*, und die beiden begannen, im Sand zu ringen, rollten und wanden sich, kämpften um die Oberhand.

»Lass ihn los!«, schrie Kasia.

Aber Montgomery beachtete sie nicht. Mittlerweile saß er auf Tomek, in der gleichen Stellung, wie er es nur Augenblicke zuvor bei ihr getan hatte. Kasia versuchte, auf seinen Rücken zu springen, aber er war zu stark und schüttelte sie ab.

Nachdem sie wieder auf die Beine gekommen war, stand sie da, sah zu, wie festgefroren, an Ort und Stelle festgenagelt von derselben Angst, die ihren Körper zurück auf dem Steg gelähmt hatte.

Und dann machte es Klick. Der Steg. Das Kajak. Das Paddel.

Sie rannte darauf zu, rutschte über den Sand, hob es auf und sprintete zurück zu Montgomery. Zuvor hatte sich das Paddel schwer in ihren müden und schwachen Armen angefühlt. Aber jetzt, als Adrenalin durch ihren Körper schoss, blieb das Gewicht unbemerkt.

»Runter von ihm!«, schrie Kasia ein letztes Mal, bevor sie schließlich das Paddel in Richtung Montgomerys Kopf schwang. Die Kante des Paddels sauste durch die Luft, bevor sie an seiner Schläfe aufprallte.

Langsam, fast theatralisch, fiel Montgomery von Tomek herunter und landete als Häufchen Elend im Sand.

Tomek reagierte sofort, sprang auf die Füße und dann auf den bewusstlosen Mann, drückte ihn zu Boden und stellte sicher, dass er nicht aufstehen würde.

»Bist du okay?«, fragte er sie.

»Ja«, antwortete sie keuchend. »Mir geht's gut, ich bin... Geht es *dir* gut?«

»Jetzt schon, dank dir«, sagte er ihr.

Dann, nachdem er es für sicher hielt, den Mann kurz am Boden zurückzulassen, stieß er sich von Montgomery weg und umarmte sie, zog sie fest an seine Brust. Kasia entspannte sich sofort in seinen Armen.

»Ich bin so stolz auf dich«, sagte er. »Du bist hierher gekommen. Und über das Wasser!«

»Jemand musste dich retten«, antwortete sie.

Tomek lachte leise.

»Jetzt sind wir quitt«, fuhr sie fort und sprach in seine Brust hinein. »Wir haben uns beide vor dem Tod gerettet. Bitte, nicht noch mal. Ich halte das nicht aus.«

Er schob sie von sich weg und strich ihr übers Haar. »Ich auch nicht, Kleine. Ich auch nicht.«

# KAPITEL
# FÜNFUNDSECHZIG

Tomek hatte längst aufgehört zu zählen, wie vielen Beerdigungen er in seiner Zeit bei der Polizei beigewohnt hatte. Bei einigen handelte es sich um Teamkollegen und Arbeitskameraden, wo sie alle zusammenkamen, um einem der ihren die letzte Ehre zu erweisen. Aber die schweigende Mehrheit waren Opfer, Menschen, deren Leben durch Unfälle, Fehler oder die Gefühllosigkeit des menschlichen Zustands verkürzt worden waren. Jene, die durch Gier, Wut und Bosheit zu Fall gebracht wurden.

Nur dass diese Beerdigung mit keinem dieser Gründe zu tun hatte.

Die Beerdigung, bei der er sich im hinteren Teil aufhielt, war für jemanden, der verloren gegangen war, einsam, der durch die Dunkelheit seines Lebens gestolpert war, ohne Führung oder Unterstützung.

Kurz nachdem er aus dem Polizeirevier entlassen worden war, war Mick Thorne spazieren gegangen. Ein langer, sehr langer Spaziergang. Hinaus ins Meer, immer weiter in Richtung Nordsee im Osten. Bis er nicht mehr weitergehen konnte. Bis die Kleidung auf seinem Rücken so schwer und seine Muskeln so müde und träge wurden, dass er aufhörte zu gehen und schließlich ganz aufhörte zu schwimmen.

Seine Leiche war Tage später gefunden worden, angespült am Ufer, einige Kilometer südlich in Bradwell.

Micks Beerdigung war Tomeks fünfte in diesem Monat. Eine für jedes von Montgomerys Opfern, einschließlich seiner Frau, und jetzt Micks. Die Teilnahme war überraschend groß. Viele aus der Gemeinschaft von Mersea Island waren anwesend. Seine Schwester Sally, Schwager Stuart, Flynn, Tony, Bradley, Ian, Damien. Dieselben Leute, die auch an den Beerdigungen von Montgomerys Opfern teilgenommen hatten. Die Atmosphäre war naturgemäß feierlich und bedrückt, obwohl Tomek spürte, dass darunter eine tiefere Ebene der Verzweiflung lag; dass Micks Geschichte den Rest der Gemeinschaft auf eine andere Weise berührt hatte; dass er Schwierigkeiten gehabt hatte, mit dem Zusammenbruch seiner Welt fertig zu werden, dass er sich das Leben genommen hatte und dass niemand auf der Insel, niemand um ihn herum, etwas getan hatte, um ihm aus dem Loch zu helfen, in dem er gesteckt hatte.

Tomek hielt sich, wie immer, im hinteren Teil der Kirche auf, wollte nicht stören, wollte sich denjenigen nicht aufdrängen, die Mick Thorne länger kannten als die zweiundsiebzig Stunden, die er ihn kannte. Er beobachtete, hörte zu und sprach dann ein stilles Gebet für den Mann, als er hinausging. Draußen hatte sich eine Lücke in den Wolken gebildet, und die Sonne strahlte auf sie herab. Tomek näherte sich zögernd Micks Schwester. Er streckte ihr die Hand entgegen und schüttelte ihre.

»Es tut mir leid«, sagte er. Als er sich dann abwandte, zog sie ihn zurück.

»Sie haben nichts, wofür Sie sich entschuldigen müssen«, sagte sie und blickte mit tränenerfüllten Augen zu ihm auf. »Sie haben mehr für mich und meine Familie getan, als Sie sich vorstellen können. Sie waren der Einzige, der gesehen hat, was er durchmachte. Selbst ich konnte es nicht sehen.«

»Sie sollten sich keine Vorwürfe machen«, sagte er zu ihr. »Daraus kann nichts Gutes entstehen. Das Einzige, was Sie tun können, ist nach vorne zu schauen.«

Damit drehte er sich um und ging. Er hatte keinen Grund, länger als nötig zu bleiben.

Als er zum Auto schlenderte, spürte er, wie sein Handy vibrierte. Er schloss das Auto auf, nahm den Anruf entgegen und hielt das Gerät an sein Ohr, ohne die Anrufer-ID zu prüfen.

»Hier ist DS Bowen.«

»Guten Tag, Tomek«, kam die vertraute Stimme. »Lange nicht gesprochen.«

»Wie kann ich dir helfen, Nathan?«

»Erinnerst du dich an das eine Mal, als ich dir geholfen habe, deine Tochter zu finden?«

»Ja...«

»Ich habe dir damals einen Gefallen getan, oder?«

»Ja...«

»Nun, es ist an der Zeit, dass du ihn erwiderst. Ich habe etwas, was ich gerne von dir erledigt hätte.«

# REZENSION SCHREIBEN

Da wären wir. Ende.

Also, ich sage « wir » … ich meine euch. Danke.

Danke, dass ihr bis hierhin durchgehalten habt und mir treu geblieben seid, während ich mir diese unglaublich wilden und bizarren Geschichten ausdenke und sie später zu Papier (oder besser gesagt, in digitale Dateien) bringe.

Amazon ist voll von Millionen von Büchern (buchstäblich, und ich verwende diesen Begriff nicht leichtfertig), daher ist es oft schwierig, die nächste Lektüre zu finden. Man möchte einfach wissen, in welches Buch man als nächstes eintauchen soll. Aber manchmal hat man keine Zeit, sie alle durchzugehen. Was also tun?

Natürlich die Rezensionen lesen.

Wir nutzen sie in jedem Bereich unseres Lebens. Restaurants. Filme. Unser nächster Fernseher. Kopfhörer. Fast alles wird von den Gedanken anderer bestimmt.

Verrückt, nicht wahr?

Aber was passiert, wenn man auf ein Buch ohne Rezensionen stößt? Man schreckt vielleicht davor zurück. Es ist schwer, dem Buch zu vertrauen.

Ihre Zeit ist kostbar. Sie wollen sie nicht mit enttäuschenden Geschichten verschwenden. Niemand möchte das. Und das möchte ich auch nicht für Sie. Manchmal mache ich mir Sorgen, dass dieser Geschichte dasselbe passieren könnte. Aber es gibt eine Lösung.

Eine Rezension hilft viel. Und sie gibt mir das Selbstvertrauen, die verrückten Gedanken in meinem Kopf weiter zu verarbeiten. Wenn Sie einen Moment Zeit haben, würde ich mich sehr über eine Rezension freuen. Es muss nicht viel sein – nur ein paar Worte darüber, wie Sie das Buch finden.

Vielen Dank.

Ihr freundlicher Autor,

Jack Probyn

# TRETEN SIE DEM VIP-CLUB BEI

Ihr KOSTENLOSES Buch wartet auf Sie

Verfügbar, sobald Sie dem Club beitreten
Holen Sie sich jetzt Ihr KOSTENLOSES Exemplar der Prequel-Novelle
zur DS Tomek Bowen-Reihe auf jackprobynbooks.com, wenn Sie
meinem VIP-E-Mail-Club beitreten.

# AUCH VON JACK PROBYN

Kontroversen lebte. Seine Ermittlungen decken ein Netz aus Täuschungen auf, das sich von den Korridoren Westminsters bis in die dunkelsten Ecken von Essex erstreckt. Doch je näher Bowen der Wahrheit kommt, desto klarer wird ihm - dies war nicht nur Mord. Es war eine Botschaft. Und jemand wird alles tun, um ihre Bedeutung im Verborgenen zu halten.

*Der Kuss Des Todes herunterladen*

## BUCH 5: DER GESCHMACK DES TODES

An einem windigen und eisig kalten Morgen besucht Morgana Usyk, Besitzerin eines der Lieblingsplätze von DS Tomek Bowen, Morgana's Café, den etwas über eine Meile vor der Küste gelegenen Mulberry Harbour. Kurze Zeit später wird ihre Leiche in den flachen Gewässern gefunden, treibend neben dem Hafen. Erste Berichte und Augenzeugenaussagen besagen, dass sie den Mörder vom Tatort fliehen sahen. Doch als Sturm Alisha aufzieht und alle Beweise wegspült, steht Bowen mit seinem Team auf verlorenem Posten. Jetzt steigt das Wasser. Und Morganas Leiche wird nicht die einzige sein, die sie darin finden werden.

*Der Geschmack Des Todes herunterladen*

## BUCH 6: DER ENGEL DES TODES

Als die Flugbegleiterin Angelica Whitaker nach einer Nacht in einem der beliebtesten Nachtclubs von Southend als vermisst gemeldet wird, wird der Fall zum ersten Mal in seiner Karriere an DS Tomek Bowen übergeben. Sobald die Ermittlungen beginnen, richtet sich der Verdacht auf den Mann, mit dem sie im Club getanzt hat. Doch als ihre Leiche später in einer Kirche gefunden wird, positioniert wie ein Engel, deuten dieselben Indizien auf einen berechnenden, gefassten und sadistischen Killer hin. Aber während die Ermittlungen voranschreiten und Tomek tiefer in das Leben des Opfers eintaucht, wird klar, dass es keinen Mangel an Verdächtigen gibt und jeder seine Geheimnisse hat — manche mehr als andere...

*Der Engel Des Todes herunterladen*

## BUCH 7: DER RETTER DES TODES

Während eines heftigen Sturms wird ein lokaler Radiomoderator brutal in seiner Villa in Essex ermordet. Als sich die Wolken und der Regen am nächsten Morgen lichten, entdecken DS Tomek Bowen und sein Team einen Tatort, der an etwas aus den Geschichtsbüchern erinnert. Die Beweise deuten darauf hin, dass es sich um einen zufälligen Mord handelte. Doch als Tomek die Schichten im Leben des Opfers nach und nach abträgt, wird ihm klar, dass hinter dem Radiomoderator mehr steckt, als man auf den ersten Blick vermuten würde.

*Der Retter Des Todes herunterladen*

## BUCH 8: DER ATEM DES TODES

Mersea Island. Über 2.500 Hektar Ackerland, Marschland und mehrere Wohnwagenparks. Normalerweise ist es die Heimat von 7.000 Menschen. Aber für das Feiertagswochenende im August beherbergt es zwei weitere Bewohner: DS Tomek Bowen und seine Tochter Kasia, die versuchen, das Ende der Schulferien, das Ende des Sommers und das Ende von Tomeks verlängerter Auszeit von der Arbeit bestmöglich zu nutzen.

*Der Atem Des Todes herunterladen*